● 中国当代现实主义文艺谱系研究

陈忠实研究论集

●主编 段建军

西北大学出版社

中国文联文艺评论中心资助项目

中国文艺评论西北大学基地研究成果

马克思主义文艺理论与文艺批评建设工程·文艺理论研究西北大学基地研究成果

教育部人文社会科学重点研究（培育）基地中国社会主义文学研究中心研究成果

陕西省双一流学科"中国语言文学"建设成果

陕西省普通高校重点学科"中国语言文学"建设项目

陕西省优秀教学团队"文艺学教学团队"建设项目

陕西（高校）哲学社会科学重点研究基地"汉唐文化与陕西文学发展研究中心"建设项目

编委会

（以姓名音序排列）

段建军　谷鹏飞　姜　宇　李　彬　刘　丰
李　浩　刘炜评　杨乐生　杨遇青　张阿利
赵　强　张文利　周燕芬

在白鹿原上学老腔艺人表演(邢小利先生提供)

第一章

白嘉轩后来引以为豪壮的是一生里娶过七房女人。娶头房媳妇时他刚々过十六岁生日。那是西原上现家村大户现谱荣的头生女，比他大两岁。他在完全无知完全慌乱中度过了新婚之夜，当下了永远羞于向人道及的可笑的傻样，而自己却永生难以忘记。一年后，这个女人死于难产。第二房娶的是南原庞家村殷实人家庞修瑞的奶干女儿。这女子又正好比他小两岁，模样俊多眼睛忽灵儿。她完全不知道嫁人是怎么回了，而他此时已经请教男女之间所有的隐秘。他看着她的盖怯慌乱而想到自己第一次的傻样反倒觉得更富刺激。当他哄哄着把胯土闪土而又

陈忠实手稿（邢小利先生提供）

序

王亚杰

陈忠实先生是一位杰出作家,也是一位宽厚长者。他的一生本真为人,本色为文,既为陕西文化挺直了脊梁,也为当代文坛竖立了一座丰碑。

陈忠实先生是一个典型的关中汉子。他当过农民,当过民办教师,当过乡镇干部,有着丰富的基层生活经验。从初中起,他就钟情于文学。因为没上过大学,他所有的文学知识都依靠自学。凭借着对文学事业的一腔挚爱,经过几十年风雨不辍的辛勤笔耕,终于从业余作者成长为专业作家,最后成为蜚声海内外的著名作家。他的一生是坚守文学理想、勇攀艺术高峰的一生,是全心全意为人民写作的一生。

对陈忠实来说,关中平原不仅是他生于斯长于斯的故土家园,更是他创作与思索的营养之泉。他终其一生都未曾离开过这片土地。他曾用"沉重"一词来形容自己对这块土地的热爱,这既表达出背负历史的沉重感,同时也意味着对故土的一份沉甸甸的责任。他立志要为关中这块土地立传,用自己的笔描绘出关中人的魂魄和血性。他的绝大部分作品都在展示关中地区的风土人情和历史变迁,堪称关中农村生活的生动画卷,关中民间社会的真实写照。正如老舍之于北京、沈从文之于湘西、汪曾祺之于高邮一样,陈忠实其人其文也成为了解陕西历史积淀、精神传承、人文风俗的一个重要窗口。其小说对秦地文化的深刻表现,对渭河平原风俗的精彩描绘,对关中农民日常生活的细致描摹,对关中方言的传神运用,使其成为关中文化的一个重要标志。又因为关中平原乃是儒家文化的重要发祥地,所以陈忠实小说所描绘的,正是儒家文化熏陶下的民族生活史。他对儒家文化的深入思索和杰出表现,远远超出了地域文化的范畴,具有了反思传统文化的典范意义。因此,以《白鹿原》为代表的作品,不仅是陕西文学的重大收获,也是中国当代文学史上具有标志意义的经典之作。

在陕西文学的精神谱系中,陈忠实既是继承者,也是超越者。他自青年时代起就酷爱阅读柳青的作品,也一直奉柳青为文学道路上的精神导师。他的创作无论结构还是语言都不难发现柳青的影子。但陈忠实的伟大之处就在于,经过不断的自我"剥离"和艰难的自我反思,努力"寻找属于自己的句子"。在对中外前辈作家和同时代作家思想资源和艺术经验的积极吸纳中,逐渐实现了自我的蜕变与超越,写出了一部气度恢宏的民族心灵史。如学者所言,陈忠实继承了柳青,又突破了柳青。其作品厚重深邃的思想内容,跌宕起伏的故事情节,复杂多变的人物性格,都将陕西文学推向新的高度。

陈忠实的作品在思想上致力于对传统文化进行反思,在方法上则坚持在现实主义基础上进行大胆尝试。虽然从20世纪80年代以来,各种文学思潮花样翻新,但到目前为止,我认为现实主义作为一种精神,仍然没有过时。而且现实主义本身就是一个包孕极其丰富的概念,它鼓励并接纳各种写作方法的探索创新。《白鹿原》秉持贴近历史真实、注重生命体验、传达人性关怀的现实主义精神,同时又不忘吸纳新的表现手法,可以视为开放与发展的现实主义文学经典。

陈忠实的写作反映了中国近现代半个世纪历史进程中的深层矛盾和人文风貌,折射出中华民族从传统迈向现代的过程中所留下的精神轨迹和心路历程,揭示出传统观念和人格精神在时代巨变中所产生的剧烈震荡和深刻演变。他的作品秉承司马迁《史记》、班固《汉书》所确立的史传文学传统,以宽阔的历史视野和深邃的思想力量反映出波澜壮阔的历史进程,同时又以生动细腻的笔触塑造出一系列血肉丰满、呼之欲出的人物形象,全方位地呈现出一个民族的苦难史、奋斗史、心灵史、命运史。其宏阔的历史现场感,深邃的思想穿透力,深厚的悲悯情怀,都展现出史诗性巨作的思想深度和艺术魅力。

陈忠实的文学道路始终与时代同呼吸,和历史共进步。作为一个关心民族命运、关注国家未来的文学家,他的笔始终没有离开过他所生活的时代,他的作品都不同程度地带有时代的印记,折射出历史变迁的轨迹。陈忠实曾说:"我能把自己在这个世界里的生活感受诉诸文字,再回传给这个世界,自以为是十分荣幸的事"。在长达40余年的创作生涯中,他一直密切追踪时代的脚步,以充沛的激情、生动的笔触,从不同侧面展现出中国乡村社会的深刻变迁,并融入自己对现实生活和人民命运的忧虑和思考。

陈忠实将文学生命深深地扎根于人民之中。他用毕生的精力去理解人民、感受人民、表现人民，并以文学的方式生动再现了人民为改变自己命运所经历的艰苦卓绝的奋斗历程。习近平总书记曾指出："社会主义文艺，从本质上讲，就是人民的文艺。"文艺要反映好人民的心声，就要坚持为人民服务、为社会主义服务这个根本方向。陈忠实就是一位从人民中走出来的作家，也是全心全意为人民服务的作家。他的艺术人生是奠基在人民的事业上的。他坚守"写人民大众，不写个人"的文学理念，以自己丰富的基层经验，全方位地了解人民的愿望和要求；以自己独特的生命体验，全身心地感受着人民的痛苦和欢乐；并以不凡的艺术才能，满腔热情地书写着人民的过去与未来，"为天地立心，为生民立命"，是真正的人民作家。

陈忠实先生一直视写作为生命，怀抱着"垫棺作枕"的理想，以不朽的作品捍卫着文学的神圣。他始终忠于传统，忠于时代，忠于人民，忠于一个伟大作家的艺术良知。他和柳青、路遥一样，都为我们这个伟大时代的生动实践鼓与呼，都堪称"社会的良心，不死的灵魂"。他的精神和风骨是不朽的，他留给我们的文学遗产和精神财富，值得我们永远继承并发扬光大。他在文学道路上漫长而艰难的探索，以及他最终所达到的艺术高度都启示我们：一定要坚持以人民为中心的创作导向，继承传统，反思历史，深入生活，不断超越，才能写出无愧于我们这个伟大民族、伟大时代的优秀作品。

陈忠实先生曾以没能考上西北大学为憾，但在他的文学探索之路上，曾得到西北大学两代老师的精神滋养。他听过傅庚生先生讲唐诗，听过蒙万夫先生讲创作，与著名评论家刘建军等人保持密切互动，并结下了深厚的友谊。他曾说："第一个把我的作品推荐到北京的就是西大的教授，第一个撰写我个人文章评论的也是西大的教授。"因此，他自称是一个西大的"走读生"。为感念陈忠实先生与西北大学几十年来所建立起来的这份深厚情谊，也为展示西北大学中国文艺评论基地的研究实力，我们在陈忠实先生逝世一周年之际，编辑出版《陈忠实研究论集》，以表达对这位文学家的崇敬与缅怀。

目 录

不懈的"寻找" 不朽的丰碑
　　——陈忠实写作《白鹿原》的前前后后 …………………… 白　烨（1）
论《白鹿原》的累积型叙事进程与审美救赎 ………………… 陈然兴（10）
呼唤白鹿：共在生存的人道诉求
　　——对《白鹿原》中乡土社会共在生存的伦理省察 ……… 段建军（21）
为历史而烦
　　——《白鹿原》的乡土生命哲学及其叙事价值 …………… 段建军（35）
《白鹿原》的关中"戏楼风景"研究 ………………………………… 樊　星（46）
陈忠实的艺术生命观 ………………………………………… 冯希哲（59）
陈忠实文学创作观念的自觉与超越 ………………………… 冯希哲（65）
论陈忠实作品中的关中区域和儒家文化 …………………… 高　原（70）
陈忠实文学创作审美价值论 ………………………………… 韩鲁华（84）
生命化作浩然气　浑然一体写春秋
　　——《白鹿原》别一种解读 ………………………………… 韩鲁华（98）
《白鹿原》性描写的象征意义和审美内涵 ………………… 贺智利（107）
奇观化与民族文化重塑
　　——论《白鹿原》的视觉性书写 ………………………… 胡小燕（114）

追述陈忠实先生三题……………………………………………李继凯（125）

《白鹿原》与中国革命…………………………………………李清霞（138）

论《白鹿原》中生命原欲对家族制度的侵蚀与解构……………李清霞（144）

《白鹿原》中的三重空间………………………………………师　爽（156）

略论当代中国文学的美学风格
　　——兼论《白鹿原》的美学阐释………………………王　杰（168）

灞桥风雪因鹿鸣
　　——论陈忠实的旧体诗词创作…………………………王鹏程（179）

人性悖论的艺术呈现
　　——《白鹿原》的个体生存伦理学阐释…………王渭清　柴海豹（188）

试论《白鹿原》中的灾难书写…………………………………王效峰（198）

世纪之变的文化探询
　　——从陈忠实的《〈白鹿原〉创作手记》重解《白鹿原》……仵　埂（210）

《白鹿原》的创作过程…………………………………………邢小利（220）

西蒋村赶考的少年………………………………………………张艳茜（232）

人格魅力、生命体验与文学创造
　　——在"陈忠实与当代文学研讨会"上的发言………赵德利（238）

《白鹿原》：文学经典及其"未完成性"………………………周燕芬（243）

《白鹿原》现实主义美学品格探索……………………………周燕芬（250）

不懈的"寻找" 不朽的丰碑
——陈忠实写作《白鹿原》的前前后后

白 烨

陈忠实因病溘然长逝,实在来得突然,令人猝不及防。因为事出意外,令人格外惋惜,也使人倍加怀念。

忠实走后,人们在以各种方式悼念和追怀他时,都会想到和提到他的《白鹿原》。在西安殡仪馆参加他的遗体告别仪式时,看到他果然在头下枕着一本初版本的《白鹿原》,样态格外满足而安详。当年写作《白鹿原》时,忠实曾抱定要写作一部死后能"垫棺作枕"的作品,他可谓如愿以偿了。生前为写《白鹿原》殚精竭虑,死后枕着《白鹿原》安详长眠,他与《白鹿原》真是难解难分。

忠实曾借用海明威的"寻找属于自己的句子"的名言,来为自己的"《白鹿原》创作手记"命名,并在"后记"里说道:"作家倾其一生的创作探索,其实说白了,就是海明威这句话所做的准确又形象化的概括——寻找属于自己的句子。"忠实从一开始从事写作,到不同时期的文学跋涉,都是在努力寻找属于自己的句子。他就是在这样一种不懈寻找的过程中,一点一点地发现着自己,一步一步地接近着目标,最终到达文学的高地——"白鹿原",铸就了他自己的"垫棺作枕"之作,打造了中国当代文学的不朽的丰碑。

回想起陈忠实写作《白鹿原》的前前后后,我觉得那蓄势待发的经过与全力爆发的结果,都是在向人们诉说着一个作家倾心倾力地打造一部文学精品的精彩故事。

陈忠实1962年中学毕业后,由乡村民办教师做到乡干部、区干部,到1982年转为专业作家,在社会的最底层差不多生活了20年。他在60年代到70年代的创作初期,可以说是满肚子的生活感受郁积累存,文学创作便成为最有效、最畅快的抒发手段和倾泻渠道。他那个时期的小说如《信任》等,追求的都是用文学的技艺和载体,更好地传达生活事象本身。因而,作品总是充溢着活跃的时代气息和浓郁的泥土芳香,很富于打动人和感染人的气韵和魅力。我正是在这个时候开始关注陈忠实的创作的。1982年,《文学评论丛刊》编辑部要组约当代作家评论专号的稿子,主持其事的陈骏涛要我选一个作家,我不由分说地选择了陈忠实。因为我差不多读了他的所有作品,心里感到有话要说也有话可说。为此,与陈忠实几次通信,交往渐多渐深。嗣后,或他来京办事,或我出差西安,都要约到一起畅叙一番,从生活到创作无所不谈。他那出于生活的质朴的言谈和高于生活的敏锐的感受,常常让人感到既亲切,又新鲜。

忠实始终是以文学创作的方式来研探社会生活的,因而,他既关注创作本身的发展变化,注意吸收中外有益的文学素养;更关注时代的生活与情绪的替嬗演变,努力捕捉深蕴其中的内在韵律。这种双重的追求,使他创作上的每一个进步,都在内容与形式上达到了较好的和谐与统一。比如,1984年他尝试用人物性格结构作品,写出了中篇小说《梆子老太》,而这篇作品同时在他的创作上实现了深层次地探测民族心理结构的追求。而由此,他进而把人物命运作为作品结构的主线,在1986年又写出了中篇力作《蓝袍先生》,揭示了因病态的社会生活对正常人心性的肆意扭曲,使得社会生活恢复了常态之后,人的心性仍难以走出猥琐的病态。读了这篇作品,我被主人公徐慎行活了60年只幸福了20天的巨大人生反差所震撼,曾撰写了《人性的压抑与人性的解放》一文予以评论。我认为,这篇作品在陈忠实的小说创作中具有很重要的意义,它标志着在艺术的洞察力和文化的批判力上,作家都在向更加深化和强化的层次过渡。

1988年,我因事去西安出差,忠实从郊区的家里赶到我下榻的陕西作协招待所,我们几乎长聊了一个通宵。那一个晚上,都是他在说,说他正在写作中的长篇小说《白鹿原》。我很为他抑制不住的创作热情所感染、所激奋,但却对作品能达到怎样的水准心存疑惑,因为这毕竟是他的第一部长篇。

1991年初,陈忠实要在陕西人民出版社出一本中篇小说集,要我为他作序。我在题为《新层次上的新收获》的序文里,论及了《地窖》等新作的新进取,提及了《蓝袍先生》的转折性意义,并对忠实正在写作中的《白鹿原》表达了热切的期望。忠实给我回信说:

> 依您对《蓝袍先生》以及《地窖》的评说，我有一种预感，我正在吭哧的长篇可能会使您有话说的，因为在我看来，正在吭哧的长篇对生活的揭示、对人的关注以及对生活历史的体察，远非《蓝袍》等作品所能比拟；可以说是我对历史、现实、人的一个总的理解。自以为比《蓝袍先生》要深刻，也要冷峻一步……

我相信忠实的自我感觉，但还是想象不来他正在写作的《白鹿原》会是一个什么样子。1992年初，陕西的评论家李星看了《白鹿原》的完成稿，告诉我《白鹿原》绝对不同凡响，一定会超出所有人的想象。后来参与编发《白鹿原》的人民文学出版社的高贤均又说，《白鹿原》真是难得的杰作。这些说法，既使人兴奋，又使人迷惑，难道陈忠实真的会一鸣惊人吗？

《白鹿原》的稿子交予人民文学出版社并确定出版之后，忠实一直想知道出版社的具体安排。我因住在人民文学出版社对面的社科院宿舍，便替他去社里打听了情况。1992年5月11日，我在了解了人民文学出版社拟在年底分两期在《当代》连载，尔后随即出书的大致安排后（最终的情况是《当代》于1992年第6期、1993年第1期连载，1993年6月出书），给忠实去信说了情况，忠实于6月6日回信，既稍感安慰，又不无忐忑：

> 您信告的人文社大致的安排意见，即《当代》四、五期连载，社里同时出书，正月发行，这当然令人振奋了，肯定是最理想的安排了。不过，这个安排意见，他们至今没有告诉我。但愿您打听到的这个安排意见不要节外生枝。
>
> 我有一个预感，您会喜欢这部书的，似乎这话我在某一次信件中给您说过。原因是您喜欢《蓝袍先生》。这部书稿仍是循着《蓝》的思路下延的，不过社会背景和人物都拓宽了，放开手写了。另外，您是关中人，我是下劲力图写出这块地域的人的各各风貌的，您肯定不会陌生，当会有同感。当然，除却友情，让您以评论家眼光审视时，那就是另外一回事了，我准备接受您的审视。
>
> 无论如何，您的热心热情已经使我感动了。我知道您多年来都

在关注我的行程,从最初的评论短篇的文章,到不久前作序,我也知道您更关注的是手中的这个"货",究竟是个啥货?您像我的几个为数不多的好朋友一样,为我鼓着暗劲,我期盼不要使好朋友太失望。

《白鹿原》交稿之后,出书很快确定了下来,但在《当代》杂志怎样连载,连载前要不要修改等,一时定不下来,忠实又托我便中了解一下情况。经了解,知道是在《当代》1992年第6期和1993年第1期连载,主要是酌删有关性描写的文字。在我给忠实去信的同时,人民文学出版社也给陈忠实电告了如上的安排,忠实来信说:

> 我与您同感。这样做已经很够朋友了。因为主要是删节,可以决定我不去北京,由他们捉刀下手,肯定比我更利索些。出书也有定着,高贤均已着责编开始发稿前的技术处理工作,计划到八月中旬发稿,明年三、四月出书,一本,不分上下,这样大约就有600多页……
> 原以为我还得再修饰一次,一直有这个精神准备,不料已不需要了,反倒觉得自己太轻松了。我想在家重顺一遍,防止可能的重要疏漏,然后信告他们。我免了旅途之苦,两全其美。情况大致如此。

后来,人民文学出版社当代一室的主任高贤均给我讲了他们去西安向陈忠实组稿的经过,那委实也是个颇有意味的精彩故事。1992年3月底,他们到西安后听说陈忠实刚完成了一部长篇,便登门组稿,陈忠实不无忐忑地把刚完成的《白鹿原》全稿交给了他们,同时给每人送了一本他的中短篇小说集。他们在离开西安去往成都的火车上翻阅了陈忠实的集子,也许是两位高手编辑期待过高的原因,他们感到陈忠实已发表的中短篇小说在看取生活和表现手法上,都还比较一般,缺少那种豁人耳目的特色,因此,对刚刚拿到手的《白鹿原》在心里颇犯嘀咕。到了成都之后,有了一些空闲,说索性看看《白鹿原》吧,结果一开读便割舍不下,两人把出差要办的事一再紧缩,轮换着在住处研读起了《白鹿原》。回到北京之后,高贤均立即给陈忠实去信,激情难抑地谈了自己的阅读观感：

> 我们在成都待了十来天，昨天晚上刚回到北京。在成都开始拜读大作，只是由于活动太多，直到昨天在火车上才读完。感觉非常好，这是我几年来读过的最好的一部长篇。犹如《太阳照在桑干河上》一样，它完全是从生活出发，但比《桑干河》更丰富更博大，更生动，其总体思想艺术价值不弱于《古船》，某些方面甚至比《古船》更高。《白鹿原》将给那些相信只要有思想和想象力便能创作的作家们上一堂很好的写作课，衷心祝贺您成功！

1993年初，终于在《当代》一、二期上一睹《白鹿原》的庐山真面目。说实话，尽管已经有了那么多的心理铺垫，我还是被《白鹿原》的博大精深所震惊。一是它以家族为切入点对民族近代以来的演进历程做了既有广度又有深度的多重透视，史志意蕴之丰湛、之厚重令人惊异；二是它在历时性的事件结构中，以人物的性格化与叙述的故事化形成雅俗并具的艺术个性，史诗风格之浓郁、之独到令人惊异。我感到，《白鹿原》不仅把陈忠实的个人创作提到了一个面目全新的艺术高度，而且把现实主义的小说创作本身推进到了一个时代的高度。基于这样的感受，我撰写了《史志意蕴、史诗风格——评陈忠实的〈白鹿原〉》的论文（见《当代作家评论》1993年第4期）。

在《白鹿原》正式出书之后的盛夏7月，陕西作家协会和人民文学出版社共同在文采阁举行了《白鹿原》讨论会。与会的60多位老、中、青评论家，竞相发言，热烈讨论，盛赞《白鹿原》在内蕴与人物、结构与语言等方面的特点与成就，发言争先恐后，其情其景都十分感人。原定开半天的讨论会，一直开到下午五点仍散不了场。大家显然不仅为陈忠实获取如此重大的收获而高兴，也为文坛涌现出无愧于时代的重要作品而高兴。也是在那个会上，有人提出，"史诗"的提法已接近于泛滥，评《白鹿原》不必再用。我不同意这一说法，便比喻说，原来老说"狼"来了、"狼"来了，结果到跟前仔细一看，不过是只"狗"；这回"狼"真的来了，不说"狼"来了，怎么行。

读者是最公正的检验，时间是权威的裁判。《白鹿原》从发表和出版之后，一直长销不衰，而且被改编为多种艺术形式广泛流传。1994年12月，

《白鹿原》获人民文学出版社第二届"人民文学奖"(1986—1994年)。1997年12月,《白鹿原》荣获第四届"茅盾文学奖"。2009年4月和7月,为庆祝人民共和国成立60周年,作家出版社启动"共和国作家文库"大型文学工程,人民出版社隆重推出"人民文学出版社·新中国60年长篇小说典藏"。《白鹿原》先后入选"文库"和"典藏"。2009年6月,《白鹿原》被全文收入上海文艺出版社出版的《中国新文学大系》第五辑(1976—2000)。据知,仅人民文学出版社出版的7个版本的《白鹿原》,累计印数已逾150万册。而在小说之外,《白鹿原》先后被改编为连环画、秦腔、话剧、舞剧和电影等艺术形式。

还有一些与《白鹿原》有关的往事,想起来也颇为有趣。由这些事既可见出忠实为文之认真执着,为人之质朴诚恳,也可看到有关《白鹿原》引起的反响与释发的余韵。

我曾陪同陈忠实去领过一次稿费。那应是1994年5月的某天,忠实到京后来电话说,人民文学出版社发了《白鹿原》的第一笔稿费,是一张支票,有8万之多,要去朝内大街的农业银行领取。他说他这一生没有一次拿过这么多钱,地方也不熟,心里很不踏实,让我陪他走一趟。我们相约在人民文学出版社门口见面后,一同去往朝阳门附近的农业银行,那时还没有百元大钞,取出的钱都是10元一捆,一个军挎几乎要装满了。我一路小心地陪他到沙滩那里的他下榻的宾馆,才最终离开。

《白鹿原》发表之后,因为创作中包含了多种突破,一时间很有争议。而这个时候,正赶上中国作协进行第四届茅盾文学奖的评选。《白鹿原》是这一时期绝对绕不过去的作品,但评委们的意见分歧较大,在评委会上一直争议不休,一时间相持不下,形成僵局。时任评委会主任的陈涌,偏偏喜欢《白鹿原》,认为这部厚重的作品正是人们所一直期盼的,文坛求之不得的,于是抱病上会力陈己见,以两个"基本"的恳切看法(即政治倾向基本正确,情性描写基本得当),终于说服大部分评委,并做出修订后获奖的重要决定。忠实来京领奖之后,叫上我一起去看望陈涌先生。那天去到位于万寿路的陈涌家,陈涌先生很是兴奋,一见面就对忠实说,你的《白鹿原》真是了不起,是我们多年来所期盼的作品,堪称是中国的《静静的顿河》。并告诉我们,我找的保姆是陕西人,你们午饭别走,就一起吃陕西面。因为先生身体不好,不能太过打扰,我们聊了一会儿就找借口离开了。此后,忠实每次到京出差或办事,我们都会相约着去看望陈涌先生。去年,陈涌先生因病去世,我电话上把陈涌先生去世的消息告诉忠实后,他半天沉默不语,感慨地说,老先生对我的首肯与支持,对我的创作所起的作用无与伦比。你一定代为转致哀思,向家属转致问候。在陈涌先生的追思会上,我替他转达了他的哀思之情与惋惜之意。

小说《白鹿原》发表之后,先后被改编为各种艺术形式的作品。有一次,约是在 2007 年间,受陈忠实之邀,与我与李建军和他一起在京观看了舞剧《白鹿原》。小说《白鹿原》原有的丰厚意蕴,在舞剧中被提炼为一个女人——小娥和三个男人的情感故事,由小娥的独舞和草帽舞等群舞构成的舞蹈场景,使剧作充满了观赏性,但总觉得那已和小说《白鹿原》没有太大的关系,已被演绎成了另外的一个故事。在观剧之后的简单座谈中,有人问我有何观感,我说作品从观赏的角度来看,确实撩人眼目,煞是好看,但基本的内容已与《白鹿原》关系不大。而宽厚的陈忠实则补充说:舞剧《白鹿原》毕竟是根据小说《白鹿原》改出来的,还是有所关联的。

还有在电影《白鹿原》上演之前的 2011 年,陈忠实说电影已做好合成样片,要我找北京陕西籍的几位文艺界人士抽空先去看看。我约了何西来、周明、李炳银等在京陕西文人去了王全安的工作室,从晚间 8 点一直看到半夜 12 点。影片中,迎风翻滚的麦浪,粗狂苍凉的老腔,使浓郁的陕西乡土气息扑面而来,张丰毅饰演的白嘉轩也称得上筋骨丰满,但在围绕着小娥的特写式叙述和以此为主干的故事走向中,电影在改编中有意无意地突出了小娥的形象,强化了小娥的分量,把小娥变成了事实上的主角,并对白嘉轩、鹿子霖等真正的主角构成了一定的遮蔽。观影之后,与陈忠实通话谈起电影,他问我看后的印象,我说电影改编超出了我的想象,总体上看是在向着小说原作逼近,但不知出于什么原因,使小娥的形象过于突出了,因而把情色的成分过分地放大了。陈忠实听后稍稍沉思了一阵,随即表示说,你说的确有道理,我也有着同样的感觉。

这些年在小说写作上,陈忠实以短篇为主,没有再写长篇。我曾跟他开玩笑说,说过的再弄一个《白鹿原》似的"枕头"的话,一直也没有兑现。但在心里,我却是由衷地钦佩他的,他没有借名获利,更不急功近利,他按照自己的节奏在行走,也是按照艺术的规律在行进。但他和他的《白鹿原》,却构成了一个戥子和一面镜子。这个戥子可以度量何为小说中的精品力作,这个镜子可以观照何为文学中的人文精神。

在文学评论界,人们很难对一部作品有共识性的肯定,但《白鹿原》却是一个例外,大多数人都给予较高的估价与高度的评价。我记得在2010年岁末,我替换超龄的张炯先生当了中国当代文学研究会会长不久,研究会举办了一次新老同志的新年聚会,与会的资深评论家陈骏涛询问我说,你现在是会长了,让你在当代长篇小说中挑一部作品,你挑哪部?我稍加思索回答说:我选《白鹿原》,这部作品在当代小说中的丰盈性、厚重性,乃至原创性、突破性,都无与伦比。我说完后,先是评论家何西来说:我同意。接着又有其他老评论家纷纷表示赞同。这种情形表明,对于《白鹿原》的评估,评论家们是有着相当的共识的。

忠实的有生之年,在74岁上戛然而止,这实在算不上是高寿。但这74年里,从他于1965年3月发表散文处女作《夜过流沙沟》起,他把整整50多年的时间用于了文学理想的追逐、文学创作的追求,而且在不同的时期,都留下了用力攀登和奋勇向前的鲜明印迹,直至完成经典性小说作品《白鹿原》,为当代长篇小说创作矗立了一座时代的高峰。可以说,他把自己的一切,都毫无保留地投入了文学,奉献给了社会,交付给了人民。他以"寻找自己的句子"的方式,看似是在为自己立言,实际上是以他的方式为人民代言。他是我们这个时代最具生活元气和时代豪气的伟大作家,真正做到了"无愧于时代,无愧于人民,无愧于历史"。

引人思忖的,还有陈忠实逝世引发的广泛的社会反响。从陈忠实逝世的4月29日到3月5日遗体告别的一周间,笔者留意了悼念活动的相关资讯,赴西安参加了遗体告别活动,看到的、听到的和想到的,既是人们对一个杰出作家的感念与追怀,也是社会对文学的仰望与敬重。许多文学人怀念陈忠实,都谈到陈忠实的创作和作品对于他们的影响与启迪,而许多读者怀念陈忠实,都在于陈忠实的小说作品,尤其是《白鹿原》给予他们的感召与感动。在告别仪式现场,自发地赶来祭奠陈忠实的人中,既有儿女搀扶着老人前来的,也有大人携带着孩子前来的,还有一些坐着轮椅、拄着拐杖的残疾人士,以及来自大学、中学和小学的在读学生。他们绝大多数都并不认识陈忠实,从未谋过面,但都从陈忠实的作品中获取教益,得到美育,他们要用再看最后一眼的方式,来向这个写作了有益于世道人心的好作家告别,借以表达他们的敬重之意,惋惜之情。

因为陈忠实的鼎力推荐和精心编词参与了话剧和电影《白鹿原》的演出,从而得以由濒临消亡的境况起死回生的陕西华阴老腔艺人,特别感念陈忠实的关照与提携,在得知陈忠实逝世之后,带着深深的悲悼与恋恋的不舍来到陕西作协大院,以高亢、悲凉的华阴老腔来祭奠陈忠实。年过半百的老艺人含泪吟唱,边唱边喊:"先生,我们再给您唱一遍您最爱的老腔,您听到了吗?"其情其景,令前来悼念陈忠实先生的市民们热泪盈眶。

据陕西作协一位负责接待工作的同志介绍,在陕西作协院内设置的吊唁处,七天里来吊唁的群众络绎不绝,据不完全统计,约有数千人从全省和全国各地赶来吊唁。这个数字再加上去往陈忠实家中吊唁的,参加遗体告别的,约有上万人参与了有关陈忠实的吊唁与悼念活动。

一位网友在《陈忠实逝世,严肃阅读不会消逝》一文中这样说道:"陈忠实走了,我们为什么致以哀悼,不仅仅是《白鹿原》的成就,更在于他让我们知道,在这样浮躁的时代,严肃文学依然可以打动人心,经久不衰。只要有人在,世间就依然留存着真善美,对严肃文学的阅读就永不会消逝。"诚哉斯言,它所道出的是许多读者的共同心声。

陈忠实的因病去世,当然是文坛的一桩悲事。但在这件悲事之中和之后,却让人看到许多积极因素的蕴藏和温暖元素的释放,这应该看作是陈忠实以他的特别方式,再次给文坛提供的有益借鉴,而发现这些,珍重这些,则是对于本真为人、本色为文的陈忠实的最好祭奠。

由此我也想,历史是公正的,因为历史不会亏待不负于历史的作家,不会埋没不负于时代的作品。而陈忠实因为把一切都投进了《白鹿原》,寄予了《白鹿原》,他其实是以艺术的方式、精神的形式,实现了不朽,与我们同在。

(作者单位　中国社会科学院文学所)

论《白鹿原》的累积型叙事进程与审美救赎

陈然兴

陈忠实的《白鹿原》作为当代文学经典一直研究不断,总体说来,与对其主题内容方面的阐释相比,关于它的艺术形式的探讨则要显得薄弱一些。不仅如此,已有阐释的突出问题还在于,形式的分析要么局限于形式本身,要么依附于内容的阐释,从而造成了形式与内容辩证关系在阐释中的破裂或扭曲。众所周知,马克思主义批评始终坚持形式—内容的二分法,即认为形式与内容的辩证法是艺术的基本法则。科学的艺术分析是对形式—内容这对主导矛盾的辩证运动的分析,即从形象整体的高度出发,从对立面的角度来考察矛盾的每一个方面,从内容中提炼出"内容的形式",从形式中提炼出"形式的内容",最终使形式与内容的关系在审美意识形态的层面得以阐述。本文将以此方法论为前提,通过对《白鹿原》叙事进程的分析与其"内容的形式"之间关系的考察来推进对这一经典作品的理解。

一

詹姆斯·费伦在《作为修辞的叙事:技巧、读者、伦理、意识形态》中提出的"叙事进程"(narrative progression)的概念,主要是为了考察"叙事文本的内在逻辑和那个逻辑在由始至终阅读的作者的读者中引起的一系列反应"。他强调,这种研究"聚焦于叙事由始至终的时间运动,但对进程的关注却不仅仅是对作为线性过程的叙事的关注,这正是因为它认识到了作者的读者对开头、中间和结尾的理解中存在着能动的循环关系。"[①]表面上看,"进程"概念主要是从读者反应研究来提出的,而实际上,它最终落实到对文本叙事修辞的研究,因为,这里的读者只是"作者的读者",而不是具体的读者。因此,剥

---

① [美]詹姆斯·费伦.作为修辞的叙事:技巧、读者、伦理、意识形态[M].陈永国,译,北京:北京大学出版社,2002:173.

离开叙事学的那些烦琐术语,我们可以说,任何叙事文本都有两种运动,一种是情节的运动,它是事件依据时间—因果关系而相继出现的运动,处于故事的层面;另一个是主题的运动,它表现为主题由一个语境向另一个语境的迁移,它处于文本叙述的层面。大多数情况下,后一种运动依附于前一种运动并且与之融合无间,但是也有大量的文本,尤其是当代小说却不是这样的。在这种情况下,通过"进程"概念所要研究的,就是文本的修辞秩序所造成的主题生成和展开的过程,以及这个过程与情节运动之间的特定关系及其阅读效果。

应该说,情节运动与叙事进程的关系是小说艺术修辞的重要方面,对它们之间关系的处理本质上是作者审视对象生活的艺术姿态的重要体现。因为,情节运动和叙事进程代表着两种完全不同的意义生成模式。在情节运动中,单个事件的含义在情节运动中瞬时地实现并消亡,也就是说,当事件1(因)引发了事件2(果)之后,事件1的含义便消亡于事件2中,事件2作为新的"因"再引发事件3(新的"果"),无数单个事件的含义在情节链条的传递中向最终的"结尾"事件汇集,并依据"结尾"事件的性质而凝聚为一个单一的含义。比如,我们把"白鹿争霸"作为《白鹿原》的情节主线来看,那么,最终的事件就是白家的胜利和鹿家的失败,其结论按照文本自身的话语来讲,就是"龙种终究是龙种"。然而谁都知道,这种神秘历史观当然不是《白鹿原》叙事的真正所指,它只是《白鹿原》意欲反思的对象的一个组成要素。因此,单从情节运动上,我们根本无法把握这个特殊文本的含义,即使我们将《白鹿原》读作多个情节线条的集合,它的最终意义也不等于这多个情节"结论"的叠加。

而情节运动之外的"叙事进程"则表现为,特定主题在事件的更迭中反复出现,在不同的语境中得到新的理解,并且与另外的主题发生关系。这种运动并不消耗主题的含义,恰恰相反,特定主题以这种方式被保存下来,其意义在事件变迁中越来越丰富和明确。这是一种与情节的"消耗"式演进完全不同的"累积"式发展。比如,小说前三章所叙述的这件事——"白嘉轩后来引以为豪壮的是一生里娶过七房女人",实际上表现为对"性"这个主题的逐步的挖掘。一开始,前四个女人的死为这个主题赋予了一种神秘和禁忌的意味,但终究只是一种限于个体肉身来理解的"性"。接着是秉德老汉的死,他死前留下了"不孝有三无后为大"的训诫,于是"性"的主题与家族延续的主题联系起来。随后是白嘉轩巧夺风水地,"性"主题又与权力争斗的主题联系起来。"性"这个主题就是这样在随后的叙述中以各种形式反复出现,其含义在变化着的语境中像滚雪球一样,越来越丰富,越来越深刻。在文本结束处,我们看到的是各种主题相互纠缠而形成的一个巨大的团块,从这个巨大团块的总体形象中我们才能够解读出叙事的真正所指。

总之,我认为,陈忠实的《白鹿原》就是一个以叙事进程为主导,情节运动被作者的主题反思强力控制的独特文本,它的叙事风格表现为理性的叙事进程对"传奇化"的情节运动全面的控制,这使它整体呈现出冷峻、理性的审美风格。更重要的是,这种"累积型"的叙事进程作为一种"形式"本身又与叙事对象的结构特征("内容的形式")形成强力的反制,从而又产生出一种"形式的内容",即一种以审美意识形态的形式出现的对于社会生活的深层思考。

《白鹿原》的累积型叙事进程是由各种艺术手段共同促成的,然而其核心在于对叙事时间的特别处理。首先一点是陈忠实对"地方志"文类形式的创造性借用,使情节进程纠缠于线性时间与循环时间的双重维度中,从而有效地遏制了线性叙事对事件主题含义的消耗;其次是通过多种叙事手法对故事时间做了文本化和空间化的处理,从而使各叙事环节呈现为"团块"状形态,强化了主题对事件的控制力,从而有效地保存了主题含义本身的丰富性和完整性,下面依次论之。

二

程光炜在他的文章中曾对《白鹿原》写作的"地方志意识"做了极富启发性的研究。他主要倚重陈忠实的自述《寻找属于自己的句子——〈白鹿原〉创作手记》一书,从思想气质和文学观念养成的角度对陈忠实"地方志意识"的生成脉络做了精彩的梳理,并联系"九十年代思潮",突出地强调了"本地意识"在《白鹿原》中起到的重要作用[①]。我想补充的是,"地方志"对《白鹿原》的影响不仅是素材上的,也并不直接地是文学观念上的,"地方志"作为一种史传书写的方式,还对《白鹿原》的叙事形式产生了重要影响。这种影响

---

① 程光炜.陕西人的地方志和白鹿原——《白鹿原》读记[J].文艺研究,2014(8).

是客观地刻写于文本之中的,作为一种艺术形式的要素而发挥着重要的功能,对它的考察将为我们理解陈忠实的"地方志意识"与其"文学观念"之间的联系提供最可靠的证据。

与阎连科的《炸裂志》或霍香结的《地方性知识》等所谓的"方志小说"不同①,《白鹿原》对"地方志"的艺术挪用并不是表面的,它更多的是深层结构原则和叙事编排上的。与我们的论题直接相关的是,"地方志"叙事的时空模式对《白鹿原》的重大影响。陈忠实把地方志书写的时空模式引入小说,让乡土社会中阶段性地重复出现的人祸、灾异与宏大历史叙事(尤其是"革命历史叙事"范式)纠缠在一起,从而形成了具有内在张力的时空体秩序,这个时空体秩序具有丰富的思想内涵。

传统的"地方志"内在地包含着一种"时空体"形式,即一种封闭空间与循环时间相结合的历史书写模式。空间上的封闭性是"地方志"的表面特征,时间上的循环性则是其乡土世界观的表现。《白鹿原》所塑造的艺术世界可以称作是一个"村庄时空体",它的空间封闭性与时间的循环性是与"地方志"一脉相承的。正如巴赫金所说:"在文学中,时空体里的主导因素是时间"②。因此,我们尤其要关注《白鹿原》中的循环时间及其与历史叙事之间的关系。

村庄生活的时间秩序是循环的、周而复始的。这是农业生产和乡土生活自身的节奏。在这个时空中,人与自然的统一性是具有决定性意义的。"在乡土生存者的眼中,世上的人、人的'历史',以及人所栖居的世界,都是过去、现在和未来的交互轮回"③,因此,"天不变,道亦不变",生活就像他们持守的这片土地,就像他们信奉的天命和道德一样是永恒静止的。时间是循环的,人事代谢如同四季轮回,时间的力量造成的"变化"是表象,而不是本质。农业生活的秩序重复性地被"年馑""旱灾""瘟疫"和"兵祸""匪祸"所打乱,同时它也会阶段的被恢复。也正是在正常秩序被打破的那些"例外状态"中,

---

① 关于"方志小说"的研究,参见钱道本:《方志小说:一种值得关注的文化现象》,《中国地方志》2015年第5期。
② [苏联]巴赫金.小说的时间形式与时空体形式——历史诗学概述[M]//巴赫金全集:第3卷,小说理论.白春仁,译.石家庄:河北教育出版社,1998:275.
③ 段建军.为历史而烦——《白鹿原》的乡土生命哲学及其叙事价值[J].南方文坛,2013(6).

产生出真正的本雅明意义上的"农夫型"故事①,它构成了农民眼中的"历史"。

《白鹿原》的"传奇"特质不仅仅表现在许多传奇人物的传奇经历上,而且表现在这种"传奇"故事得以生成的时间感受上。在这种时间感受中,时间只是假象,它不改变什么。时间只是显现的契机,它是必然借以显现的曲折镜像。在白鹿原上的农民眼中,历史是王者的历史,是王者家族的兴衰史,也是核心家族的争斗史。这种历史观念本身是"传奇"化、戏剧化的。它把人分为两类,并依据舞台空间的建构而塑造了两类主体,一类是在历史舞台上演出的人,一类则是旁观者。在历史舞台上演出的是有名有姓的主人公(白鹿原作为舞台本身正是由"白""鹿"二姓命名),旁观者则是无名无姓的群众。无论是主人公,还是旁观者,大家受同一种必然"命运"的支配。在《白鹿原》中,白家的"龙种"就是由历史(族长由白姓承袭)和天命("风水宝地"的作用)神秘地决定了的。同样的,历史的进程不过是验证"龙种终究是龙种"的过程。另一方面,在个体生存的层面,传奇故事演绎的典型意义的发家史(鹿勺客)、败家史(白孝文)、浪子回头(白孝文)等情节也是作为家族斗争史的一部分而被书写的。

从本质上讲,在白鹿原的农民的意识中,自己不是历史的主体,不是参与者,而是历史的旁观者。甚至像朱先生这样的圣人,当他从历史舞台上退下来时,他也自然地占据了旁观者的位置。当他提出"鏊子说"的时候,实际上也把自己做了历史的旁观者,把民族历史理解为国共两家的争斗。这最终还是我们所熟悉的传统的"家天下"的政治—神学历史观。把现代史(尤其是国共之争)看作是"窝里斗",这一点使《白鹿原》备受诟病②。但是,人们忘了,这不过是从人物观点出发而做出的评论,它并非是作者的观点,而是他所书写的农民的观点。这种朴素的历史观是由这些人的生活条件决定了的。如果他们的生存依附于自然和权威,一旦离开了这些,他们便不能生活,那么对天命和权威的崇拜意识便不可避免。

---

① [德]本雅明.讲故事的人[M]//启迪:本雅明文选.张旭东,王斑,译,北京:生活·读书·新知三联书店,2008:96.

② 此一错误观点很多见,然而能够审慎而公正地提出问题来讨论的却不多,较有参考价值。参见傅迪:《试析〈白鹿原〉及其评价》,《文艺理论与批评》1993年第6期。

因此,应该把陈忠实所谓的"秘史",理解为从农民自身的世界观来观照的"历史",这个"秘史"与宏大历史一样是值得怀疑的,同时也一样是有现实基础的。正是在两者的关系中,我们可以理解"地方志"文类形式对于陈忠实写作的真正意义。传统的"地方志"叙事与宏大叙事不同的是,它只是记录和保存本乡本土的重大人事,却无意从中梳理历史发展的规律和脉络,因为,从它内在的循环时间观来看,根本没有本质上的"新"东西,一切都是旧的,而且是不变的。而宏大叙事则以对历史的概念把握为前提,以先已具有的目的论模式和新事物生成的角度来理解历史,一切事物就必须从新旧矛盾的方面得到价值的评判。但是这种理解方式的片面性在于,它不能很好地解释旧事物的长久存在本身。而这恰恰是真正困扰陈忠实的问题,那就是,已经经历了现代化洗礼的中国人为何依然被旧的东西所缠绕,这种旧的东西之历史根源在哪里?

我认为,陈忠实通过挪用传统"地方志"叙事的时空体框架,从而获得了一种悬置历史判断的审美立场,使得他能够尽全力去做他真正想要做的事情——如雷达所说,在《白鹿原》中,"陈忠实的全部努力,就在于揭去覆盖在历史生活上的层层观念障蔽,回到事物本身去,揭示存在于本体中的那个隐蔽的'必然'。"[①]"回到事物本身","悬隔"终极判断,这种哲学理念是20世纪现代社会的产物。在小说领域,我们所熟知的自福楼拜以来的现代主义文学理念其实是这种哲学理念在艺术领域的具体化,这也是陈忠实通过表面的回退,通过挪用传统"地方志"的叙事形式而获得的极具现代性的艺术观照立场。

三

如果说"地方志"文类形式和"村庄时空体"从外部遏制了线性叙事的"消耗",那么,对故事时间的空间化处理则从内部保存了主题含义的长久持存,从而使整个叙事进程表现为"团块"状的累积过程。

我们知道,叙述连续性可由人物、空间或时间等多种要素来构成。在《白鹿原》的写法中,人物和空间具有主导性的地位,叙述打破了时间顺序的约

---

① 雷达.废墟上的精魂——《白鹿原》论[J].文学评论,1993(6).

束。同时,当以人物为中心叙述的时候,时间和空间自由跳转;当以空间为中心叙述的时候,人物和时间自由跳转。这样一来,故事时间在叙述中被文本空间所替代,也就是说,客观的时间被符号化为文本叙述上的相对时间,成为一种文本空间中的相对位置。因此,从整体来看,《白鹿原》是以"蒙太奇"手法组织起来的许多大小不等的叙事团块。表面上看,文本的各章节之间以及每一章内部不同的叙事单元之间有着明显的相互独立性,同时,作者又通过"话题衔接法"在不同场面之间巧妙地建立起一种联系,从而将各自独立的场面联结成一个更大的具有主题统一性的"团块"。

在《白鹿原》中,叙事的"团块化"是由多种叙述手法共同促成的。我们仅就其中最重要的几种做一分析:

一是倒叙。热奈特说:"倒叙指对故事发展到现阶段之前的事件的一切事后追述。"①李建军把《白鹿原》的倒叙法称作"以悬念式的开端冠领情节、驱动情节回溯式发展"②。著名例子就是小说的开头,"白嘉轩后来引以为豪壮的是一生里娶过七房女人。"③这句话是对前三章所要叙述的核心事件的提前说明,因此,整个前三章的故事表现为对这一开头的回溯式展开。实际上,《白鹿原》几乎所有的大的叙事单元都是由特定的叙述话语先行引领,而后回溯式地展开的。这种笔法在古代小说文法中被称作"突阵法",即冯镇峦在《聊斋志异》评点中所说的"盖凭空突然说出一句,读者并不解其用意安在,及至下文,层层疏说明白,遂令题意雪亮"。④ 在《白鹿原》中,"突阵法"还起到了叙述加速的功能。因此,回溯式展开是在整体顺序且加速的叙述框架内,将各叙事单元的时间进程舒缓下来,使其凝聚在特定的叙述段中,从而减弱了情节运动对意义的消耗,而使主题的呈现更加自如,而在引领话语的笼罩范围内的叙述段落便自然地形成了一个相对独立的"团块"。

---

① [法]热奈特.叙事话语 新叙事话语[M].王文融,译.北京:中国社会科学出版社,1990:17.
② 李建军.宁静的丰收:陈忠实论[M].北京:华夏出版社,2000:146.
③ 陈忠实.白鹿原[M].北京:人民文学出版社,2004:3.
④ [清]冯镇峦.读聊斋杂说[M]//聊斋志异会校会注会评本.张友鹤,辑校.上海:上海古籍出版社,2011:14.

二是补充预叙。按照热奈特的说法,这是对"未来的省略"事件的提前叙述①。比如第四章中,对关中种植罂粟的一段叙述是对朱先生禁烟的后续事件的提前叙述,而这件事在此后的叙述中被省略了,再也没提。再比如第二十八章对白灵死后多年鹿鸣查找真相的叙述也是一种补充预叙,而这件事本身甚至超出了整个《白鹿原》故事的时间范围。这种手法实际上是叙述时间上的大幅度"闪进",对当前事件相关的未来事件的叙述能够有效地将当前的叙事单元封闭在绝对的"结尾"中,从而让叙事单元趋于自足而独立化了。

三是重复叙事。重复叙事,按照热奈特的解释,即"讲述 n 次发生过一次的事"②。重复叙述具有多种艺术效果,在《白鹿原》中,它主要起到了从内部凝聚叙事团块的作用。以第十九章到第二十章对小娥之死的叙述为例:第十九章中对鹿三遇见白孝文的场景进行了详细叙述,这个情节本来只是白孝文故事中的一个插曲。到第二十章,讲鹿三杀死小娥的时候,又提到"鹿三杀死儿媳妇小娥的准确时间,是在土壕里撞见白孝文的那天晚上"③,随后在鹿三回忆自己带领孝武孝义和兔娃进山背粮之后,叙述者又说道:"隔了一天,他到土壕去拉垫圈黄土时遇见了孝文;吆车出土壕时,他的脑海里闪出了梭镖钢刃……"④这里,对鹿三遇见孝文一事重复叙事不仅丰富了这个场景本身,而且让文本上相隔很远的叙事单元依据这个事件本身而黏合为一个整体,从而使这个文本空间中插叙的各种事件都在同一个主题内获得其意义上的统一性。类似的例子很多,由重复叙事所凝聚起来的叙事"团块"超越了文本章节的划分,将不同人物为核心的叙事单元以事件为核心再次组织起来,进一步加强了主题含义对故事叙述的掌控,从而让事件的意义在不同语境的迁移中一步步丰富和深化。

总之,《白鹿原》的叙述整体上是与故事顺序一致的,而且叙述整体上采取了"加速"的形式,叙述者以"有话则长,无话则短"为原则,对故事的掌控极其严格,到了能省就省的地步,从而制造出一种紧凑而密实的文本效果。

---

① [法]热奈特.叙事话语新叙事话语[M].王文融,译,北京:中国社会科学出版社,1990:41.

② [法]热奈特.叙事话语新叙事话语[M].王文融,译,北京:中国社会科学出版社,1990:75.

③ 陈忠实.白鹿原[M].北京:人民文学出版社,2004:347.

④ 陈忠实.白鹿原[M].北京:人民文学出版社,2004:356.

而叙事的"团块化"更是让《白鹿原》的阅读体验变得奇异和独特。它让人想到巨石奔腾的峡谷,流态的生活被作者的艺术意志强力凝聚为磊磊团块,时间的洪流作为痕迹刻写在峡谷的起伏中,从那石块之硕大、密集与质感中,我们仿佛能听到往昔洪流的轰鸣,看到滔天巨浪的冲撞,在这里,时间的强大力量并不表现为毁灭和损耗,而更多的是沉淀和积累。

四

在《辩证的批评》一文中,詹姆逊说道:"文学素材或潜在内容的本质特征恰恰在于,它从来不真正地在原初就是无形式的,从来不是在原初就是偶然的,而是从一开始就已经具有了意义……艺术作品并不赋予这些成分以意义,而是把它们的原初意义转变成某种新的、提高了的意义建构。"[1]这种文学素材自身的形式就是所谓"内容的形式",文学形式的意义是在与这个"内容的形式"的关系中体现出来的。因此,在讨论了《白鹿原》的累积型叙事进程之后,我们要对这本小说的内容本身的形式做一番探讨。

《白鹿原》写的是一片有着"仁义"之名且被白鹿精灵所庇佑的土地,然而,这片土地的内部却是潜藏着危机和混乱的,自然灾害的阶段性破坏,无论人们怎么努力,白鹿村的人口永远"冒不过一千";而在社会生活中,权力倾轧、私欲泛滥、暴力横行。物质生活的危机和人为的破坏造成了人们精神的恐惧,这种不安全感深深地刻印在农民的心理结构中,使他们长期生活于精神愚昧、意志消极的状态中。而所谓的秩序其实是建立在自然、权力、欲望和暴力基础之上,并通过四种力量之间暂时的平衡而维系的。四种力量的苟合与制约所维持的脆弱的平衡可能因为任何一种力量的增长而被打破,从而再度陷入混乱,当这种混乱把全体逼到毁灭的危机边缘时,秩序的力量才重新出现,生活归于平静——这就是乡土中国可悲的循环!

可以说,传统乡土社会的秩序不是建立在积累和发展的状态中,而是建立在反复的积累、破坏、危机、重建的状态中,与之相适应的那种所谓的"仁义"文化也因此具有强大的压抑性和内耗性的特征。仔细阅读那则被白鹿村的村民所推崇,甚至被当代的读者所推崇的《乡约》,我们会发现,人的生存理

---

[1] [美]詹姆逊.辩证的批评[M]//詹姆逊文集:第1卷,新马克思主义.王逢振,译.北京:中国人民大学出版社,2004:81.

想被紧紧地束缚在各式各样的戒律中,而它却没有提出任何发展人的方案,也不为人的发展创造任何条件。在这里,"治身修家"是人的本分;"居官举职"则是人唯一发展的途径;"凡有一善为众所推者皆书于籍以为善行"①,则是生命唯一的超越目标。这就是《乡约》为人的生存勾画的轮廓,且不说它鼓励人们的自私和权力争斗,也不说"书于籍"的人数是多么有限,单就"书于籍"本身真的能够让人的灵魂得以安放吗?陈忠实在阅读那些县志中的"贞妇烈女卷"时,不禁感叹:"这些女人用她们活泼的生命,坚守着道德规章专门为她们设置的'志'和'节'的条律,曾经经历过怎样漫长的残酷煎熬,才换取了在县志上几厘米长的位置。"②可见,这种生命的超越是靠着怎样残酷的自我压抑才可实现的啊!这不也是乡土文化"内耗"特征的表现吗?

再看《白鹿原》的故事:前所未有的大变革惊涛骇浪一样拍打着这片土地,一方面考验着乡土秩序的凝聚力和强大韧性,结果是历史的洪流击碎了人心,任何具有群体认同价值的"良知"彻底失效;另一方面也释放了这片土地上长期被压抑的生命力量,年轻一代的白鹿原人积极地挣脱家族的束缚,为了更高的生存理想而奋斗不已,然而他们的结局却无一不是悲惨的。黑娃"学为好人"无果,从反面说明了乡土文化秩序根基的彻底消亡,而白孝文的命运则从正面说明了与新的时代契合的恰恰是"空心的人"。在这里,历史表现为一种可怕的可能性,即一种空转,一种走向虚无的剥离,它不仅不能带来任何新的东西,还把旧的东西一举消灭了,这难道不是那破坏性的、"内耗"结构运动的必然结果吗?因此,朱先生留下的那句"天作孽犹可违,人作孽不可活"恰恰不是对传统社会而言的,而是他留给当代社会的警示。在传统的仁义秩序中,人作孽是可以活的,而"天命"却不可违逆,与"天命"勾结的那种权力不可违逆。而随着科学技术的发展,农业生产方式的技术变革,那种借自然的暴力而统治的意识形态便会丧失其基础,这时社会的不发展就只能归咎于"人作孽"。

因此,我认为,《白鹿原》最深刻的地方就是艺术地揭示了传统社会结构和文化结构在历史运动中所具有的压抑性的、破坏性内耗的天然倾向,这种

---

① 陈忠实.白鹿原[M].北京:人民文学出版社,2004:92.
② 陈忠实.寻找属于自己的句子——《白鹿原》创作手记[M]//陈忠实文集:第9卷,2007—2009.北京:人民文学出版社,2015:312.

结构自身的严重缺失在于,它建基于一种危机与重建的循环模式,而缺乏积累和发展的维度。这一主题实际上在短篇小说《轱辘子客》中就已经集中地表达出来了,小说中那个人才俊俏而最终走向堕落的王甲六的经历事实上构成了白孝文形象的底本。纵观历史,在我们民族的现代化过程中,这种破坏性内耗的结构倾向反复出现,这给我们带来的历史教训是非常深刻的。正是把握了这一点,陈忠实才说:"所有的悲剧的发生都不是偶然的,都是这个民族从衰败走向复兴、复壮过程中的必然。"① 从这个角度来理解《白鹿原》,理解陈忠实的"剥离"理论,其现实意义不言自明。

结 论

综上所述,《白鹿原》是用一种"累积型"叙事进程来表现传统乡土文化结构的内耗倾向,来表现一个可能的、令人担忧的历史"空转"。这种形式对内容的强力反制构成了《白鹿原》艺术魅力的根本来源。如果我们同意,文学形式的塑造所包含的艺术动机作为一种审美意识形态,体现着作家对他所表现的社会生活的理想化的、乌托邦的反应,那么,《白鹿原》就可以解读为以艺术上的"累积式"发展对乡土文化"内耗"特质的审美救赎。正如本雅明所说,我们总是面朝过去,被历史的废墟推着退向未来的,我们只能通过对废墟的考察,通过那些被丢掉的东西来理解我们的方向。陈忠实的《白鹿原》及其审美救赎所寄寓的也正是我们民族的未来。

(作者单位 西北大学文学院)

---

① 陈忠实.关于《白鹿原》与李星的对话[M]//陈忠实文集:第5卷,1987—1994.北京:人民文学出版社,2015:359.

呼唤白鹿:共在生存的人道诉求
——对《白鹿原》中乡土社会共在生存的伦理省察

段建军

《白鹿原》作为当代文学史上一部经典的乡土史诗,具有浓厚的乡土哲学意蕴。陈忠实通过对脚下热土数十年如一日的生命体验,领悟到乡土社会中个体自我生存与他人的深刻关联,故在小说中创造了"白鹿"和"白狼"这一对二元对立的审美意象。这一对隐喻意象的多次出现,形成了贯穿全书的主题象征。深入解读其价值意蕴,有助于我们进一步理解"民族的心灵秘史",阐扬传统文化的精神价值,树立我们的文化自信。

一、鹿性之"我":成德方能成己

陈忠实在关于《白鹿原》的写作自述《寻找属于自己的句子——〈白鹿原〉创作手记》一书中说:"《白鹿原》创作欲念刚刚萌生,第一个浮到我眼前的人物,便是朱先生。"[①]而朱先生终生坚持的做人原则是"学为好人"。这一做人原则就是乡土社会的生命价值观,即在成德中成就自我。小说中白嘉轩就是践行"学为好人"原则的典范,他一系列以德报怨的行为动机,用他自己的话说,就是要"让所有人看看,真正的人怎样为人处世,怎样待人律己"。他和朱先生用自己现实的人生作为,对中国乡土社会价值观做了生动的诠释。

在成德中成己的乡土生命价值观,是建立在自我与他人共在的生存逻辑起点之上的。自我的肉身和精神的生存成长历程,绝对不是以独在的方式与自身反复周旋的历程,而是不断地与那些"我"所不是也不是"我"的形形色色的"他人"的肉身与精神相遇互动的共在历程。世界是"我"和"他人"共同

---

① 陈忠实.寻找属于自己的句子——《白鹿原》创作手记[M].上海:上海文艺出版社,2009:48.

分有的世界。存在是"我"与"他人"在此世界中共同存在。"他人"与"我"不只是消极的相遇照面,更是积极的互相促动。当"我"进行社会化的活动时,"我"周围的"他人"更不会漠然置之,而是迅速做出相关的反应。或者以不断的鼓励和赞同,表示"他人"认可这种行为方式的妥当性和行为结果的有益性,表明"他人"愿意在情感上参与并且促成这一行动;或者用反对和责难表示"他人"否认这种行为方式的妥当性和行为结果的有益性,声明"他人"在情感上排斥这种行为,在意愿上要求中断这种行为。"他人"对"我"人生行为的这种积极参与和评判,对"我"现在和将来的人生活动,具有一定的激发诱导或阻挠矫正作用。其往往促成了"我"人生作为的延续或中断,使"我"的一切人生作为,都打上了与"我"共同存在于这个世界中的"他人"的印记。经过一定的人生阶段之后,"我"精神中的"他人"印记会更为明显。从此出发,可以肯定地说,"我"天生是某种范围广大的共同体的一员,从属于某个有着巨大包容性的灵性王国。"我"的灵与肉都属于这个"我"所不是也不是"我"的共同体,并依赖着这个共同体。

中国乡土社会中人的共在性,决定了这个社会是一种特殊的人伦社会。每个自我都在人伦中做人,用人伦关系来理解、认识和要求人。最初周公制礼,最基本的就是确定人伦。它的基本纲领则是亲亲之属,尊尊之等,在此基础上演化出了五伦关系。到了孔子,则由亲亲言人,由尊尊说义,点出仁义之后,又不拘囿于亲亲尊尊,而是推广扩充以至无限,从而开辟出中国乡土社会人生哲学的独特疆域,此后的哲人都在这一疆域中进行拓展。《礼记·冠义》指出,儿童冠礼的举行,标志着儿童已进入成人阶段,此后要将他作为成人来看待。然而,所谓将儿童看作成人,并非仅仅告诉他已经在生理上脱离儿童的年龄,在心理上也应该有已经长大成人的意识,更意味着要责成行礼者在今后的人生中对"他人"尽各种成人之责。因为乡土人生哲学认为,每个"我"一旦坠地之后,便受到五伦的关切,此后每一步的生存成长都受到五伦中"他人"的照顾,于是,在生命中布下了五伦的种子,受到五伦阳光雨露的温暖与滋润。当"我"成人之后,必然根心生色,畅于四肢,发于人生事业。从外部责成"我"尽成人之礼,不过是期望"我"像一个忠厚诚恳的君子一样在尽伦之中成德,不要辱没人生正道。乡土社会的正人君子常问自己"五伦间有多少不尽分处?"唯恐自己一时大意,竟然疏漏了本该时刻尽心去担负的五伦之责,故而不断提醒自己,要尽力践行五伦之责以成己德,并由此踏上仁者之路。

中国乡土社会所谓的成德者,首先具有广大无边的同情体物之心。在此成德之"我"的心中万物皆备,万物一体,浑然无人(物)"我"内外之分隔。"原始之仁爱,正为人'我'各为独立个体人格之观念未自觉显出时,而首先显出之德性。故人之根本德性为仁爱。原始之仁爱非佛家之慈悲,亦非基督教之爱人如己。慈悲乃以上怜下。爱人如己之爱虽是仁爱,但尚非最初之仁爱之表现。最初之仁爱,唯中国儒家认识最真。中国儒家言仁爱,恒只言仁不用爱字,其义甚深。依儒家义,人最初对人之仁,可不表现为有所事之积极之爱,而只表现为浑然与人无间隔之温纯朴厚,或恻隐不忍之心情。"①孔子所谓"巧言令色鲜矣仁""木讷近仁"其最重要的内涵就是,仁者具有与"他人"浑然一体了无间隔的温纯朴厚的情思。这种情思就是修己以安人、修己以安百姓的情思,就是融通人"我"和谐共在关系的情思。在此一浑然与人无间隔的温纯朴厚心情中,"我"对"他人"的生命活动有一种忘我的承认与默契。基于这种承认与默契,"我"对"他人"生命活力的自由展示感到十分欢欣,对"他人"生命潜能的充分实现感到兴奋不已,对"他人"生命活动的受阻深感不安,对"他人"潜能的受抑于心不忍。其极致状态则是"我"与天地合其德,与日月合其明,与四时合其序,与鬼神合其吉凶,达到一种涵盖乾坤、感通天地的程度,这就是广大无边的同情心。具有此心的"我",就是鹿性的成德之"我"。

乡土社会的"鹿性之我"具有一种能够遍照万物而无遗的虚明照鉴心。此"我"由于其广大无边的同情体物之心可以通天人,合内外,一小大,融入"我",一旦发用流行,就会扫除人间一切阴影,揭开一切遮蔽,使万事万物在此心光的照耀下,如其自己般敞亮于天地之间。关学祖师张载有言道:"虚明照鉴,神之明也。无远近幽深,利用出入,神之充塞无间也。"这里用来照鉴万事万物的,是广大无边的仁爱之心光。仁爱之心光使人心明眼亮,此时,对万事万物的每一次光照都是一次爱的询问,万事万物也只在这种仁爱之心光中呈现自己,开启自己。如果"我"不具有仁爱心,"我"就不会对天地间的各种

---

① 唐君毅. 文化意识宇宙的探索[M]. 北京:中国广播电视出版社 1992:139 – 140.

事物产生兴趣,就不会用生命的灵光去烛照"他人"他事与他物。从而,"他人"他事与他物就会被"我"所忽略,被"我"置于阴影之中。而仁爱使"我"对各种人、事、物聚焦,进而进行烛照,它选择了"我"光照世界拥抱人生的方向,决定了"我"所照明的世界的范围与程度,仁爱是一种广大无比的爱,它不受封限,故而天地间无一物能外于仁爱之心光的照耀。

乡土社会的"鹿性成德之我",具有一颗健动不息的创生之心。它自始就要发为践仁尽兴的实践行为,要求在践仁尽兴的实践活动中,呈现仁爱的真实性与绝对必然性。让仁爱在人生实践中挺立于天地之间,对"自我"和"他人"起到革旧布新的创生作用。鹿性德性于穆不已地软化各种痼结,恢复生命的弹性,增强生命的活力;改造形形色色的惰性,使人不安于此在的生存现状而生奋勉向上之心。德性刚健不息地革除各种执心习染,使人从各种迷惘贪欲中超拔出来,显出其纯粹自由自立相。孟子所谓"广土众民,君子欲之,所乐不存焉。中天下而立,定四海之民,君子乐之,所性不存焉。君子所性,虽大行不加焉,虽穷居不损焉,分定故也。"其意就是说鹿性之"我"能够把自己的执心斩断,使生生不息的德性呈现出来,使人见父知孝,见兄知悌,当恻隐则恻隐,当羞恶则羞恶。把人的自然生命创造为道德化的生命。

中国乡土社会的那些鹿性成德之人,都愿意踏上仁者之道做一个"好人",都想通过人生实践,挖掘自己根身中固有的向善潜能,充分发挥和实现这种向善潜能。以尽己之性、尽人之性、尽物之性,做一个融通人"我"协调共在的好人。这种"好人"能够"泛爱众","博施于民",能够"亲亲而仁民,仁民而爱物","老吾老以及人之老,幼吾幼以及人之幼"。这种"好人"有一定的礼乐修养,能够以礼别异,以乐合同,别异则生尊尊之敬,合同则生亲亲之爱,这种"好人"用爱与敬与人共在,把整个社会看作一个休戚与共血肉相连的宗法共同体,极力促进其和谐,稳定其秩序。

做一个"好人"之所以为乡土社会所看重,称誉其为有德者,乃是因为乡土社会本身是一个人伦社会。在这种社会组织中"我"是中心,是人伦的支撑点。有"我"才有"我的君""我的臣""我的父""我的子""我的夫""我的妇""我的兄弟和朋友","无我"则无从谈"我"的五伦。"我"既是五伦的中心,那么,"我"的品行情思就对五伦有着极大的影响作用:"我"通则五伦通,"我"塞则五伦闭,"我"昏则五伦暗,"我"清则五伦明,"我"争则五伦裂,

"我"和则五伦合。《大学》把修身放在齐家治国平天下诸人生使命的首位，就是强调"我"在五伦中的中心地位，以及"我"对五伦的决定作用。关学宗师张载力倡"我"应有一种伟大的抱负和强烈的使命感，用一种宇宙情怀建立天人关系，创设生生之道，用对社会安乐忧患的担待意识及对未来的终极关怀建立人我关系。"我"做一个"好人"是经世的基础，经世是"我"做一个"好人"的价值取向。张载思想中的理想之"我"，是能够为天地撑体挂帅，能把"他人"视为骨肉亲人，恪守天命并实现自我的内在要求，以乐天知命、尽伦尽职为自己的人生理想者。这个"我"，就是鹿性成德之"我"。

而小说中的白鹿精灵就是"好人"，就是人们尊敬的德性生存。这是共在的和谐剂，是"我"与"他人"沟通的桥梁。乡土史诗《白鹿原》中的每个生存者自我都有局部的白鹿精神；都在自己的生活圈子里推崇这种尊重"他人"，与"他人"肝胆相照的精神；都对自己圈内的人士显出白鹿之相：在仁义主仆白嘉轩与鹿三之间，在仁义哥们儿兆鹏与黑娃之间，在仁义同党田福贤与鹿子霖之间，在仁义大拇指与二拇指之间，都有一种难分你我、互谅互让的共生性"好人"精神。凭着这种好人精神，特定圈内的人们同甘苦、共患难、同荣乐、共悲戚，给苦难的人生带来了些许的温情。

二、狼性之"我"：生存的异化与自我的遮蔽

现实生活中要成为一个完全具有鹿性仁德的"好人"，却是不容易的。这是因为：首先，每个生存者自身内部都具有利用和吸收整个外部世界，丰富壮大自我的利己主义的倾向；其次，每个生存者的心中都有一种征服世界、统治别人，让整个世界以自我为中心，让自我成为宇宙间一切存在理由和目的的野心，这种野心使生存者调动自己的所有能量，尽其所能地向外扩张和侵犯，以此把自己变成恶狼，如民谚所说"变狼好吃肉"；第三，人生是时时发展变化的流动过程，人时而欢乐，时而悲愤，时而充满豪情壮志，时而又卑微自私。个人的生存成长史，大半都是狼性与鹿性交替呈现不断斗争的过程。要让一个变动不息的生命，始终朝向具有鹿性仁德的好人之维发展，确实困难不小。

所以，在白鹿原为代表的中国乡土社会，鹿性"好人"精神大多只在圈内呈露，只是一种受局限的"好人"，缺乏推己及人直到无限的感通情怀。因此，无法打通不同圈子人们之间的界墙，不能在不同圈子人们之间架起互谅互

让、共生共荣、同福同乐的桥梁。一旦越出圈子半步,一旦遇到局外人士,马上就由"好人"变成"恶人",由白鹿变成白狼。几世仁义传家的白嘉轩,用阴谋巧换鹿家的风水宝地;聚集族人在祠堂明打狗蛋和小娥的屁股,暗伤鹿子霖的脸面。鹿子霖以牙还牙,巧设美人计,让田小娥抹白孝文的裤子,亮他白嘉轩的丑。自称从不负人的好汉鹿黑娃,命令下属打劫时,千万别伤害鹿兆鹏的媳妇,却一定要蹾死鹿子霖,砸断白嘉轩的腰身。这种不纯粹、不完全的鹿性"好人",心中容不下一个小小白鹿村,更容不下一个广大的白鹿原。这种对圈外人暴露吃人的狼性的"好人",总盼望"他人"家中的烟囱别冒烟、总想把"他人"放进人肉鏊子烤一遍,因而,对乡土社会广大的共在有着极恶劣的危害。它是破坏人性和谐共在的狼性因素,由此发展出"狼性的我"。

这种"狼性的我",是乡土中国另一种典型存在。在狼性之"我"的心中,既然"我"是天地的中心、人伦的基础,那么,"我"就应该享受这个中心和基础所应享受的一切权利。"我"就应该主宰天地自然,应该役使人伦关系,应该让天地自然和人伦关系来为"我"服务,满足"我"的各种人生要求。如果他们不帮"我"达成目的,而要阻挠"我","我"有权采取特殊手段征服之。然而,冷酷无情的现实告诉"我",要达到这种荣耀程度光自恋不行,必须提高"我"的社会地位,爬到权力宝座上,只有掌权的人才能真正实施自我中心。所以,"我"人生追求的中心应是权力而非德性,是当权而非成德。"我"是国民党的县长史维华,就能够以国民革命的名义对本县人口和土地进行彻底清查造册,再由县府加盖印章,接着要求农民在青黄不接的时候,按土地亩数和人头交印章税。相反,假如"我"不当官、没权没势,就只能压抑自己的欲望,扭曲自己的性格,就得忍耐无人问"我"的寂寞,就得忍受缺衣少食的贫困;在"他人"吃腻了鱿鱼海参白米细面而以泡枣养身的时候,"我"连窝窝头都吃不饱;当"他人"三妻四妾生子享乐同步进行的时候,"我"却只能把祖祖辈辈遗传下来的男女性在牛马棚中通过酸故事发泄出来。有权势者都有显赫的荣名,"我"只能是个下贱的"猪娃""狗蛋";有权势者打个喷嚏能在白鹿原掀起一股风浪,"我"即使大吼一声也只会被当作蝇叫;有权有势的踩一下脚能使白鹿村乃至白鹿原发生一次地震,"我"即使用石夯砸地也产生不了地动效应。有权有势的鹿子霖可以在白鹿原大张旗鼓地交许多女人而不受任何处罚,"我"狗蛋在田小娥的屋子外面学几声狼叫,念几句发泄"力比多"情绪的淫诗,就要在祠堂中挨刺刷。历史和现实都证明追求权力成为当权者是人生第一要事,权力可以把"我"变成自由吃肉的"狼",没权把"我"变成任"狼"去吃的肉。

狼性的"我",认为"他人"都是"我"的对头,时时都在争抢"我"的主体地位,异化"我"的生活世界,把"我"变成被动的客体。因此,"我"与"他人"没法相互沟通。更可怕的是,在狼性的"我"看来,"我"与"他人"共存于一个商品经济不发达、社会财富很有限的乡土社会之中,大家都想拥有无限的财富、娇美多产的妻妾,生出成群俊样的后代,都想拥有更大的权势,成为真正的主体,以注视"他人"、主宰"他人",让世界为"我"而存在,并以此解除被"他人"当作对象任意宰割的忧虑。这就是说,"我"与"他人"有着共同的人生追求与向往,"我"以财色权为唯一有价值的东西,为了追求财色权,"我"与"他人"都把同情心抛到爪哇国去,而相互麻木、冷漠、嫉妒、欺诈乃至残忍相对。各人都一边掂量自己,一边估摸对方,权衡各种优劣长短,然后,以己之长进行奋争:势力弱小则谄媚卑屈,势力强大则咄咄逼人;心智高则伪善地"细做"对方,体魄壮则直接"粗整"对方。其目标都是要把"我"从对象变成主体,从手段变成目的。

也许有人会指责这种狼性的"我"忘掉中国乡土社会的一个重要特点就是"我们"的存在形式。然而在狼性的"我"看来,乡土社会确实言必称"我们",比如,"我们"庄稼汉、"我们"姊妹、"我们"兄弟、"我们"原上人等,但这并不能使"我"与"他人"融合如一,只能对"我"和"他人"进行异化。当有了一个共同的谋生职业,如种地时,就产生主体"我们"——"我们"都是农民。然而,"我"是少田无产只能给人拉长工打短工的穷苦农民李相、王相或黑娃,他却是田连阡陌富比王公的郭财东;"我"可怜得连半个媳妇都问不起,他却有几房女人;"我"想与他融合,他肯定会以此为羞,阿Q不能被肯准姓赵就是典型的例子。其次,一旦有了共同的关注对象时,似乎也能产生主体"我们",比如我们都在贺家坊的戏楼前看戏,我们都被一个虚构的戏剧对象《走南阳》所吸引,我们都在关心刘秀与村姑之间那场打情骂俏的过程。然而,就在戏台下的其他人都畅快地起哄叫好打呼哨的时候,唯独"我"白孝文的下身受到了田小娥的撩拨,声誉受到田小娥的威胁。戏曲把"我"和台前所有人都规定为看戏的人——主体"我们",似乎"我"的角色可以与任何一个看戏者互换,而"我"白孝文所受的威胁在实际上是台下任何一个其他看戏的人所无法代替的。一旦他们知晓此事,不但不会因为我们都是看戏的而同情"我",反而会把"我"当成戏台底下的耍骚者,对"我"发泄愤怒,实施肉身攻击。

在乡土社会,除了主体"我们"外,还有对象"我们"。这种对象"我们"是由第三者的意识所创造和承担的。第三者只要愿意,可能随便地把出现在自己视界中的任何两个或两个以上的人凑合成一种对象"我们"。实质上这个"我们"的内部也存在着巨大的裂口和尖锐的对立。在第三者眼中,我鹿子霖与白嘉轩既然共进一个祠堂,同出一个老根,就必定是血肉结成的共同体,"我们"之间就是血亲同盟。这实质是抹杀了"我"与白嘉轩精神志向的不同,即我最崇拜勺勺爷,他最崇拜白修身。也抹杀了"我"与白嘉轩做人准则的不同,即"我"决心践行以德报德、以怨报怨的人生格言,白嘉轩在做人方面不但以德报德,而且以德报怨。这个"我们"是由第三者强行撮合起来的一个异化存在。第三者对对象"我们"的异化之处更表现在,"他"把任意一个对子用自己的目光融合起来,不分主客,不辨主动与被动,对其强做等同观。当第三者看见"我"白孝文走进田小娥的破窑洞里,或者看见"我"从那破窑洞中走出来,"他"就断定"我"和田小娥是一对不干不净的淫魔,断定"我"伤了祖先的脸面,坏了家族的名声。第三者根本不分辨"我"白孝文是主动走进那破窑的,还是受到勾引后被动进去的,或是不自觉地陷入"他人"事先设计好的圈套之中被套进去的,也不问"我"目前是否已经做下了不体面的事,或者虽有淫贼之心而无淫贼之胆。"他"不问青红皂白把"我"拉进祠堂,当着列祖列宗和同门叔伯兄弟的面,揭"我"的皮,伤"我"的脸,强行拖"我"掉进人生的深渊,使"我"在人生路上徘徊之后走向正道的向度被彻底切断。这种对象"我们"纯粹是由第三者强加在"我"与田小娥头上的。在这一"我们"中所呈现的是第三者的存在。它表明了"我"与他人只能是一种超越与被超越的关系、控制与反控制的关系,总而言之,是狼与肉的关系,绝对不可能在相互感通的基础上形成融洽如一的和谐关系。

白鹿原上出现了白狼,必然给生存者带来了许多可怕的灾难,带来了许多不该有的血泪,带来了许多学狼吃人的人。鹿子霖坐牢期间,鹿贺氏为了救他出狱,把鹿家藏在牛槽底下、墙壁夹缝和椿树根下面的黄金白银全挖出来送给那些掐着丈夫生死八字的人,她甚至把门房拆了,把门楼卖了换成现洋去赎丈夫的命。鹿子霖出狱后,做了国民党联保主任田福贤的钦差大臣,趁到处抓壮丁卖壮丁的机会,利用职权填补自己坐牢期间造成的财政亏空,把灾难转嫁给白鹿原的下层百姓。上层有了吃人的白狼,下层也就产生了以毒攻毒,将难堪与灾难像皮球般踢回的学狼吃人者,用土匪大拇指芒儿的话说就是:"旁人尽给咱造难受教人活得不痛快,逼得你没法忍受就反过手也给他造难受事,把不痛快也扔到他狗日头上,咱就解气了痛快了。"[①]下层学狼吃人者的逻辑是,本来低下的社会地位只容"我"安分守己,做个与人无争的良民,然而,他人却张开吃人的大口,逼得"我"走投无路,不容"我"与人无争,否则,天地之大无容"我"站立之处。为生存"我"只能铁下一条心,与跟"我"过不去的人撕咬,更与"我"跟他过不去的人打斗。鹿子霖走运时在原上喝五吆六作威作福,当其倒霉时,受害者把鹿家祖坟变成解手泄愤的官茅厕,更有恶作剧者,不惜冒险,爬上半人高的墓碑顶端撒尿拉屎,把引着儿媳和孙子上坟的鹿子霖几乎气疯。白鹿原上那些白狼和学狼吃人者们,都觉得自家不该遭受灾祸的打击,而别人家的烟囱则不该冒烟,因而,他们都自觉不自觉地把人生过程变成制造和复制灾祸的过程,以此泄愤,图一时之快,而最终享受到的却是无尽的烦恼与恐惧。论语云:"君子坦荡荡,小人长戚戚。"君子即白鹿人格,胸无拘碍,积健以体仁道,浑然与万物同体,故大生无穷尽,大明无遮蔽,知周万物,道济天下;小人即白狼人格,自造障碍,自己遮蔽生命之光,忧愁苦恼郁积于胸中,不得畅快。

狼性的"我"不得畅快,从根子上说是因为其执心太重,自觉不自觉地远离社会伦理人生圈,而进入了社会生物圈,疏离文明而靠近愚昧,捐弃仁爱而求助狼毒。那些嫁祸于人的人,不想在生活中追求善,不认为人类有善心可言,而要用各种恶行把人生变成不能和谐安宁,只能冤冤相报的大斗技场;那些以恶抗恶的人是把用恶来复制血泪当作制止血泪、争取……段,他们的内心充满了仇恨,决……原变成你烙我、我烤你的人肉鏊……原始攻击性,满足自己的血腥本能。他们就这样用生命活力把白鹿原推向永远动荡不安的苦难深渊,把人们引向生存歧途,堵塞了进入安宁和平的可能性,而处在这种动荡生活的风口浪尖的狼性之"我"自然也

---

① 陈忠实.白鹿原[M].北京:人民文学出版社,1993:377.

时时面临各种危机。

三、呼唤白鹿：共在生存的人道诉求

在与狼共在的白鹿原，善良的人们靠什么来支撑自己的人生呢？首先靠的是直面苦难的清醒意识。白鹿原上的正直人不想掩饰或逃避苦难，更不愿制造苦难，而是首先冷静地直面苦难，让他们对自己人生的责任了然于心，他愿意默默地为自己的位置和处境负责。冷先生说："我看人到世上来没有享福的尽是受苦的，穷汉有穷汉的苦楚，富汉有富汉的苦楚，皇官贵人也是有难言的苦楚。这是人出世时带来的。你看，个个人都是哇哇大哭着来这世上，没听说哪个人落地头一声不是哭是笑。咋哩？人都不愿意到世上来，世上太苦情了，不及在天上清静悠闲，天爷就一脚把人蹬下来……既是人到世上来注定要受苦，明白人不论遇见啥样的灾苦都能想得开……"①他看到人生注定要通过受苦来展开其整个生存成长过程，而且认清了人生的意义和价值，就在于挺身于苦难境遇与苦难搏斗的过程中。故而，无论遇见什么灾难，他都是一副"冷"模样：为搭救名义上的女婿，他"冷"不丁掏出自己的全部积蓄；为彻底解决给鹿冷两家造成难堪的亲生女的淫疯病，他"冷"下心开了一服虎狼之药。他以"冷"承担灾难、支撑人生，而这"冷"的内部，则藏有巨大的对"他人"的责任感和一己的承当意识。

白鹿原上的人借以支撑苦难人生的第二个支柱，是他们对乡土人生哲学的领会。乡土哲学认为，万事万物都在对立转化中运动发展，当其前行到某种极限程度时，就会改变方向，向着自身的反面前进。乡民们由此领悟到：这世界上既然有吃人的白狼，就一定会有给人赐福的白鹿；有深重的苦难，就一定有宜人的欢乐。所以，他们在特定时期，虽然经常看见白狼吃人，却对人生并不悲观；虽然身陷多重苦难之中，却对人生并不气馁。他们深信自身目前所遭受的苦难，正是今后幸福生活的前奏，犹如寒冬过后必是暖春一般。白鹿原上深受儒圣言行感染，颇有些洞明世事的贤达气味的白嘉轩对自己儿子说："世事就是俩字：福祸，俩字半边一样，半边不一样，就是说，俩字互相牵连着。就好比罗面的箩柜，咣啷摇过去是福，咣啷摇过来就是祸。所以说你们

---

① 陈忠实.白鹿原[M].北京：人民文学出版社，1993:293.

得明白,凡遇好事的时光甭张狂,张狂过头了后边就有祸事;凡遇到祸事的时光也甭乱套,忍着受着,哪怕咬着牙也得忍着受着,忍过了受过了好事跟着就来了。"①他相信无往不复否极泰来的人生哲理。他一生忍受过六娶六丧的灾难,忍受过儿子败坏门风踢荡家产的危机,忍受过土匪打抢财物打折腰杆的苦难,支撑他生存的力量就是对乡土人生哲理的领悟。

　　受尽白狼祸害的原上人,不仅用各种方式忍受和承担苦难,更以急切的心情呼唤着白鹿的出现,相信只有白鹿才能维护人际关系的和谐,增进共在者之间的情谊,这种白鹿作为人性和人道的化身,应该像冷先生那样尽力帮助自己所能帮助的一切人,而不给任何人造成伤害。在帮助"他人"排忧解难祛病降灾时,绝对不进行贵贱优劣远近亲疏的类别等级划分,也不去追问自己将要解救的这个或那个生存者,究竟有多少值得解救的价值和意义,更不去追问被救助者是否具有感恩戴德进行回报的能力。作为一个体现人道的白鹿,总是把生命看作最大的价值、最神圣的存在,而生命中最神圣的东西则是感通无阻、悱恻不安的仁心。它创生一切而无遗,成全一切而无外,要通过自己的人生实践,使仁心挺立于个体生存成长的全部历程,挺立于人们的相互关系中,挺立于整个宇宙之中。这种挺立仁心的实践,使白鹿浑身充满活力,把自己带到对"他人"永不停息的责任感之中,一生注重修身,愿为"好人"。

　　原上人呼唤的充满仁心的白鹿,却并不否认世界上存在着不同求生意志的争斗;不漠视有些狼性十足的人,为了一己的生存不惜牺牲"他人"这类血腥事实;更不会因此就盼望别人家的烟囱都不冒烟,不因此就投入把现世变成人肉鳌子的生物行列。它只承认一个事实,即自己内心的求生意志是一个愿与别的求生意志合为一体的求生意志;只承认一切绝对尊重、保全和促进生命的行为,才是人道的行为。人生其他东西都必须以此共同的求生意志为中心,即使超个人的所谓伟大行动也必须符合人道,服务于人的生生之道。真正的白鹿不想无人道地谈论伟大,认为把伟大变成遥远模糊的目标,或者让伟大变成与人的生命无关的东西,在根本上是与伟大无缘的,把伟大置于空中楼阁以图抬高它,实际是毁灭了它。这是原上人出自本能发自内心的呼

---

① 陈忠实.白鹿原[M].北京:人民文学出版社,1993:521.

唤。因此,当白孝义服兵役去河南打了一仗之后,心里顿时生出对战争根深蒂固的厌恶。他看见己方和敌方那么多尸体交错叠压在一起,便联想到原上麦收时田地里的麦捆子,他与生俱来的那股子执拗劲就从心底冲荡起来:"这都是图个啥为个啥嘛?刚刚长成小伙子还没出过大力,'嘎嘣'一声倒下就把伙食账结了!我不想算别人的伙食账,也甭让旁人把我的伙食账算了。我不想变成麦捆子,也不想把别人变成麦捆子。我还是回去种庄稼喂牲畜吆牛车踩踏轧花机子好些。"①白孝义这种素朴得几乎出于本能的人道之心,是对一切践踏、蹂躏、杀戮人民生命的社会生物主义者的有力抗议,又是对生生之德的本能捍卫与呼唤。

  其实,在白鹿原呼唤白鹿,反对白狼争凶斗狠的,又何止白孝义这类安分守己的普通庄稼人呢?原上最不安分守己的人物黑娃,在跟从朱先生"学为好人"后告诉妻子,他早先闹农协、闹暴动、当土匪,全都是跟人作对,现在乏了,也烦了,想过安宁清静的日子。原上最爱与人争高比低,时不时张开吃人的狼口的鹿子霖,其内心深处也常常生出对人间争斗的厌倦,觉得这种争斗让人生充满了险恶,不值得人去留恋而只能使人抛之弃之。在他二度春风得意后,每天晚上家里人和长工都酣然入睡,他却难以成眠,每一次听到屋梁上的嘎吱声或厦屋圪土的跌溜声,他都会产生一种天毁地灭般的恐惧。等这种恐惧退净之后,他便自觉到这种充满恩怨,形同鏊子的天地自然和白鹿原上的社会人生,都是没有一处值得人留恋的,所有原上那些为蝇头小利你争我夺的熟人和生人,都显得十分好笑,"在那种心境里,他甚至企盼,今夜睡着之后,明朝最好不要醒来。"

  绝大多数的原上人,都反对你争我斗你踢我咬的狼性生活,因为这种狼性生活要以活人的鲜血和生命做养料,以复制血泪和仇怨为快乐,是生生不息的人性的缺失,是食人肉喝人血的兽性发作。而世界是活人的世界,必须为活人开拓广阔的能在天地,而不能为活人挖掘送葬的坟墓,这样世界才会有希望。为此人们必须尽力化解各种仇怨与冲突,用更多的鹿性仁心协调共在关系。白鹿原上之所以有太多的撕咬与创伤,就是因为许多生命失却此鹿性仁心,处于迷暗的闭塞状态,为狼性执心所主宰。其实,狼性的恶与狼的暂

---

① 陈忠实:白鹿原[M].北京:人民文学出版社,1993:607-608.

时强大易行,只能说明要在充满撕咬踢斗的白鹿原实行好生之德十分艰难。但这种艰难性并不否定而是肯定了鹿性好生之德的巨大价值,并不否定而是肯定了好生之德是唯一能安定人心、拯救人心,唯一不给白鹿原复制血泪与仇怨的珍宝。所以,朱先生宁愿孤独而死也不愿凑热闹发表内战宣言。因为他确信,在这个充满生命的世界上,人只能负载着艰难去生存;只能在各种苦难中去好生,而不能用别的方式,也不知道有别的方式可以实现生生之德。为践行白鹿的生生之德,他甘愿忍受清贫、孤独和其他各种灾难,作为白鹿原最自觉的白鹿精魂,他清醒地看到已经浑身麻痹的白鹿原,患的是乏爱症。要根治这种乏爱症,并不只是通过外在的升白沉鹿就可以简单了事的。他也知道,白家比鹿家更得人心,但他更明白,外在的变革若不伴随甚或先行内心的变革,就不可能真正救治浑身麻痹的白鹿原。因为具体生存者之间的人际关系是乡土社会的基础,当生存者的蒙昧未启,争凶斗狠的兽性未改,不论人们以"哥们儿"相称,还是以"同志"相呼,都无法建立一种和谐友爱的人际关系。在这种相互否定的人际关系基础上组成的社会,不论给他以什么名义,它依然只会重演你踢我绊的生存机制,依然只会给人们制造各种血泪和仇怨,依然只会培养人的狼性。包围着人的痛苦和仇怨,并不是外在于人的东西,它是人在自己的人际关系中造就出来的,所以,要变革吃人的生存机制,必须从具体的生存者开始,必须变革每个生存者的思想感情和生存方式。只有每个生存者都充满鹿性仁心,人道才会成为人的必行之道,人们的共在关系才会建立于仁爱的基础上,才能创造出真正的人道社会,才会给每个生存者建设一个真正合理的能在天地。朱先生"天作孽　犹可违""人作孽　不可活"[①]的名言,正是爱好人生、反对仇杀、否定怨恨的鹿性仁心的表现,也是原上人世代呼唤的白鹿精灵的精髓所在。

《白鹿原》就这样通过复活中国乡土社会中白鹿与白狼的争斗,把白鹿原人的共在历程命名为鹿狼争霸史。它通过对鹿狼争霸的血泪的展示,为我们道出了民族的希望——"白鹿精灵",人们理想中的能在形态。当那传说中的白鹿精灵重回白鹿原时,当白鹿重归白鹿原,历经苦难的白鹿原所渴盼的万家康乐的太平盛世就来到了。这融汇着千万人深情企盼的"白鹿精灵",

---

① 陈忠实.白鹿原[M].北京:人民文学出版社,1993:639.

是白鹿原乃至整个华夏民族的一种原始能在意象。陈忠实为读者复活乡土社会原始能在意象——"白鹿精灵"的目的,就是要让华夏民族的集体无意识对当代人开口讲话。讲出白鹿原屡遭劫难的根本原因,就在于原上人只知道白鹿的美好与可人心意,只知道住在以白鹿命名的地方就脸上有光,只知道一旦遇难就呼唤白鹿,然而,生存状况稍有改观,马上又自觉不自觉地扮演白狼,用各种可悲可叹的手段孤立疏离以至坑害白鹿;讲出白鹿原之所以灾难重重的另一个重要原因,就在于几乎绝大多数的原上人,都只是盼望外来的白鹿赐给自己美好的命运,却不知自己也可以变成白鹿,用鹿性仁心来改造自己和周围世界。原上人更不知只要自身还在扮演白狼,随时准备食人肉饮人血,自己的生存境遇就根本不可能得到改善。只有在此的生存者们不再扮演白狼,不再复制血泪,万民康乐的能在盛世才会创成。它告诉人们,生长在以白鹿命名的地方,只不过是负载着几千年历史的重任而非化成白鹿的标志。从古至今人们之所以期盼白鹿,只说明生活世界中欠缺它,说明生活有一种极大的缺憾,人们一旦把对白鹿的企盼带进人生之中,此企盼就成为生存成长者们此生此世的闪光点,照亮了生存成长者此生此世的奋斗方向。

总之,《白鹿原》对民族能在意象的呈现,就是为了让历史与现实进行一次有意义的对话。对话的目的不在于让今天的生存成长者去重找传说中的所谓白鹿,而在于从这一传说中的能在意象获得启示,为自己创造合理的能在形态、能在理想,在于受此启示的感召,从自身做起,珍惜安定团结的生存局面,与所有共在者同心同德建设更加合理的能在环境,让那使人争凶斗狠的历史永远不再重演,与那以他人为鱼肉的历史永远说再见。

(作者单位 西北大学文学院)

为历史而烦

——《白鹿原》的乡土生命哲学及其叙事价值

段建军

人是一种事业性的存在。人为什么样的事业操劳繁忙,在什么领域里创造自己平凡或神奇的业绩,就成为什么样的人。中国乡土社会中的所有生存者,虽然有所谓圣贤凡愚之分,劳心劳力之别,但他们都为"历史"而繁忙,为"历史"而烦神。这里所说的"历史",指的是先祖过去未竟的事业,圣贤总结的社会人生经验。乡土社会从上到下,从贤到愚,所有的人都是眼睛朝后看着"历史"的过程,心思朝后总结着"历史"的经验,行动朝后完成着"历史"的使命。由于他们都为"历史"而繁忙烦神,所以他们的人生,几乎可以说都是"历史化"的人生。乡土史诗的《白鹿原》,正是通过对乡土生活的叙事,给我们诠释着中国乡土社会"为历史而烦"的生命哲学。

一、乡土人生是与"历史"相关联的人生

在中国乡土社会,上层统治阶级都有自己的"家法",即祖宗立下的做人处事、待人接物的规程。这"家法"以"历史"上的圣哲贤良为楷模,以过去的昏庸无能之辈为借鉴。它是创业祖宗尊重"历史"的铁证,又是后来守业者或引以为戒,或奉以为师的经典教材。这一传统从中国传统思想发生的轴心时期便已产生。先秦诸子之中,孔子慕周,墨子推夏,孟子崇尧舜,他们都在创立自己的学说时,以古代圣贤之言加重自己理论的分量。到了宋明儒学时期,各个思想家都坚持自己的思想是直接取自于六经孔孟。王阳明在龙场顿悟之后,王艮踵说,虚斋、鹤门皆言,其言有合其祖其祖师其祖派嫡系真血脉。当时学者们都反对为学的人不取证于经书,而执持于师心自用造成的错误。在他们眼中,圣人之道只存在于经书里,经外绝无圣人之道,谁若无视经书,也就等于无视圣人之道。谁若舍弃经书,也就等于舍弃圣人之道。

儒者做人之乐趣，就在于学习圣人之言，反复玩味圣言中的哲理，体会圣人的深邃用心，并在自己的做人过程中践行圣人之道。于是，孔圣之言就成了他们必须遵守的家法。罗汝芳说："孔门立教，其初便当信好古先。信好古先，即当敏求言行。诵其诗读其书，又尚论其世。是则于文而学之。"他们诵读圣贤书，听信圣贤言，其态度之认真，信仰之坚定，比法家遵守法律条文、士大夫执行皇上圣旨有过之而无不及。

《白鹿原》中的圣人朱先生也是这样。朱先生有天清晨正在书房晨读圣贤书，适逢省府两位差人要见。他头也不抬地说："就说我正在晨读。"示意别来打扰自己向圣贤学习。对方强调："我这里有十万火急的命令，是张总督的手谕。"朱先生说："我正在晨读。愿等就等，不等了请他们自便。"对方怕他不知张总督是何许人，专门提示了一番。门房张秀才答道，就是皇帝来了也不顶啥。因为对朱先生来说，"诵读已经不是习惯而是他生命的需要。世间一切佳果珍馐都经不得牙齿的反复咀嚼，咀嚼到后来就连什么味儿也没有了；只有圣贤的书是最耐得咀嚼的，同样一句话，咀嚼一次就有一回新的体味和新的领悟，不仅不觉得味尝已尽反而觉得味道深远；好饭耐不得三顿吃，好衣架不住半月穿，好书却经得住一辈子诵读。朱先生诵读圣贤书时，全神贯注如痴如醉如同进入仙界。"除了读圣贤书，朱先生下最大力气做的工作就是编县志。考证历史沿革、风土人情、物产特产，叙说历朝百代达官名流文才武将忠臣义士的生平简历，核查数以百计贞洁烈女的生卒年月和扼要事迹。"历史"之外的东西都在他的意向中被悬置，他的生存意向主要聚焦于"历史"上。

在中国乡土社会里，后人的生存成长领域，往往都经祖先做了"历史"圈限；后人的生存成长志向，往往都出于祖先的"历史"筹划；后人的生存成长理想，往往都出自祖先的"历史"昭示。因而，这里的朋友往往都是世交，仇家往往都是世仇。每个人无论是做好人办好事以利人，还是做恶人办坏事以害人，都有其"历史"的原因。在这里，信任往往是"历史"的信任，鄙视也常常是"历史"的鄙视。鹿三之所以要做白家的义仆，甚至为了白家的荣誉，不惜杀害自己那不名誉的儿媳，是因为白家"历史"上就以仁义闻名，从白秉德起就对他有恩。他之所以瞧不起鹿子霖，是因为在他眼中，鹿家祖先"历史"上就根子不正，靠卖沟子起家的，没什么德性喀！鹿子霖之所以对当乡约兴趣大,是他想实现创造鹿家"历史"的勺勺爷的遗愿,改变鹿家世代只能给白家当帮手的劣势地位。盘龙镇吴老板之所以要把自己的爱女嫁给家境已经衰落、生活已经潦倒、人们都认为有克妻之命的白嘉轩,是因为其祖先在"历史"上曾经提携过他姓吴的,他要以嫁女来报答那段"历史"的恩情。由此,我们可以说中国乡土社会是一个与古人古事相拉扯的社会,中国乡土人生是与"历史"相关联的人生。在中国乡土社会曾经有过,荣耀都佩戴着光荣的"历史"勋章;曾经受过,耻辱都背负着沉重的"历史"十字架。

乡土社会之所以有如此浓厚的历史情结,是因为在乡土生存者的眼中,世上的人、人的"历史",以及人所栖居的世界,都是过去、现在和未来的交互轮回。"历史"的过去,犹如白鹿村老爷庙那棵七搂八拃另三指头的老槐树,即使被岁月掏空了心,却依然能够郁郁葱葱地生长,并形成一种凝聚不散的仙气神韵,保佑着现在,祝福着未来。故而,"历史"上曾有的人生事业,曾经历过的生命体验,曾筹划过的光辉前景,在新的现实中绝不会化作毫无生气的化石,它往往会以新的形式继续生存。这种新的存在方式,又都表现出鲜明的两重性,一方面不断重演着"历史",另一方面又在挖掘着过去的生存潜能,完善着过去的存在缺陷,实现着过去的生存遗愿,开拓着过去所发端的生存前景。因此,中国乡土社会的生存者关注"历史"时,从来不把"历史"当作一种单纯的景观,他们谈论"历史"时,也没有把"历史"当作一种打发空闲的无聊话题,而是将其作为自身的现在以至未来必须消化和占有的有机养分。在这种"历史"视点下,"历史"成为有机的生命体,它也生生不息地轮转运动着。

二、乡土生存是为历史而烦的生命过程

中国乡土社会的生存者之所以大都为"历史"而烦,其中另一个重要原因是家族性生存的历史传统所致。由于几乎乡土生存者世世代代都定居一地,生存空间很少有变化,大多数乡民都是祖祖辈辈生于此长于此又老于此。这代,约有1500年的历史,从孔子下延到现代,又大约有2500年的历史。为了生存的关系,大家族又常分出许多小家族,同样又绵延上千年的历史。生存在这种有"历史"传统的家族中,人们自然会养成对家族"历史"的关怀,自然

会关注自己在家族"历史"中的地位,会关心自己对家族"历史"应尽的义务乃至对家族"历史"应做的贡献。这就形成了乡土社会所特有的人道——以家为中心的人道。在这样一种以家为中心的人道文化心理制约下,乡土生存者为历史而烦主要呈现为三种情形。

第一是以个体肉体生命持存来延续家族历史。

家族文化中为"历史"而生存决定了生存者向父母所尽的最大责任就是"孝道"。因为"不孝有三,无后为大"(《孟子·离娄上》),所以创生新的肉身,使父母的遗体继续生存,让祖先传下的万世之嗣绵延不绝,以至永远,便成为乡土生存者生存筹划的历史性事件。在有子之外,他们还重视子肖其父,以为只有这才是父母之生命获得再生的铁证。这也是每一个做父亲的人最为高兴的事情。白嘉轩就是这种典型:

> 这两个儿子长得十分相像,像是一个木模里倒出一个窑里烧制的两块砖头;虽然年龄相差一岁,弟弟骡驹比哥哥马驹不仅显不出低矮,而且比哥哥还要粗壮浑实。他们都像父亲嘉轩,也像死去的爷爷秉德,整个面部器官都努力鼓出来,鼓出的鼻梁儿,鼓出的嘴巴,鼓出的眼球以及鼓出的眉骨,尽管年纪小小却已显出那种以鼓出为表征的雏形底坯。随着年龄的增长,这种鼓出的脸部特征将愈来愈加突出。
>
> 白嘉轩太喜欢这两个儿子了,他往往在孩子不留意的时候专注地瞅着他们那器官鼓出的脸……

这是一种独具中国乡土特色的生命情怀。他对"历史"的重演,人生的重演,格外在意、格外喜欢,并且在乡土哲学中有其深厚的理论基础。儒家认为,太极生两仪,两仪相互交感,阳施阴受,创生亿万的男人女人,创生亿万的牡牝之物。创生之物只有像创生者,才有价值,才得人们的喜欢。再对男女分别观察,则男人主阳,女人主阴。男女各具特性,不容混淆。倘若男不主阳,女不主阴,男不男,女不女,性别混淆,就没有价值,受人诅咒。对男女做总体观察,则男人身上有阴性,女人身上有阳性,男女各一太极。同理,就牡牝之物分别观之,则牡物主阳,牝物主阴,牡牝各具特征。将牡牝之物统而观之,则牡物中含有阴性成分,牝物中含有阳性因素,故牡牝各一太极。既然男女牡牝,创生于太极又各为一太极,那么,儿女诞生于父母,自然又是新生的父母了。新父母只有像旧父母才受人尊敬,否则会受人轻贱。这种尊敬,是对肉身"历史"延续的尊敬,这种轻贱,是对肉身"历史"改变的轻贱。所以,在白鹿原上的白鹿村,不只白嘉轩喜欢子肖父,鹿子霖也有此心态。当他做了田福贤的钦差大臣之后,在国民党强抓壮丁的灾难日月,他过去的一个女相好,要求他把他俩所生的娃子认成"干娃",以逃避壮丁。鹿子霖所欢喜的,是自己的干娃一个个都浓眉深眼,五官端正,的确是他肉身的再生,感到惋惜并为之慨叹的,是这几十个以深眼窝长眉毛为标记的鹿家种系,只能做他的"干娃"。他所希望的,就是干娃们常常来他屋里走动,让他看着他们,就知道鹿家种系自他而后枝儿越分越多,叶子越发越茂,他鹿子霖分身有术,遗体有方,无愧于祖先了。

第二是报本返始,通过对祖先精神的传承来复活历史。

乡土生存者从家族情感出发,以"孝"为中心,探讨肉身生存者如何通过自我的报本返始之心去思慕祖先,让已故的祖先在后代的思慕中得以永生,让"历史"在生存者的思慕中得以复活。这种思慕的外化和对象化,就是乡土社会中最为神圣的祭祖活动:修建祠堂,续写家谱,定时定节给祖先灵位烧阴纸供鲜果。乡土社会的生存者,常在自己祖先灵堂前写上"音容宛在"的奠文。此宛在的音容已经不在天地之间实存,却通过"孝子"的思慕之心,充塞于天地之间,与"孝子"的生命融为一体。在此,"孝子"的思慕记忆起了沟通阴阳、连接死生的作用。正因为有"孝子"的思慕记忆,"历史"才不会死去,过去又整合到现在之中。

作为华夏一角的白鹿原,也把祭祖当作回返生命之根的神圣活动。在那场灾难性的瘟疫过后,白鹿原显出一片空寂与颓败的气氛。9月里收完秋再种麦时,一反往年那种丰收与播种的紧迫,平添了人们的悲戚之情。大家觉得那么多人死了,要这么多的粮食做什么!正当这种情绪蔓延的时候,白孝武在其父白嘉轩的支持之下，[从]庙请来和尚,为每一个有资格上族谱的亡灵诵经超度,让后辈儿孙为其先祖燃香叩首,最后将死者的名字填入族谱。这件牵扯到家家户户的"神圣活动",扫除了一个个男女后生脸上的阴影,给他们的眉眼中灌注了轻松的神气,一下子提高了孝武在族人中的威望。它充分表现了乡土社会中的所有肉身生存者,不愿让死生路断阴阳道隔的心理。

　　乡土社会的后生们,觉得祖先在世时,不但用辛勤的劳作生养后代,而且用深厚的情思顾念后代。祖先的心中只有家庭和子孙,他们为此而生为此而死,临终前又将这一切移交于身后的子孙,希望后辈子孙能够把这一切照看得更好。这表明祖先虽然离开了阳世进入阴间,然而,他对阳世生存着的后生,仍留存下最后的热情,此情就是对家庭和子孙的难抛难舍之情,是祈盼家庭在离开自己后,能够人财两旺万事顺心如意之情。祖先对家庭和后代的这一番深情,是超出个人生命限度的情意。它发生于祖先临终之前,洋溢于祖先已逝之后,感动孝子贤孙们自然地以其诚敬去祭奠先祖,召唤孝子贤孙们用事死如事生、事亡如事存的态度,去承载先祖的情志,接通死生的裂隙,打通阴阳之间的阻隔。并且,在自身的人生过程中,努力成就死者之志,甘愿遂顺死者之情。切实地用行动让祖先的精神昭垂于后世,使祖先的英灵永垂于千古,这就是精神之"孝"的核心内容。古人所谓"三年无改于父之道,可谓孝矣。"说的就是这个意思。正是在这里,"孝子"通过尽自身的"孝"心,同时也就尽了先祖的遗愿。二心合一,促成了古今的浑融。它的极致就是孝子贤孙自觉地或本能地用自己的肉身,重演祖先的人生经验,发扬光大祖先的生命精神。白嘉轩在生父白秉德死后,每天早上都要"坐在父亲在世时常坐的那把靠背椅子上,喝着酽茶,用父亲死后留下的那把白铜水烟袋过着早瘾"。吃罢晚饭,他又悠然地坐在那把楠木太师椅上,像父亲一样把绵软的黄色的火纸搓成纸捻儿,端起白铜水烟壶,提一撮黄亮黄亮的兰州烟丝装进烟袋。噗的一声吹着火纸,一口气吸进去,烟壶里的水咕嘟咕嘟响起来,又徐徐地喷出蓝色烟雾。他拔下烟筒,咻的一声吹进去,燃过的烟灰就弹到地上粉碎了。母亲白赵氏看着儿子临睡前过着烟瘾,她时不时地把儿子当成已经故去的丈夫。那挺直腰板端端正正的坐姿,那左手端着烟壶,右手指头夹着火纸捻儿的姿势,那吸烟以及吹掉烟灰的动作,简直跟他老子的声容神态一模一样。

　　鹿子霖再度春风得意之后,有天晚上从南原喝了一场酒。带着几分醉意回家,在坟园遇到了为逃壮丁专意来投靠他的"三娃"。他一定要三娃骂自己一句最粗俗的脏话,抽自己两个耳光子,或者给自己脸上尿一泡。三娃听罢,撒腿就跑。却被鹿子霖扯住了后领,怎么也脱不了身。三娃既然无法脱身,只好仗胆抽了鹿子霖一个耳光,骂了一句难听的话,之后站在原地等待受罚。没想到子霖却夸奖他,"打得好也骂得好呀三娃!好舒服呀!再来一下让我那边脸也舒服一下。"三娃照办之后,鹿子霖将他拦腰抱起来在原地转了一圈,哈哈笑着又扔到地上,并称赞他"有种!"而且爽快地收他做了长工。看了这一幕戏剧,好心人会觉得这位向来不吃眼前亏,善于以毒攻毒以怨报怨的鹿子霖,突然变得不像他自己。甚或错误地认为,鹿子霖若非酒后发狂,就是突然之间良心发现,于是,借机自惩以减轻内心之不安。然而,事实却是鹿子霖通过这一番作为,用自己的肉身对勺勺爷的勾践精神进行了具体化的"重演",他想通过这番"重演",对家族中最有影响的祖宗的人生进行一次深切体验,与这位模范祖宗进行一次深入的心灵感应。他在这种感应中,找到了祖先创家立业的那种生命精神,也找到了自己的人生位置和生存向度。他为自己能与家族中最有作为的一位祖先进行身心感应而欢畅,更为自己肖于家族中最有影响的祖先而自豪。

第三是通过向历史学习来认识自身,刷新历史。

中国乡土社会中的各阶层生存者,向以往先辈学习做人的"历史"意向,其模仿先辈过往行为的"历史"方式,都是在为"历史"而烦。这在某些现代人看来,是对生存者自身的能在向度进行遮蔽、对人的潜能进行窒息的一种生存方式。现代人认为,人的生存是面向未来的能在式的生存。每个现世生存者,总是向着未来的各种可能性不断生成和发展。"此在本质上是现身的此在,它向来已陷入某些可能性。此在作为它所是的能在让这些可能性从它这里滑过去,它不断舍弃它的存在可能性。但这就是说:此在是委托给它自身的可能之在,是彻头彻尾被抛的可能性。此在是自由地为最本己的能在而自由存在的可能性。在种种不同的可能的方式和程度上,可能之在对此在本身是透彻明晰的。"①生存者之所以能由现实向可能境界生成和发展,是因为他的肉身中有灵性,他对自己和世界有所领悟,有所谋划,他把世界看作有种种可能意蕴的世界,把人生看作有种种可能性的人生。然而针对上述认识,乡土社会的生存者却少有这样的生存……乎都是本能地从传统方面继承下来的。他最初的人生谋划,基本上是对其祖

---

① [德]海德格尔.存在与时间[M].北京:生活·读书·新知三联书店,1987:176.

先人生谋划的一种承袭；他要实现的理想，往往是祖先早就立下的宏愿。只有了解古始，才能把握现在。所以，在中国形成了信好先古的悠久传统。

尽管，还有些现代人认为，我们人类既不是生存于过去之中，也不是生活于未来之中，而主要是生存在现在之中。每个在世者都是在当代世界的繁忙和烦神活动中，展开其生存成长历程的。在这一过程中，人认识了自我，实现了自我，而不是通过各种"历史"活动来认识和实现自我。然而，在中国乡土生存者的眼中，上述生存者忽视了一个非常重要的人生事实，即人们现世所要繁忙的事情，往往是"历史"交付的事业；人们现世为之烦神的人际关系，常常是"历史"造成的人际格局。这就是说，"历史"比现实更为威猛。后来者只是普及祖先在"历史"上的创造成果，只是应用"历史"积淀的人生技能。因此，现世的生存成长者仅仅沉入到当代世界之中，并通过其反光来认识自身是不够的，更需要不断沉入到自身或多或少明白把握了的传统之中，并通过"历史"传统来认识自身。白嘉轩如此，鹿子霖如此，朱先生亦如此，乡土社会的生存成长者们无一例外。正因为无一例外，过去的生存传统就对当代生存成长者具有一种优先的统治权，要求他们为"历史"而烦。倘若现世的生存者把"历史积弊"连根拔除，让自身盲目漂游于五花八门的当代文化观念中，就会变成真正的文化浪子。这种文化浪子由于整天活动在与自身极为疏远陌生的文化环境之中，无法创造性地占有自身过去的那些宏伟志向，只好与自身的夙愿决裂。这一决裂，既中断了自身与既往"历史"正常而有意义的对话关系，又失掉了摆正自身位置及正确把握自身生存成长方向的机会，使生存者备受无家可归之苦。因此，每个时代的生存者都有返回"历史"，追寻文化之根，正本清源，倾听历史呼声之必要。唯有这样，人类才不会在生存成长的过程中迷失方向。

三、乡土史诗叙事是为现实生存成长者开启生命活力渊源的探索

陈忠实的《白鹿原》也在为"历史"而烦。他要敞亮我们民族一直被遮蔽的秘史。"为了知道历史是什么，必须知道实现历史的人是什么。"[①] 人既是建造历史的砖瓦，又是设计历史的建筑师和建筑工人。乡土社会的大多数人对此并

---

① [法]科耶夫.黑格尔导读[M].上海:译林出版社,2005:190.

不明白。他们仅仅生活在第一个层面上,不自觉地把自己当作建造"历史"的一块无关紧要的砖瓦,是"历史"循环过程中一个无关紧要的组成部分,是一个被动的存在。他们忘了或者没有意识到自己作为"历史"建筑师和建筑工人的主动角色,放弃了自己的行动、计划和决定,否定了自己作为人的本质的自由。这种人只会"回想",不会"预想",只知道"历史"在循环运动,却没有思考这一运动的出入口就在当下。只知道过去的"历史"对当下的现实作用,却不知道当下的决断对将来发展的决定性影响。只有对"历史"的回顾意识,却没有直接参与"历史"的意识。他们忘了"我"作为时间性存在的唯一性,忘了"我"对自我的承当以及对"历史"的建构作用。在乡土社会,有两种人具有对"历史"的设计和建筑意识。一种是圣贤,一种是利己主义者。他们明白自身生存于当下,自己的行动却深入到将来,因此,"当下"决定着"将来",决定着"历史"发展的方向,决定着人自身成长变化的模样。所以,人自己"当下"所做的选择和决断,既是为自己寻找一个进入"历史"的出入口,又是为重建"历史"找到一个基础和开端,让自己置身其中,进行"历史"设计与建造。《白鹿原》复活"历史",让那些被当代遗忘和遮蔽了却仍然可以对当代人生存成长起开导作用的往事开口说话。让它告诉现世的生存成长者:虽然每个生存者都是在流传下来的生存成长观念中领会自身的能在式样,虽然每个生存者都在既往的"历史"中为自身选择值得模仿的英雄榜样,并在其人生历程中重演榜样的品行,然而,"历史"中既有充满活力健康向上的"白鹿",也有浑身患病衰朽害人的"白狼"。膜拜前者能给生存者开启生命的价值之源,把世界变得"己安人安",万民康乐,让"历史"进入和谐健康的轨道;模仿后者则只会毁灭人生的一切价值,让世界变成你踢我咬人人自危的战场,让"历史"滑入瞎折腾的泥淖。那些根据现实生命体验开启"历史"渊源,并以面向未来的心态,与既往健康向上的英雄榜样对话的生存者,才是真正有益于当代的生存者。《白鹿原》对"历史"进行揭秘,就是为现世的生存成长者开启充满生命活力的历史渊源,让现世的生存成长者从中发掘有益的能在式样,为生存者的肉身中灌注灵性,让生存成长者们倾听原始息象——我原来样天地方是个神圣的天地。

《白鹿原》为历史而烦,就是要沉入历史之中,揭示"历史"本身发展变化的"常道",沉入"历史"的设计者和建筑者之中,揭示人本身生存成长的"常性"。

它既为我们展示"历史"与人性的本色,又激发我们对"历史"和人性进行深入的追问。司马迁《报任安书》讲自己著史的目的,"欲究天人之际,通古今之变,成一家之言"。他道出了古今所有史家的心声。所有正史、野史、秘史的作者,都想把"历史"中的理性与非理性,必然与偶然,划分一个大的界限,从而突破"历史"的乱象,把握"历史"的大方向,都想通达"历史"的变化,把握"历史"的实体。陈忠实也不例外。他的《白鹿原》让我们看到了那貌似循环的"历史",其实一直在发生着变化,那貌似"重演"的人性,其实一直在进行着更新。首先白家父子两代的"历史"和人性就在变化。白嘉轩是通过对家族"历史"以及祖先人生的"重演"来创造自己的新生,他坐在父亲以及父亲的父亲坐过的那把生漆木椅上,握着父亲以及父亲的父亲握过的白铜水烟壶吸烟的时候,总是进行这样的人生思考:每一代人都是家庭这架大车的一根车轴,当他断了的时候,新的一代应当尽快替换上去,让家庭之车尽快上路,奔向祖宗指定的目标。但是儿子孝文却认为,家庭只能引发他怀旧的兴致,他根本不想再去领受那老一套。"恰如一只红冠如血、尾翎如帜的公鸡,发现了曾经哺育自己的那只蛋壳,却再也无法重新蜷卧其中体验那蛋壳里头的全部美妙了,它还是更喜欢跳上墙头跃上柴火垛顶引颈鸣唱。"他对重演祖先的"历史"已毫无兴趣,只想在未知的新天地里,创新的事业,写新的"历史"。其次,沉入"历史"的目的是为了发现"历史"的"常道"。"历史之所以可贵,正因为他是显现变与常的不二关系。变以体常,常以御变,使人类能各在其历史之具体的特殊条件下,不断地向人类之所以成为人类的常到实践前进。"①只有在变中发现常,才能把"历史"贯通起来,才能找出人类行为的大准则,历史发展的大方向。随着社会的变迁,白鹿原上的每个乡土生存者自身也在发生着变化。比如,白嘉轩本人由最初的信奉皇帝到后来自行剪掉辫子;从把宗族祠堂里的事看作终生最神圣的事业到自愿卸任族长职责;从起初不理解共产党领导的革命到主动帮助共产党的游击队员。这一切都说明,作为"历史"主体的"能在者"本身,也在"历史"的运动中逐渐变化着。他们不可能只重演过去的一切,而且也在追求和创造着未来。"能在者"本身的这一特色,使"历史"在过去与未来的两力作用之下,呈现出一种曲折地递进发展的态势。然而,有一点在他身上始终都没有发生变化,那就是对

---

① 徐复欢.中国人文精神之阐扬[M].北京:中国广播电视出版社,1996:230.

白鹿精灵的追逐与向往。他早年为了得到白鹿精灵的庇护,不惜割舍自家的几亩水田,他晚年看到白家后代干成大事时依然想的是白鹿精灵。白鹿精灵象征着中华民族的"生生之德",它经过哪里,就给那里带来生机,它激发人们相互感通,尽己之性,尽人之性,尽物之性。"自我"和"他人"因白鹿精灵而相互感通,"历史"和"现在"因白鹿精灵而相互融合。就连那个极端自我的白孝文,在他创造新"历史"的开端,也要回乡祭祖归宗,也不敢站在家族"历史"之外,纯靠自力创造自身全新的"历史"。这就是《白鹿原》所唱明的中华民族的"历史"本色,也是它着意为中国"历史"而烦的目的所在。

(作者单位　西北大学文学院)

《白鹿原》的关中"戏楼风景"研究

樊 星

陈忠实先生的作品《白鹿原》自问世至今,它厚重的故事内容,丰富的人物形象,生动的方言描写和典型的地域文化等特征,不仅展示出时代变迁中近代关中的社会风貌,还穿插着与中华民族命运息息相关的历史事件。作品中,"家"的兴衰与"国"的命运紧密相扣,将文学创作提升到了历史使命的高度。陈忠实先生以长达50万字的鸿篇巨制完美地回应开篇所引巴尔扎克的名句"小说是一个民族的秘史"。《白鹿原》自1993年问世后,便深深地吸引着庞大的几代读者群,同时,这部被文艺评论界誉为"史诗性"的作品为众多文艺研究者们提供了广袤的探索空间,20多年来,围绕《白鹿原》的各种研究、评论可谓硕果累累。

在《白鹿原》中,除了横跨半个世纪的叙事时间、处于时代转折的叙事背景和个性饱满的众多人物之外,小说所呈现的关中风景同样被赋予重要意义。它包括自然景观和人文景观,是一切事件发生的空间载体。正如W.J.T.米切尔在《风景与权力》一书开篇所言,要将"风景"从名词变成动词,并强调:"不是把风景看成一个供观看的物体或者供阅读的文本,而是一个过程,社会和主体性身份通过这个过程形成。"[1]《白鹿原》的风景是多层次的,它不仅同人物活动、故事发展的脉络息息相关,也在同时塑造着特定地理景观的独特性,从另一方面回应了陈忠实在《寻找自己的句子——〈白鹿原〉创作手记》中所记叙的自我创作观的"转变":他在明白了"现代派不可能适合所有作家"之后,产生了"必须立即了解我生活着的土地的昨天"[2]的想法,这种由古巴作家卡彭铁尔带来的"寻根"启示充分地体现在《白鹿原》具有关中农村特色的景观书写中,构建地方性的景观是对叙事载体的进一步个性化,也暗含了叙事主体对自我身份认

---

① [美]W.J.T.米切尔.风景与权力[M].杨丽,万信琼,译,上海:译林出版社,2014.
② 陈忠实.白鹿原[M].北京:人民文学出版社,2015:685.

同的探索。

相比《白鹿原》中的自然景观而言,其中的人文景观,尤其是承载着鲜明地方特色的关中民俗风景能够为作品研究提供新的视角,其中,作者以戏楼这一文本内部的舞台,建构出具有表演性、兼有"看"与"被看"功能的"戏楼风景",赋予其多层次的隐喻。它不仅包含了具有地方特色的秦腔等民俗艺术,还是白鹿原上不同掌权者的"必争之地",景观背后浓缩了整部小说中鲜明的权力、意识形态,以及不同世界观之间的冲突等复杂内核。

一、"风景研究"与《白鹿原》研究的新视野

由于风景研究是多学科对话共同孕育出的新领域,对其概念的界定同样具有倾向性不同的解释。张箭飞教授在《风景与民族性的建构——以华特·司各特为例》一文中,将"风景"看作是"自然环境和文化景观叠合而形成的地形学现实",并认为某一地区之居民的生活方式、信仰和观念与自然环境相互作用。[1] 由此可见,"风景"这一概念具有复合型的特点,这个复合型领域为多学科交叉研究同一个文化样本提供了新的可能性。在"风景与文学"方面,日本学者柄谷行人在其著作《日本现代文学的起源》的第一章"风景之发现"中,将"风景"视为一种"认识性的装置",并指出,文学的写实主义"并非仅仅描写风景,还要时时创造风景,要使此前作为事实存在着的但谁也没有看到的风景得以存在"[2]。文学作品中所展现的任何风景都源自作者的创作,无论是自然景观还是文化景观,都通过创作主体的视角以艺术的方式展现出来。

作为一种"观看方式",风景在文学作品中的展现是作家对"主体身份认同"的探索结果。正如吴晓东教授在《郁达夫与现代风景的发现问题》中指出的:"一个人风景认知的启蒙和风景意识的觉醒并非与生俱来,而是后天的心理和感觉的熏陶结果。"[3]风景理论对《白鹿原》的解读提供了一种新的"观看方式"。尽管已有众多成果来剖析这部厚重的小说,但作为承担故事发生的背景,作品中的风景建构、读者对这些不同景观的认知、作者建构风景时展示的观看

---

① 张箭飞.风景与民族性的建构——以华特·司各特为例[J].外国文学研究,2004(4).
② [日]柄谷行人.日本现代文学的起源[M].赵京华,译.北京:生活·读书·新知三联书店,2003,19

方式及其文化内涵,目前却鲜有具体的研究个案。尤其在《白鹿原》先后被改编成同名话剧、电影和大型电视连续剧之后,原本以文字为工具刻画出的风景通过跨艺术形式、跨媒介形式被更加直观地"看"了出来,除了叙述内容本身具有较强的故事性之外,从多种改编作品来看,作为小说中不同"风景"的重要价值,已然被其他艺术形式进行了"再创造"式的深入挖掘。

在《白鹿原》中,人物的活动空间成为"实践的地方",风景在将"地点"变成"视域"的同时,"将地方和空间变成了视觉图像"[①]。这种视觉图像是多重复杂因素随着历史脉络沉淀的结果。西蒙·沙玛在《风景与记忆》中写道:"我们所继承的风景神话和记忆必然有两个普遍特征:可延续数世纪的惊人持久力,以及强大的影响力——我们至今仍在遵循它所塑造的习俗。"[②]投射在对风景感知上的艺术表现,不仅由创作个体所直接决定,而且体现出创作者本身的民族性和时代背景。

《白鹿原》书写的一切隶属近代中国社会的关中"文化圈"[③],其景观是这一区域典型物象的集合体,由多种地方化的符号所构成。比如,在文本中,白赵氏将夭折的孩子交给鹿三后,鹿三便在牛圈拐角处挖坑将其埋入,直至牛屎牛尿将孩子的尸体腐蚀成粪土,再挖出晒干捣碎施入麦地或者棉田。作者写道:"白鹿村家家的牛圈里都埋过早夭的孩子,家家的田地里都施过渗着血肉的粪肥。"在《白鹿原》展示的风景里,关中农村是所有景观的根基,而麦地和棉田又是一切农事活动的书写对象。麦地和棉田的土壤里有着血肉的肥料,既是幼小生命逝去的悲哀,也是出生自农耕家庭的生命最终的归所。这些残忍冷酷的书写给寻常的乡村风景增加了沉重而深刻的记忆,背后更是包含着复杂的文化意蕴,作者直观地书写出农民朴素世界观中的"人地合一"和古老的农耕生活中诞生的生殖崇拜思想。在人类学理论中,将土地农事与生殖相结合的原始观念在人类文明中的各民族间几乎是共通的,罗马卢克莱修在《物性论》中说,湿热的原

---

① [美]W.J.T.米切尔.风景与权力[M].杨丽,万信琼,译,上海:译林出版社,2014:289.
② [英]西蒙·沙玛.风景与记忆[M].胡淑陈,冯樨,译,上海:译林出版社,2015:15.
③ "文化圈"这一提法最早由维也纳学派的德国人类学家拉采尔在其著作《人类地理学》中提出,是指特定区域内具有普遍性的人类活动的全部文化复合体,在发生上具有相互关联的特征。这种地理划分法,对后来以博厄斯为代表的美国历史学派人类学研究有重大影响。

野可能长出"子宫窝"①。这种思想在白嘉轩等农民身上体现为对传宗接代的渴望和大地是关中农村人的最终归宿这样的信念,亦是整部小说中令人震撼的一笔。

诸如这样能够被细致分析并展开讨论的风景书写在整部小说中还有很多,足以体现陈忠实对关中生活体验和观察的细腻精准。雷蒙·威廉斯在《乡村与城市》中分析狄更斯的创作中的城市时,提出"城市被同时展示作为一种社会现实和一种人文景观。在其中被戏剧化展示出来的是一种复杂的情感结构"②。而对《白鹿原》所描写的乡村景观而言,此观点仍成立,历史悠久的关中为作品中所书写的乡村故事提供了丰富的素材,文学中的景观不仅成为作品不可或缺的因素,还为探索地域文化中沉淀的民族性提供了另一个视角③。《白鹿原》是陈忠实先生以"寻根"为心灵旗帜而创作的一部巨著,故事的内容是这片他生活的土地的"昨天",情感结构的主题是建立在地方文化上的,这种地方特色深深地烙印在作者的创作思维中,使他为"阅读脚下的土地"倾注了数年心血。通过包括《寻找属于自己的句子——〈白鹿原〉创作手记》在内的由陈老所做的相关著作,我们能够发现,这部作品的人物设置、情节设定、故事发展和风景叙事等众多要素,在史料中均能找到有力证据。作者所叙述的故事是建立在历史基础上的,他用文字所建构的人文景观是历史中的社会现实和他本人"寻根"活动中所产生的情感结构的复合体。

除此之外,风景理论为研究当今诸多文化现象提供了有效的参考。后现代技术革命与全球化的日益发展加强了世界各地不同文化间的交流,这就导致了爱德华·W.萨义德在《虚构、记忆和地方》中所说的现象:"人类发现自己正在经历史上最快速的社会转变,我们所处的时代已经变成了一个寻根的时代,一个人努力在关于种族、宗教、社群和家庭的集体记忆中寻找一个完全属于自己

---

① 萧兵.黑马:民间文化向哲学挑战[M]//二十世纪中国民俗学经典:民俗理论卷.北京:社会科学文献出版社,2002:231.

② [英]雷蒙·威廉斯.乡村与城市[M].韩子满,刘戈,徐珊珊,译.北京:商务印书馆,2013:223.

③ 除此之外,美国人文地理学家段义孚提出的"恋地情结"为风景研究注入新鲜的活力,中国城镇化的复杂现实中,他者关于"地方感""地方性""失地"等概念的延伸为风景研究赋予情感关照和人文关怀。张箭飞,林翠云.风景与文学:概貌、路径及案例[J]//云南师范大学学报:哲学社会科学版,2016(3).

的、不受历史破坏、远离动乱年代的过去的时代。"①这种现实意义,既与米切尔的风景与权力理论、沙玛的风景与记忆理论有一定交集,又将风景与文学的研究赋予历史的意义,而萨义德还指出了在包括文学作品在内具有"呈现观看方式"性的艺术作品的"寻根"研究时,要警惕将被展现出的、由个体建构出的风景作为直接历史依据,同样为文学艺术与历史现实的关系研究方面提供了重要参考。这回应了上文中作为囊括了创作主体的"情感结构"的人文景观,风景研究的重要意义还在于时刻提醒着研究者们在解读文本,穿梭在现实世界和艺术世界时,既能够把握一种"进入"作品内部与作者产生心灵共鸣的能力,又能够"跳出"作品的某些特定语境,在阅读和体验中保持与叙述主体恰到好处的距离。

二、作为人文景观的"关中戏楼"

"关中"一词是因历史沿革而产生的地理词汇,该提法最早要上溯到战国晚期,据《战国策》记载,黄歇使秦,恳请秦楚结盟时,这样说道:"臣为王虑,莫若善楚。秦、楚合而为一,临以韩,韩必授首。王襟以出山东之险,带以河曲之利,韩必为关中之侯。"②可见,"关中"早在诸侯国争霸的战国时期,就已是具有重大战略意义的区域地理概念了。对于关中具体的地理范围界定古今史学家有"两关说""四关说""六关说"不同理论,如今流传较广的是东晋徐广提出的"四关说",即"东函谷,南武关,西散关,北萧关"③。汉武帝时期,将关中的东大门"西迁"至其函谷道的尽头,从那以后,关中的东大门就成了潼关。由于函谷关与潼关均属函谷道,且潼关的提法直至三国时期才出现,所以函谷关的流传和接受程度显然更高。著名历史地理学家史念海等人所编撰的《陕西军事历史地理概述》中记载,现在一般所说的关中,是指陕西中部秦岭以北,子午岭、黄龙山以南,陇山以东,潼关以西区域。该区域东西长约720里,海拔300至600米,内有渭河贯穿其中,号称"八百里秦川"④。

---

① [美]爱德华·W.萨义德.虚构、记忆和地方[M]//风景与权力.杨丽,万信琼,译,上海:译林出版社,2014:263.
② 植俊峰(译注).战国策:上册[M].广州:广州出版社,2001:76.
③ 林剑鸣,吴永琪.秦汉文化史大辞典[M].北京:汉语大词典出版社,2002:349.
④ 《陕西军事历史地理概述》编写组.陕西军事历史地理概述[M].西安:陕西人民出版社,1985:111.

关中地区介于黄土高原与秦岭之间,以广袤的平原景观为主,且有原有隰,原是山麓与河畔间的高地,因此,关中的农耕活动在上古时期就已初成规模,孕育出中国较早的农耕文明。同时,由于古时关隘的设置,关中传统文化具有鲜明的延续性和独立性的特征。位于今日陕西省西安市的白鹿原,据说在周平王时期,就得此名。通过考古发掘证实,白鹿原一带是中华民族世世代代繁衍和生活的重要场所,在白鹿原及其附近,被发现有距今75万—115万年的蓝田猿人的遗址;距今6000年以上的新石器仰韶文化的代表——半坡遗址;葬有汉文帝与窦太后的灞陵等重要历史遗迹。白鹿原如今所属的西安市,是中国古代历史上的十三朝古都,这十三朝包括了周、秦、汉、唐,这四个时期分别代表了中华民族传统文化"孕育—发展—兴起—繁荣"的四个重要阶段。可以说,白鹿原的悠久历史是关中深厚文化积淀的一个缩影,而关中文化则是中华文化源远流长的重要体现。自远古起就绵延至今的关中文化给予了《白鹿原》诉说厚重故事的一份底气,这份底气与陈忠实先生娓娓道来的关中方言叙事共同给予了这部作品大气磅礴的阅读审美体验。

戏曲承载着中国传统社会民间意识形态,是构成乡间与市井聚落或社区公共空间的重要组织方式。关中地区最具表演性质的区域性戏曲艺术——秦腔,是我国最古老的戏种之一,是梆子戏的鼻祖①。关于秦腔的起源至今仍有"周秦说""秦汉说""唐代说""金元说""明代说"等不同观点,从这些观点的动态集合来看,秦腔经历了由"秦风"到"秦声",再到"秦腔"的漫长进程。《诗经》里产生于秦地的篇目就已有秦腔的萌芽,其中,《秦风》风格刚劲,内容多围绕秦人尚武的豪侠风貌,是当地民众的音乐②。

作为陕西地域文化的重要组成部分,秦腔与当代陕西文学有着千丝万缕的联系。尤其是秦腔大气磅礴如"秦人摇滚"的艺术特征与孕育于厚重黄土之中的陕西当代文学共同呈现了秦地文化的绵长悠久。有学者在研究陕西当代文学与秦腔艺术的关系时,以尼采在《悲剧的诞生中》所提出的"酒神精神"来分析秦腔,指出秦腔是"极度狂欢性"的艺术,其"形而上的悲剧性"与"黄土高原

---

① 以梆子为主要打击乐器,对各地梆子腔戏曲的形成有重大影响。
② 高益荣.20世纪秦腔史[M].西安:陕西师范大学出版总社有限公司,2014:1-3.

的莽阔背景"融为一体,契合了当代陕西作家的"精神气质和宣泄冲动"①。这样的判断在《白鹿原》的作者陈忠实那里得到了充分印证,陈忠实先生在《我的秦腔记忆》一文中叙述了秦腔在他生命中的深刻印记,还肯定了《白鹿原》的语言与秦腔的关系,他认可了秦腔已经渗进了他在创作《白鹿原》时的潜意识中:"不止一位评论家说到《白鹿原》的语言,似可感受到一缕秦腔弦音。如果这话不是调侃,是真实感受,却是我听秦腔之时完全没有预料到的潜效能。"②

在关中,戏楼是承载秦腔的主要演出场所,同样具有悠久的历史。尤其作为中国传统文化的腹地,戏楼上的秦腔演出,是古代正统儒家文化与民间民俗信仰的交织产物,它经历了从"娱神"到"娱人"的功能转变。在《风景与认同英国民族与阶级地理》中,温迪·J.达比辨析了风景与其他要素的可相互糅合的特征:"潜在的权力话语由'风景''自然''文化'及'民族'聚合而成。通过对其进行符号学研究并对风景等词语的多层含义进行词源学考证,我们发现人与风景之间存在着富有象征意义的意识形态和恋物化的认同。"③在位于今天陕西省咸阳市周陵镇的周陵中学里,除了周文王、周武王各自的陵墓,姜太公等其他西周陪陵之外,还有一座木牌坊戏楼④。附近的40余通属于历代帝王的祭祀碑石则是历史的证据,与戏楼相呼应,充分体现了中国古代的封建统治崇拜和地方艺术文化紧密相连的特征。作为关中最具特色的艺术形式之一,秦腔的表演在历史的流传中成为"有意味的形式",在流传中,它的"内容沉淀为形式,想象、观念积淀为感受"⑤。悠久的历史令具有象征意义的戏楼成为关中地域文化的重要符号,进而激发出秦人的强烈身份认同感。

《白鹿原》的戏楼是关中星罗棋布的乡村戏楼中的一座,戏楼上的秦腔表演不仅承担着乡村生活的娱乐功能,也是在历史沉淀后形成的乡民们重要的社

---

① 王鹏程.秦腔对陕西当代小说的影响——以《创业史》《白鹿原》《秦腔》为例[J].沈阳师范大学学报:社会科学版,2007(6).

② 陈忠实.我的秦腔记忆[M]//此身安处是吾乡:陈忠实说故乡.武汉:华中科技大学出版社,2014:5.

③ [英]温迪·J.达比.风景与认同 英国民族与阶级地理[M].张箭飞,赵红英,译.上海:译林出版社,2011:38.

④ 陕西省地方志编纂委员会(编).陕西省志·旅游志[M].西安:陕西旅游出版社,2008:159.

⑤ 李泽厚.美的历程[M].北京:生活·读书·新知三联书店,2009:18.

会生活形式,"其组织方式恰好体现了所谓的乡村公共权力的文化网络"①。其实,不仅是秦腔,八百里秦川经历了漫漫岁月,在厚重的黄土和悠长的传统文化浸润后,连秦腔那样的艺术形式在很大程度上也常常由乡村权力所决定。正如白嘉轩在《白鹿原》中不仅是白鹿村的族长,也是白鹿村锣鼓班子的班头,他"敲得一手好鼓,鼓点儿是整个锣鼓的核心,是灵魂是指挥"。艺术表演中所进行的"权力展示"通常发生在特定的空间里,为权力赋予进一步的仪式感,于秦腔等表演艺术而言,这个空间便是戏楼。

《白鹿原》多次展现了"戏楼风景",作为整部作品人文景观的核心之一,它由不同的人物活动构成。戏楼景观被建构为小说内部被浓缩的表演内容,同时被故事内部戏台下的人物和作品外部的读者观看着。它令这种权力展示的意义具有丰富的层次感,既凸显了小说中戏楼上激烈的冲突及其人物的不同背景、阶层、世界观等特征,又在呈现给读者后,将白鹿原上形成"戏楼风景"的多种要素置于时代背景和历史潮流中。由《白鹿原》改编的同名电视剧作品里,被图像化后的文字叙述,更是凸显了戏楼这一内部空间在整部作品中举足轻重的分量。短短不到4分钟的片花中以戏楼为始,亦以其而终,仿佛暗示了作品即戏、人生如戏的玄机。在整部电视剧中,白鹿村戏楼的画面出现的次数甚至比原著中还要多。比如,电视剧中鹿兆海战死沙场后,白鹿族人为他举行葬礼的灵堂也设在戏楼前,可见戏楼的象征作用在影视中被进一步强化,它已然作为最重要的两个文化符号之一,与白鹿村的祠堂共同承担了展现关中乡村传统秩序与文化形态的艺术使命。

三、《白鹿原》的戏楼景观与文化隐喻

《白鹿原》中的戏楼是文本内部的"舞台",作为具有表演功能的空间载体,散发着耐人寻味的多层次隐喻。它位于白鹿村的祠堂前,承载着"娱神"②和"娱人"的双重需求。戏楼上不仅呈现了具有关中特色的秦腔等民俗艺术,还是白鹿原上不同掌权者的"必争之地",景观背后承载着不同意识形态外衣下

---

① 周宁.想象与权力:戏剧意识形态研究[M].厦门:厦门大学出版社,2003:46

② 此处"娱神"中的"神"并非完全指关中民间文化中的抽象的神,而是白鹿原人的祖先们。关中有浓厚的祖先崇拜之风气,人们普遍相信去世后的祖先,即便是去世年代并不久远的上一辈都是能够供进祠堂的神灵,他们的灵魂会庇佑子孙后代。

的权力冲突，近代启蒙思想与传统世界观的对话，以及关中乡村宗族之间复杂微妙的关系。

在《白鹿原》戏楼上，以黑娃为代表的"农协"成员掀起了白鹿原风暴的第一场高潮。黑娃囫囵吞枣地接受了鹿兆鹏所带给他的共产主义思想，那时，他因带回田小娥而受到全族歧视，恼羞成怒的他在报复心理的驱使下开始了白鹿原的第一场农民运动。

在这场运动中，他们分了地主们的土地，铡了老和尚、碗客，批斗了鹿兆霖等财东和总乡约田福贤：

"斗争三官庙老和尚的大会第一次召开，会场选在白鹿村村中心的戏楼上，其用意是明白不过的。"

这一天选在了白鹿镇的逢集日，巨大的人流量也带来了数量极多的看客，这样的极刑被执行在最热闹的一天，在最有民间文化和传统秩序意义的戏楼上，所谓的"农民运动"被增添了一抹莽撞又荒诞的表演色彩。在这之后的正月初一，人们像看大戏一样赶到白鹿村的戏楼前，黑娃站在戏楼上宣布："白鹿原农民协会总部成立了。一切权力从今日起归农民协会！"这不仅是农协权力的宣告，更是黑娃对自我身份的重新认识，他不再是因为带回来一个"婊子"而被父亲从白家撵出来的饱受歧视的人，也无须再为长工儿子的卑微身份而自感低贱，农协的权力给他充分的自信，在戏楼上向众人"展示"的权力让他尝到了"革命"的甜头。

"把田福贤推上白鹿村的戏楼是白鹿原农民运动发展的最高峰。会址仍然选在白鹿村祠堂前的戏楼。鹿兆鹏亲自主持这场非同寻常的斗争大会。陪斗的有白鹿仓下辖的九个保障所的九个乡约。"

黑娃和农协成员在戏楼上揭发了田福贤和乡约成员贪污粮食、银圆一事后，戏台下的民众们再也难以抑制愤怒，要求"抬铡刀来"。然而，与老和尚、碗客等不同，是否对隶属国民党的田福贤进行处决是鹿兆鹏口中"牵扯国共合作的大事"，故其逃过一死。这样的叙述安排又何尝不是一种微妙的权力暗示？

"四·一二事"件后，田福贤重新上台，紧接着便在戏楼上折磨戏弄了曾经批斗自己的农协成员，以示权威。

"田福贤无奈就转了话题：'我想借白鹿村的戏楼用一天。'白嘉轩不以为然地说：'借戏楼？你重返故里给原上乡党演戏呀？'"

……

"田福贤从桌子旁边站起来冷笑着说:'我看中你的戏楼可不是你的戏楼上开着牡丹,是他们在白鹿村的戏楼上把我当猴耍了,我耍他的猴就非搁在白鹿村的戏楼上不可。叫原上的人都看看,谁耍谁的猴耍得好。'"

田福贤坐在戏楼上对昔日农协的成员展开一系列报复行径时,正在祠堂里重修"仁义碑"的白嘉轩大声地说,这下白鹿村的戏楼变成"鏊子"了。

真正着墨于秦腔艺术的是对贺家坊戏楼的描写,看戏的人群中,田小娥第一次挑逗了白孝文。此时,戏台上表演的是本戏《葫芦峪》之前加演的折子戏《走南阳》,台上调戏村姑的刘秀不是那个"光武中兴"的缔造者,而成了一个"死皮赖娃"。戏楼上的景观与戏台下的人物活动紧紧地吻合,耐人寻味。被白嘉轩寄予厚望的"接班人"白孝文此刻经历了人生中的重要转折点,自小被圣贤文化浸润的他终究还是未能抵抗住田小娥的肉体诱惑,成为鹿子霖报复白嘉轩的一颗棋子。

小说的结尾,黑娃和田福贤在白鹿镇的同一个戏楼上被枪决,这个戏楼是《白鹿原》中规模最大的,它不同于之前描写的村中戏楼,而是位于镇上,而这一天是农历二月二白鹿镇传统古会的日子:

"当一队全副武装的解放军战士押着三个死刑犯登上临时搭成的戏台以后,整个会场便潮涌起来,此前为整顿秩序的一切努力都宣告白费。"

即使经历了这一系列风波,白鹿原上的戏楼仍是传统文化的产物,是地方性与民族性的符号。

《白鹿原》的书写背景为动荡的近现代中国社会,无论是国民党的主张,抑或共产主义理念,都是西方启蒙思潮至中国的"理论旅行",正如萨义德所言,不同于源点(point of origin)的表征和体制化过程,"复杂化了对于理论和观念的移植(transplant)、传递(transference)、流通和交流(commerce)所做的任何解释"①。

小说对关中传统文化思想的认同是"戏楼景观"的建构基础。戏楼上以人物活动为主体的景观构成,承载着近代社会中革命浪潮席卷关中大地时,不同意识形态对掌握权力的"表演与展示"。陈忠实在《寻找自己的句子——〈白鹿

---

① [美]爱德华·W.萨义德.旅行中的理论[M]//世界·文本·批评家.北京:生活·读书·新知三联书店,2009:400.

原〉创作手记》中写道:

"我在未来的小说《白鹿原》里要写的革命,必定是只有在白鹿原上才可能发生的革命,既不同于南方那些红色根据地的革命,也不同于陕北'闹红'"。

陈忠实确实做到了,戏楼上的景观是革命的高潮,他令戏楼上的批斗活动如同一个个秦腔里表演的故事那样,成为近代关中启蒙运动的记忆。除此之外,对戏楼上各个革命运动者的个性刻画,又令读者对革命背后的复杂人性产生深思。樊星教授在《深入剖析"国民劣根性"——试论新时期文学中"改造国民性"的主题特色》一文中,通过参考众多文学作品,尤其是将作品中的暴力叙事和史料分析结合后指出:"无论在政治斗争中还是日常生活中,动辄诉诸暴力,是中华民族一个突出的劣根性。"①白鹿原戏楼上立体景观中的一个重要维度就体现在近代化中"国民劣根性"的展示。戏楼上,不同意识形态的暴力斗争,事实上隐藏着一种强烈的复仇情绪;麻木的底层群众在戏楼下充分回应了这种"劣根性"中由来已久的"示众文化",他们不仅是鲁迅先生"哀其不幸,怒其不争"的看客,令人痛心疾首。甚至,这种置身斗争之外,"饶有趣味"地"观赏暴力"的看热闹行为,在《白鹿原》中,也有描写,团丁割白兴儿手指之间的薄皮时,"一些胆小心软的人纷纷退后,一些胆大心硬的人挤上去继续观赏"。

对黑娃来说,他并不了解共产主义,他参加"农协"运动的目的产生于对鹿兆鹏的信任,更源自传统的宗族礼法观念对他和田小娥婚事的反对与压迫,人物命运最终以悲剧收场。古斯塔夫·勒庞在《革命心理学》中指出,革命萌芽于"不满","人民参加革命仅仅是因为革命领袖们鼓动他们这样做,但事实上他们并没有理解革命领袖们的真正意图。他们以自己的方式理解革命的意图,而这种方式绝不会是革命真正发动者们所向往的"②。戏楼风景与启蒙、现代性、革命结合后强调了空间与人物活动集合后指向的象征:尽管近代中国发生了如此重大的历史转折,可是,各种现代性的实践却仍旧要在这样具有深厚传统文化的沃土中孕育。然而,深厚的传统沃土注定了其复杂性特征,它时而呈现出悠久的民间文化景观,时而突变为暴力革命的场景。

---

① 樊星.深入剖析"国民劣根性"——试论新时期文学中"改造国民性"的主题特色[J].苏州大学学报:哲学社会科学版,2013:2.
② [法]古斯塔夫·勒庞.革命心理学[M].佟德志,刘训练,译,广州:广东人民出版社,2012:77.

除了革命斗争之外,戏楼景观的复杂性还体现在关中农村不同宗族间的微妙关系上。忙罢会时,爱看戏的白嘉轩准许鹿三和白孝文去贺家坊看戏,自己却留在家中,面对鹿三的邀请,他说:"咱白鹿村的会日眼看也就到了嘛!咱村唱起戏来我再看。"白鹿村的戏楼在这位族长心中,不仅不同于其他的村落中的戏楼,还是他心中白鹿村宗族文化的符号和被象征化的族长权力。

在白家遭黑娃为首的土匪洗劫后,整座村庄已经被哀戚的氛围所弥漫,他却执意要求戏班子来在村中的戏楼唱戏,并且在腰伤未愈的情况下去看戏,"显然不是戏瘾发了,而是要到乡民聚集的场合去显示一下"。原著中,这场戏有意改换原先的安排,出演了《金沙滩》,而在电视剧《白鹿原》中,这场戏被改为《斩单童》。与《金沙滩》不同的是,选自《隋唐演义》故事中的《斩单童》表演的是单雄信不愿投降李世民而被斩杀的故事。小说中对《金沙滩》的表述是"把白鹿村悲怆的气氛推向高潮",而电视剧中的《斩单童》则是将戏楼景观与故事情节的发展以及其隐喻紧密地结合起来,白嘉轩利用白鹿村的戏楼演了《斩单童》这部戏来暗示黑娃,他已经知道了是黑娃带领土匪洗劫了白家、打折他的腰一事。

无论是《白鹿原》戏楼上因权力冲突而展现出的革命景观,还是被赋予传统宗族思想的关中民俗表演景观,都成为作品中具有"典型化"意义的风景,戏楼风景的展现是作者通过文字建构给观赏者的可感知、可想象的视觉艺术,它浓缩了整部小说中的各种冲突以及重要人物活动的精华,揭示了各种复杂人性所驱使下的多种"表演"行为,展现出这样一种"人文景观"的地域性、传统性。从创作来看,作为关中文化符号的戏楼风景在《白鹿原》中的展现暗示了陈忠实对关中文化的追寻,这"使他成了一位典型的带有儒生风范的当代作家。他那忧患不已的作家情怀表现在他对中国革命历史和传统文化的深刻反思"[①],他呈现给读者的这个艺术空间同整部作品一般具有很强的开放性。《白鹿原》中接受新思潮的年轻一代无论受到何种理论的"启蒙",他们的父辈、祖辈,都是被封建宗族礼法所浸润的传统农民,这是无法改变的事实。即使是走出白鹿原,接受新学教育,其物质基础都是农民的生产和生活方式所提供的,这种关系同样象征了20世纪初中国的现代性与传统民族性的关系。

---

① 李继凯.秦地小说与"三秦文化"[M].北京:商务印书馆,2013:107.

再者,这种开放性还体现在小说中不同人物的个性塑造和他们的结局上,《白鹿原》中,只有朱先生被塑造成一个近乎"圣人"的形象,其他人都非完人,尤其是包括白灵、鹿兆海、鹿兆鹏、白孝文等在内的年轻一代人最终结局无不令人唏嘘不已,即使是白嘉轩那样"腰杆硬"的"仁义"白鹿村的族长为了传宗接代,也安排了自己的儿媳妇向兔娃"借种"一事。陈忠实将自己对传统文化的深情倾注在朱先生这个人物角色中,朱先生身上所体现出的精神气质可谓是作者在创作中对自我"寻根"一事的终极回应。

最后,这种开放性还体现在《白鹿原》的风景中,被砸了又建的祠堂,被拆了又盖的白家门楼,镇下田小娥鬼魂的塔,以及村中经历了种种风波后仍巍然屹立的戏楼。后者作为沉默的背景,承担着原上的喧哗与骚动,经岁月沉淀后,它依旧不语,但这风景却会在历史的变迁中被更多的解读者、观赏者赋予不同的民族记忆,对每一个以中华传统文化为世界观之根基的人来说,这样的景观符号,是增强自我身份认同的重要因素。

(作者单位　武汉大学文学院)

陈忠实的艺术生命观

冯希哲

陈忠实曾强调:"真实是我自写作以来从未偏离更未动摇过的艺术追求。在我的意识里愈来愈明晰的一点是,无论崇尚何种'主义',采取何种写作方法,艺术效果至关重要的一项就是真实。道理无须阐释,只有真实的效果才能建立读者的基本信任。我作为一个读者的阅读经验是,能够吸引我读下去的首要一条就是真实;读来产生不了真实感觉的文字,我只好推开书本。在我的写作实践里,如果就真实性而言,细节的个性化和细节的真实性,是我一直专注不移的追求。"真实性是陈忠实文学创作的最高追求和书写基本原则。他将真实性作为自己阅读乃至于批评的首要原则,既包括对历史生活真实、艺术真实的把握,又包括对细节在内的整个艺术创作要素环节的整体把握。真实在他的艺术创作及批评判断中已内化为基本价值观,从而建构起属于自己的文学创作观中的艺术生命观。

一、主观体验的真实法度

陈忠实强调最可靠的生命体验及其表达本身是将真实性作为法度,要求创作之前对历史生活体验要绝对具备真实性。从生活体验升华到生命体验,空前突出了创作主体对历史生活自由体验感知能动性之外,强调创作主体对生活体验不仅有理性的判断和知性的把握,还应包括主体对历史生活现场那些生动鲜活的可能性、偶然性、细枝末叶般的感受性,而且这样的体验要求以自由的精神契合方式,以追求鲜活的生命质感为目标,陷入式地发现和体味历史生活感受过程本身的生动性与真切性,不仅是停留在意识层面,还应深入到潜意识的内在,使主客体的生命体验因交互作用而难以分离,从而步入精神自由之化境。生命体验与以前剥离掉的"生活的学校"有着质的区别,前者注重生命全身心地进入生活现场去感受,使主客体发生交融,后者则是以深入生活的冷静姿态去观察生活,去表现生活,停留在了表象和意识层面。同样,生命体验与生活体验也有着侧重点的不同,生活体验更倾向于走向丰富多元的生活内部,而生命体验不仅要肉身进入和情感投射,更要在历史生活现场实现主体精神与客体全面互动,自由交流。而陈忠实对生命体验的经验性感悟本身就是从真实性原则出发,对艺术创作生命基石的夯实。

  追求这一境界的历程中,陈忠实是以精神剥离的自我否定一步步脱胎换骨的。从作品可以看出,1985 年之前他的创作姿态与现实生活基本是同步的,呈现出平行式发展,具有较强的现实针对性,符合他对历史真实的追求,但也正因为如此,反映出对这些生活中的直接矛盾没有足够深刻的认识,停留在对生活的直接展现上,是生活本身"凝结"成了作品。这也是当时中国文学创作的通病。其主要原因是作家的创作观念未独立,深受社会意识形态的支配性影响较突出的必然结果。改革开放在解放生产力的同时更解放了人的思想精神境界,"文学可以作为事业来干的时代来临了"。先是 20 世纪 80 年代初,陈忠实质疑一向信奉的老师柳青"三个学校"的主张,"当我比较自觉地回顾包括检讨以往写作的时候,首先想到必须摆脱柳青和王汶石"。在实现第一次"精神剥离"后回到现实主义道路,而随后创作《蓝袍先生》时,他突然意识到民族命运和人的命运、民族的心理结构和人性等等的大命题不应该被忽略。陈忠实自陈:"到了八十年代中期,我自己觉得我已经开始从另一个视角去看生活,虽然看的也是当代生活,但视角已经不是一般的触及现实社会生活矛盾这些东西了。这主要是因为我这时接受了一种文化心理结构学说,并开始用这种视角来解析人物。……这类作品主要从人物外化的性格进入了人物内在的文化心理结构,这样一个角度,我自己感觉是深了一层。我后来感觉到,你无论写人物的性格怎样生动,生活细节怎样鲜活、栩栩如生,但要写出人物的灵魂世界里的奥秘,写出那些微妙的东西、神秘的东西,你就必须进入人物的心理结构,而这个心理结构本身是由文化来支撑着的。"经过这第二次"精神剥离"后,作家真正地深入到了人物的心理,深入到了民族文化的内部,才激发起作家的真情实感,生命体验也让作家不再平行于生活,代之以广阔的胸怀去俯瞰历史生活,与历史交流互动了,《白鹿原》和此后的《李十三推磨》等优秀作品才得以产生。很显然,陈忠实的创作成就既是作家精神向度勇于否定自我和精神剥离之必然,也是追求能穿透历史空间的以真实为内核的艺术生命力不断总结不断提升的精神张扬之必然。

二、从生活真实到艺术真实

艺术真实的基础是生活真实，作家的责任是将可靠真实的生活体验、生命体验以独特的艺术表达实现艺术真实与生活真实的切实吻合。陈忠实创作的真实性首先体现在他对生活真实把握的选择上。他的创作地域性很强，无论是16岁发表的青涩处女作《钢、粮颂》，还是到成大器之《白鹿原》时代，包括至今的"后《白鹿原》"时期作品，都选择的是农村题材，空间区域则都是围绕着生他养他的关中渭河平原，即便是《四妹子》，也是将四妹子从文化异域的陕北嫁到关中来展开，这为艺术的真实表达提供了坚实的生活基础。更主要的是文化背景。他对农村生活十分熟悉，因为他在农村生活了40多年，谙熟这块土地的一切，包括农民的文化心理、习俗、意识、情感、历史、语言等，尤其是这方厚土上生息着的人之生存方式、生命体验、文化思想，他有着非同一般的情感体验。如果放置于其他的地域文化背景，固然可以陌生化想象，但是深刻的真实，尤其是细微处的躁动与交流便形成了隔阂，无法自由交流。生活真实要通过独特的艺术表达出来，表达得真实虽然首要的在于体验历史生活的真实，但是艺术功力和创作经验，尤其是创作过程中主体对历史生活现场的生命体验实现交流互动的能力会决定艺术真实是否和生活真实、和生命体验相一致，做不到这一点，真实性在生活和艺术任一方面都会发生断裂，都会影响到艺术作品的生命力。

陈忠实对艺术真实与生活真实的不懈追求，使任何一点缺乏一定生活根基的虚构都会让他忐忑不安，他始终追求以艺术真实地反映客观世界。这种对客观世界真实性的追求在他的扛鼎之作《白鹿原》中表现得尤为突出。小说《白鹿原》的时间跨度涉及这块土地的半个世纪，清末到新中国成立前这段时间他没有亲身经历，记忆也几乎没有，但是文化传承的脉流却自出生即深入到血肉躯体的每个细胞。对于这段熟悉而陌生的历史，如何达到作品的真实性，他选择了打通时空障碍，去历史现场进行生命体验的精神互动。他花去两年多时间，查阅了长安、咸宁、蓝田三个县的县志，了解那个时代的历史面貌，在此过程中却发现了各个地方的种种灾难的记录，发现了中国民俗历史上的第一份《乡约》、"白鹿"的传说、"贞妇烈女卷"等等历史上记载的真实事件，为了了解白鹿原革命过程，他还走访了当地的长者进行验证和请教。《乡约》是在查阅蓝田县志时发现的,它是中国第一部用来教化和规范民众做人修养的家族式道德伦理纲纪,小说中白嘉轩形象的产生就与这部《乡约》有关。当白嘉轩以中国第一个又是最后一个文化地主的艺术形象出现在文学史上,也曾遭受,或者说至今还不乏形象虚假性的非议;另一方面,"我爷爷当时就是那样的"之类不在少数的真实性民间阅读对位,又印证着白嘉轩历史现实的真实性,虽然艺术的真实并非生活的真实,但是艺术真实性却足以以假乱真,使读者发现人物形象就是自己身边的某一具体的人。考察对白嘉轩真实性质疑者的论据,无非呈现出两个文化背景:一是地域文化不同。深入民间的"关学"思想一直在关中平原是不必言说的生活律法,而以文化地主身份精神统治白鹿村的白嘉轩遍布关中的村村落落,非"关学"思想根植地域就鲜有此类现象。而固守阶级斗争之纲,认为白嘉轩的以德报怨,对长工的好处都是虚假的,阶级性上是深入骨髓的,这些论调姑且不说"极左"思潮的根深蒂固如何的亘深,单是将人仅作为阶级对象本身就抹杀了人生活精神世界的个体性、复杂性和实在性,就是缺乏对人的现实性基础上的真实判断,走入理念强加的错误。田小娥的形象也是作者陈忠实在阅读"贞妇烈女卷"中形成的:"田小娥的形象就是在这时候浮上我的心里。在彰显封建道德的无以数计的女性榜样的名册里,我首先感到的是最基本的作为女人本性所受到的摧残,便产生了一个纯粹出于人性本能的抗争者叛逆者的人物。"白灵的形象来自白鹿原上的女性革命者张景文一些逸事的启发,"在我查阅的资料中没有发现,在民间传闻中也没有听到一句半句,我感觉到某种巨大的缺失和缺憾。这种心理是我构思这部长篇小说时越来越直接的一种感受,一个正在构思中的类型人物,要有一个真实的生活里的人物为依托,哪怕这个生活人物的事迹基本不用,或无用,但需要他或她的一句话,一句凝结着精神和心理气氛的话,或独禀的一种行为动作,我写这个人物就有把握了,可以由此生发开去,依我的意图编织他的人生的有幸和不幸的故事了。"可见,作家对真实性的追求并不排斥虚构,但是需要一个真实的生活人物作为倚托,这样才能生发开去,编制故事,从这件小的事情可以看出作家对艺术真实和历史真实的双重追求,他的艺术真实建立在一定程度的历史真实之上。陈忠实在"关中人物摹写"系列作品中,一直在结构着王鼎的故事,七年多过去了,探询查阅早已翔实,就是因为自己对王鼎上朝这个细节他没有经验,也无法完成体验便一再延宕。由此观之,陈忠实的文学创作尤为注重与历史的关联,其小说内容与人物都建立在历史真实之上,即使艺术虚构,也需要一定的历史真实体验做支撑,仅对客观的世界做真实描摹,并不能带来艺术真实。

三、批评的真实性尺度

如果说真实性作为生命准则主导着陈忠实的创作向度的话,那么对他人创作和他者文本的批评参与,也是将真实作为首要的判断尺度,因为在他看来,真实性受到质疑的作品,经不起阅读,经不起历史考验,生命力也就极其脆弱。

陈忠实衡量文学价值一如既往坚持将艺术文本与生活的真实感作为衡量艺术价值的基本尺度,真实性不仅作为艺术创作成熟与否的检视法则,更是艺术品能否获得生命力的基本要素。因此,他对包括文学各样式和美术的感受性批评首先从真实原则出发,谈作家的真实,文本的真实,效果的真实,把对真实性的遵循看作作家的根本道义与责任。他在评价孙见喜的《山匪》时说这部作品"不仅把那一过程重现给今天和未来的读者,而且达到一个生活和艺术的真实,这是一个作家的成功,也是一个作家的责任和道义"。他认为作家创作,对读者态度要真,写作要忠实于自己的体验,要具有时代和历史的双重真实性,体验不应简单成为个人的真实感受与理解,而应是民族的和人的精神命运的真切轨迹。他在评价李思强的诗时肯定"这种完全摆脱了功利目的纯粹的抒写,可以信赖为心声,没有娇气和矫情,没有虚浮和装腔,是一个人生活的和生命的体验的展示"。针对文坛说空话、假话、套话的时弊,他以可靠性作为衡量作品的价值判断标准予以反驳,"之所以引我发生情感和心理地陷入,首先是作品的可靠性。可靠性的最基本品格之一是真实"。陈忠实还重视艺术表达的真实,但更看重生活真实,他说:"我之所以强调后者珍视后者,是有感于某些作品在艺术的名义下对生活所采取的随心所欲的姿态,把对生活的虚拟和虚假,振振有词地淹没或张扬在所谓艺术的天花乱坠里。"一旦有违真实性的尺度,即便是朋友他也毫不留情地予以批评,他曾批评朋友雷电的《容颜在昨夜老去》细节的虚假,说:"这是人物自然发生的心理和行为细节呢,还是作者给人物强加的叙述呢?这也涉及创作最基本的问题。准确是关键,准确才有力量,否则就造成没有是非标志的'没正经'。"他对峻里小说中的人物形象的真实赞赏不已,他评价说:"我的阅读感觉,决然不同于那些只会做令人发笑的蠢事和只能说令人发笑的二话的乡村干部形象,而是一个个活的人。首先把农村人物作为社会的人去探究,当是文学观照社会人生最基本的态度和品格。"在他的眼中,人物的真实性是文学内在价值标准,是文学生命力的可靠来源。

真实性作为陈忠实的艺术生命观,渗透在生活体验、生命体验、艺术体验的全过程,渗透在阅读批评中,更身体力行于自己的做人与做事,恰如古人所言"文如其人""人如其文",也正是对真实作为艺术生命的首要法则的理解、感悟和实践,无限的追求才成就了他以真实和真诚为特质,卓尔不凡的人格与文格。

(作者单位　西安工业大学文学院)

陈忠实文学创作观念的自觉与超越

冯希哲

对陈忠实文学创作观念转变过程的考辨与研究,他摒弃"三个学校"而建构起的"三种体验"的创作思想,无论对于洞察中国当代文学史的变迁轨迹,或审视当代文学创作种种现象,还是发展文学理论,启迪当下与今后的创作实践都具有举一反三,醍醐灌顶般的价值。

一

文学创作观念是作家文学创作过程中通过实践探索和间接习得而建构起的对文学创作本身的基本理解、态度、见解和主张。文学创作观念一旦形成,会主导和支配个体对文学现象的观察、创作实践和审美趣味,以及对读者的反馈,并在普遍性上,有倾向性地主要集中在对生活的扫描过滤取舍习惯、表达方式的独特性、表达风格的个性化等层面,更主要的体现在对文学本身与宇宙的关系理解深度与姿态当中,也就是文学观念本身对创作观念发生着潜在的春风细雨式的引领和支撑作用。但是文学创作观念的形成并非瓜熟蒂落,一成不变,社会环境、时代氛围、文化思潮对作家形成作用力虽然是外在的客观因素,但是这些触媒在作家内在精神与环境的交互引力下,会提供思想观念发酵的温床,使作家内在精神结构在得以呼应的情境下发生嬗变乃至裂变,萌生出新的意念主张甚而脱胎换骨。陈忠实早期与成熟期的文学创作生活范畴以及一贯表达风格并未有实质性变化,而早期与生活平行式甚至臣服于时代的乡村书写,虽然是那个时代作家普遍难以高歌独调的通病,艺术的平庸只是在不断抒写过程中,极力探寻应该属于个人的真文学道路,事实却残酷地表明这样的努力是那样的艰难,难有品质上的好收成。但是当"三种体验"(生命体验、生活体验、艺术体验)的创作观念历经两次精神思想深层的痛苦"剥离",取代了先前信奉的柳青的"三个学校"(生活的学校、艺术的学校、政治的学校)之后,他的文学世界充满了思想的力量,神圣的文学行走在了历史和现实更高的脊梁上,以俯察的姿态反观人的生命轨迹和民族的命运,也终于以《白鹿原》这样当代文学之林的参天大树矗立起一座丰碑,既告别了过去的自己,摒弃了陈旧的"蓝袍",也在完成文学人生奠基礼中给文学创作留下了另外一份宝贵的思想资源——"三种体验"的文学创作观念。因之,这种精神世界的大转折之彻底、之伟大,不能不以"典型个案"做深入解剖,以启迪昭示后学者,也为文学理论的丰富增添营养。

二

20世纪80年代陈忠实文学创作观念发生巨变,第一次发生在80年代初改革开放后,第二次发生在80年代中期写作《蓝袍先生》过程中,他开始思考民族命运和人的心理问题。两次自谓的精神剥离对此前的传统的文学观念彻底颠覆,包括追随信奉的老师柳青的"三个学校"的主张,突破了柳青,也走出了"小柳青"时代,"寻找到了属于自己的句子",从而创造出经典文本《白鹿原》。

20世纪80年代初的第一次精神剥离,是他看到《人民文学》1977年1月莫伸的《窗口》和11月刘心武的《班主任》之后,意识到"创作可以当作一件事情来干了",于是沉浸在图书馆大量阅读世界经典充电,这是自觉的起点,也是自我反思的开端与素养预备。1980年4月在"太白会议"上,评论家毫不留情地对陈忠实以往的创作"挑毛病"则从外力上逼迫他不得不深入思考许多过去被忽视的创作大问题,这是他走向否定的触媒,而真正引起他开始沉痛反思的是1982年他在督促落实中央一号文件"分田到户"政策间隙,联想到柳青笔下的"合作社",时代竟然发生了如此的巨变,最终促使陈忠实不得不思考自己以往坚守的"本本",完成了第一次大转弯。他后来回忆说:"我此时甚至稍前对自己做过切实的也是基本的审视和定位,像我这样年龄档的人,精神和意识里业已形成了原有的'本本',发生冲撞就无法逃避。我有甚为充分的心理准备,还有一种更为严峻的心理预感,这就是决定我后半生生命质量的一个关键过程。我已经确定把文学创作当作事业来干,我的生命质量在于文学创作;如果不能完成对原有的'本本'的剥离,我的文学创作肯定找不到出路。""剥离这些大的命题上我原有的'本本',注入新的更富活力的新理念,在我更艰难更痛苦。"我们可以从他创作感受中和创作变化中清晰地看到,同样是乡村题材,陈忠实已经逐步走出了政治图解的"极左"的文艺思潮影响,走出了"本本",站在了新起点上。

"剥离的实质性意义,在于更新思想,思想决定着对生活的独特理解,思想力度制约着开掘生活素材的深度,也决定着感受生活的敏感度和体验的层次。"如果说第一次精神剥离是以怀疑和否定老师柳青的"三个学校"主张为标志的话,那么在1985年创作《蓝袍先生》时,他开始转向人的心理、人的命运,尤其是民族心理结构和民族大命运的历史性自觉思考与表达,则属于自个精神心理的第二次剥离。第二次剥离完全否定的是自己以往对生活、对人、对文学的粗浅的、表象的理解,从而进入更为宏观更富有穿透力的历史文学场域,"寻找属于自己的句子",也因此自觉建构起自己的文学创作观——"三种体验"。法国新小说派作家罗布·葛利叶曾说:"每个社会、每个时代都盛行一种文学,这种文学实际上说明了一种秩序,即一种思考和在世界上生活的特殊方式。"若我们把文学创作观念作为一种整体来看待,就能说明一种秩序、一种这个时代人们特殊的生活方式和思考把握世界、历史的方式。陈忠实的文学创作观念,正是从政治图解背景下的生活体验,到真切感受生活琢磨生活的新生活体验,是文学归位,进入到新的艺术体验的转变,也恰恰说明了他认识世界、观察历史、打开自己、突破自我的可贵精神历程。陈忠实文学创作观念的转变本身,是一个自我怀疑、自我否定、自我超越的精神分离寻找过程,它与中国当代文学史的发展流变同步,也是自身对文学创作本真的深刻理解和领悟之必然。而不断深化和发展的文学创作观念,使他自觉强化了载道意识、美学意识、责任意识,也拥有了代言情怀、史诗情怀和理想情怀。

三

那么,陈忠实经过两次脱胎换骨,寻找到了怎样属于自己的句子?

独特的生命体验。"生命体验首先也是以生活为基础的,生命体验不单是以普通的理性论去解剖生活,而是以作家个人独立的关于历史、关于现实、关于人的生存的一种难以用理性言论做表述而只适宜诉诸形象的感受或者说体验。这种体验因包括作家的哲学思维、个人气性等方面因素而产生,所以永远不会重复也不会雷同。"这是陈忠实在《文学无封闭》中关于生命体验的表述。进入到对人的生存状态的关注,探寻生命意识中深层的精神心理结构后,陈忠实的作品既具有批判力度,又有悲剧意识的自觉展示,更富有作家的深沉感受和道德立场,思想透视性明显强化。《白鹿原》作为生命体验的代表作品,奠基文化批判现实主义经典文本的同时,我们更能真切地看到其中的思想在不单单是解构极"左"思潮下的阶级斗争和政治、经济的单一视角表达,而且注重重建,从国民心理、民族精神、灵魂方面重构,写出了人格力量,包括此后的《日子》《一个人的生命体验》《李十三推磨》等都是如此发人深省的作品。生命体验是陈忠实创作进入高峰体验,精神步入自由状态的灵魂书写体验,其本真在于主客体不再是隔离的理性判断,而是主客体互容的双向多维度综合体验,包括感受性的感知,将历史和肉体看作生命活动的过程去参与、去拷问,以彰显鲜活生命本体的本来价值。

深刻的生活体验。"思想的深度和力度,影响乃至决定着作家生活体验的质量和层次。尤其是从生活体验进入生命体验,非超常独到的思想而绝无可能。""真实的艺术效果来自真实的生活体验和升华到理性的生命体验。"陈忠实所言的生活体验在他看来是生命体验的一个必然过程,但这个过程已不同于精神剥离前的柳青"三个学校"中的"生活的学校"。"生活的学校"要求作家去深入生活,而在现实性上,作家与他人一样本身就是生活的一个直接参与者,自己也有自己的生活,因此深入生活本身不仅在指向上存在异议,更重要的是可能将作家的眼睛仅仅放置在生命的外部去观察,而不是去直接感受和参与,这样难免将人简单化反映和表现,复杂性则在身边悄然溜走。陈忠实认为"创作的唯一依据是生活,是从发展着、运动着的生动活泼的现实生活中直接掘取原料。尊重生活,是严肃地研究生活的第一步。尊重生活,就可能打破自己主观认识上和个人感情上的局限和偏见。那么,生活体验,就既有客观的社会生活,也有作家个人的生活经历,它们都是生活体验的东西,都是从体验生活中得来的"。如果只看到生活现象,不深入体验,就可能把文学作品变成图解一项具体政策的简单的模式,人物成了具体政策支配下的传声筒,人物的活灵魂就没有了。生活体验和生命体验"是作家对历史和现实事象的独特体验,既是独自发现的体验,又是可以沟通普遍心灵的共性体验。"由此可见,陈忠实对生活体验的真谛强调的是作家个体体验不仅要尊重生活,研究生活,更要使作家的思想情感深陷生活去真切感受却不停留于生活,努力去开掘生活的本真层面及其意义,即便是历史生活。

不凡的艺术体验。艺术体验包括创作中文学技巧的娴熟、文学的审美追求、文学的情感表达等,陈忠实最关键的在于"创新"而忌讳模仿。他从叙述方式到语言都摆脱了柳青的影子,形成自己独具特色的艺术表达方式。《白鹿原》的叙述语言作为新的艺术的尝试,表意张力明显增强,语言本身的审美情趣、节奏和意味,尤其是方言与地域文化色彩表达得淋漓尽致,且都给人以美的体验和享受。作品的结构安排、叙述节奏、人物内心挣扎的展示,以及隐藏于其中的悲悯情怀、宏阔厚实的历史现场感、深邃的思想透视力量,都在追求史诗品格的艺术表达中,展现出文化批判现实主义的真实性、深刻性与历史感、使命感。

开放的历史文化观。开放的历史文化观是相对于狭隘的封闭的又单一的历史陈述而言的,它追求的是所有历史可能,包括历史细节,在现代复活的文化意义,及其长久被遮蔽的真实存在的多元历史现场的还原,让现代人在体验历史过程中去介入历史,而非简单描述历史。陈忠实曾言:"所有悲剧的发生都不是偶然的,都是这个民族从衰败走向复兴复壮过程的必然,这是一个生活演变的过程,也是历史演进的过程,……我不过是竭尽截止到1987年时的全部艺术体验和艺术能力来展示我上述的关于这个民族生存、历史和人的这种生命体验的。"这样的文化"寻根"意识,在卡朋铁尔的"寻根"意识刺激下让他惊醒,县志中所遮蔽的活历史激荡起他书写民族秘史的情怀和冲动。最终呈现给我们的是在《白鹿原》及其以后的作品中,文化的寻根意识、历史的批判眼光完美地结合起来,穿透了陈旧的历史的书写套路,从道德、文化、人性、人的心理层面展示民族的精神史、心灵史、苦难史、命运史,以批判的眼光,冷静地、理性地去写那一段历史,沉淀与陶冶出有利于民族发展的精神人格力量。"至于历史,我们只能间接地去体验、感受了。把握历史,对于当代作家来说,关键在于要有一定的系统和历史知识,尽可能准确地把握住那个时代特定的社会环境和社会心理的真实。""所谓历史,就是人的心理秩序不断被打破,又不断寻找新的平衡的历史。感受历史,就应该是把握住那个时代社会心理的真实。虽然对心理真实的感受因人而异,但从根本上说人性是相通的,因为人性是沟通任何一个时代的人的最基本的支点,也是沟通不同民族、不同国家的人的情感的最基本的支点。"陈忠实在现代意识的统驭下,以开放的历史观检视曾经的历史可能,把历史的生命、人性放置在文化视角下,以现代意识为显微镜透析了包括仁义思想、宗教观念、性文化、道德伦理文化等之活态,探寻以人伦道德为主体的民族精神人格复苏之命题。

(作者单位　西安工业大学文学院)

论陈忠实作品中的关中区域和儒家文化

高 原

陈忠实共发表了9部中篇小说和80多篇短篇小说。近些年来,这些短篇汇集成至少7本集子,由不同的出版社出版,而"关中"一词出现在6部集子的标题中①。第7个集子名叫《秦风》,这个标题可能表明,对他来说,关中是陕西文化和陕西认同的主要因素。从这些例子可以看出,陈忠实把他的作品看作关中及其文化的表征。他的《白鹿原》也集中描写儒家文化和关中。在他的一些作品中,儒家文化是最重要的文化认同因素,试图把儒家文化看作关中区域文化。本章以陈忠实的两个中篇小说和《白鹿原》为例,讨论他的文化区域意识及其影响。

《蓝袍先生》:儒家文化窒息关中

陈忠实20世纪80年代中期出版的几部作品有一定影响,其中的两篇小说探讨关中区域的儒家文化及其遗产。作家常用其他词汇代替关中,如渭河平原等,并把这些作品中的故事和人物区域化。在这个意义上,可说这两篇作品重构了关中的区域文化。《蓝袍先生》结合20世纪的各种政治运动,呈现的关中文化使得这个区域显得更加孤立、封闭,作品中的主角徐慎行的心灵被严重创伤和奴化。这个故事类似于"五四"新文学和20世纪80年代初期的改革文学,这两个潮流都期望打破中国传统、寻求社会解放。这部作品也可以被归入20世纪80年代初批评政治压力的伤痕文学。

《蓝袍先生》的结构独特,开端似谜。这篇小说中两次使用第一人称,但这两个叙述者不是同一个人。故事的开始,徐慎行的学生谈论自己老师最近的多次来访和生活状况,这部分以老师拜访学生后离开结束。在一次访问中,徐慎

---

① 如《关中故事》(昆仑出版社,2004年)、《关中风月》(东方出版社,2007年)、《乡土关中》(中国旅游出版社,2008年)等。

行表示自己晚年想再婚,期望学生协助说服其子女。这篇小说的主体部分,是徐慎行的自我陈述,也就是解释自己逐渐被奴化的过程。第一个叙述者,也就是徐慎行的学生,以一种遗憾和怜悯的语调叙说徐慎行的再婚。在这个叙述者和徐慎行亲戚的帮助下,他克服了子女对自己再婚的异议,但他最终决定结束可能使自己晚年更幸福的爱情追求。第一个叙述者对此深表遗憾。相比之下,徐慎行自己的态度倒很清醒,不带多少感情色彩,平和地长篇叙说自己漫长、复杂的经历。对他来说,人生中的升降沉浮,只是发生的事件,他似乎对此毫无遗憾,也无任何爱憎。很显然,这篇小说的第一个叙述者是陈忠实,他倒对徐慎行的人生,颇有悔恨之意。

徐慎行是位接受和实践儒家信念的文人,《蓝袍先生》是他人生一步步遭受奴役的年鉴。这个故事的标题是徐慎行的绰号,显示他的思想追求和生活风格。这个名字的前两个字分开来,分别表示缓慢和谨慎,第三个字要求把前两个字的意义贯穿到行为中去。这三个字合在一起,精确刻画出徐慎行的形象,这个形象确认和继续他家的传统。从他爷爷辈开始,到 20 世纪初以来,徐家一直在村学堂里教书。徐的爷爷是个典型的儒家文人,敬重儒家道德和教育方法。他把重教书、轻农耕看作家庭传统,要求家庭成员保持低调,但须保持儒家式的体面。徐家的三个儿子,最终认识到了这些要求的必要性和实用性,把他父亲看作伟大先知。徐慎行的父亲有两位哥哥。但是老父亲认为,他这两个大儿子的秉性和资质欠缺,就把教书职位传给了徐慎行的父亲。这位新教师上任后,"似乎一下子变成了另一个人,那眉骨愈加隆起,像横亘在眼睛上方的一道高崖,眼神也散净了灵光宝气,纯粹变成一副冷峻威严的神气,在学堂里,他不苟言笑,在那张四方抽屉桌前,正襟危坐,腰部挺直,从早到晚,也不见疲倦,咳嗽一声,足以使那些调皮捣蛋的学生吓一大跳,来去学堂的路上,走过半截村巷,抬头挺胸,目不斜视,从不主动与任何人打招呼。别人和他搭话问候时,他只点一下头,脚不停步,就走过去了。"①

为了管理好大家庭,防止两兄长背离儒家文化,徐慎行 18 岁时,他父亲就把教师职位传给了他。此后,徐继续推行儒家观念和理想。在日常生活中,他父亲把儒家理论付诸实践,徐慎行除了教书外,还做了不少工作。他把父亲教

---

① 陈忠实文集:第三卷[M].广州:广州出版社,2004:69.

给他的"慎独"一词作为座右铭,内化为自己的基本观念。这既是徐慎行生活的动力,后来也成为他人生的沉重负担。

徐慎行的人生中充满挑战和机遇。这篇小说是他被动寻求文化解放的历程。对他来说,人生中的创伤并不算什么,这些伤害就像日常生活中的其他平凡事件一样,他依然感觉自如。他试图适应新的社会环境,使自己更加阳刚,显得气势非凡。初期,这些变化确实有些效果。随着反右运动的兴起,他的形势急剧恶化。反右是对他寻求自我解放的努力的最后一击,彻底打碎了他的梦想。自此,他寻求自我的历程结束,变得更加封闭。一只无形的手,把他和周围的人分开来了。他最后成为一名普通教师、学校的敲铃人和添茶倒水的侍应人员。这个学校进一步伤害了他的人格,他遭受的迫害抵达顶点。"一经赵永华允诺,我当下就把被卷行李搬回了我的那间小库房卧室。一躺下来,我闭上眼睛,浑身都舒适了。我忽然想到了蜗牛,蜗牛钻在它的壳里一定很舒适。要是打碎螺壳,把它牵出来,它可就活不了啦。我刚搬进这小库房时,感到压抑,感到杂乱,感到孤寂,想到和高年级那两位教师同居一室的愉快时光。久而久之,我像蜗牛一样适应了螺壳,蜷缩在螺壳式的小库房里才舒服,到别的房子里反而觉得活不了啦!"①

陈忠实对儒家遗产的态度,反映了当时的大众对行动和激进人格的渴望,有这些特征的人可以很快给有厚重却也是沉重负担的关中传统带来突破。陈忠实的观点并不新奇,新奇的是他把关中和儒家传统捆绑在一起,认为传统是一种过于压抑的阻碍力量。儒家传统及其历史,对陈忠实和许多20世纪80年代的人来说,是现代化道路上的障碍。陈忠实和路遥相知很久,他们对关中的理解很接近。相比之下,路遥早期带着愤怒写作,如《人生》,后期却渴望快节奏的发展。陈忠实诉诸遥远的过去,目的在于探索他所看到的问题的根源;而路遥讨论当前,如在《平凡的世界》中,他期待美好的明天,尽管通向明天的道路上可能荆棘密布。陈忠实的故事徐徐展开,像一位老爷爷给小学生讲故事,叙述中情绪清淡,有时似乎比较严肃。这和谢晋20世纪80年代电影的情节风格不同。谢晋在讲述某一时期的故事时,苦中有乐,乐中又有苦,谢晋因此遭到

---

① 陈忠实文集:第三卷[M].广州:广州出版社,2004:162.

批评,说他的批评很肤浅,又配合主流意识。① 陈忠实比谢晋年轻一代,采取了不同的方法。在陈忠实的叙述中,一个人的苦难,如徐慎行,意义重大,伤害严重。这个问题的原因,在于关中的悠久历史,地区文化是造成徐慎行苦难的根本原因,应该质疑传统,另寻发展的答案。

《四妹子》:把关中非儒家化

可以说,《四妹子》就是《蓝袍先生》的姊妹篇。这部作品中,陈忠实不但继续把关中和儒家文化相联系,还给徐慎行的困境提供了一个强有力的、理想化的解决方案,这个方案也是解决关中文化困境的方法。这篇小说再次响应路遥对关中和陕北的理解。路遥认为,与关中男子相比,陕北女孩具有阳刚之气,能够成功改变关中的面貌。不管是偶然的巧合,还是真心拥护,陈忠实的作品也体现了这个观点。陈忠实把四妹子当作强大的外部力量,让她成功地改变了关中文化困境。毛泽东曾经说过,前途一片光明,但革命道路曲折。四妹子在关中的经历正是如此。关中文化丰富和经济富足,但对她来说,是一片异地,正是在这里,她的才能得到了充分的发挥。

这个中篇小说的故事,发生在"文化大革命"末期的关中。儒家伦理和毛泽东的政治运动,导致省内区域的差异化。《蓝袍先生》叙说精英文化的压抑性,《四妹子》表明这些儒家伦理的社会化和日常化。故事并未提及儒家,它的观念和仪式,广泛、深刻地影响了吕家。吕家家长未受过教育,是一位父权式的强人,对家庭成员的行为及其与家庭之外的联系,都有严格要求。他的三个儿媳妇,可能都来自不太重视礼仪的家庭,是他重点教导的对象。故事暗示,两个大儿媳妇是关中本地人,已经吸收、内化了家长的这些要求,因此成为他精心教导刚入家门的三儿媳妇的助手。

吕家把儒家伦理仪式化,一个重要原因是对这个家庭的阶级成分的恐惧。故事不曾具体展开阶级划分和吕家的旧事,儒家的社会伦理在吕家始终占据前台,完全接受儒家中庸观念,不管别人干什么,吕家始终保持低调。在这个意义上,儒家伦理的强大力量体现出社会改造的效果不佳,儒家成为激进主义的对

---

① Ma Ning. Spatiality and Subjectivity in Xie Jin's Film Melodrama of the New Era[M]//Nick Browe et al, ed., New Chinese Cinemas: Forms, Identities and Politics. Cambridge: Cambridge University Press, 1996:15-39.

抗性意识形态,还是吕家躲避政治风暴的避风港。陈忠实再一次转向中国传统,寻求方案。他用历史方法诊断中国的困境,把中国传统看作顽固的问题,儒家文化是保守的堡垒,急需被打破。

整个故事详细描写了两个区域的经济和社会差异,如食品、人物行为、家庭环境等。备受尊重的城市延安,不再是和理想的政治状态相联系的圣地,而是一个经济贫穷,一些官员在饥馑年代享有特权的地方,这明显是陈忠实在20世纪80年代对国家整体面貌的不满。在陕北没有别的选择,四妹子和她的姑姑为寻求经济改善,通过联姻逃离陕北,来到关中。令他们惊奇的是,当地男人秉性温和,性情大方。她们对关中男人的理解,也是陈忠实的理解,他再次认可路遥的观点,但向前迈了一步。陈忠实让作品中的关中男人在身体上和/或者智力上成为残疾,这样就一定程度上失去了主体性,如同韩少功《爸爸爸》中的主人公丙崽。[1] 四妹子的姑姑,为了在关中落脚,嫁给了当地一个跛脚男子。四妹子来关中后,几个身体有缺陷的男子前来谋求相亲,她一个个拒绝了他们。作为交易,她和在毛泽东时代有阶级成分问题的吕家三儿子结合了。这几个关中的问题,反映陈忠实对关中社会的不满意和他对省内各区域特色的态度。陕北和四妹子成为省内的他者,认为他们文明程度低,但会在激活关中文化的过程中作用巨大。

在关中站稳脚跟后,四妹子展现出前几个月隐藏的真正自我。"四妹子发觉,不仅她的公公婆婆哥哥嫂嫂胆小怕事,谨小慎微(上中农的成分压在头上,情有可原),而吕家堡的男人女人似乎都很胆小,一个个循规蹈矩,安分守己,极少有敢于冒犯干部的事。在陕北老家,学大寨[2]没人出工,干部们早已不用批判这种温和而又文明的形式了,早已动起绳索和棍子。公社社长和县上的头头脑脑亲自下到村子里来,指挥村干部绑人打人,逼人上水利工地。四妹子虽然没受过,见的可多了。地处关中的吕家堡的村民,一听见要把某人推到戏楼上去批判,全都吓坏了,全都觉得脸皮难受了。似乎这儿的人特别爱面子,特别守

---

[1] Rong Cai. The 'Subject' in Crisis: Han Shaogong's Cripple(s)[J]. The Journal of Contemporary China, 1994(5):64-77.

[2] 大寨是山西省的一个村庄,被毛泽东认可为农业发展的模范,在1963和1978年间是全国学习的榜样,以发扬自我牺牲和奉献精神,推进其他政治活动。

规矩。"①她的第一个目标就是家长。他名叫吕克俭,名如其人,兢兢业业、艰苦朴素,这两点是儒家的基本经济观念和中国当时的社会现实。四妹子很快忽略了毛泽东的经济政策,积极从事小本私人贸易。这导致公社公开批判她,以及吕姓大家庭的分裂。与此同时,毛泽东体制的逐渐退出,个人自主性和政治鼓励,使得四妹子更加大胆和积极。她未与丈夫商量,就走在当地人的前头,利用新的政策迅速赚来很多钱。这下轮到她施行儒家伦理了。她精心照顾公公婆婆,欢迎其他兄弟姐妯娌加入她的养鸡事业。但她和这些人的良好合作,没有持续多久,经济利益和伦理差异,导致养鸡业的破产。这个震动没有破坏她成功的意志,她很快开始从事果品种植业,继续孝敬公公婆婆。

　　陈忠实选择女性作为变革的媒介,原因可能在于20世纪80年代早期的男性危机。日本电视剧《排球女将》,讲述日本国家女排的奋发图强。当时中日关系极为密切,进口了一批日本文艺节目,既开阔了国人眼界,又激励他们努力奋斗。这个电视剧1981年在中国上映。之后,中国女排又连续五次夺得世界冠军。同时,中国在1984年洛杉矶奥运会上取得突破,夺得奖牌甚多。这些成功,点燃了全国快速现代化之火苗。可是,男性在这个阶段成绩平平,因此感到尴尬。这种"阴盛阳衰"的局面,持续到了20世纪90年代中期。② 这个所谓的男性危机,出现在很多领域,包括文学界。

　　《四妹子》否定关中当地文化,崇拜一种乌托邦的外部力量,以贬低、破坏关中的地方文化。陈忠实选择陕北女孩作为媒介,把她描写成一个男子汉式的英雄,其任务是软化僵硬的儒家文化体系,激发当地人民从事经济发展。对陈忠实来说,文化是实质性的问题。她确实单枪匹马软化了僵硬的儒家文化体系。在这个过程中,她的关中丈夫,被疏离甚至被忽略了。他对四妹子的事业没什么兴趣,忙于自己的电器修理业务,完全沉浸在另外一个领域。对陈忠实来说,这个丈夫从事的办公室工作,无法让关中走上更高的经济台阶,这个地区需要的是像四妹子这样的外部力量,能够摆脱附加道德的束缚,而且积极参与国家的改革。陈忠实又一次和路遥的想法一样,边缘成功解放了关中根深蒂固

---

① 陈忠实文集:第三卷[M].广州:广州出版社,2004:162.
② 在1994年春晚上有一个相声节目叫《点子公司》,女演员向男演员提出这个问题,通过直播,全国都明确了解到了这个情况。关于男性危机的学术研究,见雷金庆(Kam Louie)的概述,《贾平凹〈人极〉中男性特质的政治》,《现代中国》,1991年第2期,第163-166页。

的文化。《四妹子》看起来是《平凡的世界》的续篇,后者的第一部完成于1986年。当四妹子走出第一次破产的阴影时,很快开始从事另一行业。相比之下,她的丈夫仍然继续自己的电器修理。在中国,当妻子正在进入一项前景好的行业而需要合作伙伴和帮助时,丈夫多会主动积极,全身心协助。四妹子的这个行业,尤其需要更大的体力而不是智力投入,而这个行业对女人来说,要体现她们的个性和独立性,困难很大,就更需要男人的参与。小说的结尾似乎说明,陈忠实选择的女性媒介未能激发和改变她的关中丈夫,更不用说备受文化钳制的所有关中人。因此,四妹子是陈忠实塑造的另一个乌托邦。四妹子来自陕西一个欠发达区域,未受任何教育,却突然显出足够的养鸡业需要的科学知识,对国家的政策也相当了解。陈忠实简单地从一个以儒家文化为基础的乌托邦,走向另一个外来力量的乌托邦。这说明,陕西省内的这两个区域,在文化方面,不但不协调,而且在实质上是对立的。

《白鹿原》:再次把关中儒家化

《白鹿原》的故事也发生在关中,其情节和中国在20世纪上半期的历史发展基本一致,集中讲述两个受儒家文化笼罩的大家庭之间的竞争。小说辩证地看待儒家,大体上把它看作一种正面的思想和社会力量,能够组织中国社会及其变革。儒家也是维持社会秩序和民族主义情感的民族之魂。受半人半神的大儒朱先生的支持,白嘉轩倾向于维持儒家社会秩序,而其竞争对手鹿子霖喜好社会变革,期待从中谋求政治职位。他们二人之间的争斗贯穿小说始终。

小说中最重要的是"白鹿精魂",它是儒家理想及其运转的最重要象征。陈忠实把它描绘为一种超越性的力量,能够连接世界万物。其来源是一个神话中的鹿。这个精魂的运动,能够惊人地影响诸多事物。"庄稼汉们猛然发现白鹿飘过以后麦苗忽地蹿高了,黄不拉几的弱苗子变成黑油油的绿苗子,整个原上和河川里全是一色绿的麦苗。白鹿跑过以后,有人在田坎间发现了僵死的狼,奄奄一息的狐狸,阴沟湿地里死成一堆的癞蛤蟆,一切毒虫害兽全都悄然毙命了。更使人惊奇不已的是,有人突然发现瘫痪在炕的老娘正潇洒地捉着擀杖在案上擀面片,半世瞎眼的老汉睁着光亮亮的眼睛端着筛子拣取麦子里混杂的沙粒,秃子老二的瘌痢头上长出了黑乌乌的头发,歪嘴斜眼的丑女儿变得鲜若桃花……这就是白鹿原。"①

白鹿精魂初次以植物的形式出现,从而引发整个故事的发展。朱先生是故事中唯一能够理解这个精魂及其运转的儒家文人。他是以关中为根据地的儒家关学流派的传人。他的姓,隐含表现他和12世纪的大儒朱熹(1130—1200)之间的关系。这两个学派,特别是朱熹对儒家发展和中国社会的影响特别大。关学强调社会参与和儒家模式的统治,而朱熹研究形而上学,他的很多观念被后来的几个朝廷认可,成为科举举子的教科书。朱先生亲自实践儒家君子的期望,"修身齐家治国平天下",这就证明他也是关学开山祖张载(1020—1077)的化身。

这个史诗故事在白鹿原上展开,而共产党的革命活动被限制在一个不为人知的山区地带。这个儒家化的村庄和遥远的山区地带,对应和续接《四妹子》中的两个不相容的区域。在《白鹿原》中,朱先生似乎相信,他的文化地位和学派倾向能够统治整个世界。关中被看成一个文化独立单位,其中朱先生位居这个文化结构的中心地位。白嘉轩在前台管治关中,组织和监察家族成员,以自己族长和儒家人士的身份进行管理。在儒家文化里,腰板代表一个人的正直、性格和人格等。白嘉轩和蓝袍先生的父亲,都是这方面的典型人物。除了时间,没有什么可以改变他们的腰板。虽然白嘉轩的腰板被黑娃打伤过,但白嘉轩的性格依然如旧,继续领导自己的家族。在他的带领下,儒家的社会秩序度过了各种社会混乱,直到共产党革命取得胜利。

"白鹿精魂"的出现,表明陈忠实已经偏离社会主义现实主义,而前面讨论的两部小说,正是以这种理论为基础。白鹿原仍然在家族的统治之下,是受共产党革命影响的区域的延伸。大家长白嘉轩和鹿子霖领导的两个家族成员参与革命活动,仅仅是作品中的一条小辅助线索。小说表面上以共产党的胜利而结束,但陈忠实以微妙的方式展开这条线索。《白鹿原》中,革命成为像黑娃这样的人物进行报复、释放压抑情感的机会,而不是解决阶级剥削问题。虽然各派政治活跃分子相继咨询朱先生,他没有兴趣加入任何派别,试图尽力切断和他们的联系。他把革命比作鏊子,这是关中人用来摊煎饼的一种平面铁板。鏊子辩证地表示一块硬币的两面,这个比喻暗示共产党和国民党之间的争斗。一

---

① 陈忠实.白鹿原[M].北京:人民文学出版社,2005:23.

面依靠另一面而存在,这就联系到《诗经》中的典故,"兄弟阋于墙,外御其侮。每有良朋,烝也无戎。丧乱既平,既安且宁。虽有兄弟,不如友生?傧尔笾豆,饮酒之饫。兄弟既具,和乐且孺。"①陈忠实的新理论范式,不但激发了地方文化的灵魂来生产那个时代的社会秩序,也预测未来的变化。他对未来的预言,存放在自己的坟墓当中,后来在"文革"中被红卫兵发现,"折腾到何日为止?"②小说中隐示他的预言的实现,体现儒家角度,而不是长期以来所说的其他理论,也证明中国的世纪变迁。

突出儒家文化的意义

陈忠实被评论界看作柳青的忠实学生。柳青提出,作家要在"生活的学校、政治的学校和艺术的学校"③认真学习,以提高写作水平。陈忠实认真学习和实践这个理论,他的第一篇短篇小说出版于1973年。另一篇作品《无畏》(1976)给他带来了麻烦。陈忠实1981年参观了孔子的故乡后,决定探索中国文化和儒学对中国人心理的影响④,仍然坚守现实主义的创作方法。《蓝袍先生》和《四妹子》这两部作品带有当时的时代特征。

陈忠实1986年开始考虑写作《白鹿原》。1989年完成初稿,第二稿完成于1992年。⑤邓小平的南方谈话,让他有信心联系权威性的文学出版机构——人民文学出版社。⑥作品终于能够在1993年面世。正好在这个时候,国家形势发生了很大转变,中央再次大力提倡"社会主义精神文明",以对抗涌入的西方文化。但是这两个初稿对儒家的认识有多大变化,不得而知。无论如何,国家大形势的转变,对陈忠实是个绝好机会。修订版《白鹿原》于1997年面世,次年获得茅盾文学奖。⑦陈忠实对儒家文化看法的变化,意义重大。他自己创作生涯的转折也耐人寻味。

---

① 诗经·小雅·鹿鸣之什·常棣[M].北京:中华书局,2006.240—241.
② 陈忠实.白鹿原[M].北京:人民文学出版社.
③ 公炎冰.踏过泥泞五十秋:陈忠实论[M].西安:陕西人民出版社,2002,20-21页。
④ 陈忠实文集:第三卷[M].广州:广州出版社,1996:537.
⑤ 关于这些日期,见陈忠实:《我写不了长篇了》,《南方日报》2006年6月1日。
⑥ 见凤凰卫视对陈忠实的采访,2012年2月7日。
⑦ 关于两个版本的异同,见车宝仁:《〈白鹿原〉修订版与原版删改比较研究》,《唐都学刊》2004年第5期;徐爱华:《一部小说的产生:〈白鹿原〉经典化历程》,苏州大学2009年硕士论文。

毛泽东 1942 年发表的《在延安文艺座谈会上的讲话》，重视大众文化倾向，所以大众语言和民俗艺术得到大力鼓励。"文革"中的"三突出"和八个样板戏改变了这个政策。改革开放初期的 20 世纪 80 年代，是国家大转变的十年。在文学领域，知识分子大量使用和推广许多西方文学理论和技巧。刘再复在 1985 年提出了文学的主体性问题。① 电影领域中，《一个和八个》（1983）的构图以黑色为主，大不同于毛泽东时代对明亮和幸福语调的追求。《黄土地》（1983）描述了新中国成立前一户农民生活状况艰辛，面对重大灾难时又十分无助。前来当地协助的八路军战士，也无法改变这户农民对土地的依赖。《红高粱》（1987）为人的活力欢呼，也把这种趋势推向顶峰。有批评家把《红高粱》看作中国现代主义的结束和文化商业化的开始。政治、思想和美学界的这些变化，就需要宏大理论来分析和解释。

1980 年代末期全国出现消费主义大潮流。国家支持符合主流意识、能够创造经济利益的文化项目。国家 1979 年开始号召的"社会主义精神文明建设"，在 1993 年获得更大的动力，这个动力以各种形式把文化转化为经济收益。红色经典文艺作品和红色旅游，便是 20 世纪 90 年代后期两个很突出的领域，这展示了国家转型产生的巨大力量。在商业化和全球化时代，中国的经济成就，也带来了新问题。社会上出现的强烈怀旧感就是其中之一。本应该进入博物馆的红色经典作品，被重新包装，重新在电视上上映。这些作品原本承载着强大的、前一个时期的意识形态，这种旧的观念在新时期不能发挥作用了，而这种怀旧就是对现状的一种反应。这些新上映的文艺节目，吸引了较大的观众群。在文化领域，国家包容甚至采纳葛兰西对文化霸权的理解，即支持创作大量符合国家意识形态的文艺作品，占领文化市场，进一步宣传和推广意识形态；国家也支持以大众文化取向为中心的红色经典，帮助带有改革开放前意识形态的这些作品在消费主义时代吸引了大量的观众。有中国特色的社会主义，其主要特色是借用市场等手段。红色旅游的推广，让更多的人有机会参观重建的革命遗迹，在消费主义的国家大背景下熟悉革命历史。这是大众对国家政策的支持和认可。这些事例表明，国家在文化领域采取攻势，试图给国际社会呈现自己的新形象并努力加入这个社会。国家认识到软权力的作用，在全球范围内塑

---

① 刘再复.再论文学的主体性[J].文学评论,1985(6).

造和推广国家的新形象。面对东欧剧变后社会主义的发展状况,中央把古代传统遗产看作一种新方式,来呈现自己代表的另一种现代化模式。因此,消费主义成为帮助创造"社会主义精神文明"的一种新方式,因此获得了国家的鼓励。此外,许多儒家概念出现在主流意识形态中,但主流意识没有详细阐释它和儒家文化之间的关系。

中央除了从正面提供介绍和宣传新状况的材料,也期望从历史的角度说明自己的地位,这是古代重视历史、书写正史这个传统的继续。中央机构主持修订的史书,篇幅庞大,政治观点鲜明,难免有一些欠缺。据一些学者研究,毛泽东对马克思主义的中国化在延安时期已成型,中国化后的马克思主义的表述中,含有一些儒家观念。① 毛泽东和刘少奇的著作中对共产党员的要求,和孔子对君子的要求相似,其目的都在于,使其目标群体都能保持高尚情操。毛、刘的这种要求是共产主义英雄和英雄主义的美学表现,最终目的是激发更多的人积极参与他们的革命事业。这就是说,儒家道德和共产主义道德有很多相通之处。改革开放时期的中央领导人,一直维护毛泽东的崇高地位,他们特别尊重毛泽东和其他早期领导人,纷纷多次参观前任领袖的故居。他们的这些言行,既解释自己的地位,也说明儒家伦理依然在起着重大作用。国家支持集中讲述党史的著作,也支持撰写大型清史等著作,还期望从理论上解释国家自20世纪90年代早期开始的大转变。

在"后新时期"②,关于国家在历史上和当代中国作用的讨论非常多。改革开放时期的国家,除了重新呈现红色经典作品,也试图"转变主流文化的重点"③,寻求和创作新的经典。④ 1992年,中央开启"五个一工程",讲述对过去、现在和未来的理解,要求每个省级行政单位创作一个好戏剧、一个好电视剧、一本好书、一篇好文章(社会科学领域)和一部好电影。《白鹿原》是中国作家协

---

① Nivison, David. Communist Ethics and Chinese Tradition[J]. The Journal of Asian Studies, 1956(Nov.):51-74;金观涛.儒家文化的深层结构对马克思主义中国化的影响[M]//新启蒙:第2卷.湖南教育出版社,1988:22-36.

② 张颐武创造的词汇,指1989年之后的中国,见谢冕,张颐武:《大转型:后新时期文化研究》,黑龙江教育出版社1995年版.

③ Xueping Zhong. Mainstream Culture Refocused: Television Drama, Society and the Production of Meaning in Reform-era China[M]. HAWAIL:University of Hawaii Press, 2010.

④ 冬子.消费经典,更要创造经典[N].光明日报,2012-5-17.

会看中的一本小说,并授予茅盾文学奖。作协受中共中央宣传部的直接领导,也有政治责任,它对《白鹿原》的认可还不够,还需要其他负责文化生产与传播的国家机构的支持和认可。

一个部门认可的作品还有很长的路要走,有很多的困难要克服。《白鹿原》的经历就比较坎坷,在过去20多年中,《白鹿原》受到批评,几乎成为禁书。但最终挺了过来。小说故事被改编成其他艺术形式,其历程艰险曲折。1993年《白鹿原》出版后,西安电影制片厂想把它改编成电影,其他几个制片厂在小说获得茅盾文学奖后也想改编。2002年,西安电影制片厂购买了版权,在2004年获得电影局的批准。著名的人物,如张艺谋、陈凯歌、姜文和葛优等,试图避开敏感问题,拒绝加入摄制组。年轻的陕西导演王全安获得了这个机会。对他来说这是一次赌博。电影和电视剧的剧本在2010年获得广电局批准。2011年末电影剧组开始拍摄。2012年广电总局允许这部影片的初版参加2012年柏林电影节,这是广电总局完全接受这部电影的重要一步。[①] 但是广电总局没有很快批准发行这部电影。甚至该电影在柏林已获得奖项,剧组仍在与管理部门协商公开发行的问题。电影小范围内放映后,一些文化界人士包括作协主席铁凝在内的名人,高度评价这部电影。[②] 根据导演王全安回忆,公演的片子比在柏林上映的试映版短几分钟。[③] 这部电影最终在2012年中期公开上映。《白鹿原》电视版的历程更加漫长,终于在2017年上映。

把关中儒家化的后果

陈忠实觉察到了陕西省内的区域差别,把儒家文化看作关中的区域文化。鉴于他始终如一的区域主义立场,他在不同时期对儒家文化的不同看法,反映了国家形势的变化。陈忠实的区域主义作品,帮助重建关中的区域文化,且成为这个文化的表征。这些表征以儒家文化覆盖整个关中地区,这就把关中人及其文化看作同质的,且不因时空的变化而变化。在前期的两个中篇小说中,陈忠实对儒家的看法比较简单,号召大众起来借用外部的力量,根除关中的儒家

---

① 通常情况下,通过国家审查的电影才能参加国际电影节。这个例子似乎比较特殊。
② 唐爱明.铁凝评电影《白鹿原》[N].华商报,2011-9-14.
③ 杨林.《白鹿原》过审再减4分钟 缩减版仍有杀伤力[N].新京报,2012-4-6.周铭.上影有意退出电影《白鹿原》拍摄 改拍电视版[N].新民晚报,2007-11-13.

文化。很明显,这种质疑和解决方法,也都比较简单,乌托邦情绪严重。

随着户口制度的松动,许多陕北人迁移到了陕西关中。延安大学在西安设立分校,给学生提供了更多的机会,也吸引了很多关中籍的学生。不管陕北人是在关中寻找工作或者来关中定居,由于户口政策不能给外来居民提供当地人的福利等服务,跨地区互动是个意义重大的问题。陈忠实的区域主义观念,可能不利于这两个地区人群之间和睦相处。

《白鹿原》对儒家文化的看法总体公平。在小说中,儒家建构和稳定社会秩序,它的基本原则及其社会结构,在共产党领导的革命胜利后仍然继续存在。陈忠实对儒家文化的这种认可,重新解释了很多议题,如阶级关系、家族制度的强大统治作用和对妇女的压迫等。接受这个小说的漫长过程,体现了国家形势和正统观念的变化,所有这些新状况构成了一个解释20世纪中国革命及其各派别的作用的新范式。知识分子在1980年代提出这个范式,寻求和证明"文学的文学性",如增强文学的自主性和减少其他方面的干预因素等。一些学者提出重写文学史。对多种艺术形式的《白鹿原》版本的广泛接受,证明这个提议的最终完成。更重要的是,这个完成也体现了正统意识形态的新变化。

全球化时代,这个变化也体现着市场主义和消费主义强大的统治力量,以及国家形势的变化。虽然社会有了更大的自主空间,国家的力量依然强大,所以能够占据文化领域,促进从计划经济向市场经济的转变。这就要求创造与新时期的意识形态一致的文化节目。在重新解读和消费旧的红色经典的同时,必须创造新的红色经典。《白鹿原》的核心内容和出版的时间,为它赢得了经典的位置,这就对关中产生了重大的文化和经济后果。由于《白鹿原》,陕西关中地区在全国范围内获得更大关注。小说的标题本是故事发生地的旧地名,现在又获得重新使用。一个关中当地人甚至写了一本书,详细比较小说中的细节和地方志。[①] 白鹿原上的当地人,转向当地历史,加深他们和当地历史之间的联系。更重要的是,通过这部小说,特别是同名电影,陕西关中地区更加广为人知。这个电影主要由西安电影制片厂和一组关中人士制作,包括编剧、导演、制片人和作曲家。制片方投资的一亿元,可能不完全来自本地。电影无疑是一部反映关中人群及其情绪的区域性电影,它可能会使关中获得和陕西大体相同的

---

① 卞寿堂.走进白鹿原:考证与揭秘[M].西安:太白文艺出版社,2005.

知名度。当地政府投资三亿元,建成了一个以旅游、拍片、民俗街等为中心的主题公园。据一份报告估计,《白鹿原》在文化和旅游领域产生的 GDP 会超过三亿元。[①] 当地举办白鹿原文化节,白鹿原文化研究所也开放了。在以 GDP 为中心的时代,这个报告里面的数字可能不准确,但是却仍是很惊人。与这些数字和文化生产相联系的,是对关中这个独特的文化区域的认可。

(作者单位 宝鸡文理学院文学与新闻传播学院)

---

① 师永涛. 白鹿原:一部巨著的 GDP[N]. 城市经济导报,2007 - 7 - 23.

陈忠实文学创作审美价值论

韩鲁华

陈忠实作为当代中国文学创作整体格局中一位重要作家,他以自己严肃而富有艺术探索精神的创作,为中国当代文学艺术宝库,奉献出了无愧于我们这个时代的极富审美价值与个性的文学作品。从他的创作实际来看,不仅具有自己的艺术追求,自己的艺术观念,更有着自己的审美价值内涵建构。他的文学创作,坚守着纯正文学艺术的立场,表现出坚守社会良知的艺术姿态,确信自己的艺术知觉与审美感受,如实地叙写自己真实的生命情感体验。因此,对于真善美的追求和审美艺术建构,是他在文学创作上的共同追求。虽然他在文学创作上对于真善美的审美建构,可能还未达到完美无缺的境界,但是,我们必须承认,他在尽自己最大的努力向着真善美审美艺术建构的完美境界逼近。所以,他的文学创作蕴含了丰富的审美价值内涵。

对于真善美的追求,对于陈忠实来讲是以其生命情感体验的善为其审美价值建构核心的。这种判断也是源于对于陈忠实整体文学创作的解读。毫无疑问,我们也感受到了陈忠实对于生活真实性是非常重视的。但是,我们在阅读陈忠实的文学创作时,感到了更为强烈的以伦理道德为核心的善的力量。在对社会现实生活与历史生活进行价值判断时,陈忠实始终是尤为看重对于善的建构与追求。在他的文学审美建构中,对于社会现实生活真实性的叙事中,熔铸着浓郁的善的价值审美内涵,可以说,陈忠实笔下的真实生活是在善的烛照下,焕发着光芒。他所追求的美,或者说他笔下所叙写的美的生活,也必然首先是善的生活。在他看来,真实的、美的文学艺术,首先应当是充满善的思想、凝聚着善的审美价值内涵的艺术建构。

一

从作家的文学创作实际来看,对于文学的审美价值及其建构理解和表现是存在着差异性的。由于作家艺术个性、审美情趣,以及创作思想等方面的不同,在进行文学艺术审美建构时,对于真实追求的侧重点也是各不相同的。比如,现实主义的文学创作,首要的也是最为核心的审美价值,就是对于客观世界的如实的再现性的叙写。而表现主义、浪漫主义,尤其是荒诞主义等文学创作,恐怕更主要的是追求作家心灵世界和生命情感体验与内在生命的真实。所以,在我们看来,唯有写出自己真实的生命情感体验的真实,才是更具文学艺术审美价值的,才是更接近文学艺术本质的。

陈忠实的文学创作,对于真的审美价值追求,整体来看,或者就其代表作《白鹿原》来说,是一种历史文化视野下,社会与人所存在的建构之真。陈忠实当然也非常注重社会人生命运、现实生活等方面真实的艺术叙写,但是,我们以为,不论陈忠实所叙写的具体生活对象是什么,其间总是熔铸着一种历史文化之审美视域,他似乎更看重或者说他只有以历史文化的审美视域来建构自己的文学艺术世界时,方显出其最具魅力的特异审美价值,他文学创作上之真的审美价值建构,方才达到一种更加完美的艺术境界。甚至可以说只有在历史文化审美视野下去建构自己的艺术世界,方才真正找到了艺术创造上的自我,达到了自我的自由境界。

和其他同代作家一样,陈忠实对于文学创作真实价值的追求,是从社会政治生活真实的再现为第一要务开始的。因此,他在建构自己的文学真实审美价值时,自然是将社会现实生活的真实价值建构放在社会政治视野下进行考量的。正是在这样一种文学创作思想的指引下,陈忠实20世纪80年代的文学创作,基本上是追随社会时代生活前行的,正如他说:"文学是社会生活的反映,作家必然要把这种变革的生活诉诸文学。要更敏感地感受变革的生活,要深刻地理解进而反映生活。"[①]其实,陈忠实在这里进一步提出了文学创作真实反映生活的前提条件,这就是敏感而深刻地感受生活。换句话说,陈忠实所建构起来的文学艺术,是以作家的真实生活感受为其审美价值的。从陈忠实的文学创作实际和发展历程来看,他的确有着丰富而深厚的社会生活积累和感受。可以说,他的文学创作就是建立在他对于社会现实生活的切身感受的基础之上。如果没有这种丰富而深厚的生活感受,也就没有了陈忠实的文学创作。

---

① 陈忠实.陈忠实创作申诉[M].广州:花城出版社,1996:91.

但是,陈忠实对于社会生活真实价值的文学审美建构,也是发展变化的。我们发现,在20世纪80年代末,特别是在创作了《白鹿原》之后,陈忠实最喜欢也是最能代表他对于文学艺术创作深刻认识的说法,就是生命体验。在他看来,"作家进行文学创作唯一依赖的是一种双重的体验,由生活体验进而发展到生命体验,由艺术学习发展到艺术体验,这种双重体验所形成的某个作家的独特体验,决定着作家全部的艺术个性。"① 他把文学创作的全部秘密,归结为个人兴趣和体验。他说自己"到50岁时还捅破了一层纸,创作实际上也不过是一种体验的展示"。"体验包括生命体验和艺术体验而形成的一种独特体验。千姿百态的文学作品是由作家那种独特体验的巨大差异决定的。"就生命体验而言,它源自生活的体验。② 由此逻辑推理,我们可以说,陈忠实后期对于文学创作真实审美价值的追求,便是真实地叙写自己的源于生命本体的、触发于生活体验的全部生命体验。换句话来说,文学创作的真实性审美价值建构,就是对于作家真实生命体验的艺术展示。从生活真实到生活感受真实再到生命体验真实的艺术审美建构,便构成了陈忠实文学创作真实审美价值建构的发展轨迹。

在此基础上,我们进而对陈忠实文学创作关于真的理解变化加以分析。很显然,陈忠实是从对于社会生活的真实再现走上创作道路的。从20世纪80年代中后期开始,他对历史文化的真实艺术叙写表现出更大的兴趣。这种变化,是从对于民族命运的深入思考开始的。他在与李星的对话中谈道:"回想起来,那些年我似乎忙于写现实生活正在发生的变化,诸如农村改革所带来的变化。直到80年代中期,首先是我对此前的创作甚为不满意,这种自我否定的前提是我已经开始重新思索这块土地的昨天和今天,这种思索愈深入,我便对以往的创作否定得愈彻底,而这种思索的结果便是一种强烈的实现新的创造理想和创造目的的形成。当然,这个由思索引起的自我否定和新的创造理想的产生过程,其根源动因是那种独特的生命体验的深化。我发觉那种思索刚一发生,首先照亮的便是心灵库存中已经尘封的记忆,随之就产生了一种迫不及待地详细了解那些儿时听到的大事件的要求。当我第一次系统审视近一个世纪以来这块土地上发生的一系列重大事件时,又促进了起初的那种思索进一步深化而且

---

① 陈忠实.陈忠实创作申诉[M].广州:花城出版社,1996:46.
② 陈忠实.陈忠实创作申诉[M].广州:花城出版社,1996:46.

渐入理性境界",觉得"所有悲剧的发生都不是偶然的,都是这个民族从衰败走向复兴过程中的必然。这是一种生活演变的过程,也是历史演进的过程。""我不过是竭尽截至1987年时的全部艺术体验和艺术能力来展示我上述的关于这个民族生存、历史和人的这种生命体验的。"①由此可见,陈忠实文学创作中的审美价值建构,经历了一个裂变的过程,对于真的审美理解与追求,从当下性的生活转向了历史、文化与人的真实的生命体验性的建构。

二

是什么东西支撑着陈忠实始终如一地坚守着文学艺术精神呢?他在论及自己的文学创作时,多谈到了对于文学事业的痴心。而这种痴心的精神内核又是什么?我们认为是一种以善为思想内核的对于文学创作精神的理解与建构。这就是说,他在对于文学创作审美价值的追求与建构中,坚守着一种向善的价值取向。不论是对于文学创作历史责任或者良知的认同与坚守,抑或是对于文学创作伦理道德价值观念或者审美价值的追求与建构,我们说他都是从善的角度出发来思考问题的。

那么何谓善呢?从哲学角度看,价值是客观事物及其人类的行为所产生的能够满足人类需求的某种属性。这里主要体现为人的劳动,因而也就体现为人与自然、人与社会、人与人之间的某种关系。所谓的审美价值主要是"指自然界的对象和现象或者人类劳动的产品由于具备某种属性而能够满足人的审美需要,能够引起人们的审美感受"。② 人类在生存的过程中,形成了一系列的价值观念,善就是文学艺术最为重要的一种审美价值。虽然从古到今人们对于善的认识与表述不同,善之审美价值标准也各异,但是,对于善之追求,却是一以贯之的。善是以真为前提,以美为最高追求的。而善则又是真与美的审美精神追求,离开善也就谈不上真与美。正因为如此,作家在建构自己的文学创作审美价值形态时,总是将文学之善作为首要的精神价值追求。人们在阅读欣赏文学作品时,亦是将以善为内核的思想价值,作为审美判断的首要标准。从另外一种角度来看,文学创作所追求的善的审美价值,其实是一种审美功用的体现,是

---

① 陈忠实.陈忠实创作申诉[M].广州:花城出版社,1996:46.
② 奥夫相尼柯夫,拉祖姆内依.简明美学辞典[M].冯申,译.北京:知识出版社,1981:178-179.

一种合目的性的审美创造行为的价值建构。文学创作其中一个非常重要的功能,那就是教化功能。虽然现在对于文学创作的教化功能多有异议,但是我们认为,这并不在于文学所具有的审美教化功能自身,而在于对于这一审美功能的理解和实践中的偏差。或者说按照意识形态之要求,去框限文学艺术的审美教化功能,甚至将文学艺术之审美艺术创造,直接视为意识形态或者伦理道德教化行为。这显然违背了文学创作的艺术规律。

中国当代文学创作非常强调对于善的追求,但其间却出现过不少问题。最主要的一是在"政治标准第一,艺术标准第二"思想的指导下,过分地夸大文学创作的教化功能,而忽视了文学创作的审美功能;二是对于善的理解上出现了偏差,将社会政治之善强调到无以复加的地步,而忽视甚至有意拒绝善的其他内涵;三是对于善的开掘与艺术叙写,缺少审美情感这一重要环节,走向了抽象化、概念化,成为思想观念性的教化,从而使文学创作失去了美感。这就是1970年代之前中国当代文学创作的基本状况:追求所谓的社会思想之大善,而忽视了源于人生命本体和人与人之间的真善美。实际上善不是纯粹的思想观念,也不是完全凌驾于具体文学创作之上的,而是渗透于社会生活的方方面面,是具体的价值体现。尤其是文学创作,更为强调的是具体的生活细节之中所蕴含的真善美思想情感内涵,是作家应当致力开掘并加以审美化地表现的。改革开放之后,随着思想解放的深入发展,文学创作对于善之审美价值的理解、建构,逐步发生了变化。从追求单一的社会政治之善,发展为从不同的思想与艺术视野,理解和建构文学创作善的审美价值。那么,陈忠实又是建构起了怎样的关于善的文学审美价值观念形态呢?

对于善的追求,陈忠实是以伦理道德为核心进行价值建构。

我们说陈忠实是以儒家文化伦理道德为核心的价值建构,显然是以他的代表作《白鹿原》为基本文本而得出的结论。但是,这样说并不是否定陈忠实此前的文学创作就没有或者完全忽视了这一审美价值的追求。其实,陈忠实文学创作审美价值建构中,对于传统的以善为主体的价值内涵的开掘,还是非常重视的,体现得也是非常突出的。所不同的是,此前对于儒家文化伦理道德价值的体认,我们认为主要是渗透于具体的日常的乡村生活的叙写之中,或者说,他还是处于非自觉状态的,而将主要思考放在了社会现实生活的价值建构上。

不论《白鹿原》达到了怎样的艺术审美高度,也不论这部作品对于中国以儒家文化思想为标志的传统文化的开掘达到了多么深刻的程度,或者说,这部作品将陈忠实推向当代文学多么显赫的位置,我们必须承认,正如作家自己所坦言的那样,1987年以前的创作,处于追踪社会现实生活的状态,可以说他并没有形成完全属于自己的审美价值观念,或者说,他在追求与社会现实价值观念同构中,实际上也就消解了他的主体存在。就此而言,陈忠实前期的文学创作是一种他者的叙事建构,是一种社会化的审美价值体认性的建构。因此,从总体上来看,陈忠实前期的文学创作,对于善之价值的体认,是以当时社会公共价值观念为标准的。《信任》作为他前期创作的一个代表性作品,显然是以社会现实结构为叙事基本模态,以社会公共价值为其审美价值。老支书是一位胸怀宽厚、公而忘私,以党和群众利益为重的农村干部形象,他为人处世的基本原则就是,极力维护党和群众的利益,他所遵循与坚持的价值观念,就是追求个人价值在与社会价值同一性中的最大化实现。因此,在他身上所体现出来的善,是一种社会良知。之后出现的《康家小院》,其审美价值观念发生了一定变化,这主要表现为对于传统道德美德内涵的开掘。康家父子体现着现世性价值观念和传统性价值观念的矛盾冲突。如果说儿子是按照一般的生活规则处理问题,比如所打土坯人离开后倒塌,自己并不需负任何责任,这是一种共同认可的生活潜规则,但是,父亲却不以此为价值准则,而是以满足对方,自己多付出为价值准则。这是中国农民所具有的宁可亏欠自己,绝不亏欠别人的传统美德。在这里,陈忠实将价值取向的视线投向了中国的传统。而《蓝袍先生》则表现出更为复杂的价值趋向。这里既有对于传统文化思想、伦理道德、价值观念的部分认同,也有着否定,其间更有着悲悯。作家在这部作品中试图解剖中华民族文化精神,反思民族的历史命运,也正是基于这样的深入思考,引发出《白鹿原》对于中华民族历史命运和文化更为深入细致全面的反思。也只有在《白鹿原》这部深厚的长篇大作中,陈忠实才建构起自己的文学审美价值观念和形态。

总括起来看,陈忠实文学创作善之审美价值建构,表现出如下特点。

陈忠实文学创作审美价值之善,正如前文所说,是以儒家文化伦理道德为核心价值而建构起来的。儒家文化思想非常重视伦理道德人格的建构,这就使得陈忠实文学创作善之审美价值在建构完善中,表现出非常突出而凝重的道德人格力量。我们在分析路遥时也谈到了这一方面的问题。但是比较而言,陈忠实似乎更为突出典型。而这种融汇着儒家文化思想的道德人格建构,又是与他深刻的生命情感体验融为一体的。换句话说,陈忠实文学创作审美价值之建构,是以他对于社会历史与现实人生的生命情感体验为切入点,进而再进行理性思考,将儒家文化思想熔铸于道德人格建构之中。

陈忠实文学创作价值观念的审美建构是一种历史的建构。这是讲,陈忠实从历史发展演变的历程中,汲取着思想价值营养。儒家文化思想的核心是仁与礼。仁者爱人,儒家所倡导的仁爱思想,已经成为中国传统文化思想的一个核心价值内涵。这实际上也是一种伦理道德观念。这种仁爱思想拓展为仁、义、忠、恕、智、信等观念,具体到实践层面,便是修身、齐家、治国、平天下。礼即礼制,实际就是讲社会伦理道德,讲社会人伦关系的建构秩序。虽然在几千年的发展过程中,儒家思想发生了某种变异,不同时代的理解与阐释也不尽相同,但是,这些基本的思想观念则已经渗透于人们的具体生活之中,成为普通人的生活与生存的基本准则。从陈忠实的表述中,我们知道他对儒家文化思想进行了颇为深入的研究思考。正如前文所说,陈忠实对于儒家文化思想、精神价值观念等的汲取,首先是源于他故乡的现实生活。他从包括他父亲在内的父老乡亲身上,懂得了为人处世的基本原则,形成了他的价值观念。比较而言,陈忠实文学创作对于善之价值观念思想等的建构,主要是侧重于实践层面,这就是融汇于乡村文化思想中的实践儒家文化思想。这些在他的《白鹿原》中体现得淋漓尽致。如果说朱先生还主要是一种文化思想的体现,那么,白嘉轩则是典型的实践者。因此,陈忠实在自己的文学创作中所做的价值判断,在相当大的程度上都是以儒家的文化思想为其审美艺术建构标准的。

我们还应看到陈忠实文化人格价值的特殊魅力。正如前面所言,儒家非常注重人格修养,这一方面陈忠实亦是如此。陈忠实不仅仅于文学创作上,注重修炼自己的文化人格与艺术品格,就是在现实生活中,他也是如此。笔者甚至认为他具有内圣外王的人格精神建构特征。陈忠实以儒家文化思想为内核,建构起自己的文学创作文化人格价值形态。"富贵不能淫,贫贱不能移,威武不能屈",这种典型的儒家文化人格,在陈忠实的文学创作善之审美价值建构中,有着非常充分的体现。我们甚至认为,白嘉轩的精神性格,就是陈忠实文化人格的一种艺术体现。白嘉轩经历了许多人生的坎坷,包括被土匪打折了腰,但是,他依然没有屈服,依然站立在仁义村。我们从陈忠实对于他笔下人物的情感取向中,可以看到作家善恶是非的价值判断。

其实,陈忠实对于人的生命也是非常关注的,他非常尊重生命的价值意义。在他看来,合理的生命需求,包括生命本能欲望之需求,都应当给予尊重和肯定。阅读《白鹿原》有时给人一种冷酷的感觉。开头对于白嘉轩与七个女人关系的叙述,使人看到了封建传统文化思想、伦理道德对于人生命主要是女性的扼杀。但是,我们从这种冷酷的背后,依稀可以感知到陈忠实的悲悯与悲愤。其实这里已经非常清楚地表现出作家对于生命的关爱之心。任谁在阅读《白鹿原》时,都会被作家关于黑娃与小娥两人带有原始野性的生命情感描写所深深感动,陈忠实对于这种带有原始野性的生命情感的礼赞,是溢于字里行间的。在这里陈忠实显然不是以传统的价值观念来进行审美审视的。也就是说,在陈忠实文学创作中,对于生命的尊重,就是一种善良的思想,我们应当以善良的愿望去审视生命本体。

我们也不得不说,陈忠实文学创作善之审美价值的建构中,融汇着浓郁的乡土伦理道德观念与民风民俗思想,表现出浓厚的乡村文化特色。甚至可以说,陈忠实从自己的故乡汲取了初始的而且是不断丰富发展的文化思想和价值观念。因此,他的价值观念具有典型的关中乡村,主要是渭河南岸灞河塬伦理道德价值观念的特征。中国传统文化思想是建立在中国这块土地之上的,是农耕生产生活方式的结晶。而农耕文化则与土地有着密切的内在联系,可以说也只有在这种土地上,方能产生农耕文化。因而,中国的伦理道德观念也应当是建立在农耕文化基础上的,是一种具有浓郁土地血缘关系的伦理道德价值观念。我们认为,在中国,最具传统历史文化伦理道德价值特征的地域是关中,而陈忠实所处的灞河塬区域则是关中地域历史文化的核心地带所在。

陈忠实的伦理道德价值观,首先是一种黄土地观念。我们从陈忠实的文学创作中看到,他对土地具有特别深厚的生命情感及其体验。这一点是贯穿于他创作的始终的。可以说,他在进行文学创作审美价值判断时,对于土地的情感与认知,成为一个极为重要的价值标准。其次是四合院式的价值观念。四合院式的文化思想及其道德观念,说穿了便是建立于农耕生活方式基础上的以家族血缘关系为纽结的伦理道德观念。《白鹿原》从文化思想与伦理道德价值观念角度看,就是一种四合院式的家族血缘文化与伦理道德的叙事建构。这一方面,路遥、贾平凹似乎都没有陈忠实表现得突出和浓厚。一方面灞河塬的现实生活为陈忠实提供了活态的四合院血缘伦理道德价值标本;另一方面,他从有关文字记载中获取了历史文化伦理道德价值观念的丰富资源。这一方面,他在谈《白鹿原》创作时有着明确表达。他首要做的就是查阅历史资料和收集生活素材,他"阅读了查阅了西安周围三个县的县志、地方党史和文史资料,也搞了一些社会调查,大约花费了半年时间,收获太丰厚了,某些东西在查阅中一经发现,简直令人惊讶激动不已,有些东西在当时几乎就肯定要进入正在构思中的那个还十分模糊的作品"。① 蕴藏于这块土地的民间历史传说和文学艺术等,特别是其间所蕴含的思维智慧、伦理道德、价值观念内涵,给予陈忠实丰富的文化思想与艺术营养。当然,我们也不能忽视陈忠实家庭之影响。这一方面在前文有所分析。实际上他的家庭就是典型的四合院式生活方式,他的血液中自然而然地就承续和积淀着四合院式的文化基因,他的价值判断标准就融汇着这种生命情感的血液。尤其是他的父亲,在具体的生活过程中将四合院式的伦理道德价值观念自然而然地传授给了他。我们从他作品中关于家庭、邻里关系以及对待父母妻儿之态度等诸多方面的叙述中,就可以得到印证。

三

在真、善、美这三种审美价值中,最难以探讨清楚的恐怕就是美了。因为不仅有关美的概念的理解与阐释有许多种,而且美往往是与其他审美价值连接在一起,或只有通过其他审美价值建构方能体现出来。也有人认为美不是内容,而只是一种形式。美的审美价值是通过真与善的价值建构与表现而得以实现的。最基本的一种认识就是,只有真的善的才是美的,才具有美的审美价值。因此,离开真与善,也就谈不上什么美的存在。但这样看问题也存在着某种纰漏,比如说毒蛇往往都有着非常美丽的身体花纹,罂粟花是非常美的,但它却对于人类有着极大的毒害,等等。从已有的理论建构来看,有关美的审美价值问题,是永远也难以有一个令所有人信服的说法。在此,我们也就只能从自己的理解,来对研究对象文学创作中有关美的审美价值及其建构特征进行分析探讨。

不论是陈忠实自身对于美的理解与认知,或者是其文学创作中所体现出来的艺术审美建构追求,都表现出道德力量之美,现实生活蕴藉沉稳、真实质朴之

---

① 陈忠实.陈忠实创作申诉[M].广州:花城出版社,1996:46.

美,刚毅人格之美。陈忠实几乎通过他的所有文学创作,在建构着一种从关中文化基因中生长出来的沉稳成熟汉子的阳刚之美。当然,对于陈忠实审美观念之中美的阐释,自然是众说纷纭莫衷一是的,在此,我们根据自己对于陈忠实及其文学创作的解读,主要从这三个方面进行论述。

陈忠实的文学创作,从一开始便具有一种道德力量,道德价值判断,成为他进行文学审美判断的一个不容忽视的价值尺度。甚至可以说,陈忠实的文学创作从始至终,都贯穿着一种道德力量之美。如果就其价值观念范畴而言,道德常常与良知连接在一起,因此人们在论述道德问题时,也就往往归结到善之范畴。我们从美之范畴来谈论道德问题,那是因为在我们看来,在陈忠实文学创作价值追求上,充溢着一种道德的力量,这种道德力量中蕴含着作家对于美的向往与阐释。在陈忠实的笔下,几乎所有被他给予充分肯定的人物身上,都充满着正气、骨气、义气和志气。《信任》中的村支书罗坤、《正气篇》中的南恒、《七爷》中的田老七,特别是《白鹿原》中的白嘉轩、朱先生更是如此,他们可以说成为中国乡村伦理道德的化身。从作家的叙述中可以看出,这些人物身上,均有着一种征服众人的道德力量和人格魅力,所以,与其说他们是以理服人,或者以自己的智慧折服别人,不如说是以其道德的力量和魅力,令人们得以信服。陈忠实似乎用自己的创作在向人们昭示富有道德的人和事才是美的,其间才蕴含着一种震撼人心的美的力量,才具有最能打动人心的情感魅力。我们甚至不能不说,就是陈忠实早期社会意识形态化痕迹非常突出的创作,我们可以对其意识形态化生活叙述提出批评,但是,我们却不能对他笔下那些充满道德力量的人物给予彻底的否定。换一种说法,罗坤等人物,如果没有根植于生活与文化中的道德品行与品格,那他们可能就会成为完全的社会意识形态化的符号,就会失去最为基本的艺术魅力。"大美在于德",这用于陈忠实文学创作上对于美之追求,应该说是极为恰当的。

以真为美,这不仅于陈忠实的创作是适应的,其实,这也是当代中国文学创作上的一个必须遵循的原则。对于陈忠实的文学创作而言,我们认为真实而质朴的生活,则是其文学艺术创造上所遵循的审美原则。他对于乡村生活有着入木三分的生命情感体验。直至今日,与乡村依然保持着最为紧密联系的仍然是陈忠实。

陈忠实所追求的真实,是一种蕴藉而质朴的真实。陈忠实似乎不喜于张扬,对华而不实具有一种近乎本能的抗拒。虽然现在陈忠实不会被浮华袒露所吓倒,但是,我们从与他的接触中可以知道,他是更看重坦诚而不袒露,质朴而不浮华。不论是生活上还是创作中,都表现出蕴藉沉稳、真诚质朴的特征。我们这样讲,并不是说陈忠实排斥对于生活诗化的艺术把握,其实他也在探寻着诗意叙事的路径。他在《陈忠实创作申诉》中就说过这样的话:"对于生活的描绘,对于生活中蕴藏的诗意的描绘,对于一个特定地区的民族习俗中所蕴含的民族心理意识的揭示,只有在《康》文的写作中才作为一种明确的追求。"① 从《白鹿原》的阅读中,我们更能体味到陈忠实对于生活诗意叙述的追求。但是,这一切甚至是致力而为的追求,并未改变陈忠实文学创作上蕴藉沉稳、真实质朴的基本审美特色。我们更不能说陈忠实文学创作上缺乏机智或者机敏,但是,我们则必须说,陈忠实的文学创作洋溢着真实质朴,是如此的蕴藉沉稳。

  阅读陈忠实的作品,会有一种刚毅韧健的人格力量冲击着心灵。就陈忠实本人来说,从他的相貌中就透露着一种刚毅韧健的人格魅力。一方面这是陈忠实生命本体心理建构所致,另一方面,应该说是他过多的生活曲折经历所致。许多人从他那如同黄土地般的脸上,读出了真诚与质朴、深邃与蕴藉,但是,他那双眼睛更显露着鹰隼般的锐利,更显露出生命情感的刚毅韧健。他这种生命情感与文化人格,毫无疑问地投射在他的文学创作之中,呈现着一种刚毅韧健的人格之美。曾经有研究者将陈忠实文学创作(主要是中短篇创作)归结为十种人格类型②,虽然有些烦琐,却也道出了陈忠实文学创作审美价值追求上的某种特征。甚至可以说,陈忠实在他的创作中,几乎每一部作品,都要塑造一位非常具有人格艺术魅力的人物形象。长篇巨作《白鹿原》自不必说,它是最能体现陈忠实这一审美追求的典型作品。阅读过这部作品,任谁都不会忽视白嘉轩这位具有几乎与陈忠实相似文化人格力量的人物。作家坦言这是一部追求写出民族秘史的作品,但是,如果没有白嘉轩这个人物及其文化人格建构作为主要支撑,那部秘史的价值和意义都会大打折扣的。不仅如此,这部作品最为震撼心灵的,恐怕仍然是白嘉轩刚正的人格力量,与朱先生、鹿兆鹏、鹿兆海、白灵,甚至黑娃等一起,构成了这部作品文化人格的基本品性。从某种意义上讲,陈忠实文学创作的艺术魅力,就源于陈忠实从现实与历史生活中所开掘出

---

  ① 陈忠实.陈忠实创作申诉[M].广州:花城出版社,1996:83.
  ② 畅广元.陈忠实论——从文化角度考察[M].北京:人民文学出版社,2003.

来的这种文化人格。所以可说,人格美及其艺术展现,是陈忠实文学创作审美价值追求与建构的一个最为重要的方面。

在检阅陈忠实谈论人生与文学创作言论时,发现出现频率最高的有这么几个词语:兴趣、神圣、生命体验、乡村、生活、真实、质朴等等。如果对于陈忠实及其文学创作进行归结,给人最为突出的感受是:务实、沉稳、刚毅、倔强、执着、豁达、凝重、深邃。这两组词融汇在一起,也许能够透析出陈忠实对于美的价值取向追求的信息。如果说前一组词语透露的是陈忠实在文学创作上对于艺术之美的追求,那么,后一组则是他从故土生长出来,又经过社会历史文化浸润之后所表现出来的主体生命、情感精神之美。

对于陈忠实的文学创作,评论研究界有着各种各样的阐释归结。陈忠实在谈到自己对于文学创作的理解时,首先认为这是一种兴趣。他曾不止一次说:"文学仅仅只是一种个人兴趣。"在许多论者的研究中,首先甚至从根本上将陈忠实归结为现实主义文学创作者一路,他本人也明确表示自己属于现实主义创作。这种判断都没有错。问题是,陈忠实为何在完成他的生命之作《白鹿原》后,反复去说"文学仅仅只是一种个人兴趣"呢?在我们看来,直至今日大多论者都忽视了陈忠实文学创作上绝不可忽视的另外一个方面的审美追求。兴趣在这里可理解为爱好甚至嗜好,即作家的爱好或嗜好;另一方面,也是最为重要的方面,那就是作家所创作的作品,其间必须蕴含一种具有审美意味的兴趣在里面。不可否认,陈忠实的文学创作不属于机巧或者机敏者,甚至包括他的《白鹿原》在内,其整体叙事结构上显得有些沉重刚硬。但是,不论是白鹿精魂的想象性的描绘,还是白灵等人物的现实性的叙写,其间都透露着一种富有灵性的审美情趣在里边。这实际是陈忠实对于文学创作审美兴趣的艺术化实现。兴趣及其艺术化的实现,亦是一种美的建构。如果说陈忠实的小说创作还不足以说明问题,那他的散文创作,可能表现出更为突出的兴趣之美来。他的散文中,不仅洋溢着一种坦诚的生命情感,而且具有一种源于生命本体的情趣之美、兴趣之味。《旦旦记趣》《种菊小记》《家有斑鸠》等小品文,完全透露出陈忠实文学创作的另外一面。也正是有了这另外一面,才使得陈忠实的文学创作更富有审美情趣的意味。

我们不得不说,被人们视为忠实于客观现实生活创作原则的陈忠实,其实,他在许多方面也表现出主观生命情感体验的特征。对于人主体生命情感与欲望的艺术剖视,最少是他后来文学创作审美追求的基本方面。陈忠实曾经谈到,文学创作是"包括生命体验和艺术体验而形成的一种独特体验"。体验,包括陈忠实所说的生命体验和艺术体验,都不是单方面的。当代文学创作与评论曾经形成一种思维惯式,那就是二元对立,非此即彼,在阐述现实主义文学创作基本原则时,过分甚至绝对地强调客观性,而忽视乃至无视作家创作的主观能动性,更无视作家独特的生命情感体验。其实胡风用诗化语言所提出的作家的主观战斗精神,就是对于这种偏颇的校正,却不仅没有受到人们应有的关注和重视,反而以政治的方式给予了否定。以创作方法来论定作家创作的优劣,显然是有违文学创作实际与创作规律的。陈忠实在回答一位论者的提问时说过这么两段话:

> 我后来比较看重生命体验,这是我写作到八十年代后期自己意识到的。无论是社会生活体验,无论是作家个人的生活体验,或者两部分都融合在一块了,同时既是作家个人的生活体验,又是作家对社会生活的体验,在这个层面上,我觉得应该更深入一步,从生活体验的层面进入到生命体验的层面。进入到生命层面的这种体验,在我看来,它就更带有某种深刻性,也可能更富于哲理层面上的一些东西。

> 我觉得从生活体验进入到生命体验,好像已经经过了一个对现实生活的升华过程,这就好比从虫子进化到蛾子,或者蜕变成美丽的蝴蝶一样。在幼虫生长阶段、青虫生长阶段,似乎相当于作家的生活体验,虽然它也有很大的生动性,但它一旦化蝶了它就进入了生命体验的境界,它就在精神上进入了一种自由状态。这个"化"的过程就是从生活体验进入到生命体验的一个质的过程,这里面更多带有作家的思想和精神的色彩。①

很显然,在陈忠实看来,文学创作处于生活体验阶段,只是一种艺术创造的初始阶段或者说境界,只有进入到生命体验阶段,方是文学创作的更高境界,亦

---

① 雷达.陈忠实研究资料[M].济南:山东文艺出版社,2006:54.

即自由精神创造的境界。或者说,陈忠实文学创作上表现出非常强烈的主体精神,对于生命本体的揭示与剖析,可谓是入木三分。不仅如此,陈忠实对于人的生命情感的倾心,甚至对于人的原始生命力量,给予了充分的肯定。从他的文学创作,特别是《白鹿原》中,可以读到一种洋溢着原始生命力量的审美情愫。在这部作品中,荒原性、神秘性与社会历史文化,共同建构起一种特殊的生命情感精神结构形态,昭示着一种生命之美。

(作者单位　西安建筑科技大学)

生命化作浩然气　浑然一体写春秋
——《白鹿原》别一种解读

韩鲁华

陈忠实先生于2016年4月29日,枕着他的《白鹿原》离开了人世,但是,他并没有离开中国当代文坛:一系列的缅怀活动与文章,可以说构成了一种特有的文学现象。这一切应当说最为主要的,皆因为《白鹿原》。

陈忠实在他"知天命"之年,为读者奉献出一部他历时5年精心创作的长篇大作——《白鹿原》。无疑,这是一部气势雄浑、构建宏大、内涵深厚的史诗性作品。他不仅标志着陈忠实文学创作上的一次巨大超越,而且是对中国当代文学现实主义创作的一个历史性总结。因此,这部作品一出现,评论家们纷纷从不同角度进行了评说,实在是情理中之事。20多年后的今天,这部作品依然不断被进行着新的研究探讨,也就足以证明了它的价值。本文试图避开惯性思维,从另一种角度——作品的文气与文势来解读,进而探析其深厚内涵。在我们当代人的阅读习惯中,往往首先注重的是作品的思想内涵和艺术价值,而忽略了中国传统的一种审美阅读习惯——对作品文本文气与文势的审美把握。在笔者看来,一部文学作品,特别是一部史诗性长篇大作,它在审美建构中,是应该蕴含着雄厚的文气与文势的。反过来讲,我们在解读的过程中,可以时时感到它的存在,并由此深入到作品文本内在的深层意蕴建构。

文学作品的文气与文势,它们不仅仅是附着于文学文本整体艺术建构之中的审美气韵与势能,更重要的是,它们与作品文本内在底蕴相联结,是从作品内在审美建构中涌动、迸发出来的一种审美情感力量,是融汇在整个作品建构之中的一种内在生命活力的表现形式,是作家整个审美创造中生命内涵对象化过程中的外化显现。因此,从这种意义上说,一部作品所表现出来的气韵与势趣,体现着作品思想内涵与审美内涵,以及艺术结构与审美情趣等的深厚典雅程度。这样,它又是和作品文本的体式、风格、语言、结构等有着内在的联系。

生命化作浩然气 浑然一体写春秋——《白鹿原》别一种解读

一部文学作品,尤其是追求史诗风格的长篇小说,应该具备历史发展内在生命涌动的气势品格。但是,这种气势不是靠对宏大的社会历史生活场景的外在描绘,或者对轰轰烈烈重大事件的表面叙述去制造。这样固然可以造成一种声势,但总觉得缺少一种更为深厚的底蕴。我们在阅读《白鹿原》的时候,则是另一种感觉。作为中华民族一种象征的白鹿原,蕴含的是半个多世纪历史的生命涌动。而且这种生命涌动,贯穿作品始终,保持着史诗性的雄浑气势。《白鹿原》的气势,不在于先声夺人,而在于它深厚凝重的内在底蕴。这里,我们以作品开头结尾做一说明。

作品开头是这样起笔的:

白嘉轩后来引以为豪壮的是一生里娶过七房女人。

一句话,就把民族的历史生活、文化内涵、生命意蕴浓缩其中,凝聚着非常深厚的内涵底气。这种底气,是中国几千年历史发展到19世纪末的生命郁结,是一种历史内涵的深层归结。这句话的背后,涌动着整个一部民族历史。对于白嘉轩来说,传宗接代,胜过他自身的生命存在。他的个体生命,完全融化在白氏家族之中。从他的个体生命,看到了宗法家族这一传统文化观念顽强的生命力。

这种雄浑厚重的气势,贯穿作品始终。不像有些作品,开头很有气势,但往往到了后面,或者结尾,给人一种气力不逮的感觉,你能明显感到,这些作品后劲不足,甚至是竭尽全力而不能游刃有余地驾驭作品,只好草草收笔。《白鹿原》随着情节的发展,其气势虽有高低、急缓,却始终如一江深水,不论是卷起波澜壮阔的波涛,还是平缓的缓流,都保持了它那深厚的气势。而结尾则更是言已尽而意味深远。

为了更进一步阐明问题,从《白鹿原》的叙述结构、叙述人物、叙述语言三个方面做一详细论述。

《白鹿原》在整体艺术结构上,采用的是大开大合、大放大收的方式。这种结构方式的选用,是由作品所传达的思想内涵所决定的,也是作家对正在经历着的生活(现实)和已经过去了生活(历史)的生命体验和对艺术不断扩展的体验的结果。《白鹿原》将审美视线投向中国近现代50多年的历史,以宏观叙事的方式去叙写一部中华民族的秘史,这就客观地要求它在结构上必然是大开大合、大放大收。而这种艺术结构方式,也就更易使蕴含雄厚凝重的历史内涵气韵流畅,构成一种雄健而蕴藉的历史—生命的气势。

当然,对于一部史诗性文学作品,在艺术结构上最终要体现在时空两维艺术建构上。《白鹿原》大开大合、大放大收的艺术结构,表现的是白鹿原这一地域空间半个世纪的风云变幻,时间与空间的交错建构。

小说是"某种时间安排",不论你采用哪种结构方式:情节、心理、意识等等,都不可能"全然不顾时间顺序",一切都是"安排在一定的时间范围内"①。《白鹿原》为我们规定的时间是19世纪末清朝末年到20世纪中期中华人民共和国建立这半个世纪的特定范围。在这段历史中,中国社会发生了许多重大历史事件,这给作家时间结构上造成很大难度。如果面面俱到,事事不漏,势必造成时间结构上的拖沓冗长之感,难以收住历史内涵的底蕴。作家明智之处在于,选择几个历史时间节点,采用横断面连缀的叙述结构:"反正""二虎守长安""年馑""抗战""解放战争"等。叙述有详有略,笔法有粗有细,在总体时间结构上造成大开大合,放收自如。但是,在展示每个时间区段时,又是多种时间次序交错使用:整体的顺序与局部的倒序、插序等有机结合。

作品题名为《白鹿原》,就为它规定了具体的地域空间,作品紧紧扣住白鹿原这块古老而又深厚的土地,开掘出它深厚的内涵,描绘了它半个世纪的历史变迁。在艺术结构上,既不脱离白鹿原这个特定空间区域,又尽可能地扩展其空间疆域。特别是在内涵上,将白鹿原这个地域空间,依托于中国这块更为广阔的天地。在具体描写上,尽可能地将村镇、县城和省城相交织,形成一种空间主体建构,丰富其历史生活、文化内涵。而每一时间中的空间展现,又集中表现不同的场景,使"每一个场景都为我们提供了一个特定环境的特写镜头",为我们展示了一个行动的运动场面。② 这样,就给静态空间赋予了动态的生命内涵和巨大的艺术表现力。

而《白鹿原》时空交叉的艺术结构,负载的是历史发展趋势。它将历史生活与家庭生活、生存环境与文化环境、历史过程与生命流动等相结合,构成了一部中华民族的动态历史。文气源于思想内涵,而涌动于艺术结构之中,"文变染乎世情,兴废系乎时序"。③ "即体成势",而"势者,乘利而为制也",一种"自然

---

① [美]乔纳森·雷班.现代小说技巧[M].西安:陕西人民出版社,1984:40.
② [美]利昂·塞米利安.现代小说美学[M].西安:陕西人民出版社,1987.
③ 刘勰.文心雕龙[M]//赵仲邑.文心雕龙译注.桂林:漓江出版社,1982:366.

之趣"便油然而生。

《白鹿原》的叙事人物结构,从整体上看,是以白嘉轩、鹿子霖为基本视角,白嘉轩、鹿子霖是一族两支,他们两人的矛盾,归根结底是宗族内部的斗争。白嘉轩竭尽全力要维护自己的族长地位,而鹿子霖则千方百计想当族长,在难以实现时方从家族走向社会。白鹿原50多年间发生的是与非,主要通过他们透视出来。可以说,他们二人构成了白鹿原的核心。由此而生发出朱先生,省城活动的兆鹏、兆海、白灵,县城的孝文、黑娃等等。这就构成了基本视角的交错融合,共同审视白鹿原的历史与现实。

更重要的是,这些人物身上流动的是历史的血液,他们是一个个活动着的历史生命体。他们具体的生命运动,突出表现在他们的历史与现实相结合的命运上。从总体来看,《白鹿原》中人物的命运,基本上都是大起大落,跌宕起伏。这种叙事人物命运的起伏跌宕,一方面与作品整体艺术结构相吻合,构成更为丰厚的艺术建构,另一方面,正合上历史进程的节拍,使其包含更多的历史文化内涵。这就使得作品的文气底蕴更为深厚、充足,作品的文势更加强劲有力。

可以说,陈忠实在他的《白鹿原》中,创造了自己的语言世界。这部作品的语言,具有很强的历史文化内涵张力,使地域性语言与整个民族语言相融合,蕴含着一种内在生命力。而且,它又是同作品的"内部结构及形形色色的外部环境有着复杂的关系"。①

《白鹿原》语言的内在张力,来自大容量、高度密集的社会、历史、文化、生命等的多层面内涵的立体交叉建构。我们不用说开篇第一句话"白嘉轩后来引以为豪壮的是一生里娶过七房女人"所蕴含着的一部民族历史的高密度内涵,就是在作品的整个叙述中,看似随意写出,其语言的含量也是非常大的。比如,朱先生顺口说的白鹿原成了一只鏊子,就凝聚着中国近现代几十年的血泪史,其间跃动着无数的生命。我感到陈忠实语言的飞跃,还表现在语境的整体性与变化性的有机结合。在总体叙事语言的基本格调下,创造出不同环境下的语言个性,我们从小娥死后,黑娃深夜潜入鹿子霖和白嘉轩两家中所说的话,句句都可以看到语境上的差异。不仅将三个人物的性格刻画得淋漓尽致,而且蕴含着历史文化的丰厚内涵。至于说《白鹿原》的语言的地域性与民族语言整体性的

---

① [美]乔纳森·雷班. 现代小说技巧[M]. 陕西人民出版社,1984:128.

有机结合,那是贯穿在作品整个艺术审美建构过程之中的。

我们认为,语言,归根结底是一种人的内在生命内涵的外化,其间凝结的是生命张力。陈忠实的语言之所以独特而又深厚,那是他对中国历史、现实、文化、生命深切体验的结果。他的小说语言中,倾注的是他生命的血液,这样的文气之中灌注着他血液的气脉,整个作品的文气贯通着他的生命活力。

如果说文学作品的艺术结构、人物结构、叙述语言等,为文气与文势的贯通运动,提供了一种依附的载体,那么,作品的深层思想内涵,则是它的灵魂与运动的动力。"夫志,气之帅也"①,讲的就是这个道理。

《白鹿原》追求的是民族史诗品格,而这种史诗,是多层面的同体共建。用解析的眼光审视它,你可以解读到中华民族的社会生活史,政治斗争史,经济、文化发展史,宗法家族兴衰史,地方民俗史,生命运动史,等等。但是,它们是相互交织、相互融合的浑然整体。多层面内涵的浑然建构运动,为作品奠定了底气,积蓄了雄厚的气势。

构成深层结构的第一个层面,就是社会历史内涵。这部作品选择中国历史上社会机制裂变转换的生活作为审美对象,这本身就寄寓着作家的历史判断和审美判断。这段历史。在作家笔下是多声部合奏。从大的社会政治生活来看,作品描绘了从"反正"到中华人民共和国建立半个世纪中国大地的风云变幻和历史变迁。在具体描写上,又是尽量扩展社会生活面,将大城市与小村镇组合在一起,进而把笔触伸向人的内心世界。它不是单色涂抹,而是多色彩的调和。比如兆鹏、白灵、兆海等人的政治生活中,又交织着爱情生活的情感冲突和家族矛盾。兆鹏与兆海站在截然对立的政治立场上,使作品的内涵更为丰厚复杂。特别是田福贤、鹿子霖等人的政治活动中,又渗透着浓厚的中国农村宗法思想。人们从这些土政治家身上,触到了中国近现代政治革命中农耕社会形态的特征。这种政治生活中,蕴含着中国几千年的历史文化积淀。

作品对普通百姓的日常生活的深刻而充分的表现,构成了基本的社会历史内涵。具体来讲就是白鹿两家的生活。白嘉轩家遭不幸,连丧六房女人,父亲于其间去世,作品详述了白家的家庭生活及其发展运动。父子、夫妻、父女、主仆等的情感生活,交织变幻,意深韵长。鹿家的生活,则重在写鹿子霖以及他与

---

① 孟子·公孙丑上[M]//刘俊田,等.四书全译.贵阳:贵州人民出版社,1988:396.

大儿子的情感冲突,带有更多的社会内涵。而两家的较量,重在土地的买与卖上,揭示了中国小农经济的基本特征。

此外,社会生活中对于"年馑""瘟疫"、土匪以及民风民俗等的描写,也构成了动态的社会环境,大的社会生活环境与具体的家庭生活相交融,形成了社会历史的整体风貌。使人看到,历史每前进一步,都是那么艰难,都要付出昂贵的代价,但是,历史又以其不可阻挡的趋势向前发展。这种发展之中,既体现或者蕴含着巨大的社会历史气势,也混含着饱满的生命情感气韵。

中华民族,是世界上最为优秀的民族之一,也是负载最为沉重的民族。她用自己的双手和智慧创造了灿烂的文化,同时也被这种文化传统所阻碍。《白鹿原》充分而又深刻地剖析了中华民族的文化心理结构。

在价值判断上,作家基本的审美态度是对传统文化进行冷静的思考和解析,并未一味地否定或肯定。但从作家的创作实际来看,作家是肯定的多,否定的少,总体上承续了儒家思想。朱先生作为传统文化的一种象征,充分表现了其优秀品质。他是关中学派最后一个大儒。他所追求的理想世界是以仁义治天下。出则报效祖国,入则修身养性。作家对他表现出仰慕之情。作为朱先生文化思想的实践者,白嘉轩则要更为复杂一些。白嘉轩的生活原则是"耕读传家",他一方面是那么宽厚、仁爱,如对鹿三亲如一家,其间绝无半点虚伪。另一方面又是那么残酷无情。作为族长,不论对待任何人,只要触犯了祖宗的规矩,不论是黑娃,还是自己的长子白孝文,尤其是对于田小娥,他都要严厉惩治。在此时,白嘉轩犹如法海一样残酷而无情。他虽然也有骨肉情感的痛苦,但传统文化构筑起的他的生存准则,迫使他不得不如此。谁叫他是一族之长呢。

更重要的是,传统文化已经渗透到每个具体的生命之中,化为生命的构成部分。我们从朱先生、白嘉轩、鹿子霖、鹿三、黑娃、白孝文兄弟等人的身上,都看到了传统文化顽强的生命力。不管社会如何变化,也许他有迷失路途的时候,但始终都回到了传统上面。这构成了他们的稳定的文化心理结构。他们的思维方式和生存方式中,包含着传统文化的生命基因。他们心目中的善与恶、正与邪的标准,就是传统文化的伦理道德。这种文化传统世代相传,具体体现在他们的生活之中,形成了他们生存的文化环境。只要在白鹿原这块土地上生存,都难以逃脱它的制约。白孝文、黑娃的前后转化,就说明了这个问题。也许有人会以为这样叙述,似乎缺乏一种更为现代的理性诉求,但在笔者看来,这样的叙述,正深刻地揭示出传统文化顽强的生命力,隐喻的是中国现代化历史进程的艰难性。我们甚至从中可以意会到以现代的面目出现,而实质依然是传统文化的变体。还有一个最有力的佐证,就是田小娥这个鲜活生命的抗争与消失。在这里,我们不得不指出,作家对于小娥的否定是有些残酷,从这也可以窥探出作家本人的价值观念复杂性的一个侧面。

生命运动建构着活的历史。我们从《白鹿原》中读到的不是一部死的历史,而是一部活着的生命运动历史。活动在白鹿原上的一个个具体生命,注释着中国的历史,蕴含着深厚的历史内涵。

作家为我们真实地透析了不同类型的生命结构及其运动。在这里表现的是多声部的生命剧,有正剧、悲剧、喜剧、滑稽剧。不管你的生命演什么剧,都是在既定的生命轨道上运行。另一方面,也展示了生命的搏杀。这里有不同生命之间的搏杀,也有同一生命体内部力量的拼搏。小娥的身上,包含着一种新的生命之光。她追求爱情,追求独立生存的权利。在这项生命搏杀中她彻底毁灭了,被当作邪恶铲除掉了。白嘉轩的生命力却非常顽强,他多次遭到劫难而不死,一直延续到一个新的社会诞生之后,他仍然活着,他身上所包含的隐喻性,是非常明显而深刻的。

从这些分析中,我们可以看到《白鹿原》内涵的丰富性与深厚度。不同层面的内涵共同构成了一部中国社会深层结构的动态历史。这就使作品具有了雄厚的内驱力。随着它的运动发展,作品的文气发生着起伏变化。

文学作品是作家艺术创造的结果,其间渗透的是作家的生命体验和艺术体验。《白鹿原》雄浑的文气、刚健的文势,是与陈忠实内在的生命建构相通的。在我们看来,《白鹿原》之所以能够取得如此高的成就,除外部条件外,更重要的是,与陈忠实沉静的创作心态、深厚的文化人格和顽强的生命力量有着内在的联系。

作家进行艺术创造,保持长期的沉静心态是非常重要的,"率志委和,则理融而情畅"。陈忠实在谈《白鹿原》创作情况时说,他是"沉心静气完成这个较大规模的工程的"。在整个《白鹿原》创作过程中,他"躲开现代文明和城市生活喧嚣",把自己封闭在"一个寂寞乃至闭塞的环境中",并立下"三条戒律,不再接受采访,不再关注对自己以往作品的评论,一般不参加那些应酬性的集会和活动",保持了"一种沉静的心态"。① 这种沉静的创作心态,能使他处于生命的平衡状态,去从容不迫地思考、创造,也能积蓄充足的生命底气,尽量避免因心态失衡而造成作品艺术建构上的漏气或失误。

当然,《白鹿原》的成功,还有赖于作家生活、思想、艺术等多方面的积累。陈忠实在创作这部长篇小说前,已写了9部中篇小说,在艺术上做了探索,尤其是《蓝袍先生》的创作,启迪了陈忠实创作《白鹿原》的思考。同时还阅读了大量作品,从中汲取营养。除了生活积累,还查阅了西安周边三县区的地方志等,研读中国近现代历史。我们知道20世纪80年代中期,是中国文坛最为活跃的阶段,各种新的观念、思潮、创作方法等冲击着一统天下的现实主义。加之同代作家纷纷推出长篇作品,社会生活中商品经济大潮又冲击着文学殿堂,诱惑着作家。在这种情况下,如果耐不得寂寞,不甘于寂寞,不保持冷静而沉稳的现实心态,陈忠实能写出《白鹿原》吗?

这种创作心态,又是与陈忠实的文化人格相一致的。陈忠实是一个农家子弟,长期生活在农村,同时又与城市生活相联络,因此,他对白鹿原这块土地有着深切的生命体验。他的生存环境和文化环境熔铸了他深厚的农耕文化人格的基本格调。加之他个性心理气质上的沉稳素质,使他更易与儒家文化传统相沟通。儒家修身养性、温柔宽厚的文化人格特征,在他身上体现得非常明显。他虽然也有选择地接受了现代文化思想,但并未使他的文化人格特征发生根本性改变,仅成为一种参照系。这一方面在他身上体现得非常明显。孟子说:"我善养浩然之气","其为气也,至大至刚,以直养而无害,则塞于天地之间。其为气也,配义与道"。② 我不知道陈忠实是否读过孟子,但我从他的《白鹿原》中却深切地感觉到了孟子所言儒家的"浩然之气"。

《白鹿原》整个作品都表现出善与恶、正与邪、美与丑的搏斗。而最终是邪不压正,恶败于善。在朱先生、白嘉轩等人身上,蕴藏着"浩然之气"。朱先生与人为善,平日在家闭门读书,修身养性,关键时刻则能挺身而出,只身退20万清兵,套犁犁掉白嘉轩种的大烟,荒年赈灾,带领秀才奔赴抗日沙场等等举动,无一不是正义之举。白嘉轩不论与天地抗争,还是与人争斗,都是一身正气。天旱求雨,他挺身向前,悲烈豪壮;瘟疫中他硬挺了过来;土匪打折他的腰,他仍

---

① 陈忠实.关于《白鹿原》的答问[J].小说评论,1993(3).
② 孟子·公孙丑上[M]//刘俊田,等.四书全译.贵阳:贵州人民出版社,1988:396.

然昂首挺胸;特别是在小娥死后阴魂不散,他毫不畏惧,封窑洞、修镇邪塔,这中间渗透的是中国传统文化的人格力量。而这又是与作家的文化人格相通的,我们从作家对朱先生的崇敬、对白嘉轩的情感中可以得以印证。

关于陈忠实的文化人格,有的人认为涌动于其间的主要是一种现代文化思想意识。在笔者看来,从艺术叙事角度看,的确其间融汇着现代文化思想,但是,就陈忠实本身的文化人格建构而言,则是以中国传统文化思想为其基本内涵的。陈忠实所建构起来的是一种中国传统文化人格。这种文化人格投射于《白鹿原》的艺术创造中,使得《白鹿原》所具有的传统文化人格的力量,更为凸显、更为强大起来。

文学创作也是一种生命力的较量。作家创作文学作品的过程,也是他生命搏杀的过程。一个作家没有旺盛的生命力,是难以创作出鸿篇巨制的。作家生命力量在创作中消耗多少,在文学作品中就会转化多少。所以说,作品中倾注着作家的生命内涵。有关作家生命中所包含的历史、文化等内涵,前文论述中实际已经论及,在此不再赘述,在此,我想简单地分析一下作家自然生命对创作的作用。

无疑,作家自然生命力是否旺盛,对他的文学创作有着重要的作用。刘勰说:"志盛者思锐以胜劳,气衰者虑密以伤神。"[①]这也从另一方面说明作家生命力量对于创作的重要性。陈忠实创作《白鹿原》是他44岁到50岁这段年龄,这正是他的"黄金般的生命区段。"这时他正当中年,生命力处于最为雄厚时期,他虽然也"听到生命的警钟",作为一个正常的生命体,他蓄积着深厚的底气。这种生命底气,自然而然倾注在他的作品之中。当然,他也感到了强大的生命压力,这种生命压力在他现实心态调整下,转化为一种生命动力,促使他完成这部作品,这也说明,生命压力对于生命意志软弱者,可能会造成一种心理障碍,影响创作中文气的贯通。而对于生命意志顽强的人来说,则积蓄为一种深厚的生命气脉,一旦寻到突破口,便会喷涌出来。所以文章的气脉也是与作家的生命气脉相通的。

(作者单位　西安建筑科技大学)

---

① 郭绍虞.中国历代文论选:第1册[M].上海:上海古籍出版社,1979:249.

《白鹿原》性描写的象征意义和审美内涵

贺智利

《白鹿原》是一部重新发现人、重新发掘民族灵魂的书,它不愧为"民族秘史"。秘史之"秘",当指无形而隐藏很深的东西,它包括悲怆的国史,隐秘的家族史、心灵史、灵魂史和精神生活史,所有这些内容共同构成了《白鹿原》一个整体性的世界、自足的世界、饱满丰富的世界,更是一面观照我们民族灵魂的镜子。在对这个庞大的世界进行艺术观照时,作家努力从文化的层面进行开掘。

文化是某个民族、某个地域带有鲜明印记的精神"图腾",蕴含着该民族沿袭已久的精神风貌和难以变更的气质,是历史深厚积淀的结果。抓住了文化心理,就找到了表现民族精神特点和地域气息的一条切实可行的通途,正是浸透在《白鹿原》中的浓重的文化意味,会勾起我们对本民族历史文化的深入思考,使小说达到了足够的心理深度和文化深度。

作为民族禁忌的性生活及其在文化网络中的重要地位的展示,是《白鹿原》艺术结构中民族秘史的一个主要方面。"《白鹿原》一书交织着复杂的政治冲突、经济冲突和党派冲突、家庭矛盾,但作为大动脉贯穿始终的,却是文化冲突所激起的人性冲突——礼教与人性、天理与人欲、灵与肉的冲突。这是全书最见光彩、最惊心动魄的部分。"[①]笔者认为《白鹿原》性描写的成功之处主要体现在两个方面:一是小说在畸态性史的展示中蕴含着丰富的性科学思想;二是通过性描写来揭示出人与人的复杂关系,为推动情节发展和刻画人物性格服务,把性描写与作者对生活的审美评价与道德评价水乳交融地渗透在一起。

一

马克思主义认为,人的本质是社会关系的总和,而社会关系主要表现为"人

---

① 雷达.废墟上的精魂[J].文学评论,1993(6).

际关系",因而作为人际关系中最基本的一个方面的"性际关系",也必然表现着人的本质,其正常与畸变的实际情形总体现着"人"的生命真实。所以我们可以说,当人的性意识、性行为发生变态时,势必也会导致性际关系的畸变,而性际关系的畸变反过来作用于人的性心理,促其失常或变态。

白嘉轩一生娶了七个妻子,他同其中的任何一个都没有太深的感情纠葛,前六个妻子除了留下一点同她们初次交欢时的印象外,什么也没有留下。第七房妻子,虽然和他相处融洽并且接连不断地生儿育女,但仍然没在他的心目中留下什么地位,女人作为人在白嘉轩的世界里被遗忘了。她们或者只是他泄欲的对象、生育的机器,或者是他干事的帮手,男女之间应有的性情相悦,到白嘉轩这里一概被淡化消解了。他看不惯卿卿我我、情情爱爱之类的东西,把婚姻简单地等同于生孩子、过日子。这虽然是长期以来民族婚俗中少有变更的传统观念,却也是畸变的。

再从白嘉轩把征服甚至整死女性一生"引以为豪壮",看不惯儿子和媳妇的过分缠绵,对小娥的痛恨等的表现中,可以发现他骨子里面对女性有一种冷漠感。人际关系中的同性相斥本身也是一种非人道的现象,是性际关系的畸变,白嘉轩对异性的冷漠排斥则更是一种触目惊心的性际关系的畸变现象。由此,我们去观照作者笔下的所有艺术形象,就会发现一些共通的性变态的症候,同时,也会发现作者对不正常的性现象、性心态的否定态度,以及对中国在走向现代文明的同时的性文明问题的关注和思考。

首先,给我们印象十分突出的是陈忠实笔下的男女两性由于性无知而导致的性恐惧。白嘉轩的前六个女人的先后死去,其原因仅仅是因为荒唐之至的流言,而其根源却在于封建性文化的神秘感、罪恶感根深蒂固于青年男女的潜意识中。还有孝文、兔娃在初次接触女性时荒唐可笑的举动,完全是性盲,这都是性禁锢所导致的性无知,是一种不正常的现象。这种不正常的现象发展到极端还会导致"性过敏",性过敏的突出表现会引起性幻想,即性心理学中所论的"性爱的白日梦"①。鹿子霖的大儿媳妇,由于长期禁欲守节,导致了内心的变态,她一方面奉行着禁欲主义,一方面却暗中蠢动着强烈的情欲。在情欲得不到满足的情况下,她只能在性妄想中满足。她首先梦见和鹿兆鹏发羊痫风似的

---

① 霭里士.性心理学[M].潘光旦,译.北京:生活·读书·新知三联书店,1987:125.

颤抖，继而梦见和兆鹏、黑娃，甚至是自己的公公鹿子霖，最后发展到"淫疯病"，最终断送了性命。这里作者把笔触伸向人的潜意识深层，揭露了封建礼教压抑下人的扭曲、变态的惨象。

由此，我们想到中国传统文化中礼教所特别强调的女性"名节"观，亦如一位女性学者论述的那样，"男性不仅贬损着女性的自然体，而且还否定着女性的性权利"，"在现实中用种种方式压抑着女性的性本能。如片面的贞操观就是用来压抑女性性本能的一种典型方式"，而这是"一种极不人道的观念"，"因为性本能是人的生命本能，是人的生命力的源泉，因此，压抑了女性的生命本能，就压抑了女性的生存活力"。① 在《白鹿原》中，作者成功地把中国人在性际关系方面的种种畸变现象，特别是性压抑导致的性恐惧、性过敏及其文化造因，曝光在艺术透视镜面前，以期引起疗救的注意。

其次，个体性格的突变，也是性畸变的另一种形式。白孝文是一个从旧文化营垒中游荡出来的浪子，他从小接受封建礼教文化的熏陶，在父亲的培养下，他行动谨慎，一副非礼勿亲、端肃恭谨的神态，从精神到行动都俨然是一个合格的族长。但是长期的压抑在他的潜意识中形成了一种无意识的反抗心理，田小娥的诱惑等于打开牢门放出了他躯体中的野兽。而在与小娥最初的性活动中，他却是一个性无能者，这种病态现象是由于他的内心深处潜藏着对礼教的恐惧，对外在的名声、地位的认同心理，从而导致了灵与肉的分离。

在白孝文刚刚突破性蒙昧与性羞涩，与新婚妻子欢度蜜月时，白嘉轩唆使母亲、妻子出面对其进行粗暴的干涉，给孝文的心理投下了可怕的阴影。而一旦撕破脸面，没有了外在的束缚，他却变得欲海难填。这种从心灵的压抑到肉欲放纵的迷狂，也是一种病态的性心理。

田小娥最初只是作为郭举人用下身泡枣滋补身体的工具，后又沦为士绅鹿子霖泄欲的工具，此时，她是被动的，是受虐者。而后来她诱骗狗蛋，在鹿子霖的唆使下，把白孝文的"裤子抹下来"，是她用性武器主动地进行报复，实际上已经带上"施虐淫"的意味了。变态心理学指出："施虐淫的暴力有着不同的程度或范围，即从造成轻微疼痛或无损伤的调戏到极端的残暴行为。"② 田小娥在人们的心目中没有丝毫地位，所以她只能用对他人的施暴和折磨来证明自己的

---

① 禹艳.女性人类学[M].北京：东方出版社，1988：74.
② 张伯源，陈仲庚.变态心理学[M].北京：北京科学技术出版社，1986：177.

存在。"施暴和折磨至少可以证明人能对他发生影响,……许多儿童或青年都曾借破坏性行为强迫人们认识他的存在,尽管他会受到惩罚,但至少人们已经注意到他。"① 田小娥满怀敌意的破坏决绝心理虽然是可悲可怜的,但毕竟在客观上引起了他人对自己的注意,尽管她为此付出了沉重的代价。由此可以看出,作者把受人害和受害人这两者的特点汇集在同一个人身上时,实际上象征着我们民族的"自虐",表面上的报复,实际上是一种自毁行为。

总之,无论是白嘉轩的性行为、性观念,还是孝文、小娥的性追求、性心态,都是作者试图把隐匿在个体遭际中的畸态性心理昭示给人们,让人们从人性和人本的角度去思索、反刍我们民族的灵魂,寻找一种正常的人生和健康文明的性心态。

二

对涉及性描写的作品的美学特征的把握,不仅受描写的大胆程度以及数量多少的规定,更决定于作者通过这种描写使作品在整体上显示出审美理想与道德理想的高度。在这方面,《白鹿原》也是成功的。

陈忠实在创作前怀着"中国在走向现代文明的同时,其中仍然有一个性文明的问题"的历史使命感,对如何进行性描写有过认真的思考。他认为这"不单是一个勇气问题",而是"作家自己必须摆脱对性的神秘感羞怯感和那种因不健全心理所产生的偷窥眼光,用一种理性的健全心理来解析和叙述作品人物的性形态文化心理和性心理结构",最终确立了"不回避,撕开写,不是诱饵"三条创作原则。② 由此可以看出,作者是以真诚的、严肃的态度对待性描写的。考察作品本身,我们发现他达到了预期的目的。

从性描写的数量上看,尽管性描写在整个小说中占有很大的比重,但并不是每个人物都写性交。对朱先生、鹿兆海、鹿三等人物,几乎就看不到有性描写。而凡是有性描写的地方,都不是可有可无的,而是揭示人物文化心理和表达作者的审美评价必需的。

有论者认为小说在开篇写了白嘉轩明媒正娶了七房女人之后,似乎所有故事情节与这一段性描写再也没有关系,她仅仅是作为一个"噱头"而孤立存在,

---

① [美]罗洛·梅.爱与意志[M].北京:国际文化出版公司 1987:22.
② 陈忠实.关于《白鹿原》的答问[J].小说评论,1993(3).

是吸引读者、哗众取宠的一种手段。其实不然,在白嘉轩先后与七个女人结婚的新婚之夜,我们看到的不是性的渲染与丑恶,而是表现了在强大的男权主义文化中,在性隐秘与性禁锢中熏陶成长的女子们表现各异、本质相同的文化心态。另一方面,也是在表现民族的生殖图腾,渲染白嘉轩这位人格神强大的雄性能量,隐喻他的出现如何不同凡响,为进一步塑造白嘉轩的性格做了铺垫。

衡量性描写的审美意义,也不仅取决于性描写的露骨程度,而是取决于描写的目的和最终效果,要将其放在艺术对现实的审美关系中加以考察。英国心理学家霭理士在其《性心理学》中指出:"要知性冲动有一个特点,和饮食冲动大不相同,就是,它的正常的满足一定要有另一个人帮忙,讲到另一个人,我们就进到社会的领域,进到道德的领域了。"应该说,如果处理得当,选取"性"这一特殊的侧面来刻画人物性格,揭示人与人之间的复杂关系,是很有优势的。在这一点上,《白鹿原》中虽然有大量露骨的性描写,但它没有把性描写作为终极目的,不是为写性而写性,而是使性描写服务于人物性格的刻画,并且由此揭示出现实关系的某些本质方面。

就拿对"白鹿村乃至整个白鹿原上最淫荡的一个女人"田小娥的大量性描写来看,似乎有些地方写得太露。但我们认真分析便会发现其中并没有孤立的性描写,而是把人的自然属性与社会性、历史性结合起来,在表现民族性文化的同时,揭示家族文化的罪恶,表现作者的审美评价。田小娥既不是潘金莲式的人物,也不是常见的被侮辱被损害的女性,而是一个很有艺术特色与社会内涵的人物。

她做郭举人的小妾是被迫的,而在郭举人的眼里,她只是一个用下身泡枣补身的养生工具和高兴时泄欲的工具。她没有自己作为一个人的起码的人格、权利和尊严,而只是一个"连狗都不如"的锦衣玉食的性奴隶。但她自己不满足这样的处境,"提到泡枣的事就像挨了一锥子",她把泡枣偷偷扔进尿盆里的反抗尽管是恶作剧的报复,但也体现出她可贵的一面。后来她与黑娃的相遇和偷情,尽管带着过分肉欲的色彩,但毕竟是以性为武器的反抗,是闷暗环境中绽放的人性花朵,集中强烈地表现了她人的意识的觉醒。她和黑娃开始时是为了满足性的饥渴,是合乎人性和人道的,而在整个过程中,她没有嫌弃黑娃,愿意吃糠咽菜。由此可以看出,她所追求的不是安逸和舒服,而仅仅是获取作为人最起码的一点点生存权利,做一个名正言顺的庄稼院媳妇。和黑娃一起逃回白鹿村后,尽管人们不容她这样的人,但她也享受到了个人自由幸福的追求和实现后的欢愉。她不计名利、不守礼俗,只要是两心相知、两情相悦,她就交心付身,而且不顾一切,不管后果,一心一意,死心塌地,完全是一个重情女子的柔肠侠骨。然而就是这样一点微末的希望她也无法实现,黑娃出逃后,她像一只羊羔掉进了狼窝,无依无靠。她沦为乡绅鹿子霖玩弄的对象,虽然出于无奈,但也带有一种戏弄性质,社会遗弃了她,她也开始戏弄社会。在她走向堕落的深渊,听从鹿子霖的指使诱惑白孝文下水后,她却没有产生报复后的欢愉,反倒产生了同情和爱怜;在与鹿子霖狂欢之后却"尿了鹿子霖一脸",表示了她对卑鄙人格的蔑视。小说通过鹿子霖胁迫小娥就范时的性心理、性行为逼真大胆的描写,既刻画了鹿子霖的贪婪狡诈,又表现了小娥的纯真以及为营救黑娃的自我牺牲精神。

总之,在性描写相对比较集中的田小娥这一人物身上,既有对她肯定的一面,也有否定的一面。她不甘心屈辱的地位,敢于反抗强大的社会政治、宗教文化和世俗舆论,执着于对美好生活和美好爱情的追求。就连死后,也要引发一场瘟疫,表达对旧文化的抗议,她的灵魂仍然跳出来申诉自己的冤屈,为自己的善良与纯洁辩护。镇妖塔,又何尝不是纪念碑,是她以自己不屈的身影,诉说着自己的坎坷与不幸。这一方面,作者是持同情、赞美和肯定态度的。而从另一方面看,她为虎作伥、诱骗狗蛋,沦为鹿子霖宗族斗争的工具,作者是持批判和否定态度的。从审美效果来看,通过这一人物形象,指控了虚伪吃人的伦理纲常,对被压迫者的人格尊严、美好人性与反抗意识的觉醒进行礼赞,对在政治上、人格上、肉体上摧残、践踏美好理想的恶势力予以无情揭露。就此而言,这些性心理和性行为,就富有了文化的深层蕴涵,蕴含着古老而又新鲜的反封建的意义,能够引发我们深刻的文化思考。

应该说,这样的涉性描写,是在力图涵容深刻的社会历史内容,以及社会历史内容之外所表现的从生理到道德的审美追求,是有其审美价值的。

从人类学与性犯罪心理学来看,乱伦是人类任何时代、任何社会背景下都难以绝对免除的性罪过与悲剧。但是乱伦如何在文学中出现,从人对现实的审美关系来看,就与人类学与心理学的分析不是一回事了。《白鹿原》也涉及了鹿子霖与儿媳妇在性心理上的一报一还、耳热心跳,但作者并没有为双方的乱伦心理做非道德亦非审美的性本辩护。风流成性、放荡淫逸的鹿子霖,面对被丈夫抛弃、性压抑难耐的儿媳妇对他的投怀送抱，他毕竟能够克制自己，没有跨越道德罪恶的最后一道藩篱，终究在乱伦的边缘收住了脚，显示了传统文化的正面作用。总之，作者在进行性描写时没有仅仅停留在感官刺激的层面，而是把作者对假恶丑的否定和对真善美的肯定态度蕴含其中，从而在毫不留情地揭露宗法文化噬人本质的同时，探索我们民族灵魂的奥秘。

在对性描写的分寸感和"度"的把握上，《白鹿原》也处理得很成功。文学作品源于生活，又高于生活，它不能是人的种种生活的自然主义的录制，所以在描写人的性行为的时候，作家应该更多地写性心理的、理性的、人的社会属性的一面，而不应过分突出和夸大人的自然属性，更不能孤立地写性本能和性冲动。对此，陈忠实在创作前就有过严肃的思考，正如作者自己所说："我对写性的一个基本把握是：如果包含着文化心理的东西，那就写；如果不含这个东西，读者为什么要看你写这些乱七八糟的东西？"《白鹿原》里的鹿兆鹏和白灵特别的新婚之夜，就写得情深意切，爱意绵绵。作家把这一对青年男女初次交欢的情景，升华为人类最真挚的一种情爱美了，既含蓄蕴藉，又有一种艺术的美感。

由以上分析可以看出，《白鹿原》在性描写中力图写出社会属性、心理属性、生物属性相统一的完整的人性。种种性形态、性生活不仅没有丝毫的淫秽之感，而且给人以深刻的思想启迪，充满着理性的光芒。对强化《白鹿原》历史文化底蕴，探索隐秘的民族灵魂的主题起了不可忽视的作用，也使小说在蕴含了丰富的性科学思想的同时，又具备了一种深沉的历史感、深邃的哲理性和深远的象征意味。

(作者单位　榆林学院文学院)

奇观化与民族文化重塑

——论《白鹿原》的视觉性书写

胡小燕

一般来说,我们把陈忠实的《白鹿原》归为"寻根文学"①或者延续"寻根"之风的"新历史小说"。学术界对《白鹿原》的研究也围绕以下内容:不重人物个性的刻画,重民族文化心理结构的揭示;不重事物发展因果联系的过程,重主体的瞬间体验;不重革命历史大场面的描写,重封建宗法和家族伦理等日常生活逻辑的叙述。从艺术特色上来说,这类小说都深受拉美魔幻现实主义的影响,以一种"想象性"的方式书写富有浓郁地域性的家族历史,带有鲜明的"传奇性"。② 所谓传奇性,从中国的传统来看,是由记录奇情异事的唐传奇和魏晋志怪小说和民间传说开创的,在具有相应的生活气息和真实感的基础上,情节展开表现出离奇曲折、不同寻常的特色。具体地说就是在故事发展中往往通过偶然、巧合、夸张以至超人间的形式来引起情节的转变,从而使故事情节的发展既处情理之中,又在意料之外,产生引人入胜的效果,使人加深对现实矛盾的感受和认识。③ 笔者认为"传奇性"这个词略显单薄,倾向于用"奇观"(Spectacle)来概括《白鹿原》给人带来的奇特的阅读体验以及文本的复杂性和矛盾性。在这里,奇观化不能简单理解为某种媚俗的倾向,就像有人诟病《白鹿原》中大量原始、血腥、暴力、污秽、丑陋、仪式的场面以及性描写迎合了一部分读者猎奇的心理,抑或在重塑中国传统儒家文化传统时,刻意蒙上一层神秘而崇高的面纱。这只是一种极其狭隘的理解。奇观,不仅仅指具有强烈视觉冲击性的形象,还包括戏剧化的冲突或者解决问题的方式或者豪华的群体性活动的场面,奇观还可以指涉一种以形象为中介的人和社会之间的想象性的真实关系,其中涉及权

---

① 段建军.陈忠实与寻根文学[J].小说评论,2014(5).
② 旷新年."寻根文学"的指向[J].文艺研究,2005(6).
③ 屈育德.传奇性与民间传说[J].北京大学学报:哲学社会科学版,1982(1).

力、知识、意识形态、欲望、虚幻、真实等多个意义维度,广泛运用于马克思主义、后现代、后殖民、视觉文化及媒体批评中。① 从这个角度出发,奇观化不再是一种哗众取宠的外在形式,而是文学真实的另一种呈现方式。更好地挖掘这种写作方式的艺术性,也才能够真正理解陈忠实在艺术创作手法上表现出的对现实主义的剥离。

一、意识形态、现代性、西方:奇观中的强力他者

一般而言,强力他者(Other)与个体自我之间构成某种强暴或压迫性的关系,主体并不是真正的主体,而是他者任意表征的对象。在此,奇观是一种以视觉形象为中心的教学法,目的是形成某种思想的成规进而达到控制的目的。但这种阿尔都塞式的看法很快被葛兰西式的观点替代,强力他者和个体自我之间的压迫性关系并不是一成不变的,受压迫的一方可以对视觉形象的代码和意识形态做批判性的考察,进而形成一种抵抗的姿态。正如乔纳森·克拉里所说,一旦视觉被重新安置到观察者的主体性中,两条彼此纠缠的道路就展开了。一条导向视觉主权和自主性的多重肯定;另一条道路则逐渐加强对观察者的标准化及控管。② 以《白鹿原》为代表的寻根文学表达了重建文化自信背后的焦虑与矛盾。这种焦虑来自西方、现代性及意识形态(包括主流意识形态和传统意识形态),这种正好可以作为奇观形成过程中不可或缺的强力的大写的他者。显然,《白鹿原》在处理中国与西方、传统与现代、意识形态与文化等维度之间的关系时也不是简单地做出非此即彼的判定,它们之间的关系是复杂的、矛盾的,甚至可以说是暧昧的。从陈忠实的《白鹿原》创作手记中《寻找属于自己的句子——〈白鹿原〉创作手记》以及一系列的访谈和对话出发,梳理《白鹿原》的发生背景、历史语境以及实际诉求都会指向三个方面:

第一,去政治化。陈忠实早期的文学创作如《接班以后》(1973)、《高家兄弟》(1974)、《公社书记》(1975)、《无畏》(1976)等"文革"色彩浓厚,之后的作品如《信任》《南北寨》《初夏》等也保有浓厚的政治情结,故事叙述和人物塑造基本上延续的是柳青《创业史》的传统,探讨农业政策和乡村体制对乡土社会

---

① [美]道格拉斯·凯尔纳.媒体奇观[M].史安斌,译.北京:清华大学出版社,2003.
② [美]乔纳森·克拉里.观察者的技术[M].蔡佩君,译.上海:华东师范大学出版社,2017:225.

的冲击。1982—1984年的作品中陈忠实最得意的是《梆子老太》(1984),这部作品不仅联结了中国现代启蒙文学批判性地审视国民劣根性的传统,更重要的是实现了作者创作视野从社会到文化的转变。① 陈忠实文学创作上的彻底转折发生在1985年。"一九八五,在我以写作为兴趣,以文学为神圣的生命历程中,是一个难以忘记的标志性年份。我的写作的重要转折点,自然也是我人生的重要转折点。"②对于陈忠实而言,1985年11月他创作了《蓝袍先生》,而《蓝袍先生》的创作也正勾起了《白鹿原》的创作欲望。虽然《白鹿原》最后成书是在20世纪90年代,但从思想发端来说还是20世纪80年代的写作。就他自己所说《蓝袍先生》让他实现了两个转变:从乡村现实生活转移到1949年以前的原上乡村,神经也由紧绷的状态松弛下来;由思考新的农业政策和乡村体制对农民世界引起的变化转移到思考人的心理和人的命运。③对于整个中国当代文学来说,1985年也是富有开创性的一年。1942年毛泽东发表《在延安文艺座谈会上的讲话》,明确文化和政治之间的关系,这种影响延续整个十七年文学、"文革文学",文学始终围绕阶级斗争和社会主义改造等宏大事件展开,即使是20世纪80年代初的"伤痕文学",也是从否定、批判的角度强调了这一叙事传统。真正的改变发生在1985年,"先锋文学"和"寻根文学"的出现彻底改变了这一状况,前者以破碎的叙事和实验性的语言深挖人性的内涵,后者则从社会政治转向深层的文化心理结构的发现,实现新时期文学的向内转。

如果我们对比《白鹿原》和其他经常被放置在一个体系的作品,如韩少功《爸爸爸》、王安忆《小鲍庄》、莫言《红高粱家族》等,会发现陈忠实对政治这个维度的处理有很大的不同,他没有刻意回避,而是将从清末延续到1949年的各种革命浪潮与原上的乡土生活融合在一起。但这种处理方式,却成为很多评论家诟病的地方。一是没有真正进入新时期的意识形态世俗化的潮流中。虽然不再是波澜壮阔的"革命史",而是一系列的"翻鏊子""折腾"和历史劫难,以古老的"河西河东说"即"循环论"代替历史的"目的论",但依旧是执着于"大历史"的书写。④ 二是政治线索与宗法家族权威和叛逆者之间的冲突的游离与

---

① 李遇春.陈忠实小说的创作流变论[J].文学评论,2010(1).
②③ 陈忠实.寻找属于自己的句子——《白鹿原》创作手记[M]//陈忠实文集:第9卷.北京:人民文学出版社,2016:330.
④ 温儒敏.莫言历史叙事的"野史化"和"重口味"[J].中国现代文学研究丛刊,2013(4).

脱节,即政治势力与这两者没有通过真正的性格冲突联系起来,仅仅是由于时间、空间或者血缘关系造成了他们之间的关联。"若将政治势力线索这条线索上的故事抽掉,小说的完整性并未受到明显的损害。这恰好从反面证明,《白鹿原》的叙事话语出现了破裂。"①表现在人物塑造上就是人物性格的形成缺乏明显性格逻辑和文化、情感的必然性。"我们无法确知革命的意识形态激情是如何进入鹿兆鹏、白灵们的精神世界的,这种革命意识是如何融入他们的意识的,并使他们的情感和行为与上一代以及上一代所代表的儒家文化产生歧义和背叛的,这些人物只不过是作者操纵的木偶。"②叙述结构上的断裂可以延伸至作者对整个历史文化体系的审美认识不足,作者对共产主义、三民主义和儒家文化之间的关系没有清楚判定③,所以不管是政治革命还是个人生存都陷入"翻鏊子"的程式中。

不难发现,这种评价方式依据的是大家熟悉的现实主义批评理论,本质上来说这和20世纪80年代中期以后的中国当代文学的诉求是相悖的。我们可以把"翻鏊子"看成是古老的循环论,但也可以解读为政治革命和个人生存的荒诞感和虚无感。政治线索的游移,也可以指涉生活叙述的强力节奏影响了政治线索的呈现方式,我们长时间的阅读习惯和研究习惯是以政治事件为中心划分思想史、文化史的分期,但对于几千年一成不变的乡土生活习惯来说,几十年的风起云涌也可能只是幽灵式的存在。

接下的两个方面是现代性与民族性。在中国,现代化和民族化的过程是交织在一起的。现代化的问题伴随着整个中国的20世纪,现代化的历程从一开始的技术和制度层面的变革也深入到了文化的层面。从"五四"开始,先贤们就传播着这样的思想,现代化归根到底是文化的现代化,而定义现代的各种观念直接来源于西方,于是传统、现代、西方、民族不可避免地纠缠在一起。启蒙思潮从"五四"一直延续到新时期,传统与现代之间的冲突也构成了20世纪80年代中国现代化深入发展的历史背景。现代化在20世纪80年代的作家认知中是一种不可逆转的历史发展趋势,我们所要思考的是如何处理好传统与现

---

① 南帆.姓·性·政治[M]//文本生产与意识形态.广州:暨南大学出版社,2002.
② 孙绍振.什么是文学价值——关于《白鹿原》的个案考察[J].福建论坛:人文社会科学版.1999(3).
③ 南帆.文化的尴尬——重读白鹿原[J].文艺理论研究,2005(2).

代、民族化与全球化之间的关系。所以,即使是回归中国传统文化本体的"寻根文学"也仍然"依附和沿用'新时期'启蒙主义与现代化话语,集结在'国民性'批判的旗帜之下……甚至即使是对于文化传统的肯定,也采取关注边缘的、异端的和非规范的文化传统和价值的策略。"①然而,对于中国人来说,从一开始现代化的目的就是为了重新确立民族性,即实现中华民族的伟大复兴。现代性与民族性也是一对矛盾的概念。"现代性是一种持续不断的'去地域化'的过程,亦即一种将身体、物品与关系抽象化,使其得以相互流通的过程。"②而民族性则是要强调这种个体特征,并获得自我和其他民族的认同。

对于《白鹿原》来说,它既不是为传统儒家文化招魂,也不是为其唱一曲凄美的挽歌,而是在现代化和民族化的当代文化生态之下呈现民族文化的连续性,历史与当下、传统文化和现代文化只是一种抽象的划分,而在文化的实际传承和个人的生活经历中并不存在如此截然不同的区隔,文化是连续的也是整体的。如果我们把一个社会的整体文化形态分为三种不同类型,即残余文化、主流文化、新兴文化③,毫无疑问,儒家文化在经历了20世纪的文化运动和政治革命的洗礼之后当属残余文化,他的存在方式不可能像主流文化一样出现在我们的学校教育、道德规范、法律条例中,但却广泛地保留在历史文献、个人回忆和乡村生活方式中。在《原下,自在的去处》中,陈忠实详细地介绍了他在村里生活时在乡亲家里办红白喜事时当账房先生的事,其间的办事程序、处世智慧就是最真实的文化体验。④ 在当下,我们不可能穿越到过去的那种历史文化形态中,只能立足于当下重塑民族文化传统。所以,传统文化既有朴素和崇高的一面,又有原始、污秽、血腥、暴力、愚昧、神秘等与现代观念对立的一面,也有对民族文化本质的迷惑和隐忧。有学者指出:"《白鹿原》性话语的'过量',恰是现实'匮乏'的结果,'白嘉轩—超级性能力-宗族文化—卡里斯玛形象—文化复兴的中国'的表征逻辑,将克己复礼的儒教与超级性能力联系的'怪诞组合',不但显示出作家急于表述民族国家主体的混乱,更暗含作家在'现代性—乡土

---

① 旷新年."寻根文学"的指向[J].文艺研究,2005(6).
② [美]乔纳森·克拉里.观察者的技术.蔡佩君,译.上海:华东师范大学出版社,2017:18.
③ [英]雷蒙德·威廉斯.马克思主义与文学[M].王尔勃,周莉,译.郑州:河南大学出版社,2008.
④ 陈忠实.寻找属于自己的句子——《白鹿原》创作手记[M]//陈忠实文集:第9卷.北京:人民文学出版社,2016:409-413.

中国''西方—中国'的对立想象关系中,试图超越'西方他者',确立新民族国家叙事'主体形象'的'阉割焦虑'。"①从这个方面我们也可以理解象征性意味的白鹿、白狼,朱先生等神奇的人物形象,神秘的祈雨仪式等奇观化书写。显然我们的民族文化的本质依旧是模糊的,这可以看成我们面对西方强势文化时的一种策略性的碰撞方式。所以"寻根文学"也好,"新历史主义"小说也好,都不可能像《鲁滨孙漂流记》一样用写实主义的方式来描写资本主义的文化本质。

二、奇观化场景的形成及其艺术效果

总的来说,陈忠实的写作是有野心的,就像他所说的,希望有一本能够"垫棺作枕"的作品。他没有将我们所面对的社会历史现状抽象或区隔为明显对抗的几对矛盾,而是尽量呈现出矛盾交织的文化生态及生活在这样环境下的创作者内心的迷茫。由于各种要素的矛盾纠缠,文本自然而然呈现出一种奇观化的艺术特色。

论文前面已经提到,奇观不能看成是为了迎合某种读者低劣的阅读趣味而刻意进行露骨的描写。在《白鹿原》中奇观化场景的形成主要仰仗两种方式:

(一)全景敞视式视角

《白鹿原》的叙述视角我们一般会归结为全知全能视角,即叙述者比任何人物知道的都多,像一只上帝之眼知道任何地方发生的任何事,甚至是同时发生的几件事,还有将来发生的事他全都知晓。无可否认,《白鹿原》在叙事上的确呈现出这样的特征。比如,黑娃小时候吃到鹿兆鹏给他的冰糖时激动得哭了,这个时候叙事者插入一段将来发生的事情:"后来他果真得到了一个大洋铁桶装着的雪白晶亮的冰糖,那是他和他的弟兄们打劫一家杂货铺时搜到手的。弟兄们用手抓着冰糖往嘴里填往袋里装的时候,他猛然战栗了一下,喝道:'掏出来,掏出来!把吞到嘴里的吐出来!'他解开裤带掏出生殖器,往那装满冰糖的洋铁桶里浇了一泡尿。"②

然而全知全能视角可能不足以完全概括《白鹿原》在叙述上的特殊性,笔者倾向于用"全景敞视式"视角。1786年,英国哲学家边沁发明了一种完美的

---

① 房伟.传统的发明与现代性的焦虑——重读《白鹿原》[J].天津社会科学,2016(4).
② 陈忠实.白鹿原[M].陈忠实文集:第四卷.北京:人民文学出版社,2016:67.

监狱,他称之为全景敞视建筑,是一种用于重建犯人、工人或妓女的道德的瞭望塔。其持续的监视,屋子里面的人根本觉察不到。后来福柯在他的《规训与惩戒》中用"全景敞视主义"(Panopticism)来概括规训社会如何利用这种可见性来对人进行监视、控制和欺瞒。还有一种变形的全景敞视建筑即本雅明所关注的拱廊街或者各个角度都有探照灯的盛放商品的橱窗。① 虽然福柯拒绝将这两种呈现方式联系起来,他认为我们既不在圆形剧场中央,也不在舞台之上,而是位于一部全景敞视的机器之内,但是,福柯可能忽视了这两种呈现方式都涉及身体在空间中的摆置、活动的控管以及个人身体的调度,而后者控制的不仅是被观看者,还有观看者(Spectator),就像他所阐释的断头台的作用一样。

  回到《白鹿原》的叙述上,叙述者不仅全知全能,同时采用一种探照灯式的写法把他所看到的场景展现在读者的面前,就像陈忠实所说的,撕开来写,没有遮掩。作品中充满了性、原始、血腥、暴力、死亡、污秽场面的描写。例如,仙草生白灵的场景:"跨过厦屋门槛,她就解开裤带坐到地上,一团血肉圪塔正在裤裆里蠕动。丈夫和鹿三下地去了,阿婆抱着牛犊串门子去了。剪刀搁在织布机上。她低下头噙住血腥的脐带狠劲咬了几下,断了。她掏了掏孩子口里的黏液,孩子随之发出'哇'的一声哭叫。"②还有黄老五舔碗的场景:"他伸出又长又肥的舌头,沿着碗的内沿,吧唧一声舔过去,那碗里就像抹布擦过了一样干净。一下接一下舔过去,双手转动着大粗瓷碗,发出一连串狗舔食时一样吧唧吧唧的响声,舔了碗边又扬起头舔碗底儿。"③还有鞭打田小娥和狗蛋身体血肉模糊的场景等等。这些场景仿佛是在一个有追光灯的舞台,四周全是黑的,所有的视线都集中在叙述者所要描述的场景上。这种叙述视角带来的不仅仅是视觉性的冲击,同时也是把被展示的对象放到一个审判的平台上,来接受读者道德价值的审判。对于不同的读者来说所激起的阅读感受是不一样的,如果没有把握好审美距离,很容易陷入视觉性冲击所激起的个体感性的氛围中;如果保持理性,却可以冷静的审视这些视觉形象,收到意想不到的阅读效果。对于作者来说,近乎夸张地描写人物发出的动作和声响、恶心的舔碗动作具有一种表演的性质,让血淋淋的肉体变成封建受害者仅存的视觉性反抗,白嘉轩从笔直的

---

① 吴琼编.视觉文化的奇观[M].北京:中国人民大学出版社,2005:227.
② 陈忠实.白鹿原[M]//陈忠实文集:第四卷.北京:人民文学出版社,2016.
③ 陈忠实.白鹿原[M]//陈忠实文集:第四卷.北京:人民文学出版社,2016.

腰杆到像狗一样佝偻着的腰,再到眼睛爆血,这不仅昭示着儒家传统文化在社会历史变革中的衰败,更以这种丑陋的、血腥的形象深刻印证和记录着它的存在。

(二)幽灵式的书写

《白鹿原》被评论家们诟病的一个很重要的方面就是人物塑造。然而陈忠实表示他想超越传统的现实主义对典型性的追求,进而揭示人物的文化心理结构,显然作家想要揭示的人物内涵和评论家想要看到的人物形象之间出现了分歧,也注定《白鹿原》会成为一部争议颇大的作品。实际上,对文化心理结构的关注是受中国20世纪80年代"文化热"的影响,这一概念最早由李泽厚在《哲学批判的批判——康德述评》中提出:"人类一切认识的主体心理结构(从感觉知觉到概念思维等)都建立在这个极为漫长的人类使用、创造、更新、调节工具的劳动活动之上。多种多样的自然规律的结构、形式,首先是保存、积累在这种实践活动之中,然后才转化为语言、符号和文化的信息体系,最终内化、凝聚和积淀为人的心理结构,这才产生了和动物根本不同的人类的认识世界的主体性。"[①]之后出现了很多阐释什么是文化心理结构和从文化心理结构的角度出发研究中国和西方文化作品的研究论文。那么,什么是文化心理结构?它有什么特征呢?文化心理结构是指特定民族在长期历史发展过程中,由一系列相对稳定的文化条件相互作用而形成的心理素质、价值体系和思维方式的总和,它是对该民族传统的实践方式和生活方式深层次的摄影和折射反映。它综合反映了一定历史时代社会群体的共同愿望、利益、要求和心理倾向。[②]作为一种主体活动的功能结构,文化心理结构指向的是一种群体特征,它的表征主体是民族主体而不是个体主体。我们也可以将其看成一套价值观念体系,潜移默化地支配着主体的认识活动,并渗透到每个个体的认识活动中。从它的传承上来看,有一定的遗传性即在亲族之间相互传递。那么《白鹿原》是如何来呈现这种在自然状态下没有实体物质形态又时刻发挥作用的幽灵式的文化心理结构的呢?

第一,隐身的神秘之物。我们知道,在《白鹿原》创作的准备阶段,作者查

---

① 李泽厚.哲学批判的批判——康德述评[M].北京:人民出版社,1979:426.
② 王铁林.文化心理结构的认识功能[J].江汉论坛,1991(8).

阅了大量的县志，收集了许多历史材料，包括乡约、朱先生的原型、无名的贞洁烈女、原上的革命、饥荒等等，还有从老者的回忆中得知的一位正直的族长的形象，还有作者几十年生活在这一片土地上的日常生活经验，这些都构成创作《白鹿原》的重要素材。但最后打通这些材料，唤醒作者身上遗传自祖辈的文化心理结构的是一声幽灵式的呻吟声："我在这一瞬，清晰地感知到我和白嘉轩鹿三鹿子霖们之间一直朦胧着的面纱扯去了，他们清楚生动如活人一样走动在我的小书房里，脚步声说话声咳嗽声都可闻可辨。这是厦屋爷的呻吟声，扯开了那道朦胧的面纱，打通了我和白嘉轩那茬人直接对视的障碍。"①幽灵都是历史的，所有人的民族之根，首先都是根植于被置换或可置换的人群的记忆和恐惧中的。作者在现实中体会到的神秘感，在作品中，我们同样无法看到作为整体的文化心理结构，却充满了各种怪异的、隐秘的、不可思议但又可意会的文化心理结构的表征物：男人强大的性能力、女人强大的生殖能力、白鹿、乡约、仁义村的碑、耕读传家的牌匾、朱先生死后通体通明的白、田小娥死的旱灾和鬼魂重现、鹿三被小娥的鬼魂上身，等等。作者尽情地描绘着这些充满诡异色彩的人和事，同时并不用现代的方式给出一个合理的解释，他就是要塑造存在一种隐身的神秘之物的状况，这隐身的神秘之物，恰恰就是我们的民族性。

第二，人物形象的急剧转变。《白鹿原》所塑造的人物形象中，黑娃和白孝文算是给人留下深刻印象的两个，但他们人物性格发展轨迹是很奇特的。黑娃，仇视白嘉轩天然的阶级憎恶感、娶田小娥对宗教礼法原始欲望的反抗、闹农协革命意识的不自觉萌动，之后经当土匪，最后成长为朱先生最得意的门生。我们在文本中找不到促使人物性格转变的动因，哪怕像禅宗所讲的顿悟情境也没有。对于深谙现实主义典型人物塑造技巧的陈忠实不可能没有注意到这一点，我们只能解释为他是故意为之。通过这种方式，我们可以看到文化心理结构对一个人的成长所带来的巨大的文化惯性，不管如何偏移传统的轨道，最终也将会在某个不确定的时刻被拉回来。白孝文恰好相反，从文本中对这个人的描述来看，他是一个从小饱受儒家思想的熏陶，并由白嘉轩亲自言传身教的"根正苗红"的一个人，最后却变得自私自利、冷酷无情、阴险狡诈。我们不能将白孝文的堕落归结为白孝文好色以及鹿子霖和田小娥的陷害，陈忠实想要呈现的

---

① 陈忠实.寻找属于自己的句子——《白鹿原》创作手记[M]//陈忠实全集:第9卷.北京:人民文学出版社,2016:359.

可能是传统文化本身就存在伪善的一面,白孝文的形象只是放大了白嘉轩和朱先生身上隐藏在仁义道德之下的冷酷和残忍,如他们对田小娥等这些触犯了封建道德的人没有半点的同情,而且是朱先生给白嘉轩建议用六角棱塔来镇压田小娥的鬼魂——抑或是一个深受传统文化心理浸润的人如果完全剥离掉这种文化心理结构最后会成为一个沉迷于色欲、物欲和权欲的人,这表达了作者对现代化的隐忧。从根本上来说,白孝文是原上最现代的人。所以,我们能在陈忠实的另一篇反映商品经济浪潮中传统礼仪道德丧失的小说《两个朋友》中也看到白孝文的影子。《两个朋友》中的王育才,从一个羞怯的青年,发达之后抛弃糟糠之妻,美其名曰追求真爱,实际的做法却丧失了传统的道义廉耻观念。

  通过这两种方式,《白鹿原》给我们呈现了很多奇观:道德奇观、性格奇观、性奇观、肉体奇观、死亡、血腥、暴力、污秽、丑陋、仪式、群体性场面等。同时,我们区分之于读者的奇观和之于作品中人物的奇观。对于读者来说,诡异、太富于视觉冲击力的场景会造成一种陌生感,也就是在阅读的时候很难有代入感,而始终以一种旁观者的姿态注视着舞台上发生着的一切,并明确知道这是已经发生的事情。这就是布莱希特所说的间离效果。这种阅读虽然缺少共鸣,却可以让读者保持一种相对理性的态度去思考小说中的人物为什么会有如此的行为。所以我们既欣赏黑娃和小娥对原始欲望的追求,也痛心小娥没有真正自我觉醒;既能在对这些奇特场景的凝视中感触到传统文化的幽灵,也能审视传统文化的伪善、冷酷和残忍。对于剧中人物来说,奇观的展现总是存在背景的。有像白嘉轩、朱先生、冷先生、百灵、鹿兆鹏、黑娃、鹿兆海、鹿三等原上的灵魂人物,他们上演着一出又一出的奇观,还有小说中的旁观者,特别是在群体性场景如读《乡约》、惩戒、祈雨仪式、交农、乌鸦兵事件中他们总会成为一种压倒性的力量。他们是麻木的、无动于衷的,他们是被损害的,他们极易被煽动,是暴力的施暴者,他们经历了种种风暴并没有什么改变,然而原上的灵魂人物所有的挣扎却都会为了他们。这体现了传统意识形态的恐怖,又回到了启蒙主义所关注的国民性的问题上。

  总的来说,《白鹿原》以奇观化的方式重塑了中国文化传统,文本传递出的思想内涵是斑驳复杂的,其中不免评论家们所说的连作者自己都迷茫和矛盾的地方。我们不能奢求文学作品给中国社会的发展开出一剂良药,这种野心和抱负恐怕会让作品成为所谓的时代精神的传声筒。《白鹿原》能以奇观化的姿态展现中国文化重塑需要面对的各种矛盾乃至荒诞,在创作方法上实现与传统现实主义的剥离,以一种近乎现代主义的方式与世界文学接轨,这就表现了作者不凡的气度。

(作者单位　西北大学文学院)

追述陈忠实先生三题

李继凯

我最害怕撰写怀念亲友、师长的文章了,因为愚钝,更怕回忆,写不成哀婉动人的散文,只好在某种学术意义上议论议论,或者在文化传播层面宣传宣传。在陈忠实先生仙逝一周年之际,姑且从旧作中选出与陈忠实先生有关的几段文字,采取由近及远的追述方式,拼贴成散论模样的文章,以献心香一瓣,并寄哀思一缕。

2016:陈忠实手稿管窥[①]

陈忠实驾鹤西去,世间一片叹息。2016年的春夏之交,一个白鹿原汉子在留下他不朽的文学巨作之后,告别了热爱他作品的读者。国家领导人和各界人士闻讯纷纷送来花圈,层层叠叠,各种媒体都在以自己的方式报道着相关消息,表达着不尽的哀思。那些花圈上面,按例都缀上了挽联,还有许多用毛笔书写的悼念老陈的联语,挂在临时扯起的绳子上。其中也有李震兄撰写的对联:"一身正气两袖清风白鹿原上写春秋,百年著述万世英名文学史里铸精魂"。还有我和阎浩岗、陈思广、杨剑龙等几位朋友联名合撰的对联:"倾听关中汉忠实献绝唱,乐闻白鹿原嘉轩吼秦腔"。这两副对联都由我现场挥毫书写以寄托哀思。接下来还应其他吊唁者的要求书写挽联一个多小时,这也使我现场体验到接踵而至的众多读者对忠实先生的追悼之情,看到了书写一生且喜爱书法的老陈在其身后依然与书法文化有着这样情牵魂系的显性关联。

这使我自然想起了老陈的手稿以及他的书法作品。

据媒体报道,陕西知名作家多,珍贵手稿多,这些作家大都视手稿为"亲人",极少拿去送人或售卖。陈忠实就曾告诉记者:"过去没有复印条件,报纸、

[①] 李继凯.陈忠实手稿管窥[J].小说评论,2016(4).

杂志发稿一般不退稿,咱也不在乎,也没有那收藏意识。后来有了复印机技术,咱才给自己留一个底稿,给对方邮寄一份复印稿。"①正因如此,其手稿多能保存下来。特别是《白鹿原》手稿,不仅保存完好,还被放在"陈忠实文学馆"向公众展示。当年,《白鹿原》出版后广受欢迎,给作者带来了成功的欣悦,其原版手稿也曾被收藏家看中,欲出大价钱收藏,但被陈忠实婉拒,却在《白鹿原》出版20周年之际主动交由人民文学出版社,出版了全文影印、限量版的《白鹿原》手稿本,全四册手工穿线线装,显得弥足珍贵。陈忠实还在该书"后记"中特别指出:"这个手稿是《白鹿原》唯一的正式稿。"这个版本作为作家辛勤书写的文本,既具有文学文本的初始形态,也具有书法文本的基本样貌,堪称是具有多重文化功能的"复合文本",值得世人珍视和研究。自然,最值得珍视的还是那具有世间唯一性的《白鹿原》原稿,它就静静地躺在西安思源学院校园内的"陈忠实文学馆"里,成了该馆的"镇馆之宝"。该馆还展出陈忠实各个时期的部分手稿,如果还能够将民间书法爱好者手抄本《白鹿原》(据报道已有两种)也收集起来一并展示,那肯定也是一道别致的书法文化风景。

  忠实先生为人厚道,堪称德艺双馨,他经常将精心书写的书法作品无偿送给他人或单位作为纪念,也曾向地方图书馆捐赠手稿。这种不顾"名人字画行情看涨"而乐于奉献的行为,在其逝世后依然为人津津乐道。他曾为自己题写书名,但更乐于为其他新老朋友题写书名或留字为念。尽管他一再自谦自己写的只是毛笔字而非书法,但其毛笔字也确实达到了"文人书法"的水准,体现着他那自在从容、质朴自然的风貌,彰显着外柔内刚、淳厚清朗的气质,能够给人留下深切的印象,值得结集出版。而他对作家文人运用毛笔书写的体验、感悟,也很真切并有启示性:"洗笔调墨四体松,预想字形神思凝。神气贯注全息动,赏心悦目乐无穷。"文人们"左手拿着电脑创作,右手拿着毛笔来传承我们的文化,这是现代和传统最直接的结合,是当下一种新的景观,它对文人书画进行了新的探讨,也促进了文人书画的繁荣。"他发起的白鹿书院还曾主办全国文人书画展览及研讨会,其盛况仿佛至今犹在眼前。

  在老陈患病的2015年,笔者曾陪在西安挂职的吴义勤兄前往探视,当面奉上书法以表敬意:"翰墨惊天地,史诗通古今"。我想,这也表达了包括我在内

---

① 职茵.作家陈忠实谈手稿:自己留底稿,给对方复印稿[N].西安晚报,2016-4-29.

的众多读者的心声。老陈啊,您不仅继续活在您的文字里,您也活在您的墨迹中,活在爱您念您的人们所留下的各种文本及墨迹中!

2014:《白鹿原》与关中文化①

有人把陕西比喻为一颗大白菜,关中就是白菜心。而白鹿原则是白菜心的精华所在。它位于古都西安东南,东靠篑山,南临汤浴,北依灞河,三面环水,是亿万年形成的南北走向黄土台原。这里人杰地灵,故事繁多,文化氛围自古浓厚。正是这里厚重的黄土文化培育了著名作家陈忠实,而他的长篇小说《白鹿原》也扩大了白鹿原的声誉,成为传播关中文化的一张名片。换言之,自从《白鹿原》横空出世,一幅波澜壮阔的民族史诗便铸就了白鹿原这张文化名片。近期,陕西省在评选近三十年最具影响力的十大名人,陈忠实在四位文艺界候选人中位列首位;而热议中的"白鹿塔"也许将会成为现实,并与西安名塔大雁塔、长安塔交相辉映。

作为古代天子脚下的秦中腹地,关中百姓自古就养成了古朴典雅的生活习俗以及淳朴憨厚的民俗风情,前有先秦时期提倡人伦礼仪的儒家经典《仪礼》和《礼记》,后有自宋兴起受儒家影响颇深所创建的程朱理学关中学派。在《白鹿原》里肩负"教民以礼义,以正世风"重担的就是白嘉轩口中的"圣人"朱先生,从查禁烟苗、草拟《乡约》,冒生命危险劝说方巡抚,到开办白鹿书院、编纂县志,后来被红卫兵掘开墓室发现其"折腾到何日为止"的预言……除却小说中必要的虚构描写以外,朱先生的原型人物牛兆濂,便是关中学派的最后传人,他秉承着学派创始者张载先生"为天地立心,为生民立命,为往圣继绝学,为万世开太平"的高远志向,不仅推演了由吕氏兄弟创作的中国第一部用来教化和规范民众如何做人修身的著作《乡约》,同时创制了一套礼俗规范,在关中大地传播开来,由此儒家的正统道德思想对关中的民风民俗产生了深远影响。

经历战乱、迁徙和民族融合的关中地区,在历史条件下形成了独特的传统习俗和地方风情。首先,最具代表性的地方习俗就是婚丧嫁娶,关中地区的婚嫁礼仪虽经历历代演变,但大都基本遵循"六礼"之轨,即纳彩、问名、纳吉、纳征、请期和亲迎,《白鹿原》里白嘉轩和鹿子霖互为媒人订下冷先生的两个女

---

① 这篇短文发表在美国《新华人报》(2014年6月21日),与肖易寒合作。

儿;冷先生在嫁女儿之前暗地里掐了双方的八字,看看是否相合;白嘉轩直到娶回仙草,为彩礼已经花去秉德老汉半辈子的积蓄;鹿兆鹏和白孝文成婚都要进祠堂叩拜祖宗……复杂礼数的背后凝结着老一辈人的礼教习俗和传统文化。其次,民以食为天,具有关中风味的小吃巧妙地穿插进《白鹿原》的各章之中,有马驹骡驹爱吃的罐罐蒸馍、兆鹏送给黑娃的水晶饼、黑娃在郭举人家干活吃的凉皮、鹿子霖爱到老孙家美美地吃上一碗羊肉泡馍和解放军进军西安随身携带的锅盔……作品在展示地方饮食文化和特色的同时,展现了关中人智慧的头脑和灵活的双手。一方水土养一方人,他们用关中盛产的小麦做出了丰富美味的小吃和饭食,养育了一代代黄土高原上的关中百姓。再次,消遣娱乐是人们生活的一个重要方面,关中农村的民俗风情在这日常娱乐中可见一斑。《白鹿原》里提到的"唱乱弹"是关中常见的娱乐形式,通俗讲就是吼秦腔,文中有一处这样描写:鹿三给牛马拌饲料,在嘉轩的鼓动下,靠着槽帮就吼了起来,从《辕门斩子》到《别窑》再到《逃国》,曲调慷慨激昂,悲壮飞扬。八百里秦川浩浩荡荡,三千万儿女齐吼秦腔,陕西人的耿直、热情、豪爽和粗犷在这一声吼里展现得淋漓尽致、荡气回肠。最后,中国自古是礼仪之邦,而关中作为京兆之地,自然信奉"君君臣臣父父子子"这传统道德的重要教义,祭祖敬神成为中国传统的民间信仰。相关的各种民间信仰活动也在《白鹿原》中有相当经典而又精细的描写。

总之,被学者们誉为史诗或民族秘史的《白鹿原》,从思想、习俗等方面在读者面前呈现出一幅丰富多彩的关中文化风情图。而《白鹿原》对生生不息而又复杂万端的关中文化进行了相当成功的生活化描写。可以说,人们要了解西安、了解中国,细读《白鹿原》,领略关中文化风貌就是一个便捷的有效途径。前述有人曾建议在白鹿原上建一座世界最高的"白鹿塔",这也许只能成为一种梦想。其实在读者心中,陈忠实的《白鹿原》就是诞生在白鹿原上的一座高耸入云、万年不朽的文化巨塔!

1997:秦地小说视域中的陈忠实[①]

段1:如众所知,中国20世纪小说史上有不少已被学界承认的小说流派,但

[①] 笔者于20年前即1997年出版的《秦地小说与"三秦文化"》(湖南教育出版社)中提及"陈忠实"姓名的地方多达78处,加上涉及其作品和注释中提及的,则超过200处。这里仅按行文先后择取12个片段。此处文题由笔者拟定。

遗憾的是却多少忽视了秦地小说世界中的流派现象。这种流派现象类似于"山药蛋派"和"荷花淀派",大抵都是作为文学(艺)流派的延安文学(艺)深刻影响下的子流派、次级流派。这里尝试将之命名为"白杨树派"。它孕育于延安文学(艺)运动,初成于20世纪中期,深植于坡沟山峁塬畔,它主要以柳青、杜鹏程、王汶石等为代表,晚近则有路遥、陈忠实、京夫、邹志安、李天芳、赵熙、高建群、贾平凹(前期)、蒋金彦、文兰等在某种程度上的承继和发展,并构成了具有一定开放性的流派"方阵"。① 这个小说流派的命名,显然与茅盾著名散文《白杨礼赞》有关。简言之,所谓"白杨树派",是从秦地小说的创作实际出发,主要参照茅盾《白杨礼赞》及其他有关诗文所提示的精神特征和审美特征以及评论界已有的相关成果,而郑重命名的一个小说流派。这个小说流派基于三秦文化传统和革命文化的交融,形成了自己鲜明的流派特征,即像生长于大西北的白杨树那样,具有逼人的刚气、豪气和土气,既淳厚、质朴、正直、刚劲、端肃、雄健、峭拔、顽韧,又保守、忍苦、克己、无奈,孤寂且复苍凉,困窘且复麻木。"白杨树派"的老一辈作家多从肯定层面着眼,倾力揄扬"白杨"精神,而新一代作家(并非秦地所有作家)则注意全息把握,倾力状写"白杨"的复杂,且较多透入否定层面,加强了反思色彩。但从整体性或主导方面来看,"白杨树"的那种攒劲向上、不畏风寒沙尘暴雨,竭力与恶劣的生态环境抗争,从而努力追求在黄土地上自由、幸福而又诗意地"生存"的精神,对秦地小说影响极其深远,并对其美学风貌产生了决定性的制约作用,苍凉、悲怆总掩不住奋发和荣光,刚韧雄壮的力之美透现出独具风采的西北风情和拥抱崇高的审美基调,形成了"白杨树派"独特的平凡而又壮伟、普通而又奇崛的文学流派风格和相应的地域文化色彩。

段2:陈忠实对前辈作家也持虚心学习的态度,并经常性地和师长们交流。② 比如,中篇小说《初夏》发表后,他便向王汶石求教,两人都在信中恳切地谈了自己的体会和看法。王信中写道:"首先使我感到亲切和喜悦的,是你的作品保持着陕西作家在描写农村生活、处理农村生活题材时的那种传统的现实主义风格,那种洋溢着渭河平原农村浓郁的生活气息的风格。"陈信中写道:"我一直生活在美丽富饶的渭河平原的边沿地带。我十分喜欢这块土地。若能用

---

① 这个"方阵"还有复杂的一面,即对"白杨树派"进行消解的一面。这里仅从相通的一面立论。
② 陈忠实.柳青的警示[N].西部文学报,1996 – 7 – 25.

笔描绘这块土地上的人民的生活与希望,革命精神和淳厚的美德,不倦的进取和悠久的传统,我感到幸福。"①善写渭河平原构成了王陈二人相知的基础。王汶石看重的是作家与那片热土之间的亲密无间的情调和气氛,而这也恰恰是陈忠实认同的东西。可是,如众所知,陈忠实在《白鹿原》中开始与描写对象拉大了距离,给予冷静的凝视和反思,这就导致了艺术上的"变法"。然而在这种创新求变的追求中,也有前辈作家的创作经验的启示和反复鼓励以及强调创新的叮咛。

  段3:与其强调思想家的理性,毋宁强调文艺家的感性,秦地作家由此获得了较大程度的文学自觉。一方面这种自觉必然建立在对既往古代传统文化和现代革命文化的双重反思的基础上,另一方面这种自觉又迫使作家在"人"与"文"的关系中进行极其艰苦的求索和创新。在三秦文化传统中最具特色也最为人称道的古典文化和革命文化,都曾给秦人带来极大的荣耀和福音,都曾以强势文化的威力占有了秦人全部心灵。但如众所知,古老的三秦文化也曾产生巨大的负面作用,其中的封建硬核常常在社会各层引发癌细胞的扩散,制造出形形色色的人生悲剧。而从延安崛起的革命文化,在赢得了巨大的辉煌后,也被蒙上了不少灰尘,当"继续革命"的声浪在"文革"中直冲霄汉的时候,使人几乎看到了末世的衰败结局,荒诞的阴谋文艺为无耻的罪恶抹红贴金。面对秦地和整个民族的历史,秦地作家愈是醒觉,愈是感到庄严和沉重,愈是感到诱惑和困惑。与之相应的小说创作也总有并不轻松的反思和悲愤交加的情感。读贾平凹的《浮躁》、路遥的《平凡的世界》、高建群的《最后一个匈奴》、赵熙的《女儿河》、蒋金彦的《最后那个父亲》以及秦地新时期初始不久的《心祭》(问彬)、《惊心动魄的一幕》(路遥)、《晚唱》(贾平凹)等长短不等的小说,都能够体察到作家的双重反思和复杂心情。尤其是在陈忠实的《蓝袍先生》和《白鹿原》中,对古代文化和革命文化在秦人命运及历史变迁中显示出的复杂的文化功能,做了非常深刻的描写,其间纠结着作家的深沉和无奈。我读时曾被感动得泪眼模糊,又忧愤得叹息不止。由此深深感到了秦地作家的"复杂"。这种复杂的感受是读老一代"白杨树派"作家作品所很少有的。那种单纯的透明感固然也是审美感受的一种形态,但在"陕军"的日趋复杂、多所探索的作品里,这

---

 ① 王玫石,陈忠实:关于中篇小说《初夏》的通信[J].小说评论,1985(1)。

种形态被淡忘乃至消解了。① 倘用色觉来表述对20世纪秦地小说的三大文学现象的印象,那大约就是从火红浅蓝到大红大绿再到赤橙黄绿青蓝紫诸色杂糅。之所以秦地小说自新时期以来会出现这种杂色的或多样化的状貌,自然与当年兴起的一发而不可收的"思想解放"运动密切相关。这样说不一定在表达"饮水不忘掘井人",而是说这种思想解放和心灵自由的发展既带来许多有益的变化,但也带来了难以避免的迷乱甚至是精神的空虚。就在"陕军"崛起,光昌流丽、踌躇满志的时候,同时出现了创作上的某种危机和较大幅度的滑坡现象(有的作家当是有意识的沉潜)。在横向比较中,"陕军"的媚俗与粗鄙并非是最严重的,其文学水准虽未持续上升,但也还未跌落到不可收拾的地步。可是,"陕军"在创作思想上的迷乱、艺术技巧上的粗放以及某些人明显媚俗的作态②,毕竟应该引起"陕军"的重视。固然文学发展的历史曲线总是有高有低,但这次在巅峰上忽有摇摇欲坠之感并陡然开始滑跌的态势,却让人有些心不忍不甘。盲目乐观的调子还是少唱。丰富多彩的感受固然美好,但复杂万端的感受却往往会破坏这种美好。我们担忧的不是某种外部力量会颠覆"陕军",而是"陕军"自己以极端的复杂或放任,消解了自己赖以维系文学生命的文化之根和人文精神,从而也消解了自己原本深厚的有再生力的地域特色。

段4:说来颇可玩味:进入"关中"思稳定,进入"陕北"想革命。这种历史文化现象早已将"西安"与"延安"的不同昭示给了世人。陕北窑洞中的血泪最易培植造反的火种,关中房舍中的心田则最易植下儒学的根苗。那种入世济世的人文精神,那种"究天人之际,通古今之变"的良史笔墨,那种忧患意识制约的作家情怀,都很容易从关中作家的作品中找到。与司马迁同乡的杜鹏程,亦用良史的笔墨来书写战争风云,那种以笔为武器、发愤著书的劲头也有直追故乡先贤的味道。读他的《保卫延安》这部具有较高成就的战争史诗,读他的《在和平的日子里》这部颂扬创业、守业的奋斗精神的作品,都很容易使人想起儒家文化的优良传统以及这种传统在革命名义下的继承与转换。还有那位住在灞水附近的陈忠实,通过关中文化对他的先期占有和他后来对关中文化(其中有相当著名的儒学流派——关学)的追寻,使他成了一位典型的带有儒生风范的当代作家。他那忧患不已的作家情怀表现在他对中国革命历史和传统文化的深

---

① 肖云儒.史诗的追求与史诗的消解[J].小说评论,1994(5).
② 孙豹隐.繁荣陕西长篇小说创作访谈[J].小说评论,1995(6).

刻反思。换言之,陈忠实早在少年时代就领受着白鹿塬①及其周边的关中文化的滋养,长大后,尤其是在准备创作《白鹿原》的时候,他以极大的热情去发掘着关中文化。他查阅了许多地方志书,在民间进行了广泛的采风,结合自己的观察和体验,记下了大量的材料,从而获得了远较一般历史教科书丰富而又真实的东西,找到了回归历史真实、超越观念教条的途径。②

段5:外来的知青作家对秦地乡土文化的不同观照,似乎已可说明其"土"颇有意味,那么在秦地本土作家那里就显得"土味"更加浓郁了。其情形正如秦地评论家王愚指出的那样:"陈忠实、贾平凹、路遥等我省一批知名的小说家,他们其实也一直在借鉴外来的东西,而他们的作品更具有本土的、本身的丰富性。立足于乡土,在这块土地上不断深入思考,对于这块土地的历史变迁、现实变化不断加以把握,恐怕任何时候都是一个作家终生的追求。"③对秦地人及作家的印象以"土"为显,以"洋"为隐,这大约成了某些人的思维"定势"。提起陕西人,就以为是头戴白羊肚,扭起秧歌舞,憨憨实实、木木讷讷的样子;提起秦地小说,就以为是黄土高坡几眼窑洞中男男女女的悲欢离合的故事,现实主义的,手法也陈旧。其实情形远比这种印象复杂。何况即使就"土"气或"农民化"而言,问题也绝非简单。④ 在秦地,成名作家既多来自乡间,那么要求他们撤离他们最熟悉的生活基地、创作基地显然是不现实的。问题的关键在于怎样开掘他们脚下的黄土地。鲁迅在故乡土地上发现了整个民族的文化真相,福克纳在故土"邮票大的一块地方"展示了民族的历史风云。在这种意义上看秦地小说家,如郑伯奇、柳青和陈忠实等,也许就会发现郑有点似"漂萍",柳则似"白杨树",陈则如枝繁叶茂的"灞柳"。郑是在漂泊中观照人生的,未曾着意打一口深井,这的确令人感到遗憾;柳早期也带有漂泊意味,虽然试图扎根写出力作,但限于种种条件未能如愿,直到他扎根长安皇甫,才写出挺立如白杨大树一样

---

① 塬,据《辞海》解释,是我国西北地区的一种地貌,四周为流水切割,顶面广阔,地表平缓,表面有片流侵蚀,但仍保持原始堆积平坦面的形态,是良好的耕作区。故"塬"异于"原"。作为地名,应为"白鹿塬",只因"塬"字冷僻,少为人知,才变通为"白鹿原"。
② 陈忠实.陈忠实文集:第5卷[M].西安:太白文艺出版社,1996.
③ 陕西文学现状八问[N].三秦都市报,1995年11月20日.
④ 从很早就有"返璞归真"的冲动和学说。贴近大地和自然的"农民"生活方式,在历史的否定之否定之后,也许会螺旋上升达到一个崭新的境界。学界已有基于生态保护观念、天人和谐理念而竭力呼唤新农业、新农村的声浪,对此似乎不能一笑置之。

的作品《创业史》;陈虽有"文革"中陷入创作误区的经历,但他一旦醒悟,就感到了脚下土地的重要,特别在他营构《白鹿原》这部巨著时,他一方面努力充实自己,同时另一方面更是不要命地勘察自己以为已经熟悉的这方水土,结果这方水土培植起了一棵绿意葱茏的"灞柳"。据他本人的介绍,他关于民族命运的思考已经在《蓝袍先生》中得以体现。但他意犹未尽,深深追寻的结果便鼓舞起自己去进行大的创造。① 综观秦地成名的小说家,都有比较稳固的"创作家园"或"创作根据地",并以之为自己安身立命的所在,从中充分地汲取本土文化的滋养。

段6:时至20世纪80年代,关中平原上又冒出一位具有良史之才的作家陈忠实,他对民族命运及民族秘史的巨大关注,使他成就了一部也具有史诗品格的《白鹿原》。这部作品酝酿于20世纪80年代后期,写成于90年代前期,经过了数年辛勤的努力。作者显然是要探寻历史的奥秘,真正"忠实"地把握住历史本身的丰富和复杂,同时注入反思历史的鲜明的时代精神。这也需要相当的魄力和勇气。他曾想用《古原》这个名字来命名这部作品。② 他的冷峻目光已表明他不是要创作一部传统意义上的规范的史诗,而是要营构一部带有强烈文化色彩和批判意味的史诗的变体。有论者鲜明指出:"《白鹿原》是一部富有新意的史诗。"其"新意"表现在:第一,作者视点高远,以通古今之变的"诗人之眼",审视从清末到20世纪中叶这段复杂的历史,努力在更真实的层面上,展现历史生活的本来面貌,叙述人物的悲欢离合生死沉浮,揭示出中国历史的具有恒久性的本质,成就了一部我们民族的"秘史";第二,《白鹿原》不像以往的史诗性作品较为单一地叙描人的理性行为,它深深透入了人的非理性世界及其对历史和人生的巨大影响之中,显示了人性与历史的复杂性;第三,作家以敦厚之心谛视民族苦难,以反思的精神正视悲剧性的民族历史,在悲悯与反思中将传统情感与现代情感结合起来,借以彰示中国历史的本质,寻求民族救赎的途径。③ 这里对《白鹿原》带有新变意味的史诗性的体认,确实可以说明史诗作品并非只有一种模式。……陈忠实尽管力求重新建构"史诗",包括在小说结构、心理描写、细节刻画和语言运用上的艺术创新,但他确确实实在秉承太史公

---

① 陈忠实.关于《白鹿原》的答问[J].小说评论,1993(3).
② 陈忠实.关于《白鹿原》的答问[J].小说评论,1993(3).
③ 李建军.一部令人震撼的民族秘史[J].小说评论,1993(4).

马迁的"信史"精神。他在历史、文化、人生面前都坚定地守住了他自己的名字——忠实!这是与太史公司马迁在心魂上的相通。宋人黄震评司马迁的"信史"精神时说:"今迁之所取,皆吾夫子之所弃,而迁之文足以诏世,遂使里巷不经之说,间亦得为万世不刊之信史。"①老实说,只要有了这种"信史"精神和对艺术的忠诚,那么历史和艺术也就会厚待作家。至于作品是否在国内国外获什么大奖,倒是非常次要的事了。应当说,秦地有志在"究天人之际,通古今之变,成一家之言"的太史公司马迁及其优秀的史传文学传统,该是一件值得自豪的事情。

段7:像"德顺爷"这样的道德化身,在秦地也不罕见,尤其是在传统儒家文化影响深广的关中地区。陈忠实《白鹿原》中的朱先生、冷先生和那位腰杆挺直的白嘉轩,大抵都是这样的道德化身。鹿三,这位忠诚的仆人,应该说以果敢地击杀淫乱的田小娥(他的儿媳)也进入了"德顺爷"系列。他们的精神境界无疑都有崇高的一面,使人领略着秦地古老文明中道德风范的奇异光彩,然而同时也让人深深感到这种建立在封建文化传统基础上的道德的沉重。这种沉重在《白鹿原》及其先导性的预制之作《蓝袍先生》等作品中,都是很值得关注的。

段8:直到最近几年,秦地作家才较多地关注潜意识,任情恣性,放胆涉写滑入脑际的种种奇诡荒诞的意象,相应的,"神话"色彩也便增多起来。比如《白鹿原》,有人径以"神话"目之,撰文加以剖析。文题即为《神话的诞生与死亡——〈白鹿原〉神话解读》。②但此文所说的"神话"完全是在贬义或批判意义上使用的:"陈忠实的尴尬,是神话死去后的尴尬。神话,它意味一种绝对统治的存在,认为一切事物都不过是它的演示。在作品中,儒家文化具有神话的作用和意义,可是它最后却面临分裂的厄运。陈忠实所持的文化视角,也因其不能真实地道出个人命运的真相,进而达不到对民族命运的真实把握而失去了对史诗效果的追求,从而宣告了这种神话化了的视角的破产。"③与这种看法相

---

① 黄震:《黄氏日钞》卷四七《史感》。《史记》既为历史科学著作,又为史传文学名著,对后世文学影响很大。在小说方面,古代文言小说、通俗小说等都直接或间接地受到《史记》的影响。参见《中国大百科全书·中国文学》,中国大百科全书出版社1986年版,第748页。
② 陈传才,周忠厚.文坛西北风过耳:"陕军东征"文学现象透视与解读[M].北京:中国人民大学出版社,1993:195.
③ 陈传才,周忠厚.文坛西北风过耳:"陕军东征"文学现象透视与解读[M].北京:中国人民大学出版社,1993:209.

反,也有论者很看重《白鹿原》的文化意蕴和神话传说的渗透而来的象征意义:
"陈忠实这部辉煌的杰作中有关白鹿的传说和描写,其实反映的正是一代又一代白鹿原人对没有饥饿没有痛苦没有敌视没有争斗的理想生活的憧憬和梦想,这里包含着他们面对苦难的无奈和无可告语的悲哀,从中也可以看出作者陈忠实对我们民族命运的深切关怀、对民族苦难的体察、对民族拯救的焦虑",这位论者还指出白鹿在不同的白鹿原人心目中的不同意义,以及白狼、天狗这些与白鹿同样具有神话色彩的动物所具有的象征意义。① 一部作品出版后能引起普遍关注和认真的争议,应是好事,尤其是对带上"神话"色彩的作品产生不同的看法是很自然的。直至目前人类对"神话"本身也还异说纷纭。而在笔者,却很看重作者对来自民间的白鹿等神话传说的再造。白鹿原的"白鹿"传说,与上古神话或图腾传说有密切关系,其间经过多少代像白灵奶奶那样的人口口相传,而成为乡民们心中的信仰或理想的吉祥象征。② 这只神奇的"白鹿",会令人遥想那只在炎黄二帝时代就出现的神鹿。传说炎帝幼时,名叫榆冈(一说是为八代炎帝)。随生母安登迁至姜水,为了给病弱的母亲补身子,榆冈曾身披鹿皮扮成小鹿,奶得白鹿之乳,吐入葫芦里带回让母亲饮食,遂使母亲得以康复。在这里,神鹿赐奶救命与赞美亲情将神道和人道统一了起来(这甚至会使人想起贾平凹长篇《废都》中的那头神奇的奶牛),显示出创构神话传说者自身的生存理想。像这类关于炎黄二帝的神话传说在秦地流传很广,在典籍中也有记载。③ 据有人论证,秦地最早活动的炎黄部族基本可以并入周人的体系,而周人的取代者秦人也发迹于陕甘一带,并使秦中(关中)成为帝王州和文化重镇④,也许正是由于有这样的历史渊源,在秦地盛传着关于炎黄二帝的神话传说。于是炎黄神话传说中的语义愈益彰显:救命救世创业守业而已。但是这又多么美丽,多么诱人!秦地神话传说的丰厚(各类神话传说故事已被编为巨型总集)与传承,似乎也如"白鹿"一般使秦地小说得到了较早的滋养。

　　段9:陈忠实只是偶尔在写陕北来到关中的"四妹子"那样的女子时,才让

---

① 李建军.一部令人震撼的民族秘史[J].小说评论,1993(4).
② "白鹿"之"白",亦契合远古的民俗意向。"白色"是作为纯洁、吉祥的原型而得到崇拜的,有罕见的白色禽兽降临,常被认为祥瑞。见陈勤建:《文艺民俗学导论》,上海文艺出版社1991年版,第283页。
③ 《国语·晋语》《史记·五帝本纪》《淮南子》等。
④ 黄新亚.三秦文化[M].沈阳:辽宁教育出版社,1993:45-47.

她唱些信天游,可是,当作为作家的他越来越懂得"游"的重要的时候,撒欢的艺术想象力就会将他引向《白鹿原》的阔大时空和人性隐秘的世界。从《蓝袍先生》到《白鹿原》,也许正如"信天游,不断头"的艺术思维那样,既已抽出丝来,就要织成一匹锦缎。

段10:陈忠实在中篇小说《康家小院》中也写婚俗,在婚礼上,新娘玉贤被闹婚者折腾得够呛,喜则喜矣,却显出了几分猥亵或过分。如吃宴时要让新娘新郎不住地灌酒点烟,还要让新郎当众"糊顶棚"(即用舌尖贴纸于新娘口腔上腭)、"掏雀儿"(即用手伸入袖里去摸新娘之乳)。陈忠实在中篇《四妹子》里对"文革"前的婚俗介绍颇详。其中通过四妹子二姑的话,将关中一怪即"大姑娘嫁人不对外"也做了介绍:"二姑告诉四妹子,关中这地方跟陕北山区的风俗习惯不一样,人都不愿意娶个操外乡口音的儿媳妇,也不愿意把女子嫁给一个外乡外省人,人说的关中十八怪里有一怪就是:大姑娘嫁人不对外……"至于《白鹿原》第一章写"白嘉轩后来引以为豪壮的是一生里娶过七房女人",那真是奇异的乡村性文化景观:男人留"后"的欲望居然那样强烈、那样顽韧,又那样愚昧,女人却那样微贱、那样薄命,又那样狭隘。娶的人用钱用物,娶来送去(埋葬),娶来送去,居然那般轻易!虽然我们不愿看到这种所谓"豪壮"之举,但我们想想乡村历史乃至宫廷历史,又觉得作家如此写倒很真实,几乎可以看作是以性文化为载体的一种寓言。

段11:作家在小说中无论是个别地还是复合地把握民间文化原型,都应充分发挥作家的创造主体性,有选择、有甄别,有浓挚的感情投入,有悉心的体味渗透。民间文化也许是个黑漆漆的深潭,把握不好,不仅难以重构出有魅力有意味的民间原型,而且可能被导致眩晕跌入其潭底的泥淖之中。盲目地认同民间文化,应被视为现代作家的一忌。秦地作家对此较为清醒。例如,陈忠实为《灞桥区民间文学集成》写序时即指出:"这块土地既接受文明也容纳污浊。在缓慢的历史演进中,封建思想、封建文明、封建道德衍化成乡约族规家法民俗,渗透到每一个社区每一个村庄每一个家族,渗透进一代又一代平民的血液,形成这一方地域上的人特有的文化心理结构。"① 这种清醒的认识显然也有助于他深化和丰富《白鹿原》(其时正在创作中)的主题意蕴。

---

① 陈忠实.灞桥区民间文学集成:序[M]//西安市灞桥区民间文学编委会编印:《灞桥区民间文学集成》,1990年版.

段12：秦地文化圈中的尚古氛围向来较为浓厚,就仿佛是那世界上保留最完整的古城墙留给人的深切印象,让人无法摆脱。身在"城"中(文化圈)的秦地作家对此似乎早已习焉不察,富于古色古香的地域文化特色总在散发着巨大的魅力。即使在新时期以来最讲开放的年月,秦地文化圈的尚古之风也未见得怎样减弱,古文化节一届届地搞,古迹旧址不间断地修,地方出版社及地方大学出版社多在搞出地方特色的观念支配下,对本土历史文化及相关的古代文化书籍总是抱有很大的出书热情,在秦地确实营造了一种相当浓厚的尚古的文化风气,浸淫着作家的心魂,对其小说创作产生了微妙的影响。比如,陕西人民出版社出版的《当代史学丛书》中有一本《崛起与衰落》,只不过是讨论关中历史的一个小册子,但对陈忠实构思《白鹿原》的影响已由作家的自述得到了印证。他说:"我想重新了解一下我所选定的这个历史背景的总体趋向和总体脉络,当然我更关注关中这块土地的兴衰史,记得正当此时,国平给我说他有一本研究关中的名叫《兴起与衰落》的新书,他知道我是关中人也素以关中生活为写作题材。我读了这本书确实觉得新鲜觉得有理论深度,对我当时正在激烈思考着的关于关中这块土地的认识起到了一种启示和验证的良好作用。"①对秦地历史与现实的了解,除了作家自身的生活体验,另一个主要途径就是读书。秦地文化"编辑圈"提供的精神食粮是带有地域文化特色的,这也自然会影响到作家。厚重的历史感、湛深的尚古情结、强烈的忧患意识和昂扬的使命感等,便从《崛起与衰落》之类的书中走入了作家的心底,而这种文化传播的中介,便是编辑。应该承认,编辑在一方地域文化气氛的营造中,确实起着非常重要的作用。在一个区域里倘有一批高水平的编辑并能充分发挥作用,那么这一区域的文化就易于活跃和发展起来。倘若一个地方真的成了"文化沙漠",那就很难存在葱茏的"文学绿洲";倘若一个省区的文化圈死气沉沉,风不调,雨不顺,那也就很难指望文学创作上的丰收——即使古代文化再雄厚,恐怕也无济于事。

(作者单位　陕西师范大学文学院)

---

① 陈忠实.关于《白鹿原》的答问[J].小说评论,1993(3).引文中的"国平"指李国平,现为《小说评论》主编;"《兴起与衰落》"应为"《崛起与衰落》"。该书作者为王大华,当时为陕西师大历史系青年教师。

《白鹿原》与中国革命

李清霞

《白鹿原》以陕西关中平原白、鹿两家的恩怨情仇为主线展开了波澜壮阔的历史画卷,展示了中华民族从清末到新中国建立半个多世纪的风云变幻,清晰而深刻地展现出中国新民主主义革命的伟大历程。由于文本超越了十七年以来革命战争题材小说二元对立的文化审美模式和阶级话语模式,致使小说问世后受到赞誉之余,也受到非议和指责。文本被指责的焦点就是作者和文本歪曲了新民主主义革命,有文章指出"《白鹿原》因对革命斗争中某些'左'的弊端和错误行为的反思失衡","导致了对革命斗争本质的历史文化阐释的失误"[①],以及美化地主阶级,丑化共产党人,有意模糊政治斗争应有的界限等。

文本是一个超越了以往革命历史叙事的史诗性巨著,作者站在现代性的高度,叙述了以封建宗法制文化为主体的家族历史的变迁,从革命历史层面、道德伦理层面和民族文化层面探寻中华民族的历史文化命运,进而观照中华民族的精神文化人格。作者创作的主旨在于当下与未来,他说:"这个多灾多难的民族又站在了世纪末的十字路口,这个民族又面临着一场大的变革的时候,回顾一下我们走过的足迹,审视一下是极其必要的。我们主要分析这个民族的精神负担,要延续它优秀的一面,分离掉它不好的一面,而这个分离的过程是十分痛苦的、缓慢的。审视过去,了解将来,会有益于我们走好明天的路程。"[②]文本被誉为中华民族的秘史,其中包括旧民主主义革命和新民主主义革命的革命史,传统儒家文化与现代西方文化较量下的民族心灵史,白、鹿两家几代人恩怨情仇所书写的家族文化史,以及原上儿女们或纯真或畸形或暴虐的变态的性史等。白、鹿两家的家族斗争是文本叙事的核心和线索,文本对中国传统儒家文化及

---

① 白烨.作为文学、文化现象的"陕军东征"[J].小说评论,1994(4):64.
② 张英,陈忠实.白鹿原上看风景——关于当前长篇小说创作和《白鹿原》[M]//冯希哲,赵润民.走近陈忠实.西安:陕西人民出版社,2006:200.

其在民间的特殊形态进行了深刻细致的剖析与阐释,反映出新旧文化激烈冲突下人的精神裂变和内心挣扎。丰厚的历史文化蕴藉遮蔽了文本的政治叙事及作者的革命观和历史观,招致了"作者和文本歪曲了新民主主义革命"的批评和指责。

一

从解放区文学开始,阶级话语就成为文学创作和文学批评的基本话语体系,在革命历史题材的文本中,阶级就像标签一样贴在了人物的身上,从政治立场、思想意识、文化精神、语言方式、人物的外貌服饰等方面严格区分,周立波的《暴风骤雨》、梁斌的《红旗谱》以及赵树理的小说都带有鲜明的阶级烙印,连柳青的《创业史》这样反映农村合作化的作品也受到阶级话语的影响,打上了深深的时代印记。《白鹿原》是陈忠实创作成熟期的作品,记述了自清末民初以来,旧民主主义建立的现代民族国家对农村基层社会和家族权利的不断蚕食与改造,新民主主义革命的倡导者与实践者在与各种敌对势力的斗争中如何赢得民心,进而建立新中国的伟大壮举,以及宗法制社会形态和文化价值理念如何随着新中国的建立而解体的过程。陈忠实摆脱了党派史观和阶级史观的影响,从民族文化史观出发,考察和反思了20世纪上半叶中国社会的历史文化命运,他没有用"地主与农民"二元对立的阶级模式来结构文本,他深刻认识到在白鹿原上,人们面临的根本问题是生存与繁衍的问题,最根本的矛盾是家族矛盾,是地主阵营内部的矛盾,即白、鹿两家的矛盾,而不是阶级矛盾,文本真实而客观地反映了中国近现代社会的阶级状况和阶级矛盾。

文本对新民主主义革命的叙述一是通过白、鹿两家子女们的革命斗争经历来表现,二是以原上的老一代,如朱先生、白嘉轩、鹿子霖、冷先生等在革命时期的处世态度和他们对国共关系的评说来表现。作者显然是以新民主主义革命的历史为主线的,皇帝退位、国民政府成立后出现的交农事件、白狗军围困西安城等都是故事的铺垫。白、鹿两家的年青一代分别参加了国共两党,鹿兆海是国民军人,他的故事只是在与白灵和鹿兆鹏及白鹿原有关时才有所交代,而以鹿兆鹏和白灵为代表的共产党人在白鹿原上的艰苦斗争基本是正面描写,鹿兆鹏以校长身份为掩护烧毁军阀白狗军的粮台,与黑娃等十八兄弟成立农协,在原上开展武装斗争,带领三十六军突围,与国民党县党部的岳维山和白孝文斗智斗勇,策反黑娃和白孝文等起义,和平解放滋水县城等革命斗争,文本都有细致的描述,但作者对其内心世界却极少涉及,使之稍嫌概念化。白灵是文本中唯一的女共产党人,在革命最艰难的时期加入中国共产党,是一个坚定的革命者,她参加过学生运动,做过党的地下工作、部队宣传与文化工作等,却在"肃反运动"中被自己人当作国民党特务杀害。白灵的悲剧是中国共产党历史上的污点,是极"左"路线横行的结果,她与鹿兆海的死因都是国共两党掩饰与逃避的历史问题。黑娃是文本中唯一具有朦胧的阶级意识和反抗意识的青年,在鹿兆鹏引导下,他的反抗由自发走向了自觉,农协失败,他加入习旅成为革命军人,武装起义失败后又沦为土匪,打家劫舍,后来被县保安团收编,皈依儒教,拜朱先生为师"学为好人",新中国成立前夕,与鹿兆鹏一起策划实施和平起义,解放了滋水,最终竟被窃取革命胜利果实的白孝文残忍杀害。黑娃的人生经历和革命斗争史复杂曲折,用阶级观念很难评价。《白鹿原》对新民主主义革命的直接叙述主要是通过他们三个人的故事来表现的,他们在白鹿原上掀起一次又一次波澜,从反抗封建婚姻制度开始,以不同的方式动摇了封建宗法制度和家族权威,推动白鹿原走向现代化。

二

《白鹿原》的历史背景是清末民初到新中国建立,叙事通过人物命运的交代将历史延伸至"文革"和新时期。1903 年,严复在译著《社会通诠》自序中说"中国社会,犹然一宗法之民而已"。① 白鹿原就是一个具有鲜明宗法制村落文明的乡村社会,村庄的日常秩序由族长和当地有名望的乡绅共同维持,一旦出现宗族内部无法解决的问题,才会诉诸官府,而官府也默认并鼓励宗族村落中宗族和乡绅的权利和自治性的管理方式。在白鹿村,白嘉轩是族长,他和鹿子霖、冷先生等颇具名望的乡绅维持着村庄的日常秩序和管理,朱先生是白嘉轩的精神导师,负责规划和指导白嘉轩等将儒家文化理念运用到乡村社会的运行和管理上。白鹿原是典型而稳固的封建宗法制乡村社会形态,是当时中国社会的一个缩影。朱先生是身兼"天道"与"仁义"的乡村圣贤,是民族文化精神的象征,他终生恪守儒家以民为本的政治理念,白嘉轩称他为"圣人",他的一生

---

① 蔡元培.中国伦理学史[M].北京:人民出版社,2008:133.

完美地体现了儒家"达则兼济天下,穷则独善其身"的人文精神和道德理想。他只身劝退过20万清兵,公开发表过震惊全国的"白鹿原八君子抗战宣言",断然拒绝了国民党县党部书记岳维山500块大洋换取他"拥蒋剿共"一纸声明的要求。他不介入任何党派之争,对政治保持超然的态度和史家客观公正的立场。

作者在文本中没有对三民主义和国民党的现代民族国家进行详尽的分析和描述,只在"交农事件"后借白嘉轩的经历交代了现代民族国家的民主和法制建设,用白嘉轩的茫然无措映衬出辛亥革命胜利后,现代国家理念根本不被普通百姓理解和认可,而国民政府成立之初就出现了国家理念被歪曲或被利用的情形,蒋家王朝覆灭的根本原因就在于政治的腐败,致使民心丧尽;无独有偶,以鹿兆鹏、白灵为代表的共产党人,他们浴血奋战取得的胜利成果,竟被白孝文这样的革命投机者窃取,白孝文的行径较之岳维山、田福贤之流有过之而无不及,他对待黑娃赶尽杀绝的做法充分暴露出他残忍冷酷的本质。

朱先生和白嘉轩都是站在儒家文化的立场上审视社会和历史变迁的,他们见证了宗法制度和儒家文化在白鹿原衰亡的过程,见证了国民政府由新兴政权到因政治腐败、赋税沉重而覆灭的过程,以及共产党艰难地成长与壮大,进而取得全国胜利的过程。朱先生和白嘉轩以自己的文化人格和伦理精神殚精竭虑地捍卫儒家文化,却依然无法阻挡新的历史潮流。文本在对儒家文化的礼赞中无奈地谱写出一曲凄凉的挽歌,既流露出对传统儒家文化深深的眷恋,又表现出对以白鹿精神为象征的传统文化的衰亡无力挽回的怅惘与哀伤,揭示了国民党的现代民族国家理念在中国由盛而衰的历史必然。

朱先生对新民主主义革命的态度是随着历史和社会发展逐渐转变的,第一次国共合作期间,他对国共两党的革命宗旨"抹码"不清,却赞同他们"扶助农工"的观点。农协潮起潮落,朱先生始终保持缄默;国民党疯狂镇压农协会员,他仍然保持不介入不评说的超然态度,白嘉轩再三追问他对时局的看法,他才说"白鹿原这下成了鏊子啦";白嘉轩被黑娃的土匪手下打折了腰杆,朱先生超然地说"这下是三家子争着一个鏊子啦!"①在朱先生看来,在白鹿原上,土匪是和国共两党并列或相抗衡的一股势力,三家都在争夺原上的资源。鹿兆鹏被营

---

① 陈忠实.白鹿原[M].北京:人民文学出版社,1993:275.

救出来转移到白鹿书院,他要朱先生预卜国共两党的结局,朱先生说国共之争是"公婆之争",两家都以救国扶民为宗旨,自相残杀无非是为"独占集市",因此他不大注重结局。白孝文、岳维山和鹿兆鹏在白鹿书院偶遇动了家伙,朱先生劝阻未果说:"看来都不是君子!"国民党赈济灾荒的义举,他踊跃参加,共产党人鹿兆鹏也得到他真诚的救助,他站在儒者的角度审视着国共两党的争斗,双方有益于人民的事,他都赞同。鹿兆海死亡的真相改变了朱先生的政治立场,使他看清了国民党在民族存亡的关头打内战的真面目,他在县志"民国纪事卷"称呼徐海东部为"共军"而不再沿用之前的"共匪"。朱先生临终前不久,黑娃问及天下之事,他断然肯定:"天下注定是朱毛的。"他对国家未来局势预测并非神秘的卜卦或臆测,而是从现实生活实际出发的推论,国民党为"剿共"征丁征粮,官场贪腐,导致土地荒芜、村舍凋敝,老百姓一年纳的皇粮超过了往昔十年的,国家对百姓不仁不义,而朱先生和家族政治却无能为力,当时能与国民党相抗衡的政治力量只有共产党,而且延安"清正廉洁,民众爱戴",因此他断定共产党会得天下。他预测天下局势的思想基础是儒家的民本思想,孟子曰:"民为贵,社稷次之,君为轻"[①],共产党深得民心,取得天下是必然的。

  白嘉轩在日常生活中总是以朱先生的言行作为自己行动的指南,每遇大事,必求教于姐夫。他听从朱先生的教诲犁掉罂粟种庄稼;在朱先生指点下,他和鹿子霖化干戈为玉帛义助李寡妇,为白鹿村赢得"仁义村"的美名;皇帝退位后,他在白鹿村实践着朱先生拟订的乡民日常行为规范《乡约》,教民以礼义;他鸡毛传贴发动农民"交农"以抵制县府坑农的印章税;他远离政治,无论时局如何变化,都以乡约和族规约束、惩戒族人,他为人刚正强硬,惩治了违反族规的长子白孝文,建六棱塔镇住了田小娥的冤魂,尽心竭力地维护着宗法制乡村的社会秩序;他从不接受官方的任何职务,也让孝武设法躲避总甲长和保长的差使,依仗白孝文的势力成为免征户后,他关闭祠堂,宣布自己对兵荒马乱的世事无力回天,彻底退出了白鹿村的权力之争和政治舞台,也宣告了宗族文化在乡村的衰败;游击队洗劫白鹿联保所,白嘉轩发现老几辈的仁义百姓、老老诚诚的农民都随了共产党,才意识到共产党势力的强大与深入人心。他以宗法制家族文化的价值理念对抗新兴的政治力量,最终无奈而感伤地退出了乡村政治舞

---

① 孟子·尽心下[M]//朱东润.中国历代文学作品选.上海:上海古籍出版社,1979:165.

台,而新民主主义革命正是在普通农民的广泛支持下取得胜利的。

从阶级分析的观点看,鹿三是贫雇农,应该是最革命的阶级,但在小说中,他是白鹿原上最好的长工,以诚实的劳动换取粮食、棉花和尊重,"交农"事件中,他勇敢地站出来,那一刻他感觉自己成了白嘉轩。他将违反族规的黑娃赶出家门,黑娃闹农协,他气愤地要除去儿子,并亲手杀死"祸害"了黑娃和白孝文的田小娥,他是封建礼教和儒家伦理秩序最忠实的践行者和维护者,是家族政治和权威的捍卫者,他心里只有宗祠和家族,没有丝毫现代民族国家和阶级斗争的概念和意识。

文本从儒家的伦理规范出发,在讲述家族历史的同时,照应了皇帝退位、军阀混战、第一次国共合作、"清党"、肃反、抗日、解放战争、土改等历史事件,半个多世纪的革命风云通过白、鹿两家的家族命运折射出来。这种以乡村士绅为主角的历史叙事,突破了革命历史叙事以革命英雄为主角的模式,以田小娥为核心的性爱故事成为文本情节发展的原始推动力,张扬了人的原始生命力与民间文化的生殖崇拜,揭示了中国农村社会普通人在社会转型期隐秘的心灵史和精神裂变史,开创了全新的"历史·家族"叙事模式。

(作者单位　西北政法大学新闻传播学院)

论《白鹿原》中生命原欲对家族制度的侵蚀与解构

李清霞

人有天赋的人性,孔子说:"性相近也,习相远也。"人性中有本性和习性,二者不可分离,缺一不可。近代科学表述为人的自然性和人文性、先天性和后天性、本能性和本质性或动物性和文化性等。在人类的动物性中,包含着"原欲"和"原恶"两个部分[1]。人类的"原欲"是食欲、性欲和知欲。食是为自己的生存,性是为后代的繁衍,知是为保护、强化和改进人的生存和繁衍。这三种欲望是人类生生不息的原动力。缺其一,人类都会绝种。可见,人的原欲和人类共生、共存、共进、共殁[2]。人类只有满足了食色欲望,才能生存繁衍;但过度贪婪,也可能触犯道德和法律。"原恶"也是人的动物性,类似于荀子的性恶论,不同于基督教的"原罪","原恶"是任性、懒惰和嫉妒。任性是无视既存的法则;懒惰是追求不劳而获;嫉妒是对别人的优越怀有恶意(如鹿家不满并觊觎白家的族长地位)。"原恶"是与生俱来的潜力。在未构成行为之前,都不能称为罪恶,如女子通常会嫉妒她人的美貌,只要没有伤害对方的行为就不算罪恶,假使因嫉妒而毁人容貌(如泼硫酸),就触犯了法律。"原欲"和"原罪"面前,人人平等。

求知欲,使人朝向文化性。文化是人类为争取生存、适应环境、追求快乐所做的一切努力的总成果。创造是文化的本质属性,求生本能是人类文化创造的根本动力,文化创造的根本目的是保障和继续发展人类的动物性,人类又以文化性来制约动物性的过度发展。人类文化精神中有三种元精神:信仰精神、求知精神和爱的精神,它们通过后天的教化习得。

---

[1] 韩民青.哲学人类学[M].北京:当代世界出版社,2000.
[2] 孔宪铎.基因与人性——生命科学与社会学理论的分析[J].文史哲,2004(4).

一

人类社会是在人的动物性与文化性此消彼长的冲突中不断发展进化的,爱自己孩子的是人,属动物性;爱别人孩子的是神,属文化性。自大自私是动物性,谦虚礼让是文化性。"学为好人"是朱先生的名言,白嘉轩和黑娃也说过。朱先生对先秦儒学、程朱理学都有研究,三民主义、共产主义的书也涉猎过,但"学为好人"的出发点却是荀子的"性恶论",即预设人类动物性的现实合理性和合法性,进而限制人性中的原欲,如对女色的贪慕等。黑娃和白孝文都犯了色戒,并因之受到惩戒。

弗洛伊德将"原欲"(libido)即"力比多"作为无意识层面里的性的原始驱动力,泛指人的性本能、性冲动。原欲无法直接获得满足时,可能转移或升华为生命能量,成为文明与文化创造的源泉和动力;也可能导致主体生命能量的畸形发展或倒错,成为毁灭性或恶魔性的力量;或造成个体性心理发育的停滞或退化,危害个体或社会。晚年他对原欲概念进行了补充,说原欲还包括"爱的本能"。巴赫金强调"在指责弗洛伊德主义是'泛性论'的同时,不应该忘却弗洛伊德的'性欲'一词有着这种新的、特别的宽泛的含义"。[①] 但现代学者在使用"原欲"概念时,往往将之等同于"性欲",忽略了"爱的本能"。陈思和以"恶魔性"来辨析原欲,他说:"今天的社会发展中,原欲当然起到重要的作用,但在中国古代文化传统里,性压抑并不能构成人的生命原欲的全部内涵,所以当我们借助恶魔性因素来解释'原欲'这个汉语单词,我想,这个词不应该解释成'原始的欲望'(仅仅指'力比多'),而应该解释为'原型的欲望',即人们在长期的社会实践中构成的几种基本的欲望目标和形态。"[②]并以之分析阐释张炜、莫言等的家族叙事。

"恶魔性"并非贬义,歌德认为浮士德最具恶魔性,而不是靡菲斯特,因为浮士德的行为是积极性的,"凡是不断努力的人,我们能将他搭救。"[③]歌德的"恶魔性"是一种积极进步的、推动历史前进步伐的力量,它具有毁灭性,但它

---

① 张杰.论文艺学中的精神分析[J].南京师大学报:社会科学版,1989(1).
② 陈思和.欲望:时代和人性的中一面——试论张炜小说里的恶魔性因素[J].文学评论,2002(6).
③ [德]歌德.浮士德[M].钱春绮,译.上海:上海译文出版社,1989:657.

毁灭的价值具有正反两方面,所以,他能得救。靡菲斯特的恶是人的动物性中的原欲与原恶的极端释放和宣泄,是理性和正义无法搭救的。恩格斯认为"恶是历史发展的动力借以表现出来的形式……每一种新的进步都必须表现为对某一神圣事物的亵渎,表现为对陈旧的、日渐衰亡的、但为习惯所崇奉的秩序的叛逆。"①这是对"恶魔性"最好的注解。田小娥以"恶之花"的形象出现在白鹿原,以女性的自然方式(原欲)向封建礼教和封建伦理秩序发出挑战,亵渎了儒家文化的价值理念和乡约、族规。

在白鹿原上,田小娥是第一个以生命原欲的力量动摇封建礼教和家族制度的女性,以她为核心,黑娃、鹿子霖、白孝文等男性以各种方式形成了一股强大的破坏力,瓦解了白嘉轩在白鹿原上的家族统治。《白鹿原》演绎的民族秘史以白嘉轩七娶六丧的豪壮拉开帷幕,一个具有顽强意志和旺盛生命力的男人为了繁衍生息在与命运搏斗,白嘉轩像俄狄浦斯一样逃不脱"丧妻"的厄运,白家三代单传,男人都难活过50大关,传宗接代成为白家所面临的严峻考验。文本对白嘉轩死去的六位妻子的出身、形貌、性格都有描述,而且写出了这几位女子不同的性行为习惯和性心理,以此隐喻两性关系和种族延续的责任主要靠男人,男人负责种族的延续和血统的纯正,女人是种族延续的物质载体或工具。白赵氏说:"女人不过是糊窗子的纸,破了烂了揭掉了再糊一层新的。"②这段话历来被作为宗法制社会戕害女性的罪证,白赵氏成为宗法制家长的象征,也被称为被封建礼教"异化"的女性,其实,白赵氏只是揭示并认同了中国的封建宗法制观念的实质。白家祖上出过举人、为族人请命的英雄,祖德没有问题,白家遭"丧妻"劫难的深层根源是什么?这成为白嘉轩和冷先生的困惑,于是才有了巧换风水宝地的故事。

仙草在白家的地位很独特,她是白家的功臣,但却不是白家心仪的媳妇,是不得已的选择,娶她的目的就是传宗接代。她是山里上流家庭出身,父亲原是白家中药材收购店的伙计,白家遭难后,他代为打理中药店发家成为盘龙镇四大富户之一,与白家依然有主仆之分。白鹿原地处关中平原与秦岭的缓冲地带,地形地貌复杂,在农业社会,人社会地位的高低贵贱与土地质量的优劣成正比,川道——旱原——山地,以此类推。白家的头房媳妇是西原巩家的头生女,

---

① [德]恩格斯.马克思恩格斯选集:第四卷[M].北京:人民文学出版社,1972:283.
② 陈忠实.白鹿原[M].北京:人民文学出版社,1993:14.

其他几位都是山外人,茶饭手艺、纺织技艺无可挑剔,而仙草不会织布。仙草婚后一年顺利生下头生儿子,奠定了她在白家的地位,白嘉轩作为族长祭祖时"那种两头发慌发松的病症"也不治自愈。仙草带来的罂粟种子也使白家的财富迅速累积,成为白鹿村首富。

白嘉轩与"仙草"的结合,完成了他从自然人向社会人的角色转变,"仙草"指代白嘉轩雪夜里在鹿家慢坡地挖出的形似白鹿的植物,指代具有旺盛生育力的女人,指代与黄金等价的罂粟。白家把人财两旺归结于迁坟。在原欲得到充分满足之后,白嘉轩开始以各种方式实现自己的社会价值,想让自己的名字"与祠堂和学堂一样不朽"。与鹿子霖一起救助李寡妇,赢得"仁义白鹿村"的美名;与鹿子霖联手修祠堂、办学堂;带领村民修补围墙抵御白狼的侵扰;在村里实践乡约理念,使白鹿村成为"世外桃源",家族承担着维护中国乡村社会秩序的责任。"乡约"是儒家文化的民间化、通俗化形态,以教化为主,辅以严格的违约处罚条例,具有极强的现实操作性。乡约的推行,使偷鸡摸狗、摸牌九搓麻将抹花花掷骰子、打架斗殴扯街骂巷等事,彻底绝迹,连女人奶孩子都自觉地因在屋里,人人和颜可掬文质彬彬,说话声都柔和纤细了,颇有传说中"大同世界"的景观。"交农"事件中,家族势力与新型民族国家政权打成平手,但白嘉轩却受到县长专程拜访,并受邀参加了县第一届参议会。

田小娥,这个罕见的漂亮女人打破了白鹿原的宁静平和。她原是举人老爷的小妾,因不满自己性工具的悲惨境遇和家庭冷暴力,与黑娃由性而爱,黑娃在她被休回娘家后将她带回到家乡。两人的婚姻违背了封建礼教和族规乡约,白嘉轩不许他们进祠堂拜祭祖先。白、鹿两家的下一代都到了婚配的年龄,鹿兆鹏被父亲三个巴掌扇进了洞房后便失去行踪;白孝文婚后纵欲遭到父亲严词训诫;白灵在西安与鹿兆海自由恋爱,一纸退婚信退掉了媒妁之言的婚约,白嘉轩退赔彩礼,受人羞辱。黑娃不顾父亲和白嘉轩的百般劝说和威逼利诱,带小娥住进了村外的破窑洞,靠打土坯买了九分六厘缓坡地。窑洞外树苗绽出新叶,鸡叫猪哼生机勃勃,田小娥养鸡、赶集、纳鞋底,过着甜蜜幸福的农家生活。看到她袅娜的身姿、提着装了绿菜的竹条笼儿、迈着轻快的脚步走过街巷,兆鹏媳妇不由忌妒、眼红。鹿兆鹏对顶住宗族族法压迫、实现婚姻自主的黑娃由衷赞赏、佩服。黑娃火烧粮台、闹农协、当土匪等后事都因婚事而起,鹿三后来杀死小娥是因为她祸害了黑娃和白孝文。因婚姻问题导致的抗争,都不同程度地动摇了家族制度的根基,鹿家兄弟与白灵以现代自由民主的婚恋观相对抗,白孝文婚内纵欲的危害比较小;黑娃和田小娥出自生命原欲的反抗,及他们婚后甜美的小日子具有示范性,对家族制度的冲击最猛烈。

黑娃与田小娥偷情是原始生命力激发的非理性行为,是人类原欲中性欲的爆发,属原罪中的"任性"和"嫉妒"。郭举人年近七旬,有大小两个女人,大女人陪他说话儿睡觉,小女人负责全家每天三顿饭,及其性需要和养生(泡枣)。三个长工每晚都在对小女人的想象与玩笑中进入梦乡,黑娃陪举人老爷骑马遛鸟,被小女人使唤,也招致另外两个长工的嫉妒和取笑,这是动物性的表征,三个青壮年男子每天守着一个青春美貌、饥渴寂寞的女人,面对这种违背自然规律和法则的社会不公,人的"原恶"被激发出来,就像《红高粱》中我爷爷和我奶奶听命于人的自然生命力的张扬一样,黑娃将这种"恶"的潜力变成了行动,触犯了现行社会的道德规范,造成了对现行婚姻制度的破坏。结果田小娥被休,黑娃也险些送了性命。患难中两人的情感得到升华,经田小娥父亲同意,两人结为夫妻,也算"半个"父母之命媒妁之言。小娥的名声显然有悖于仁义白鹿村的称号,他们不被宗祠和父亲接纳。黑娃被看作无辜者,小娥成为当然的诱惑者(夏娃或蛇),黑娃背负起丈夫的责任,就站在了家族文化的对立面。对个体来说,动物性和文化性存在着先天的矛盾,似乎不可调和。家族以礼教的名义赋予男性"始乱终弃"的道德优先权,男性拥有"学为好人"的权利,"乱"则注定了女性的悲惨命运。自唐代元稹的《莺莺传》开始,这一文化传统延续了一千多年,女性的反抗之所以坚决激烈,就在于社会没给她们"改正"的机会和希望。白嘉轩连娶七房女人,是大孝;田小娥遭人唾弃,是因为"乱"。

二

弗洛伊德将人的意识活动分为意识、前意识和无意识三个层次;将人格系统分为本我、自我和超我。本我受"快乐原则"支配,自我受"现实原则"支配,超我控制本我的非理性冲动。人类文明以压抑本我和欲望而进步。

告子曰:"食色,性也。仁,内也,非外也。义,外也,非内也。"[①]孟子曰:人之初性本善。食色本无所谓善恶,但实现方式要"仁义"。康德说:"人身上的

---

① 孟子·告子上[M].北京:中华书局,2006:241.

这些禀赋都不仅仅(消极地)是善的(即它们与道德法则之间都没有冲突),而且还都是向善的禀赋(即它们促使人遵从道德法则)。它们都是原初的,因为它们都属于人的本性的可能性。"①儒家伦理的思想基础是"天人合一"。"天"是宇宙万物的本体,其运行规律即"天道""天理"。"天理"是人类社会生活的道德伦理规范和准则,是人类意志的体现,人类所有的活动都以此为准则。这些准则"将人的生命安置在一种具有终极意义的秩序中"②,"道之大原出于天。天不变,道亦不变"③。天人合一就是外在的道德权威与内在的道德禀赋合一。

"存天理灭人欲"在近现代不断受到批判,以至于有些新儒家言必称先秦,对程朱理学和陆王心学大加挞伐,认为其压抑人性,是民族积贫积弱的文化元凶。朱熹认为"理"超越时空,无处不在,对宇宙和人间秩序具有绝对的权威。"圣人千言万语,只是教人存天理、灭人欲。"④程氏兄弟将天理与人欲对立起来。行之而为圣人(尧舜),不行则为禽兽。朱子认为"人欲中自有天理"。二者和谐共生。理学家们否定的不是人欲本身而是泛滥、为恶的"人欲",是对先秦儒家人性观念的发展。

朱熹说:"饱食者,天理也。要求美味,人欲也。"⑤理学不是要熄灭人欲,而是要克制人欲(如美食、美色等),将之纳入"天理"的运行轨道,即克己复礼,防范私和贪。要靠主体的自我修养和道德教化,用"内圣之道"和"成德之学"约束心性,即朱先生的"学为好人"和"慎独"。克己复礼,才能"为天地立心,为生民立命,为往圣继绝学,为万世开太平"⑥,朱先生以生命实践之。

"克己复礼""存天理、灭人欲"等观念最初并不压抑人的自然本性,后世的儒学思想家们在"礼崩乐坏"、战乱频仍、民不聊生、贫富悬殊的时代,为构建理想和谐社会秩序,表达广大人民的理想和心声,将之发展为社会共同的道德价值标准和人的日常行为准则。然而,人类社会是在不断突破和超越现有秩序的过程中发展进步的,"天理"是由人来解释的,为谋求人们共同的幸福,建设一

---

① [德]康德.单纯理性限度内的宗教[M].李秋零,译.北京:中国人民大学出版社,2003:12.
② [德]贝格尔.神圣的帷幕[M].高师宁,译.上海:上海人民出版社,2001:34.
③ (汉)班固.汉书·董仲舒传[M].北京:中华书局,2012:2190.
④ (宋)朱熹.朱子语类·卷十二:第一册[M].北京:中华书局,1988:207.
⑤ (宋)朱熹.朱子语类·卷十三:第一册[M].北京:中华书局,1998:224.
⑥ (宋)张载.张子语录·语录中[M]//张载集.北京:中华书局,1978:321.

个和谐有序的社会，必然会牺牲一部分个体的利益，当个体的"人欲"与整个社会共同的道德价值标准——天理相抗衡时，个体的生命是渺小而微弱的，并注定被牺牲，但抗争却愈演愈烈，直至"五四"新文化运动发出"打倒孔家店"的怒吼。李贽、戴震等思想家从学术、政治等意识形态领域批判了程朱理学"以理杀人"的伪善性，戴震指出"以理杀人"实际上是以"势"杀人。宋代开始，统治阶层在民间以教化方式宣扬理学精神，具有极强的隐蔽性，能杀人于无形。戴震感叹道：人死于法，或许有人可怜他；可是，人死于理，谁会可怜他呢？比如，田小娥死后，就没有人同情她。即便如此，民间依然不乏以生命争取原欲满足者和对现行秩序的抗争者。

二程认为"饿死事极小，失节事极大"①。朱熹也说："衣食，至末微事，不得未必死，亦何必犯义犯分，役心役志，营营以求之耶！"②田小娥不堪性奴役，渴望爱欲，是因小失大。冷大小姐苦守婆家是道，被诱惑产生邪念就失了节；冷先生毒杀她是"天理"，也是人情，他解脱了女儿的痛苦。所以，朱熹说："天理人欲，无硬定底界。"③白嘉轩六丧七娶是"天理"和孝道，鹿子霖的婚外与人通奸是贪念和色欲，为礼法所不容。

在欧洲，罗马帝国在骄奢淫逸中走向衰败，基督教"以唯灵主义的理想对抗罗马的物质主义，以禁欲主义的生活态度来抵制罗马的纵欲主义"，④以崭新而神圣的信仰世界，给人们以生命存在的希望与意义，使人的心灵有了寄托。但其禁欲主义、蒙昧主义也造成了人性的扭曲，束缚了人的精神和创造力，造成了中世纪晚期西方社会的衰落。文艺复兴是对感性的"人"的发现，是对人的原欲的肯定。

现代生命科学认为，基因有自我复制与自私行为的本性。白嘉轩多次谈到白家在基因上的优胜，这是道德优先论。朱先生当年相亲就看重了朱白氏眼中那份刚强，白灵为读书小小年纪就敢把刀架在脖子上；鹿家曾因自虐受辱而发达，致使其精神道德处于劣势，形成了自卑、隐忍、受虐等文化心理和精神特征，但鹿家在外貌上就有特征：高鼻梁、深眼窝是其标志，鹿家子孙凭样貌就可

---

① （宋）程颢，程颐.二程集：第一册[M].北京：中华书局，1981：301.
② （宋）朱熹.朱子语类·卷十三：第一册[M].北京：中华书局，1988：241.
③ （宋）朱熹.朱子语类·卷十三：第一册[M].北京：中华书局，1988：224.
④ 赵林.西方宗教文化[M].武汉：长江文艺出版社，1997：148.

认定。

讨伐贞节伦理,是"五四"新文学运动以来的重要主题。《红高粱》中"我奶奶"是一个具有自觉反抗意识的女性,她的生命力量在反抗中得以呈现。"土匪"代表反抗封建伦理和礼教的力量,这种生命精神是黑土地赖以繁衍发展的精神力量。"我奶奶"临终质问苍天没告诉她什么是贞洁、正道、善良、邪恶,她只能按自己的办法办,即只能从原始本能出发。她说:"我的身体是我的,我自己做主",这不像农村妇女的话,更像女性主义的宣言。人在困境中向天发问,从屈原到窦娥一直存在。"幸福、力量、美"是"五四"新女性的精神追求,"罪"与"罚"是基督教的基本教义,"十八层地狱"是基督教、佛教、道教及中国民间传说共有的文化意象。作者把这些观念都赋予了"我奶奶",使人物成为作者观念的代言人和玩偶,"我奶奶"的语言逻辑远远超越了她所处的时代和文化背景,人物带有观念性特征和"文革"烙印,却得到热捧。而苏童笔下的女性形象却更加人性化、个性化。作者以红高粱为"我奶奶"命名,增加其地域色彩,把"我奶奶"设置在西北大漠或西南大山,那就是"沙漠红""辣妹子",同样合情合理。而颂莲和祖母蒋氏、凤子姑姑却无法置换。红高粱的生命野性作为一种毁灭性和创造性的力量,促进或阻碍了历史的发展,但要我奶奶对之进行理性的概括,显然超出了人物的精神能量。暴力在毁灭中创造的能量是毋庸置疑的,但其对世界和人类的毁灭也是巨大的,对暴力美学的迷恋、对暴力力量的高估,曾招致批评家和读者的批评。

田小娥所遭受的压迫是冷暴力,她的反抗与"我奶奶"一样出自本能。但她的反抗对象是抽象的(封建婚姻和封建伦理制度)。她是一个被侮辱被损害的女性,损害她的人是社会秩序的维护者。举人老爷宽厚仁慈,对雇工仁义温和(追杀黑娃暴露了他的本性);白鹿村是仁义村,白嘉轩是人格神,白孝文是新任族长,他们在道德上优胜于她。她触犯的是族规,而不是白嘉轩,他惩戒、镇压她,是为家族利益和社会风化。以个体对抗体制,失败是必然的。与鹿子霖结盟、色诱白孝文都是为生存而自保的行为。

她是一个善良朴实的女人,与黑娃由性而爱,宁愿过清贫平淡的日子;与鹿子霖共患难后竟产生了默契;对白孝文,由报复始,却由怜生爱,在他被家族抛弃时接纳、温暖他的身心。她唯一能用的武器就是性,以致白嘉轩和鹿三认定她是祸水。性是她反抗家族制度的武器,却不是她谋生或牟利的工具,这是评论界一直忽略的问题。白鹿原上一直存在着婚外性关系,鹿子霖的干娃就能坐几桌。正是有了这样的文化背景,小娥才会成为性象征,对她的打压有示范作用。从世界文化史看,社会规范越严格、越细致,制定规范之前的社会越混乱,当然反抗与叛逆也越激烈。

田小娥的叛逆主要表现在"女德"上。从"女红"和"女言"看,她几乎无可挑剔。她善做家务,曾负责举人老爷全家人的伙食,包括长工;她养鸡赶集,操持着简朴温馨的农家小院。她尊老爱幼、性情温顺,与人没有口角之争,从未拿人一针一线。农协失败,她成为国民党报复的对象,成为白鹿村唯一在公众面前承受踅刑的人,她一生进过一次祠堂是被族人刺刷,这是她性格发展的重要契机,她说自己彻底没脸了。这也是她甘愿被利用的深层原因。她"任性"的天性被激发出来,开始成为恶之花。

她想有一个正常的家,如此微薄的人生理想竟不断受挫,最终变成厉鬼向家族政治控诉。她参加农协的目的简单而纯粹,黑娃革命受挫,她站出来支持他,她从未理解过革命,也没有接受任何新思想。革命失败,她成为国民党、家族政治和地痞无赖报复欺凌的对象。从未得到家族的承认与保护,却在家族需要警戒族人时,成为替罪羔羊。谈到国民性的缺点时,鲁迅说:"'中华'民族最缺乏的东西是诚和爱——换句话说,便是深中了诈伪无耻和猜疑相贼的毛病。"① 族长白嘉轩利用小娥对付鹿子霖,惩戒小娥为儿子立威,断绝了她"学为好人"的希望,摧毁了她生存的意志,使复仇成为她证明生命存在的依据。

田小娥的恶通过主流社会对她性别特征的拒斥表现出来,冷大小姐的不幸通过新青年对她的拒斥表现出来,家族制度、传统的贞操节烈观念和新的婚恋观等,取消了她们基本的人权——性和生殖的权利。当女性的动物性或类的本质被剥夺时,其社会性就被取消了。中国古代的宫怨诗曾触及问题的实质,但被经学家们阐释后,其革命性和本源性被消解殆尽。《诗经》中"窈窕淑女,君子好逑"等诗句,《西厢记》中关于婚姻"门当户对"的观念,及民间社会的婚姻习俗等,如"金花配银花,西葫芦配南瓜"等,都揭示了两性关系的某些实质,体现出原始的生态平衡理念,具有现实的进步性。但是历史上对这些观念过度阐释,使之成为封建遗毒。田小娥想跟年貌相当的黑娃过日月,是人的自然需求,

---

① 许寿裳.鲁迅回忆录[M].北京:北京出版社,1999:487.

而且符合优生优育等理念,具有生物学、遗传学上的合理性。

三

从生物学上讲,人类与动植物一样具有基因自我复制的功能,自私是自然选择和生物进化的原动力。家族制度对两性关系的严格控制,是为了保证基因的纯正。在家族内部,基因序列较近的生命体或个体会更加亲近,如白鹿两家发生争斗,白姓自然而然地帮助白嘉轩。文本中,白嘉轩与鹿三名为主仆、实为兄弟的关系是作者精心设计的,以突出儒家文化理念的超阶级性和超种族性。在自然界中,凡是经过选择进化产生的生命体,都因"利己"而成功。人总是把基因传给子女,并将对基因的爱转嫁给子女。白家不惜倾家荡产也要延续血脉,原动力就是基因复制的利己性与自私性;鹿子霖与原上许多"俏丽女人"相好,以"认干娃"的名义保护私生子,是私欲和贪欲在作祟。从生物学上说,鹿子霖未必是失败者,他的基因得到延续。弗洛伊德认为人现实生存中的焦虑源自原欲与文明的冲突所产生的原罪感,鹿子霖、田小娥、黑娃、白孝文、冷大小姐、狗蛋等都是这样,他们是焦虑着的破坏者,在与族规乡约的冲突中痛苦地毁灭。

田秀才曾许诺女儿"生儿育女过好了日子"可回娘家,这是小娥努力生活的希望。封建社会对男性和女性的评价标准不同,男人有机会"学为好人",如黑娃和白孝文;女性则没有。男人是"不孝有三无后为大",女人是"万恶淫为首",这种理念保证了父系血统的纯正,符合基因遗传原则。田小娥没有完成传宗接代的神圣使命,意味着她尚未社会化;冷大小姐更悲惨,不仅没机会生儿育女,连性欢愉都不曾有过,她的淫疯病是对封建礼教最猛烈的控诉。

白孝文的堕落与纵欲给家族制度以沉重的打击,从根本上动摇了封建宗法制度和儒家伦理教化的功能。他是从家族政治的核心突围出来的,给了白嘉轩致命的打击,几乎摧毁了他的生存意志,他像狗一样倒在窑洞外,再也直不起自己的腰杆。

受到惩戒后,他以自暴自弃报复父亲。他成为白鹿原上"败家子"的活的教科书,成为黑娃之后人生起伏最大的年轻人,人生轨迹呈正V字形。舍勒说:"这里只有两条道路:越出自身,奔向更为强力的生命,或者实在地于自我毁灭中倒下而死;就是说:只会'上升'或'没落'——永远不可能是一种要'自我维持'的倾向。"①他淫乱、卖房卖地、抽大烟,沦为乞丐而不自省。鹿三的羞辱激发他去抢舍饭,经鹿子霖和田福贤举荐到县保安大队,走向取代家族在基层民间社会统治权的现代国家机器,成为世俗政权的捍卫者。与黑娃几番较量之后,二人合成一股瓦解家族政治的力量,不断蚕食家族的势力范围。在旱灾、饥馑和瘟疫面前,家族逐渐丧失了乡土中国的统治权。

  白孝文和黑娃先后回乡祭祖,并带回了明媒正娶的、优雅的城里媳妇,他们的婚姻事实上与田小娥当年的情形类似,两人娶妻时男方家长并未参与。黑娃祭祖是皈依;白孝文祭祖是向父亲和族人示威、挑战,他要证明背叛"父亲"是成功的必要前提;族人们看到的是"成王败寇"传统的现代演绎;白嘉轩将之作为家族精神凝聚力的表现,家族被迫认可了世俗权力与金钱价值标准。当两家不得不接受二人庇护时,家族只剩下祭祖一项职能。白嘉轩关闭祠堂,意味着家族乡村社会管理的职能彻底瓦解。

  鹿三因白孝文的堕落怒杀田小娥,黑娃和白孝文痛感报仇无门。她的冤魂化为厉鬼,以"鬼魂附体"的方式向家族和社会讨公道,她扬言瘟疫系其冤魂招致,提出在她的窑畔上为她修庙塑身,让她尸骨装殓入棺,要族长白嘉轩和鹿子霖抬棺坠灵,否则将使原上的生灵死光灭绝。她借鹿三之口诉说冤屈,表白心迹,令原上人"大为感叹"②。对瘟疫的恐惧使人们怨恨杀死小娥的鹿三和族长白嘉轩,联合向白嘉轩请愿,要他"执头儿"联合修庙葬尸祛灾免祸。白嘉轩建六棱塔镇压她的冤魂,鹿三也不再鬼妖附身,人却失了灵性。

  在那个时代,女人只有拿身体和性跟现行社会相抗衡。肉身消亡的田小娥,利用神秘力量发出控诉,造成恐慌的原因,一是人们觉得她死得冤,活得委屈,二是因果报应、祥瑞灾异等意识在乡村社会流传久远。对瘟疫的恐惧消解了白嘉轩的权威,以致他巡视给小娥烧香磕头作揖的村民时,"没有谁和他招呼说话"③;瘟疫断绝后,村民们沉浸在痛楚之中,白孝武"敬填族谱"的活动也很难聚拢涣散的人心。白鹿村再也没有出现村民在村巷中聚伙晒暖暖谝闲传的情景,家族的凝聚力消失殆尽。

  冷先生是白嘉轩的至交,在鬼魂附体这件事上,他说人不与鬼斗;孝义不

---

① 舍勒.资本主义的未来[M].北京:生活·读书·新知三联书店,1999:129.
② 陈忠实.白鹿原[M].北京:人民文学出版社,1993:464.
③ 陈忠实.白鹿原[M].北京:人民文学出版社,1993:467.

育,他建议让媳妇去一趟棒槌山。他们的观念开始发生分歧。孝义媳妇借了鹿家的种(兔娃),女儿白灵留下儿子鹿鸣,鹿子霖有一群不属于他姓氏的干儿,血统的纯正受到挑战。这些都以潜在的力量动摇着宗法制家族社会的根基。

  田小娥对白鹿村家族政治的瓦解是持续渐进的;白孝文则从根基上动摇了家族统治,他是家族制度最猛烈的破坏者。当白嘉轩成为善居乡里的白县长父亲时,家族统治宣告终结。因为生命原欲而反抗的群体,对家族政治破坏的程度显然大于革命者,鹿兆鹏和白灵也是包办婚姻的反抗者。家族制度是由多重力量共同颠覆的,生命原欲的内驱力最大。

(作者单位 西北政法大学新闻传播学院)

《白鹿原》中的三重空间①

师 爽

随着以时间角度对小说研究的不断拓展和深入,理论界开始从空间角度对小说进行研究。自1945年约瑟夫·弗兰克的《现代文学的空间形式》的发表开始,学界对文学中的空间研究开始关注,其后W.J.T.米切尔的《文学中的空间中形式:走向一种总体理论》、安·达吉斯托尼和J.J.约翰逊的《夸大的反讽、空间形式与乔伊斯的〈尤利西斯〉》、埃克斯·雷比肯的《空间形式与情节》、凯斯特纳的《第二位的幻觉:小说与空间艺术》、加布里尔·佐伦的《走向叙事空间理论》、鲁思·罗侬的《小说中的空间》等文,以及杰弗里·R.斯米滕和安·达吉斯坦利合编的《叙事中的空间形式》等书的发表和出版②,都标志着学界对于空间研究在理论和实践方面的探索。整体而言,空间研究主要关注这样几个问题域:话语空间和作品主题之间的寓意关系;空间界限对于表现素材和人物身份建构的意义;叙事空间对情节的建构意义;与空间建构相关的情节类型;视点与空间叙事之间的关系;读者对空间的建构;空间叙事层次、跨层转换方式、空间叙事节奏等③。本文从空间与作品主题的关系角度对《白鹿原》进行分析。《白鹿原》作为20世纪最重要的作品之一,已被很多学者从多角度进行了阐释和解读,但是在众多阐释和解读中,却未见有从空间角度对其进行解读的。当从空间角度来对《白鹿原》进行分析时,我们发现,在《白鹿原》全书34章中,除掉第三、九、二十一、二十六、三十三章没有涉及空间描述外,其余的29章都涉及了空间描述。且全书空间描述次数多达84次,其中对于白鹿原上的空间描

---

① 该文发表于《河南教育学院学报(哲学社会科学版)》,2016(6)。该文为陕西省哲学社会科学基金项目"陕西当代小说中的现代性经验研究"(12J152);陕西省教育厅科研研究项目"陕西当代小说中的'城市形象'研究"(13JK0250)阶段性研究成果。
② 龙迪勇.空间叙事学[D].上海:上海师范大学博士论文,2008.
③ 董晓烨.文学空间与空间叙事理论[J].外国文学,2012(2).

述 60 次,白鹿书院 14 次,西安城 10 次;当我们对其空间再进行细致梳理时,我们发现,在对于白鹿原的 60 余次描述中,描述祠堂 10 次,白嘉轩家 16 次,鹿子霖家 3 次,戏楼 9 次,田小娥的窑洞 16 次,白鹿镇 1 次,白鹿村 3 次,贺家坊戏楼 1 次,保障所 1 次。在这些高频次的空间描述中,白嘉轩家、田小娥的窑洞分别以 16 次居首,白鹿书院 14 次紧随其后,祠堂、西安城分别以 10 次排第三位,戏楼 9 次排第 4 位。纵观《白鹿原》整部小说,以及这些高频次地志空间的出现①,我们可以肯定的是,《白鹿原》中故事情节的发生、发展,主人公的形象塑造,主题的表达甚至故事的架构大多在以上空间中得以铺陈。因此,对这几处空间的分析就成为我们解读和阐释《白鹿原》的重要基点,而通过这几个空间的解读和阐释,我们发现《白鹿原》中向我们展示了三重文化空间,即儒家文化空间、原始文化空间和现代文化空间,而这三重空间向我们指出了近代以来中国人的意识空间。

《白鹿原》中的白嘉轩家、田小娥的窑洞、白鹿书院、祠堂、西安城以及戏楼,不仅作为明确的地志空间被我们感知,而且作为整部小说的事件发生地、人物活动的场所被多次提及,如果从空间叙事理论上来看,事件发生的这类地方被佐伦称之为"行动域",即是多个事件在一个场所发生,或者是一个事件在一个场所发生②。这些地点已成为时间的标识物,承载着绵延的时间,是一种特殊的空间。从出现的空间的频次来看,《白鹿原》中至少涉及了三重空间,即儒家文化空间、原始文化空间和现代文化空间。

一、儒家文化空间——"礼法"与"圣"的空间

《白鹿原》中的儒家文化空间以"白嘉轩家"和白鹿书院以及祠堂为代表。"白鹿书院"代表着儒家文化中所提的"圣"的层面,是儒家文化理论的生产源头和教化空间,同时也是儒家文化的终极目标。"白嘉轩家"则指儒家文化中"礼法"的层面,是儒家文化理论在现实中的践行层面,同时是儒家文化的现世生活层面。"祠堂"是儒家文化在现世生活中的教化和惩罚空间,是保证儒家

---

① Gabriel Zoran. Towards a theory of space in narrative[J]//Poetics Today, Vol. 5, NO. 2, 1984:309 - 335。

② Gabriel Zoran. Towards a theory of space in narrative[J]//Poetics Today, Vol. 5, NO. 2, 1984:309 - 335。

文化顺利践行的空间。

"白嘉轩家"在《白鹿原》中多次出现,小说中对其家的描述是这样的,"他把祖传的老式房屋进行了彻底改造,把已经苔迹斑驳的旧瓦揭掉,换上在本村窑场订购的新瓦,又把土坯垒的前檐墙拆除,安上了屏风式的雕花细格门窗,四合院的厅房和厢房就脱去了泥坯土胎而显出清雅的气氛了。春天完成了厅房和厢房的翻修改造工程,秋后冬初又接着进行了门房和门楼的改建和修建。门楼的改造最彻底,原先是青砖包皮的土坯垒成的,现在全部用青砖砌起来,门楣以上的部分全部经过手工打磨。工匠们尽着自己最大的心力和技能雕饰图案,一边有白色的鹤,另一边是白色的鹿。整个门楼只保留了原先的一件东西,就是刻着'耕读传家'四字的玉石匾额……经过翻新以后,一座完整的四合院便以其惹人的雄姿稳稳地盘踞于白鹿村村巷里。马号是第二年春天扩建的,马号里增盖了宽敞的储存麦草和干土的一排土坯瓦房;晒土场和拴马场的周围也用木板打起一圈围墙……"从对于白嘉轩家的描述上可以看到,他家的建筑是传统的中国建筑样式——四合院,四合院是一个内向型建筑,在这类建筑中,各个空间按照序列和长幼关系进行组合排列(白嘉轩虽是一家之主,但是在其母亲在世时,从未住过正房),它是一个等级性的建筑群,是中国传统儒家文化在日常生活中"住"的层面的具体体现。这一点可以在其家里发生的事情中得到验证,我们看到中国农民间的邻里关系(白嘉轩与鹿三之间的亦主仆亦朋友的关系)——邻里守望相助的关系;父与子的关系(用轧花机教育孩子们盘算着过日子;通过分家处理白孝文和田小娥的偷情事件;对田小娥的鬼魂采取压制手段的主张)——父对子的言传身教;夫与妻的关系(白嘉轩和仙草的关系,白孝文与大姐儿的关系等)——夫为主,妻为辅;对于孝的践行(对白文氏的孝敬;对于子嗣的看中,谋划三儿媳借种生子)。这个空间中的守望相助;言传身教;夫为主,妻为辅;对于孝的践行等体现的都是儒家文化中的"仁""义""礼"等精神。因此,我们说白嘉轩家不仅仅是地志空间,更是一个文化空间,是一个普通农民对儒家文化及其精神的践行空间,这构成了他们的世俗生活,他们在此间养活自己和家人,自身精神也在此间得以塑造和滋养,并在此基础上强化和复制儒家文化的精神内核。因此,可以说白嘉轩家是儒家理论日常生活化的空间,是一个守儒家文化"礼、法"的私人空间。

如果说白嘉轩家是对于儒家文化的日常践行空间,那么,白鹿书院就是儒家文化的理论和精神生产空间,它既是理论的生产空间也是儒家意识形态的传播空间,是意识形态机器。阿尔都塞说:"有一种意识形态国家机器确实起着占统治地位的作用……这就是学校。"在《白鹿原》中,白鹿书院共出现约14次,着墨仅次于白嘉轩家和田小娥的窑洞。这个书院"朱先生初来时长满了荒草,蝙蝠在大梁上像蒜瓣一样结串儿垂吊下来。朱先生……找来工匠彻底修缮了房屋,把一块方巡抚书写的'白鹿书院'的匾牌挂到原先挂着'四吕庵'的大门首上……,大殿内不知什么朝代经什么人塑下了四位神像,朱先生令民工扒掉……"白嘉轩"远远就瞅见笼罩书院的青苍苍的柏树……仰头就看见门楼嵌板上雕刻着白鹿和白鹤的图案,耳朵里又灌入悠长的诵读经书的声音。"当朱先生把白嘉轩领到白鹿书院时,是这样描述的:"五间大殿,四根明柱,涂成红色,从上到下,油光锃亮。整个殿堂里摆着一排排书架,架上搁满一摞摞书,进入后就嗅到一股清幽的书纸的气息。"从描述中可以看到,白鹿书院讲学的空间很大,有五间,这里是"书"的空间,书代表了知识,这里是知识生产的空间,是文明和制度的创制空间。结合《白鹿原》的具体文本,我们看到在这里,朱先生撰修县史,写村规民约,体现着《左传·昭公六年》中说的"圣作序",荀子讲的"古者圣王以人之性恶,以为偏险而不正,悖乱而不治,是以为之起礼义,制法度。……礼义者,圣人之所生也,……礼义法度者,是圣人所生也"的精神,因此,这个空间成为制礼义、法度的空间,具有了"圣"的制定文明和制度的特征。同时这个空间也是"诵读经书"的空间,这个空间即是阿尔都塞所讲的:"它无论使用新方法还是旧方法,都在反复向他们灌输一定量的、用占统治地位的意识形态包裹着的'本领'(法文、算数、自然史、科学、文学),或者干脆就是纯粹状态的占统治地位的意识形态(伦理学、公民教育和哲学)。"我们把阿尔都塞的话转化过来就是,白鹿书院是传播"经"的知识空间,这个空间是反复向学子灌输儒家文化及其精神内核并不断实践的空间。在这个空间中,朱先生教学,点化白嘉轩,指认白鹿,教化黑娃,点化白灵,劝诫军人等,都表现出圣人"以前知千岁,后知万世,有独见之明,独听之聪,事来则明,不学自晓"的大智慧,此时的白鹿书院就成为表现圣的大智慧特征的空间。因此,白鹿书院通过朱先生成为生发文明、确定制度、具有大智慧的"圣"的空间,是一个儒家文化的知识和理论产生、传播的空间,这个空间在序列中要高于白嘉轩家,是一个具有神圣性的公共空间。

祠堂共出现了 10 次,在《白鹿原》中代表的是以"族"为单位的儒家文化的教化、监督、规训和惩罚空间,如果说白嘉轩家是以"家庭"为单位的儒家文化的现世践行和教化空间,那么这个空间就是在更大的范围内,在"族"的范围内来践行儒家文化。这个空间在《白鹿原》中是这样被描述的,"五间大厅和六间厦屋的瓦沟里落叶积垢,绿苔绣织,瓦松草长得足有二尺高,椽眼里成为麻雀产卵孵雏的理想窝巢;墙皮的泥皮剥落掉渣儿;铺地的方砖底下被老鼠掏空,砖块下陷。""五间正厅供奉着白鹿两姓列祖列宗显考显妣的神位,每个死掉的男人和女人都占了指头宽的一格,整个神位占满了五间大厅的正面墙壁。西边三间厦屋,作为学堂,待日后学生人数发展多了装不下了,再移到五间正厅里去。东边三间厦屋居中用土坯隔开来,一边作为先生的寝室,一边作为族里官人议事的官房。"学堂和祠堂在一起,真正做到了朱先生所言"祖宗该敬该祭,不敬不祭是为不孝;敬了祭了也仅只是尽了一份孝心,兴办学堂才是万代子孙的大事;往后的世事靠活人不靠死人呀!……得教他们识字念书晓以礼义……"而最先教的就是"人之初,性本善"。从描述中,我们可以看出这也是一个类似于四合院的空间,这个空间的功能划分非常明确,祭祖、讲学、商议族事。祠堂是根据血缘关系而建的公共空间,个人的宗族身份要在这个空间中得到界定(所有结婚之人都要到祠堂来祭拜,白孝武接管族长职务,黑娃回乡祭祖等),违背儒家伦理道德的邪德败行要在这个空间中受到惩罚和规训(田小娥和狗蛋、田小娥和白孝文都因为偷情被刺刷刷了脸和身体),族中公共事务的商议要在这个场所进行(商议祈雨求神事件,商议造塔压田小娥的窑洞),村规乡约要在这里展示(碑文刻上了白鹿原的村规乡约)。这是一个公共空间,在这个公共空间中,儒家伦理道德要在这里实践,它的功能在于以儒家文化为核心对乡人进行监督、劝诫、规训和惩罚,这一点通过对于田小娥的惩罚可以看出。在祠堂中对于田小娥和狗蛋、田小娥和白孝文的身体惩罚,让整个白鹿村村民来观看,即是通过身体和流血制造出福柯所言的"惩罚景观","在此,惩罚和规训通过一套社会化的程序,为犯规者和整个社会留下'记忆'……通过极其恐怖残酷的仪式,直接在身体上留下印记;并通过作为公开展示的'痛苦记忆代码'对观念以及绝对主义统治的再生产发挥作用"。通过这种"惩罚景观"的展示,一方面达到规训所有乡人使其遵循儒家文化规则的目的;另外一方面公开展示"痛苦记忆代码"对儒家文化中的伦理道德观念以及儒家文化的绝对统治进行再次生产和确认。这保证了在更大范围内对儒家文化中的伦理道德进行教化、遵从及践行。

从总体上来看,儒家文化空间由白鹿书院的理论生产空间,白嘉轩家的私人生活空间以及祠堂的监督、规训和惩罚的公共空间构成,这三者共同构成了儒家文化的空间系统。而这三个空间又可以分为两个,即以白鹿书院为代表的超越空间和以白嘉轩家以及祠堂为代表的现世空间。两个空间互为支撑,相互影响,正如艾森斯塔特在《反思现代性》中所言:"在中国传统的信仰体系中,超越秩序与现世秩序之间的紧张是用相对世俗的术语表达出来的,也就是根据一种形而上的或伦理的——而不是宗教的——区别表述出来的……这种不是从宗教来界定的紧张和实现形而上图景的方法,以及它们所牵涉的理性化趋势,逐渐和解决那种紧张的几乎完全现世的观念结合了起来。"也就是说《白鹿原》中给读者展现出的形而上的空间和现世空间之间有区别,但这区别仅仅在于伦理道德级别的高低上。朱先生的白鹿书院是以纯粹的"圣"为标准的伦理道德空间,白嘉轩家和祠堂是以"礼法"为标准的伦理道德空间。由于二者有着共同的基础——伦理道德,所以,白鹿书院所表现出的"圣"的特性逐渐与"礼法"的特性结合了起来,成为指导"礼法"空间的准则,但具体的践行又与"圣"有着区别。在具体的践行中,纯粹的"圣"不明显,这典型地表现在朱先生经常说"房是招牌,地是累……",而白嘉轩拼命修房、置地,攒钱,这两种截然不同的生活态度上。这种互相作用的空间使得儒家文化的内核及其精神得以产生、实践并得到维护、修正,系统性和功能性非常明显,表现出强大的生命力。

二、原始文化空间——感性和生命力空间

如果说,白鹿书院、白嘉轩家、祠堂构成了儒家文化的空间系统,那么,田小娥的窑洞就是中国传统文化内部的异于儒家文化空间的原始文化空间。这个空间是原始文化精神的凝聚空间,原始文化的精神中的感性的和生命力的方面在这个空间中得到展开。

田小娥的窑洞与白嘉轩家出现频次一样多,在这个窑洞中,《白鹿原》中的另一条主线得以展开。在《白鹿原》中,田小娥的窑洞在村东头,远离村子,开始是破塌的,"窑洞很破,原来的主人在里头储存饲草和柴火,夏天堆积麦糠秋天垒堆谷秆,安着一扇用柳树条子编织的栅栏门,防止猪狗进入拱刨或拉屎尿

尿,窑门上方有一个透风的小小天窗……先在窑里盘了火炕,垒下连接火炕的锅台,随之把残破不堪的窑面墙扒倒重垒了,从白鹿镇买来一扇山民割制的粗糙结实的木门安上,又将一个井字形的窗子也安上……"后来,二人住进来以后,黑娃"在窑门外垒了一个猪圈,春节后气候转暖时逮回一只猪娃。他在窑洞旁边的崖根下掏挖了一个小洞作为鸡窝,小娥也开始务弄小鸡了。黑娃在窑洞外的塄坎上栽下了一排树苗,榆树椿树楸树和槐树先后绽出叶子,窑院里鸡叫猪哼生机勃勃了,显示出一股争强好胜的居家过日月的气象。"从地理位置上来看,田小娥家在村外东头,是一个与村子有一定距离的空间,一般村民不与他们交往,而田小娥和黑娃也不会进村子,这个空间是作为一个与白鹿村隔离的异质空间而存在的。从空间自身来看,窑洞在一个土崖里,窑外是所谓的院子、猪圈和鸡窝,树苗是院墙。显然这并非是一个严格意义上的人造空间,而是依自然条件而居的环境,并不如白嘉轩家那么具有人为性,而且人居住的窑洞原本就是储存动物饲料的,黑娃和小娥入住后改为住,是吃饭、睡觉的空间,窑外院子是一个饲养动物的空间,因此,从空间架构上来讲,这是一个人和动物混合居住的,功能划分不明确的空间,是一个自然本性浓厚的空间。

结合《白鹿原》文本,我们看到,这个空间是一个本能的行动域,发生的多是人的本能行为,吃、睡、性以及死亡,这种本能是这个行动域的精神内涵。田小娥的吃、睡,田小娥和黑娃、田小娥和白孝文、田小娥和鹿子霖的性事都在这个空间发生。这个空间的所有精神维度都以田小娥的身体为中心得以展开,与此同时这个空间的精神维度也因黑娃、鹿子霖、白孝文的参与而显得丰富而有层次性。

田小娥和黑娃最先布置了这个空间,他俩生活的这个空间是爱情的形而上的醉的空间。"当窑门和窗孔往外冒出炊烟的时候,俩人呛得咳嗽不止泪流满面,却又高兴得搂抱着哭了起来。他们第一次睡到已经烘干的温热的火炕上,又一次激动得哭了。黑娃说:'再瞎再烂总是咱自个的家了。'小娥呜咽着说:'我不嫌瞎也不嫌烂,只要有你……我吃糠咽菜都情愿。'"俩人开始了正常的居家过日子的生活,随后黑娃外出打工养活家,置地,小娥务弄鸡和猪,整个窑和窑院"显示出一股争强好胜的居家过日子的气象"。黑娃"早晨天不明走出温暖的窑洞,晚上再迟也要回到窑洞里来,夜晚和小娥甜蜜地厮守着,……他的性欲极强,几乎每晚都空不得一次……,小娥毫不戒备地畅快地呻吟着,一同走向那个销魂的巅峰,然后偎贴着进入梦境。"从这些描述中可以看到,田小娥和黑娃生活的窑洞和窑院是一个充满生机、充满生命力的,肯定生命力的温暖空间。这个空间中的精神、感情维度落实在了两人的爱情上,这种爱情表现在两人日常的生活中,表现在窗孔外冒的炊烟上,表现在二人温热的火炕上,表现在早出晚归的窑洞中,表现在身体的生理需要上。这种生活中的温情借由身体上的原始本能的满足,使二人感受到了爱情的醉,在这个空间中,犹如尼采所讲,人类的本能冲动的生命意志切实地落在了这两个生命力实体上,通过原始生命力的释放,个体生命的神圣性得到昭示,他们一起达到的销魂的巅峰,这是"性冲动的醉"。尼采认为"性冲动的醉,它是醉的最古老最原始的形式",这两人在这个空间中获得的恰是这种由性而抵达的爱情的形而上的醉的状态。因此,黑娃和田小娥所处的这个窑洞及其窑院所彰显的恰是人的原始生命力奔腾不息的状态,是汪洋恣肆的,无关乎道德、宗教的纯粹的形而上的爱情的醉的空间。

田小娥和鹿子霖在一起时,这个空间变为生命力与理性规则进行较量和交换的空间。这样一个充满矛盾的空间在作者描述鹿子霖进入田小娥窑洞时的感官感受时表现了出来:"窑里有一股霉味烟味和一股异香相混杂,……"显然,霉味和烟味是窑洞的味道,异香是田小娥身上的味道,这里隐喻着鹿子霖和田小娥所处的窑洞的精神空间是一个对比差异很大的复杂空间。作者总共用了三次来描写田小娥和鹿子霖在这个窑洞中所做之事,而且三次描写都聚焦在了身体的本能——性上。通过作者描写,我们知道田小娥之所以和鹿子霖发生关系,是为了救黑娃,两人的关系是建立在交换基础上的,或者说是买卖基础上的,是田小娥期望通过身体来换得黑娃的生存。这种在生存的威胁下通过付出身体而换得爱人生存机会的行为,与鹿子霖为了本能满足而进行交换的行为形成了强烈的对比,此时的窑洞就成为一个复杂而具有对比性的空间,在此空间中,爱、牺牲以及欲望、恶形成强烈对比,人的以身体为基础的感性的生命和以计算交换为基础的理性形成对比,这就如弗洛伊德讲,力比多原始的快乐原则在自我保存的本能的影响下,被"现实原则"代替。而当田小娥通过鹿子霖得知白孝文被惩罚后,她觉得她干了一件错事,接下来她尿到了鹿子霖的脸上,鹿子霖打了她,说:"婊子!跟我说话弄事看向着!我跟你不在一杆秤杆儿上排着!"她说了一段话:"你在佛爷殿里供着我在土地堂里蜷着;你在天上飞着我在涝池青泥里头钻着;你在保障所人五人六我在烂窑里开婊子店窑子院!你是佛爷你是天神你是人五人六的乡约,你钻到我婊子窑里来做啥?你日屄逛窑子还想成佛成神?你厉害咱俩现在就这么光溜溜到白鹿镇街道上走一回,看看人唾我还是唾你?"这两段对话再次呼应了二人之间的交换关系。此时的窑洞恰如弗洛伊德所讲是追求自由快乐的感性感受对现实理性的一个反抗空间,这是本我对自我的一次僭越。总体来看,田小娥和鹿子霖所处的窑洞折射出爱、牺牲与欲望、恶的对立,以及以身体为基础所展示的人性的同情(对于白孝文)以及对等级观念(鹿子霖认为田小娥和他不是一个秤杆上的人,认为田小娥是婊子)的僭越。由此,此时的空间精神指向了两个方面:一为以身体为基础的感性空间中所蕴含的人性中善的一面与欲望中恶的一面的对立(田小娥自始至终都没有讲过是鹿子霖让她诱惑了白孝文的事实,这也从侧面证实了田小娥的善良,即人性中所具有的善);二为原始文化中感性层面对儒家文化中的理性层面的僭越(鹿子霖与田小娥的最后一次对话,上文已提)。

田小娥和白孝文在一起时,这个空间变为温暖而具有治愈能力的空间。作者对他两人之间的性事描写了七次,只有第一次描写得极其细致,也是在一个窑洞里,作者描写这个窑洞是一个"猪狗猫交配的龌龊角落",直到他受惩罚,他跟田小娥都没有实质的性关系。而在他受到惩罚后,他和田小娥才有了实质的性关系。作者对二人在田小娥的窑洞中的性事的描述是通过白嘉轩的听觉展示给读者的,白嘉轩听到"里头悄声低语着的狎昵声息,……温暖的窑洞里火炕上的柔情蜜意震荡殆尽,……只剩一身撑不起杆子的皮肉"。作者在七次的描述中,只有一次详细描写,写的是田小娥和白孝文在窑洞里过年的情形。二人在窑洞里过年,白孝文带了罐罐馍,田小娥给他做臊子面,白孝文说:"人家到祠堂拜祖宗哩!全村就剩下咱俩舍娃子天不收地不管,咱俩你拜我我拜你过个团圆年!"这次过年令白孝文回忆起了第一次与田小娥发生实质的性关系的情形,白孝文第一次在田小娥身上展现男性雄风,田小娥问怎么回事,白孝文说:"过去要脸就是那个怪样子,而今不要脸了就是这个样子,不要脸了就像个男人的样子了。"他饿得即将死亡出现幻象时想到的也是窑洞里田小娥的身体和二人抽大烟时的情形。可见,在白孝文的眼里,窑洞中是温暖和快乐的,而白孝文男性生命力得以恢复,感性的活力、良知得以恢复的事实又说明这是一个能治愈被伦理道德戕害的人的生命力的空间,使人得以重生的空间。因此,白孝文和小娥所在的窑洞就成了一个温暖、快乐、治愈、拯救和恢复生命力的对抗死亡的空间。

总而观之,田小娥的窑洞向我们展示了原始文化空间的多层次性和丰富性,该著作最具吸引力和最具张力的恰恰就是对这一空间的多层面和立体的描述,田小娥的窑洞体现出以身体和感性为特质的空间样态,这有别于中国传统儒家文化的理性空间。因此,我们说,《白鹿原》至少向读者呈现出了三重空间,即形而上的醉的空间、感性与理性较量的更高层次的善的空间以及治愈的对抗死亡的生的空间。这三重空间都指向了海德格尔所讲的在者表现存在的状态,爱、善和生的形而上的层面,而这种形而上的精神状态并非通过理性、道德来达到,而是以感性和身体来获得。

当我们对这个空间再进行探究时,田小娥的窑洞的最终景象就进入了我们的视野,田小娥的窑洞最终用六棱砖塔镇压了,作者也详细地描述了盖塔时的情形,田小娥的骨殖装进瓷坛里,将出现的许多彩色的蛾子堆在瓷坛旁,用十只青石碌碡团成一堆压住,取"永世不得翻身"之意,然后在其上筑六棱塔。这样的景象隐喻了儒家理性文化对原始文化的压抑,也是弗洛伊德所讲的文明对于爱欲的压抑,其实也指向了中国传统文化中自秦以来就逐渐由显变隐的原始文化,即中国传统中的巫术传统,也即与自然合一,对旺盛的原始生命力的赞扬和对身体的高扬的文化,因此,田小娥的窑洞在这个意义上来说是一个被压抑的中国传统文化中的原始文化空间。

三、现代文化空间——革命与爱情的空间

白嘉轩家、白鹿书院、祠堂是儒家文化的空间系统,田小娥家代表中国传统文化中的原始文化空间,这两者都是中国传统内部生发出来的文化空间。那么,西安城的出现,则是作为异质文化空间出现在整部小说中的,这是一个呈现第三世界的现代性的复杂空间。

西安城在《白鹿原》中出现了 10 次,是《白鹿原》的另外一个重要空间。作者对地志空间的描述是这样的:"这个创造过鼎盛辉煌的历史的古城,现在保存着一圈残破不堪却基本完整的城墙,数以百计的小巷道和逐年增多的枯干了的井,为古城的当权者杀戮一切反对派提供了方便,……";"啰唆巷大约是明初开始成为商人的聚居地,一座一座青砖雕琢的高大门楼里头都是规格相似的四

合院,巷道里铺着整齐的青石条,雨雪天可以不沾泥。""民乐园是个快乐世界,一条条鸡肠子似的狭窄巷道七交八岔,交交岔岔里都是小铺店……"从对西安城的描述中,我们看到作者只描写了西安城的三个空间,而这三个空间的功能指向了两个方向——政治和商业,再结合《白鹿原》的具体文本,这个空间是"反正"事件的发生地、流匪乱军所在、革命(国共争夺)场所、爱情(白灵和鹿兆海、卢兆鹏的爱情发生地)等事件的发生地、火车呼啸而来之地。由此,我们可以得知,这个空间是革命的、商业的、爱情的现代文化空间。作者在《白鹿原》中对这个空间的描写始终围绕着鹿兆鹏、鹿兆海两兄弟和白灵展开,因此可以说这三个人的行动域最能表现西安这个空间所代表的精神指向和文化特征。鹿兆海在西安城选择了国民党和三民主义作为自己的身份归属和信仰,并进入了抗日的序列中,最终成为抗日英雄,这隐喻着中华民族的民族独立战争,指涉着中国历史进程中的"救亡"的一面;鹿兆鹏选择了共产党和共产主义作为自己的身份归属和信仰,组织了"风搅雪"运动并加入了地下工作,他说:"没有什么人能阻挡北伐军的前进。"白灵在作者的笔下是一位进步女青年,她也选择了共产党和共产主义作为自己的身份归属和信仰,她退婚,挑战父亲权威,她说:"谁阻挡国民革命就把他踏倒!"鹿兆鹏和白灵的言行及其信仰隐喻着现代性中从民族内部突破传统的革命性的一面,鹿兆鹏的人生轨迹展示的是中国历史上的政治上的现代性,而白灵则是中国历史上的精神意识方面的现代性,是"启蒙"的一面。二人的爱情也是对传统的封建包办婚姻意识的一种反抗和突破,且二人的爱情有别于传统儒家的门当户对的婚姻(白孝文和大姐儿,鹿兆鹏和冷先生的大女儿的婚姻),也不是原始文化中田小娥和黑娃的以身体为基础的爱的婚姻,而是以共产主义信仰为基础的、自己选择的爱和婚姻,这是一份以个体自由选择为基础的爱和婚姻,是具有现代性特征的。三人的选择都是在西安这座城市中做出的,可以说西安滋养了他们,并赋予三人不同于传统的思想意识。从三人的人生道路选择和语言中,我们可以看到,西安不仅如马泰·卡林内斯库在其《现代性的五副面孔》所言,是"……广义现代性意识的某些态度和倾向——强烈的战斗意识,对不遵从主义的颂扬,勇往直前的探索,以及在更一般的层次上对于时间与内在性必然战胜传统的确信不疑。(这些传统试图成为永恒,不可更改和先验地确定了的东西)"的空间,还是中华民族争取民族独立进程的空间。西安城代表了第三世界的现代性的独特一面,即这是一个"救亡"和"启蒙"同时进行的空间。因此,西安成为一个东西文化互相凝视、传统与现代相互交锋的现代性空间,在此意义上,可以说西安城成为中国自近代以来从传统走向现代的具有中国特色的现代性进程在空间上的表达。

四、结语

总体来看,《白鹿原》向读者呈现了三重空间,这三重空间呈现出中国从传统走向现代的过程中的三种意识,同时也向我们昭示了古老中国在走向现代的过程中重建社会秩序的努力,但遗憾的是,这动荡的、纠结的、错综复杂的空间由于其内部的异质特性,注定了其不可化约性,它们必然同时存在于中国社会之中,形成中国高度复杂的社会空间。正如马克思在《共产党宣言》中所言:"一切固定的僵化的关系以及与之相适应的素被尊崇的观念和见解都被消除了,一切新形成的关系等不到固定下来就陈旧了。一切等级的和固定的东西都烟消云散了,一切神圣的东西都被亵渎了。人们终于不得不用冷静的眼光来看他们的生活地位、他们的相互关系。"《白鹿原》向我们呈现的恰恰就是这动荡的、多种意识并存的、骚动不安的空间,这个空间指涉的是中国自 1840 年鸦片战争以来的精神图景,一切都在动荡、骚动不安中,新的社会秩序并未确立,而一切旧有的秩序已然失效,更为重要的是《白鹿原》不仅向读者呈现了这动荡的大历史,而且将生活在这三重空间中的个体命运也展示给了读者,我们看到每个个体在这矛盾对立和融合中被历史裹挟向前,随大历史沉浮飘荡。但就是在这裹挟向前的历史中,人昭示了自身的本真意义。

(作者单位　西安工业大学人文学院)

略论当代中国文学的美学风格
——兼论《白鹿原》的美学阐释

王 杰

一、关于《白鹿原》的美学风格

关于陈忠实的长篇小说《白鹿原》的美学风格,陈涌先生概括为"清醒的现实主义";毛崇杰先生则概括为杂"现代性"与"后现代性"于一体的混合型风格。毛崇杰先生是这样表述的:

> ……这样的终局真有后现代主义"反目的论(相信历史定向进步的观点)"与"消解大叙事"的意义,"魔幻叙事"则为其次要之"后"特点。这种美学品质概而言之:杂"现代性"(其"自律"即对"启蒙—自由—解放"大叙事的肯定)与"后现代性"于一体,其美学之非确定性与风格之驳杂性正是其美学与风格之独特性,为其赢得了略超乎后现代文本之可读与可说性。

毛崇杰先生在这里把作品的美学风格问题与"现代性""后现代性"等较为深层次的理论规定联系起来,因此,这里所说的美学品质也就是时代特征的美学表现。可以看出,毛先生努力用"美学—历史的分析"方法来分析和评价《白鹿原》。《白鹿原》的确具有复杂的社会背景和文化意义,问题不在于是否承认这一点,问题在于怎样说明文本的意义。"现代性""后现代性""自律""启蒙""消解大叙事"等范畴都是现代西方哲学术语,用这些概念来直接表述《白鹿原》的美学风格,很容易导致"本质"与现象的断裂,也容易把文学评论变成政治话语的简单套用,这是严肃认真的文学批评应该避免的。

对作品美学风格的分析应该建立在文本分析的基础上。以中国新民主主义革命时期农村社会变迁为题材的小说,在《白鹿原》之前有许多成功的作品,与《白鹿原》同时期也有若干较优秀的作品。在笔者看来,《白鹿原》的成功,或者说《白鹿原》的特殊之处,既不在于对儒教伦理的文学再现(或者说对儒教的解构),也不在于消解了启蒙主义的"宏大叙事";《白鹿原》的特殊之处在于表现了欲望表达在当代社会关系中的复杂性以及多种难以辨析的差别,凸显了在欲望混乱的泥沼中,个体经验升华和对象化的不同方式和不同途径。优秀的现代小说展现的是心灵的世界,以及在现实世界中心灵变化的特殊轨迹。小说不是直接的历史,这是早在亚里士多德那里就已经明确了的真理。

《白鹿原》的叙事主要有两种方式,或者说由两种类型具体展开。一种方式主要通过人物命运的沉浮,通过不同的事件和情境,展示出人物内心世界的不同层面以及丰富内涵;这种方式就像交响乐,在引子中就已给出主题,随后在几个乐章中不断地演绎和展开。在《白鹿原》中,白嘉轩、朱先生、鹿子霖、鹿三、冷先生都属于这一类形象。这一类形象的意义,在作品的开始和尾声并没有本质的不同,只是丰满和外化的程度不同而已。在《白鹿原》中,这就是由前辈们所构成的世界,是下一代成长、变化的"背景",或者说现实关系。《白鹿原》的另一种叙事方式则细致地描写了几种不同类型的人物和性格在长辈们所构成的世界中发展变化的过程:从开始时的简单类同发展成不同的个体人格,甚至走上截然相反的人生道路。在这种叙事方式中,黑娃(鹿兆谦)和白孝文无疑是最为典型的两个极端了,白灵、鹿兆鹏、鹿兆海、田小娥则成为他们精神和性格发展的坐标或参照系。《白鹿原》让人感到"大气"或者说"史诗"感的一个原因,在于作者把这两种叙事方式精心地编织起来,构成了一幅色彩斑斓的历史画卷。要较好地描写"一个民族的秘史",这两种叙事方式的结合恐怕是必需的。从艺术的创新或者美学风格方面说,笔者以为《白鹿原》的成功之处除了表现了儒家传统的现代魅力,再现了现代中国社会进步历程的复杂性之外,还通过一群个体的不同成长道路,展示出中国社会深层十分隐秘却非常重要的发展动因。

有一个细节在小说的末尾被重新提起,说明作者是很看重这一情节的。在三个童年的伙伴已经成为对手和敌人,并且长期争斗之后,鹿兆鹏、鹿兆谦、白孝文又重新碰到一起,鹿兆鹏说:"还记得咱们三个给徐先生到柳树林里砍柳木棍的蠢事吗?咱们砍的棍子头一遭就打到咱们三个的头上。"在这里,作者把三个顽童淘气的事件,三个人截然不同的生活经历以叠合(或者套用电影的概念:

闪回)的形式呈现出来,从而使叙事过程具有了某种符号学的意义。为什么在同一个人生舞台上,童年时期的三个好朋友会走上截然不同的人生道路呢?三个童年伙伴的不同命运能够给当代人什么样的启示呢?这是每一个认真的读者都必然会思索并做出自我解答的问题。在我看来,这种解答既是对中国现代史的思考,也是读者对自己人生道路的评价。文学创作做到了这一点,就达到了艺术的境界,也才有可能谈到具有了某种风格。

关于《白鹿原》的美学风格,笔者不主张用"混杂性"或者"拼贴式"来概括,笔者认为《白鹿原》的文学形象和叙事方式以叠合性为特征,包含着古典风骨、后现代反讽、现实主义的真实、浪漫主义的幻想和冥想的多重叠合,这种叠合性的叙事和文学形象在《白鹿原》中达到了有机的协调,从而形成了《白鹿原》自身的美学风格。笔者倾向于用"余韵"概念来表达。

二、《白鹿原》的社会符号系统

三个童年伙伴挨打的原因是在去砍柳树条的途中偷偷跑去观看配种场的牲口交配。这个"原始场景",启动了三个人物不同的心路历程。《白鹿原》以白嘉轩七次娶妻、六次丧妻的经历作为引子,其用意也是突出"人口生产方式"的象征意义。黑娃上山落草后,土匪头子"大拇指"曾谈到一个很深刻的哲理:人只有战胜欲望,才能在社会上立足和发展。他很形象地说,许多人出事都是管不住"老二"(意指性欲)而造成的。在小说中我们看到,"老二"是一种强大的力量,推动着芸芸众生走向了五彩缤纷的人生道路,而规范"老二"的不同方式,则为我们再现了不同的欲望转化方式,表征出不同的文化类型和文化结构。

阅读《白鹿原》最让人感到神秘的是"白鹿精魂"的意象及其价值意义,与白鹿相呼应的还有"白狼"和"黑鹿"等意象。如果结合作品中的人物形象和这些人物的文化符码来分析,可以看出《白鹿原》的一个特点是用色彩和动物形象来表征形象的社会意义。在小说中,黑色和动物标指欲望,白色和文字标指文明,小说呈现了这两种符码系统的对立以及交互作用的不同形态,由此折射出心灵世界的复杂性及悲剧性。可以将《白鹿原》的叙事简化为下图(见下页)。

从这个简图中可以看出,《白鹿原》除了描写现实矛盾和人物性格在现实关系中的冲突以及历史进步的发展线索以外,还有许多条虚幻化的叙事线索

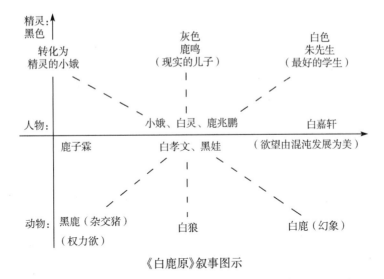

《白鹿原》叙事图示

(田小娥幻化为复仇精灵、朱先生幻化为白鹿、白孝文将杂交猪命名为"黑鹿"等),从不同的侧面展示了人的复杂性,其虚幻化的表现手法表征着某种价值判断和社会意义,直接服务于作品的主题。

全面论述《白鹿原》的文化符号系统不是本文的任务,笔者在这里着重指出的是,作品中的朱先生明显地带有理想化的色彩,或者说是古典文化对当代社会仍然具有重要作用的象征,这个形象的抽象化和神秘化色彩正是古典文化在现代社会的存在方式和特征,简单冠以"新复古主义"的帽子恐怕是一种误读。如果这样提出问题和思考问题,那么马克思关于古希腊神话和莎士比亚戏剧具有永恒魅力的论述就难以理解了。在《白鹿原》中,朱先生的形象显然是经过陌生化处理的,表征着在物欲膨胀的现代社会中以宗族制度为基础的古典文化可能具有的影响和意义。在《白鹿原》中,以白色和精灵化为特征的形象还有白灵,那是具有现实性的理想形象,是与未来相联系的理想。因为有了这两类形象的存在,《白鹿原》中人物形象的发展变化才具有一个较为广阔的空间。如果把传统的作用坐实了,那么对以黑色和动物性为特征的欲望化形象的批判力量必将大大削弱,作品表现古典文化现代价值的努力也就没有意义了。在这个问题上,马克思很早就做了提醒:

……困难不在于理解希腊艺术和史诗同一定的社会发展形式结合在一起,困难的是,它们何以仍然能够给我们以艺术享受,而且就某些方面说还是一种规范和高不可及的范本……

古典艺术和古典文化由于其社会基础已经解体,其形象与意义的联系必然断裂,如果它仍然具有审美价值,那么对这种价值及其意义的理解应该从当代社会关系中寻找答案。简单地批判这种审美形式"过去的"社会基础,很难真正说明作品的意义。

《白鹿原》写于1988年至1992年,正是中国特色的社会主义道路的观念逐渐明晰并最终确定为我们党的指导思想的重要的历史时期,陈忠实以艺术家的敏感思考了历史所提出的重大课题:在物欲膨胀的社会现代化过程中,中国文化传统是否仍然具有价值,它以什么样的方式发挥作用?作家的答案不是包含在作品中某一个具体形象之中,而是通过作品中一系列人物命运的沉浮以及他们之间的相互关系,传达出作家对这一问题的思考。在作品中,白嘉轩是中国文化传统的一种形象化表征,朱先生、鹿子霖、黑娃等是其不同侧面的镜像存在,白灵、白孝文、鹿三则是其衍射形态镜像,这些形象之间的关系也就是作家对中国文化的理解。我们也可以把这种关系用"符号矩阵"图式来表示:

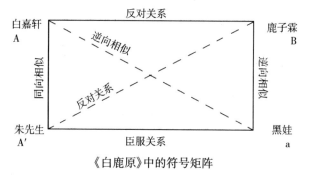

《白鹿原》中的符号矩阵

从这个图中可以看到,白嘉轩复杂的人格在《白鹿原》中大体上呈现为 A—a—A′和 A—a—B 两个三角形关系所组成的复合世界。鹿子霖是白嘉轩的对立面,事实上也折射出白嘉轩性格中与欲望、小农意识相粘连的一面,因而,可以说朱先生作为白嘉轩人格的理想化和文化规范化升华,生动地表现了古典文化与现代化要求格格不入的悲剧性和崇高感。朱先生近乎超凡入圣的一生只能以失败告终,纯化为理想的存在,在现实中是缺乏根基和发展动力的。朱先生临终时的场景道破了这一点:

朱先生把额头抵搭在妻子的大腿面上,乖觉温顺地听任她的手指翻转他的脑袋拨拉他的发根,忽然回想起小时候母亲给他在头发里捉虱子的情景。……朱先生的脸颊贴着妻子温热的大腿,忍不住说:"我想叫你一声妈——"朱白氏惊讶地停住了双手:"你老了,老糊涂了不是?"怀仁尴尬地垂下头,怀义红着脸扭过头去瞅着别处,大儿媳佯装喂奶按着孩子的头。朱先生扬起头诚恳地说:"我心里孤清得受不了,就盼有个妈!"说罢竟然紧紧盯瞅着朱白氏的眼睛叫了一声"妈——"两行泪珠滚滚而下……

母亲是个体与外在世界相联系并达到和谐的最初中介,个体进入社会后,实现这种联系的方式可以是多种多样的。朱先生的情感和精神要求在现实中无法实现对象化,虽享有崇高的声望却"心里孤清得受不了"。这里面所包含的文化意味,较之王国维所说的"美人之迟暮"更增添了几分悲壮。

黑娃作为朱先生最好的学生是《白鹿原》中最能体现白嘉轩人格复杂性的颠倒的镜像,笔者甚至认为,黑娃是白嘉轩精神上的儿子。黑娃从小就没有母亲,父亲鹿三在他的精神成长方面没有起多少作用,倒是白嘉轩"挺得太直"的腰杆给了他巨大的精神影响。由于黑娃受压迫的社会地位,他只能以颠倒的方式接受这种影响,白嘉轩的儿子省下好吃的冰糖送给他反而深深地激怒了他就说明了这一点。黑娃是从自然欲望的苏醒和表达开始他的精神历程的,这一历程始终伴随着冲突和暴力,在残酷和动荡的社会中,黑娃左冲右突,寻找温情、信任和正义,但在社会巨变的激流中,他只能如一叶轻舟随波逐流,最终糊里糊涂地系舟在朱先生承继其血脉的文化大树上。黑娃的反抗和精神历程非常富于悲剧性,在笔者看来,其悲剧性强度不亚于田小娥的命运。

白嘉轩作为中国仁义文化的社会基础,或者说作为这种文化的典型表征,在社会的现代化过程中必然受到愈来愈强烈的冲击,朱先生把这一命运概括为"好人难活"四个字。白嘉轩一生所承受的打击和痛苦,远远超过了平常人所能承受的程度,黑娃"学为好人",努力从黑色的世界走向白色的世界,他的老师朱先生在称赞他为最好的学生时,事实上也是深深地为他的命运担心。善良、温情、和谐和正义的古典世界,在社会的进步和现代化的过程中,必然如海德格尔的"精神家园"一样,从现实的存在退向"诗意的栖居"以及审美的世界。

三、"白狼来了":"白鹿精魂"的审美意义

《白鹿原》中,白狼是一个价值多义的含混意象,但不管是表征农会运动、军阀,还是土匪,白狼都与暴力直接相联系。暴力是打破"耕读传家"祠堂文化的直接动因。对于天人合一、秩序井然的祠堂文化来说,白狼是一个朦胧的意象,表征出人们对和谐世界即将解体的恐惧。在《白鹿原》所描绘的世界中,白狼意象一直悬在人们的头顶上,为整个作品营构了一个悲怆的基调。在我看来,《白鹿原》的深刻和成功之处,在于除了描写了半个多世纪社会的动荡和变迁给人们带来的各种冲击之外,还精心地描绘了在社会规范松弛的转型时期,各种类型的人们心目中的白狼——欲望的强大力量,以及由此在人们心中投下的巨大阴影。《白鹿原》成功地描写了形形色色、各种类型的性关系,然而,在作品中任何一对男女两性组成的个人世界中,都可以感受到恐惧的阴影,即使白嘉轩和仙草这一对古典和谐式的夫妻,在新婚伊始也伴随着恐惧的阴影。

黑娃、白孝文、鹿兆鹏这三个童年伙伴,对欲望的恐惧都根源于砍柳条事件所受到的重责,然而在后来的人格发展中,却形成了彼此不同的三种欲望表达模式,它们之间在理论上的区别是值得注意的。在三个童年的伙伴中,白孝文人格发展的心理环境最为"和谐",族长白嘉轩为其设计并且铺平了成长的道路,然而这个新一代的族长只是形似神不似,其中一个原因在于白孝文的欲望表达模式是那喀索斯式的,以自我为中心为特征。如果说白嘉轩青年时先后七次娶妻目的在于尽孝道的话,那么白孝文与妻子以及小娥的关系则是谋求快感。在小说尾声,他用不正当手段获取权力,又用不正当手段报复黑娃,都是这种人格的典型表现。鹿兆鹏的欲望表达模式根本不同于白孝文,从一开始就表现出某种性冷淡的倾向,虽然关于他投身于革命斗争的心理动力小说没有给予充分的表现,但从他与白灵的关系中可以看出,他的欲望表达方式是被动接受式的,以对象的愉快和满足为目的。这是一种女性化和具有东方特色的欲望表达模式,斯皮瓦克将之称为"艾柯式"的欲望表达方式。这是一种牺牲快感的欲望表达,具有古典美的品格。在三个童年伙伴中,黑娃的欲望表达模式最为复杂。如果说鹿兆鹏的情感模式具有古典文化的特征,白孝文的欲望表达模式具有社会现代化进程(浪漫主义文化)的基本特征的话,那么黑娃的情感模式和人格特征则是一种复杂的结构。黑娃与小娥的结合也是被动的,但却是十分肉

感的,具有强烈的快感。黑娃在小娥那里找到了一个完整的世界,精神和肉体、自我和对象都水乳交融地联系在一起,构成了一个自足的世界,有了这个世界,他们不再需要寻找母亲,不再需要寻找精神的家园。是巨大的社会压迫和文化压迫使黑娃走上了反抗的道路。黑娃的反抗是一种本能的、个体化的反抗,具有小生产方式的典型特征。黑娃最后跪倒在祠堂里,以及拜朱先生为师"学为好人",都与他在社会关系中的这一位置相联系。黑娃最后"学为好人"并且得朱先生精神之真传,以悲剧的形式说明了古典文化的魅力,以及它在现代化进程中的软弱无力。

从艺术形象创造和美学风格的角度讲,白孝文和鹿兆鹏的形象没黑娃形象典型,不能较好表达当代中国社会生活的特殊性。在《白鹿原》中,如果说白嘉轩的形象是一幅画的背景、基调的话,那么可以说黑娃的形象是这幅画的"画眼"。在一个"好人难活"的世界里,古典式的、以祠堂文化为基础的美不可挽回地开始解体,这是社会发展的必然。但那个必然解体的世界,在破碎和瓦解时放射出来的光芒却是壮观和美丽的,它不仅能够给我们以丰富的审美享受,而且给人们以深刻的伦理启迪。在笔者看来,这就是"白鹿精魂",或者说《白鹿原》的审美意义。

四、当代中国文学生产方式的理论规定

风格是与某种特殊性相联系的。关于某一作家特殊风格的分析,偏重于对作家个人体验和心理因素的探究,而对某一时代、某一民族文化风格和美学风格的研究和把握,则应该从其生产方式的理论分析入手。关于当代中国文学艺术生产方式的理论规定,大体说来包括以下几个方面:①社会主义初级阶段经济基础对意识形态的要求;②文化传统与现实的非对抗关系;③现实与未来的关系;④以上几个方面的叠合性共存或有机统一等。

关于社会主义的文化,特别是社会主义的文学艺术,维护和促进社会主义经济基础的发展自然是它最基本的要求。在文学艺术方面,经过浪漫主义文学运动和现代派文学阶段,文学形象和生活体验之间的联系断裂了,形成了保守主义和激进主义二元对立的文化格局,文学的世界也分裂为古典的、符号化了的过去与激进的、情感化的当下体验之间的对立。如果说伽达默尔、列维-斯特劳斯、海德格尔等美学家已经明确意识到艺术形象与现代生活体验直接联系

起来的重要性和必要性的话,那么我们可以说,社会主义文学生产方式不仅提出了这种要求,而且实践了这种要求。通过审美转换这个范畴,社会主义文学理论把形式和现实内容、符号与现实生活体验结合起来了。审美转换不仅只有从现实内容到文学形式这样一种通常的方式,而且还包括从文学象征、文学形式到现实的、生动的文学体验这样一种方式。从理论上说,这两种方式都是现实主义的。在《白鹿原》中,虚静的情感模式、"白鹿精魂"的文化象征,以及黑白两色符号系统的对立和转换等等,都通过叙事过程实现了向对立面的转化,表现为生动感人、审美意义丰富的文学形象。

当代中国文学生产方式的另一个理论规定,笔者以为可以表述为审美意象的多重叠合或者说有机统一,这个概念的理论基础是法国马克思主义理论家路易·阿尔都塞所提出的"多元决定论"。社会主义初级阶段在经济基础方面的重要理论规定就是多种所有制形式共存。这种多质共存的经济结构归根结底是受生产力的发展水平制约的,也必然影响着文化结构的复杂性。文化结构和文化发展的"多元决定"理论把握了同质文化千姿百态的表现形式,以及经济和文化的不平衡发展关系;经济基础方面的多质共存结构则呈现出一个十分复杂的文化空间。这也是当代中国文学意象多重叠合特性的社会根源和理论根据。理论研究的任务不能停留在把这种现象贴上一个"后现代"标签的水平上,而是应该分析这种多重叠合现象或有机统一现象是否产生了新的审美效果,以及这种新的文学风格和审美风格在理论研究中的意义。关于当代中国文学意象的多重叠合现象,既可以用叙述学和形象分析的方法来分析,也可以用心理分析的方法做出解释。《白鹿原》的叙事过程除了历史的和现实的视点以外,还有两个十分重要的视点:一个是以农耕社会为基础的祠堂文化的视点,白嘉轩是其最典型的代表;再一个就是转化为精灵化或冥间化形象的视点,朱先生、死后的小娥是其突出代表。这后一个视点不仅增加了小说的神秘性和命运感,也为跳出具体的历史语境评价人和事件提供了可能。多重视点并用在《白鹿原》中造成了一种很独特的效果:多灾多难的社会历史过程和酷烈的人生悲剧,并没有导致人们对历史和现实的否定性评价,而是产生出难以言传的复杂情感,引发人们抛弃一切现成的评价标准,以一种"实事求是"的情感态度对待作品所营构的世界。因此,笔者主张用"宁静的悲怆"来概括《白鹿原》的美学风格。

关于当代中国文学生产方式的第三个理论规定,也就是当代文学的现代性问题。笔者以为,当代文学的现代性主要通过文学形象表征未来而体现出来,其理论基础是历史哲学,而不是美学或伦理学。《白鹿原》以冤杀黑娃、白嘉轩一只眼睛失明和鹿子霖精神失常随即冻死作结。在黑娃审判会上,白嘉轩悲愤至极而"气血蒙目",虽然被冷先生救起,但却从此瞎了一只眼睛。此后,白嘉轩对世界的态度发生了某种变化:"一月后,白嘉轩重新出现在白鹿村村巷里,鼻梁上架起了一副眼镜……他的气色滋润柔和,脸上的皮肤和所有器官不再绷紧,全都现出世事洞达者的平和与超脱,骤然增多的白发和那副眼镜更添加了哲人的气度。"《白鹿原》所体现出来的悲剧意识不仅具有浓郁的中国特点,在笔者看来,还具有十分强烈的当代色彩,或者说社会主义文学的某种特征。

文学的现代性问题虽然并不等同于哲学的现代性问题,但它们之间无疑存在着密切的联系。关于现代性问题,事实上不同的理论有不同的理解,其本身也是一个价值问题而不是事实问题。马克思主义对现代性的理解是十分辩证的:既包含着对生产力极大发展以及资本主义生产方式的赞扬——强调它是历史的巨大进步,又包含着对简单以物质生产发展为尺度的生产方式的强烈批判。所谓现代性也就是生产的社会化过程以及人类存在的个体化过程,它所带来的社会进步和两极分化现象同样令现代人震惊。马克思在《〈政治经济学批判〉导言》中曾经说过:"……进步这个概念决不能在通常的抽象意义上去理解。"把社会的现代化过程置于一定的历史阶段,对它的不合理性提出批判和质疑,这就是马克思所理解的现代性。具体到文学方面,笔者以为西方文化中浪漫主义文学至现代派文学那种以想象为中心,把艺术的世界与日常生活世界割裂开来的美学原则,以及将审美价值作为最高真理或作为价值标准的观念就是文学现代性。它不仅是一种文学作品的生产方式,也是文学传播、评价、研究等的原则。马克思主义理解的文学的现代性,或者说马克思主义的文学态度,正是对自律性的纯文学观念的批判和否定。简单说来,马克思对文学现代性的理解,着重点在于文学把人们引向"未来"的能力。如果说现代派文学理论关于现代性的认识强调文学可以把握住人们对现代生活的真实体验,那么,可以说,马克思主义文学理论关于现代性的认识强调文学具有表征"未来"的能力。具有这种能力的作品就具有了社会主义文化时代的文学现代性。

关于文学生产方式这个概念,弗·詹姆逊是这样论述的:

于是,这个新的对象——符码、标记系统,或标记与符码的生产系统——就成为研究一种整体的导引,它更大地越过那些更早的系统,即狭隘政治(象征行为)的,和社会的(阶级话语和意识形态元),以及我们在这个词的更广意义上所说的历史系统。这里的有机化的联合体就是马克思主义传统所指的"生产方式"。

当代中国文学艺术生产方式的总体特征,事实上也就包含在社会主义初级阶段以及民族特色这两个理论规定性之中。我们仍然以《白鹿原》为例做出说明。《白鹿原》是一部反映社会现代化进程的悲剧风格的作品,但是把《白鹿原》与启蒙时期的巴尔扎克、司汤达,或者与柳青、老舍笔下的悲剧作品相比较,我们就能够感到明显的区别;再者把《白鹿原》与《第二十二条军规》《百年孤独》等作品相比,我们也能感受到巨大的差异。如果说启蒙主义时期的悲剧作品在相信社会必然不断进步的基础上深刻揭示了社会的不合理性,现代派作家则在对现实和历史彻底绝望的立场上描写了社会生活的悲剧性,以及其中所包含的美,那么,也许可以说,《白鹿原》是一种包含着内在乐观的悲剧。且不说黑娃之死平反有望,小娥的冤屈在超常的复仇行动中得以宣泄,仅仅从《白鹿原》的叙事结构就可以说明这一点。《白鹿原》叙述了白、鹿两家历时半个多世纪的复杂关系。作家一方面细致地描绘了以白嘉轩为代表的祠堂文化不可避免的必然解体的命运,另一方面,又用生动的笔法渲染了欲望的"狂欢化"。《白鹿原》通过对两性关系丰富多彩的描写,呈现了生命的欢乐和倔强。在这方面,黑娃的经历也是很典型的,既不是命运悲剧,也不是性格悲剧,而是一种文化悲剧。黑娃"学为好人"虽然不识时务,但体现出一种巨大的精神力量,一种强烈的美,富于希望的未来必然承继其中合理的东西。宁静的悲怆是仁者的悲剧,它把我们这个时代复杂的矛盾和可能的未来都表征出来了。

(作者单位　浙江大学传媒与国际文化学院)

灞桥风雪因鹿鸣
——论陈忠实的旧体诗词创作

王鹏程

陈忠实对诗歌的迷恋,可以追溯到初中时期。他初中二年级时喜欢上文学,初中三年级适逢"诗歌大跃进",受时代氛围的影响,写了不少诗歌,其中有一首题为《钢、粮颂》,发表在1958年11月4日的《西安日报》上,为其见诸铅字的最早作品。[①] 陈忠实后来回忆说:"写诗是我年轻时的小爱好,那会儿我就爱写个短诗啊、小散文啊。那时候诗情来了,根本压抑不住,写诗的数量远远超过了散文,但因胆小怕羞也不敢往外投稿,只是自己没事抒发一下情绪而已。"1965年3月8日,他在《西安晚报》上发表了散文处女作《夜过流沙河》。早两日即3月6日,他在《西安晚报》发表了14行的诗歌《巧手把春造》[②]。《西安晚报》的编辑回信对他说,他的散文比诗写得好;另外,术业有专攻,人的精力有限,应该把重心放在散文上,重点突破。[③] 由此,陈忠实在散文创作上花的精力多一些,不过很快即倾力于小说创作。邢小利考察陈忠实的读书兴趣和文学接受发现:"陈忠实早年读书,主要是小说,几乎没有见他提过散文、诗歌和戏剧,更不要说文学理论、文学批评以及历史、哲学、文化一类书籍了。这一点非常重要。诗歌和散文或者干脆说诗文,从某种意义上说,更多的是属于文人或者说是知识分子作家的雅好。陈忠实的文学趣味不在这里。这也是他后来几乎不写诗(平生只写了一首自由诗,写了二三十首不讲格律的旧体诗词),散文(多数为五十岁以后之作)也写得不是太讲究的原因。陈忠实似乎从一开始,就在

---

① 邢小利.论陈忠实的创作道路与文学史意义[M]//陕西作家与陕西文学:上.西安:陕西人民出版社,2017:63.
② 邢小利,邢之美.陈忠实年谱[M].西安:陕西人民出版社,2017:11.
③ 职茵.著名作家陈忠实,一生爱诗鲜有人知[J].西安晚报,2009-5-24.

潜意识里给自己定位为一位小说家。"①潜意识里做一名小说家的自我定位,使得陈忠实在小说的阅读方面尤为用力(尤其是当代小说和外国小说),对中国传统诗词的阅读和接受极为有限。不过他诗兴并未泯灭,在《白鹿原》完成之后,"诗人兴会更无前",对古典诗词的阅读兴趣前所未见,并萌发了模仿写作的冲动。他"没有下过太大功夫研究旧体诗词的形式特点","只是利用旧体诗词这种形式来表达他当下的思想感情"。② 也即是说,陈忠实的旧体诗词创作,是一种明心见性的陈氏自度诗词。且不去考虑其诗词是否合辙押韵、对仗工整,从中我们可以窥探到作者的创作心态、性情风骨与内心世界,这也是本文写作的主旨。整体而言,陈氏诗词有着鲜明的个人化特点——瘦硬劲挺、慷慨悲凉,类松柏虬枝,似秦腔唱词,热耳酸心之中不坠志向,沉郁之中不落颓丧,蕴含着胎息自然、不汩其真的诗学精神。这也是吸引笔者试以申论的缘由。

《白鹿原》书稿完成之后,得到了评论家李星、人民文学出版社编辑高贤均与洪清波的肯定,陈忠实心境豁然,迎来了"50 年生命历程中最好的一个春天"。他"即景生情,因情生景",灞桥柳色、返青的麦田,以及河川与原坡满眼的绿色,使其"前所未见的敏感"③,目视神遇、外与内符、心与物契、神与物游,使得其对古典诗词有了自己也难以料及的雅兴。在《寻找属于自己的句子》的第十六节,陈忠实以"读诗诵词,前所未有的闲情逸性"为题,记述了自己产生"闲情逸性"的原因:

> 这是我预料不到的一次阅读,竟然对几十年不断阅读着的小说(包括名著),在写完《白》稿之后顿然失去了兴趣,竟然想读中国古典诗词了。尽管未能接受高等文科教育,深知国学基础浅而又薄,然几十年来仍然兴趣专注于现当代文学和翻译文学作品的阅读,从来也舍不得把业余有限的时间花费到国产古典辞章的阅读中去。这回突然

---

① 邢小利. 陈忠实的读书兴趣和文学接受[M]//陕西作家与陕西文学:上. 西安:陕西人民出版社,2017:120. 按:关于陈忠实新诗的写作数量,邢小利此文与他本人的《论陈忠实的创作道路与文学史意义》一文以及《陈忠实年谱》矛盾,也与陈忠实的回忆不符。应该是陈忠实 50 年代末到 60 年代初写了不少自由新诗,发表的最少有《钢、粮颂》《巧手把春造》两首。
② 邢小利. 陈忠实的读书兴趣和文学接受[M]//陕西作家与陕西文学:上. 西安:陕西人民出版社,2017:115.
③ 陈忠实文集:九[M]. 北京:人民文学出版社,2015:439.

发生的阅读中国古典诗词的兴趣,也并非要弥补国学基础的先天性不足,再说年届五十记性很差为时已晚了,可以说是没有任何功利目的纯粹欣赏的兴趣。我后来想过,这种欣赏兴趣的发生,在于古典诗词的万千气象里的诗性意境,大约是我刚刚完成小说写作的长途跋涉之后所最渴望沉湎其中的。然而,在《白》的阅审尚未确定的悬心状态里,又很难潜心静气地进入其中,以至用高声朗诵来排解对《白》可能发生的不堪的结局的焦虑。现在,有了高贤均和何启治的肯定,也有李星的别具个性的语言的肯定,我便完全松弛下来了,进入一种最欣慰也最踏实的美好状态,欣赏古典诗家词人创造的绝佳意境就成为绝好的精神享受了。①

由此可见,灞桥春天辽阔盎然的诗意,与陈忠实完成"垫棺之作"后踏实舒展的生命状态互为感发、相互契合,激发了他不曾有的敏感,以及前所未有的诗情与诗性,古典诗词遂成为他情感慰藉与精神享受的最佳文体。这也是旧体诗词所独具的文学功能使然,正如有学者所言:"旧诗有感情容量度,他种文学形式所能容者能之,不能者亦能之,其'娱乐性'或有用性似在此;旧诗虽不盛,方块汉字一日存在,旧诗终当不灭,而维持其'娱乐性'或有用性。"②旧诗如此,词亦如此。在吟咏李白、杜甫、苏东坡、陆游的诗词的同时,陈忠实按捺不住自己的"诗性",开始尝试用诗词袒露自己创作历程与心情心态。1992年夏天,他填了平生第一首词《小重山·创作感怀》。不久,又填了《青玉案·滋水》。两首词如下:

小重山·创作感怀

春来寒去复重重。掷下秃笔时,桃正红。独自掩卷默无声。却想哭,鼻涩泪不涌。

单是图利名? 怎堪这四载,煎熬情。注目南原觅白鹿。绿无涯,似闻呦呦鸣。

1992年夏

---

① 陈忠实文集:九[M].北京:人民文学出版社,2015:440.
② 高旅.散宜生诗:高序[M]//聂绀弩旧体诗全编.武汉:武汉出版社,2005:7.

青玉案·滋水

涌出石门归无路,反向西,倒着流。杨柳列岸风香透。鹿原峙左,骊山踞右,夹得一线瘦。

倒着走便倒着走,独开水道也风流。自古青山遮不住。过了灞桥,昂然掉头,东去一拂袖。

1992年夏①

为了《白鹿原》这部死后可以做"垫棺枕头"的大书,陈忠实四年磨一剑,万人如海一身藏于白鹿原,过起归园田居的清淡生活。大作竟稿,尚待评判,其中甘苦,翻江倒海。他自己曾立下誓言:《白鹿原》如果砸了,他就和老婆回家养鸡。虽说"有心人,天不负",但苍天负人何曾少见!回味四年辛酸,他情不自禁。前一首写创作之苦,或者可谓是他笃信的那句"文学是愚人的事业"的诠释。开篇作者见景生情,感物而动。时光飞逝,春来冬去,四载春秋,与世隔绝。"掼下秃笔时",已是"桃正红"。知作者者,谓为理想而求索;不知作者者,谓为名利而自囚。接下来,作者突以问句承接——"单是图利名?怎堪这四载,煎熬情",自问自答,由写景转入写心境,自然妥帖,浑然天成。究竟是什么能够支撑作者绳床瓦灶孜孜以求呢?未尽之语,作者进一步点明——"注目南原觅白鹿。绿无涯,似闻呦呦鸣。"正是南原那群呦呦鸣叫的吃享苹草的白鹿,使作者"瘖寐思服"。作者巧妙地将《诗经·鹿鸣》中的典故嵌入其中,以指代其《白鹿原》,一语双关,言近旨远。后一首寄情山水,借以言志,别有韵致。上阕写滋水独特的自然气象,"涌出石门归无路,反向西,倒着流。"一个"涌"字,力显喷发之势,起笔不凡。自古河水顺东流,滋水反其道而行,足见其特别。表面上写自然景观,实为自喻。《白鹿原》写作之时,恰逢下海大潮,众人皆东而唯作者向西,足现作者其志之笃、其力之坚。不独"杨柳列岸风香透",更有"鹿原峙左,骊山踞右,夹得一线瘦"。如此情境,不但要有"咬定青山不放松"之坚强,还得有"千磨万击无改变"之韧劲,才能在众声喧哗中发出自己的声音。"透",足见诱惑之大;滋水在白鹿原与骊山之间,被"夹得一线瘦",如丝如线,"夹"与"一线瘦"足见环境之险恶。下阕直抒胸臆,一腔豪迈。"倒着走便倒着走"显作者

---

① 陈忠实文集:十[M].北京:人民文学出版社,2015:422.

之决绝,"独开水道也风流"彰作者之气魄。辛稼轩云:"青山遮不住,毕竟东流去。"确如此言,一时之喧闹浮华瞬间即会风流云散,留下来的只有灵魂冲突孕育出来的佳作。至此,作者笔锋突然一转,吟出"过了灞桥,昂然掉头,东去一拂袖"的惊人之句。"夹得一线瘦",不过形势使然,但这也是"苦其心志,劳其筋骨"、成其事业之地,"过了灞桥",情势就截然不同了。这里我们顺便说说陈忠实的出生地灞桥。用陈忠实的话来说,灞桥是他"心灵中最温馨的一隅",这个以折柳送别而闻名于世的地方曾得到历代诗人的不断咏叹,陈忠实在《故乡,心灵中最温馨的一隅》一文中深情地讲述了灞桥对其创作的哺育——"灞桥是我家乡,生我,养我,培育滋润了我。我有幸在家乡工作二十年,服务不够,却得益匪浅。正是那里的如韩康一样'卖药不二价'的父老乡亲,给我以深刻的影响;在那二十年的乡村基层工作中,我才逐渐加深了对社会和人生的了解和体验;完全可以这样来概括,如果没有那二十年的乡村工作实践,我的全部文学创作都是不可想象的,或者说完全会是另外一种面貌。基于这样一种情怀,我向你们鞠躬了,故乡的父老乡亲。"①灞桥风雪吟咏苦,这里我们不由得联想到"灞桥风雪"的著名典故。唐昭宗时宰相郑綮善作诗,"或曰:相国近有新诗否?对曰:诗思在灞桥风雪中、驴背上,此处何以得之?盖言平生苦心也"。(孙光宪:《北梦琐言》卷七)足见作诗之苦。陆放翁即有"灞桥风雪吟虽苦,杜曲桑麻兴本浓"(《耕罢偶书》)之句,现代著名学者钱锺书亦有"灞桥风雪驮诗物"(《戏问》)和"灞桥驴背雪因风"(《寻诗》)之句。陈忠实的《白鹿原》,正是在"灞桥风雪"中磨砺孕育出的佳作巨制。文章千古事,灞桥风雪寒。"过了灞桥"暗合此典故,无折柳送别之愁绪,有坚卓毅然之豪情。

除这两首词之外,陈忠实袒露自己创作心路的铮铮之作还有《七律·和路友为先生诗》和《七律二首·故乡》。路友为即著名剧作家芦苇②,他既是陈忠实的朋友,也是电影《白鹿原》的编剧。在赠陈忠实的诗里,他写道:"壮哉秦风妙手传,如史如诗白鹿原。笔意纵横八百里,墨痕点染五十年。但听滋水歌当哭,难解白鹿情与缘。敢问雍村枕书人,方志续修更几篇?"路友为赞誉老友

---

① 陈忠实文集:五[M].北京:人民文学出版社,2015:398 - 399.
② 芦苇,原名路友为,著名剧作家,1950年3月出生于北京,在西安长大。其先后编剧的著名电影有《疯狂的代价》《黄河谣》《一地鸡毛》《霸王别姬》《活着》《秦颂》《红樱桃》等。导演的电影有《西夏路迢迢》等。

《白鹿原》之如椽巨笔,期待老友新作问世。陈忠实酬唱道:"欣慰拙著有人传,沟通两心是古原。稚少痴梦艺苑里,老大醉耕不计年。遭遇灾变谁无哭?醒来沉静我有缘。寄语钟情白鹿人,体验不深不谋篇。"①"稚少痴梦艺苑里,老大醉耕不计年"云其对文学的执着,为自己文学之路的真实写照;"寄语钟情白鹿人,体验不深不谋篇"言创作体验,可谓"金针"与人。"金针"即陈氏所谓的将"生活体验""生命体验"与"艺术体验"高度融汇的"三体验"创作理念。20世纪80年代中后期,陈忠实开始调整自己的创作,有意识地激活自己的生活积淀,剥离体验生活带来的限制,自觉地从生活体验的层面进入生命体验的层面。他认为:"作家进行文学创作唯一依赖的是一种双重性的体验,由生活体验而发展到生命体验,由艺术学习发展到艺术体验,这种双重体验所形成的某个作家的独特体验,决定着作家的全部艺术个性。"②对于生活体验,陈忠实"强调的是作家个体体验不仅要尊重生活,研究生活,更要使作家的思想情感深陷生活去真切感受却不停留于生活,努力去开掘生活的本真层面及其意义,即便是历史生活。"③在他看来,"生命体验由生活体验发展而来,生活体验脱不出体验生活的基本内涵。……普遍的通常情况是,一般的规律作家总是经由生活体验进入到生命体验阶段的;并不是所有作家都能经由生活体验而进入生命体验的,甚至可以说进入生命体验的作家的只是一个少数;即使进入生命体验的作家也不是每一部作品都属于生命体验的作品。"④生命体验是一种陌生化的个人化体验,"生命体验首先也是以生活为基础的,生命体验不单是以普通的理性理论去解剖生活,而是以作家个人独立的关于历史关于现实关于人的生存的一种难以用理性言论做表述而只适宜诉诸形象的感受或者说体验。这种体验因作家的包括哲学思维个人气性等等方面因素而产生,所以永远不会重复也不会雷同。"⑤如何从"生活体验"进入到"生命体验",陈忠实这样论述道:"我觉得从生活体验进入到生命体验,好像已经经过了一个对现实生活的升华的过程,这就好比从虫子进化到蛾子,或者蜕变成美丽的蝴蝶一样。在幼虫生长阶段、青

---

① 陈忠实文集:十[M].北京:人民文学出版社,2015:424.
② 陈忠实文集:六[M].北京:人民文学出版社,2015:214.
③ 冯希哲.从"三个学校"到"三种体验"——论陈忠实文学创作观念的转变[N].陕西日报,2013-11-28.
④ 陈忠实文集:六[M].北京:人民文学出版社,2015:215.
⑤ 陈忠实文集:六[M].北京:人民文学出版社,2015:216.

虫生长阶段,似乎相当于作家的生活体验,虽然它也有很大的生动性,但它一旦化蝶了,它就进入了生命体验的境界,它就在精神上进入了一种自由状态。这个'化'的过程就是从生活体验进入到生命体验的一个质的过程,这里面更多地带有作家的思想和精神的色彩。……对于一个作家来说,他的创作发展也有一个从生活体验到生命体验的过程。有些作家能够完成这个全过程,而有些作家可能从来也没有完成这个过程,这种作家是大多数的。就我的感觉,属于生活体验层次的作品是大量的,而进入了生命体验层面的作品是少量的。"①"生命体验"不是对生活的个人化的简单反馈,而是在置于历史、民族、人类、人性前提之下的个人化表达。"艺术体验"不是别人经验的照搬,而是融汇着自己思索的扬弃和升华,这样才能摆脱影响者的阴影,找寻到真正属于自己的风格。经历了20世纪80年代痛苦的剥离之后,陈忠实对柳青"三个学校"(生活的学校、艺术的学校、政治的学校)的创作理念进行了深刻的反思和清理,同时祛除了新中国成立以来简单化的"体验生活"带来的问题和弊端,开掘出自己独特的创作方法论——即"三种体验"(生命体验、生活体验、艺术体验)相互融合,并以自己的创作尤其是《白鹿原》,充分证明了其艺术思考及其实践的合理性和深刻性,留给我们弥足珍贵的理论资源和艺术经验。"体验不深不谋篇"一句虽短,却蕴含着陈忠实几十年创作的深刻经验。

  《七律二首·故乡》其一回顾自己半个世纪的创作历程,不禁感慨:"轻车碾醒少年梦,乡风吹皱老客颜",当年那个在文学路上逐梦的少年,已经满脸皱纹,垂垂老矣;"来来去去故乡路,反反复复笔墨缘",回乡之路与文学之路一样,情感愈老愈笃,因而,有尾联"踏过泥泞五十秋,何论春暖与春寒"之句。其二回忆自己当初创作《白鹿原》的豪情:"魂系绿野跃白鹿,身浸滋水濯汗斑",如今作品虽已完成,但世事依然无奈,因而不禁生发出"从来浮尘难化铁,十年无言还无言"②的叹惋。在写这首诗的1996年,陈忠实身处文坛、官场(当然他从来没有将自己当作官),已经感到某种不适应和无奈。到了新世纪后,这种不适应和无奈更为强烈,他干脆回到原下居住,《原下的日子》中写道:"我站在院子里,抽我的雪茄。……这个给我留下拥挤也留下热闹印象的祖居的小院,只有我一个人站在院子里。原坡上漫下来寒冷的风。从未有过的空旷。从未有

---

① 陈忠实文集:七[M].北京:人民文学出版社,2015:383-384.
② 陈忠实文集:十[M].北京:人民文学出版社,2015:425.

过的空落。从未有过的空洞。"正如有论者所分析的:"一连三个排比句,三个'空'字,三个斩钉截铁的句号,极力表达着作者内心的空茫和宁静。"①陈忠实写道:"我不会问自己也不会向谁解释为了什么又为了什么重新回来,因为这已经是行为之前的决计了。丰富的汉语言文字里有一个词儿叫龌龊。我在一段时日里充分地体味到这个词儿的不尽的内蕴。"在这里,"陈忠实反复斟酌拈出的'龌龊'一词,已经透露了他复归原下的原因。具体是什么'龌龊',没有必要追问。"②文章结尾,陈忠实引用白居易咏灞桥的七绝《城东闲游》,"借他人酒杯,浇自己块垒",表明自己的态度——"宠辱忧欢不到情,任他朝市自营营。独寻秋景城东去,白鹿原头信马行。"并进而发挥道:"这是白居易的一首七绝。是诸多以此原和原下的灞水为题的诗作中的一首。是最坦率的一首,也是最通俗易记的一首。一目了然可知白诗人在长安官场被蝇营狗苟的龌龊惹烦了,闹得腻了,倒胃口了,想呕吐了。却终于说不出口呕不出喉,或许是不屑于说或吐,干脆骑马到白鹿原头逛去。还有什么龌龊能淹没脏污这个以白鹿命名的原呢?断定不会有。"③这可谓是陈忠实的慷慨明志:某种场上的生活是肮脏的、龌龊的,"任他朝市自营营";白鹿原是干净的,没人能"淹没脏污",自己"白鹿原头信马行",要保持独立和清白。

陈忠实袒露自己创作历程和创作心态的诗词,风格以瘦硬劲峭为主。不过,他也有细腻婉约的诗词,如《阳关引·梨花》《菊花诗二首》《凤栖原》等。他写于1994年3月的《阳关引·梨花》为此风格的代表。朋友送他四株梨树,陈忠实植于后院。四年后的清明节,一夜春风,梨花盛开。词的上阕,描摹梨花盛开之状,不惜笔墨,"春风撩拨久,梨花一夜开。露珠如银,纤尘绝",梨花天姿灵秀,意气高洁。"看团团凝脂,恰冰清玉澈"之句,绘白锦无纹、琼葩堆雪如在眼前,不与群芳同列之格调顿出。下阕转入抒情,寄托遥远,"自信千古,有耕耘,就收获"。当时路遥去世不久,作者同时借此词寄托自己的悲痛,因而有"花无言,魂系沃土香益烈"之句,令人不禁联想起陆放翁"零落成泥碾作尘,只

---

① 邢小利.论陈忠实的创作道路与文学史意义[M]//陕西作家与陕西文学:上.西安:陕西人民出版社,2017:73.
② 邢小利.论陈忠实的创作道路与文学史意义[M]//陕西作家与陕西文学:上.西安:陕西人民出版社,2017:73.
③ 陈忠实文集:七[M].北京:人民文学出版社,2015:232-238.

有香如故"的名句。

陈忠实的旧体诗词,只是用诗词的形式来抒怀遣兴,传情达意。一时兴起,无暇顾及韵律和平仄,是独抒情性的自度之作。因此,他多自吟自赏,很少示人。讲究平仄、恪守韵律固然能增强诗词的美感,但如果不敞开灵魂、吐露本心,又极易落入旧套式的藩篱,也难以动人以情。他一生共创作了23首旧体诗词,大致可分为四类:创作述怀、写景状物、时事感发与友朋酬唱,创作述怀因灌注了自己的深刻体验,真诚感人,也是他的诗词里可读性和艺术性最好的。写景状物类稍次,时事感发与友朋酬唱类平平,艺术性较差。就写法而言,用清代词人况周颐的话来说,陈忠实的诗词"重、拙、直"。"重",即"沉重之调,在气格,不在字句","情真理足,笔力能包举之,纯任自然,不加锤炼,则'沉着'二字之诠释也。""拙",是拙硬、拙厚、拙朴、古拙,出自天然,而非拙劣、拙笨、拙陋。(《蕙风词话》卷一)庄子所说的"既雕既琢,复归于朴",即指此。清末民初的著名书法家傅山论书艺有"宁拙毋巧、宁丑毋媚、宁支离毋轻滑、宁直率毋安排"的"四宁四毋"论。书艺如此,诗词亦然。陈忠实的书法(陈忠实称自己不是写书法,而是用毛笔写的毛笔字而已),也多少切合此论。"直",是指用词直接,不避奇峭,刚劲倔强,以骨气见胜。陈忠实的诗词,注重心灵与主观感受的表现,含婀娜于刚健,自然真率,凝重沉着,可谓其人格与文品的真实写照。尤其是创作述怀类的诗词,任心而动,摆脱了音律和平仄的束缚,直抒胸臆,气畅势顺,元气淋漓,既翩跹回翔,也豪迈宕逸,古拙厚重之中散出慷慨悲壮之意。同时又不落沮丧,排遣了一种慷慨悲凉、倔强大气的情绪,展示出一种苍劲而富有韧性的生命力量和开敞豁达的人生境界,既耐得住咀嚼,也提供给我们一个洞察作者文学园地和心理世界的独特窗口。

(作者单位 西北大学文学院)

人性悖论的艺术呈现
——《白鹿原》的个体生存伦理学阐释

王渭清　柴海豹

在茅盾文学奖获奖作品中,《白鹿原》无疑是最受人关注的经典名著。其问世 20 多年来,研究者从不同的视角与立场对其进行了历史、文化、哲学、心理学等方面的阐释与开掘,取得了引人瞩目的成绩。笔者踵武前贤,曾在《创造诠释学与〈白鹿原〉文化阐释空间的拓展》一文中进一步从民族心灵秘史和人性两难悖论角度提出了自己的一点阐释思路[①]。本文接着上文中两难悖论的思考,拟从人格主义立场反思小说所展示的个体人格在客体化过程中的无助与无奈,进而彰显小说的生存伦理底蕴。

一、文化皈依的诱惑与奴役

意大利哲学家巴蒂斯塔·莫迪恩说过:"从某种意义上说,人是一种文化的存在:一方面人是文化的创造者,另一方面他又是文化最主要的接受者和最伟大的产物。"[②]人在这种创造与接受的过程中,确定了自己作为人的存在的价值。然而,也正是在这一过程中,文化不时的丧失着自己的生命力,不再是人本质力量的体现,人被文化异化。俄国人格主义哲学家别尔嘉耶夫亦言:"人的文明过程肤浅得很,人本可轻易剥去它的伪装,但人不断地利用着文明化的一切工具。人被文明所化,贪利自私,沉溺于其中。"[③]诚然,人从文化的认同中看到了自身的伟大,找到了一种归属,自觉接受文化引导;但人被文化所化,具有很深的文化情结,人从而变得保守、愚昧,这又是文化对人的一种桎梏。也许,这就是文化的两面性。

---

① 王渭清.创造诠释学与《白鹿原》文化阐释空间的拓展[J].名作欣赏,2010(12).
② [意]巴蒂斯塔·莫迪恩.哲学人类学[M].哈尔滨:黑龙江人民出版社,2005:114.
③ [俄]尼古拉·别尔嘉耶夫.人的奴役与自由[M].贵阳:贵州人民出版社,1994:100.

（一）《白鹿原》中彰显的文化自我认同价值

一种文化的产生、发展、流传是经历了上百年甚至上千年的人类智慧积淀的结果,它已经成为人存在不可分割的一部分。文化诱惑人,是源于人在文化的认同中,充分实现了自身的存在,体现了自身的价值。白嘉轩就是在这一文化的认同中成长起来的一位有极高威望且有强大人格魅力的封建族长,他在文化的诱惑中,认同并严守着文化的秩序,重视并恪守着儒家传统的道德观念和人伦标准,他的一切行动都可以在儒学经典中找到合理的依据,作为封建族长,他有着强烈的维护传统文化秩序的使命感和责任感,他在白鹿村人遭遇大的劫难时挺身而出,与恐惧慌乱中的人们同舟共济。当原上瘟疫横行,危难中渴望生存的人们没有了主心骨,冷静的白嘉轩坚持造塔镇邪,稳住人心。当全族人都面临着没有皇帝如何生活的困惑时,他请来了朱先生的维护农业文明秩序的救世良方"乡约",在他的治理下,"白鹿村人一个个都变得和颜可掬文质彬彬,连说话的声音都柔和纤细了"。大旱三年,他以残疾之身承受正常人所不能忍受的对身体的伤害,从他身上我们看到了中华民族的子民们在强大的无法驾驭的自然面前所表现出的一种牺牲自我的豪气,正是族长白嘉轩的这种豪气,才使全族的人具体感受到家族文化的实实在在的存在,感受到家族的强大,从而自觉聚拢在家族这一核心的周围,共同以整体向生命抗争。他善待鹿三一家、周济李家寡妇等,也都是在对文化认同过程中对儒学传统赋予他的人生信条的不渝实践,在这个过程中,他得到了人们的尊敬,确立了自己崇高的地位。另外,朱先生也是一位对文化认同极深之人,在"达则兼济天下,穷则独善其身"的中国知识分子的人生选择中,他极成功地将入世与出世和谐地统一起来,成为白鹿原上的圣人。[①] 在他身上集中体现了知识分子的优秀人格,学识丰厚、正直、善良,一生不为功名利禄所动,是孟子所说的"无恒产而有恒心"的士。他在书院讲学遵从孔子"有教无类"原则,一律视徒弟为君子,概不分政党派系,表现了中国儒学超然于外的独立性。作为一名知识分子,朱先生又有极强的历史责任感,他不是那种一心只读圣贤书的理想者,而是始终把民生疾苦放在心上的忧国忧民者。为避免百姓遭涂炭,他徒步百里,出面调停,大退清兵20万,被人们视为英雄壮举。他赈济灾民、投笔从戎、发表演说、令人敬仰。他

[①] 王仲生.民族秘史的扣问与构筑[J].小说评论,1993(4).

一生追求淡泊宁静、粗茶淡饭,追求的是一箪食一瓢饮的精神生活。

不论是白嘉轩抑或朱先生,他们都是封建文化的身体力行者,都在对文化的迷恋中留下了深深的文化情结,在对文化的认同中,他们找到了一种精神上的归属感,他们既是现实的存在,又是精神的存在,更是文化精神人格的存在。然而,白嘉轩或朱先生他们的个体人格都是不彰显的,甚至可以说是不存在的,他们的全部价值只是在对封建文化的遵从与践行中体现。

(二)白鹿原上的悲剧映现文化与自我的矛盾

任何一种文化的存在,相对于历史都具有一定的进步性,相对于未来都具有一定的落后性。当人类文化大背景发生了质的变化,当一种文化追求已不再成为全社会的普遍价值取向,不再体现社会发展的客观要求时,那么无论它怎样强烈地表达着某些人或阶级的主观要求,它也不能继续成为特定社会历史阶段上的一种合理的规范。封建文化走向了它的没落,然而,被其所化内心有极深文化情结的人仍自觉充当着封建秩序的极力维护者,他们在自觉与不自觉中将自己培养成了一个文化的奴隶,阻碍着现代文明的发展进程,这正是文化对人的奴役所在。在承认文化的自身优点的同时,规则化、禁锢、保守又是文化自身不可回避的致命弱点,他奴役着人也奴役着自身,使文化与人趋于毁灭。别尔嘉耶夫就说过:"文化是伟大的财富,是人的必由之路,我们不能像野人那样简单的否弃它。文化必须接受最后的审判。文化必须是启示的文化,生机盎然,蓬勃向上,而不沉溺于自身的平庸,更不禁锢在自己冷酷的法则中。"①文化启示人,而不是奴役人,然而,当一种文化在千年的固守中走向僵死时,它是没有启示可言的,它给予人的只是教条的规则。被文化所化,内心同样严守规则的人,肯定是一个有文化情结之人,其内心的文化情结是深情而执着的。陈寅恪先生就曾说:"凡一种文化值衰落之时,为此文化所化之人,必感苦痛,其表现此文化之程量愈宏,则其受之苦痛愈甚,迨既达极深之度,殆非出于自杀,无以求一己之心安而义尽也。"②这种文化情结是人被奴役的原因所在。白嘉轩就是被封建文化所化极深,有着深厚文化情结之人。他一生都是封建宗法、封建伦理道德观念的忠实执行者,并为"仁民政治下的礼乐社会"奋斗着。同时,他

---

① [俄]尼古拉·别尔嘉耶夫.人的奴役与自由[M].贵阳:贵州人民出版社,1994:108.
② 陈寅恪.王观堂挽词[M]//金明馆丛稿二编.北京:生活·读书·新知三联书店,2001:246.

也把这种思想很早就灌输给两个儿子,并要求着身边所有的人。这种看似正大光明的维护,看似人价值体现的行为,却充满着手段的嗜血性,它将白嘉轩推向了深渊。在这一过程中,白嘉轩窒息族人的意志,阻碍个人自由,对真心相爱的小娥、黑娃横加阻挠,不允许他们进祠堂,否定其结合,视小娥为烂货,最后导致她堕落、惨死;他剥夺白鹿原上人们的平等权利,在古老的白鹿原上,根本就不存在什么法律条文,规范村民的行为的只有乡约和视乡约为天条的族长白嘉轩,族人犯的大小事全由他一人裁决,如果说他禁赌、禁毒等有公理可言,那么,对待狗蛋却是毫无人性的绞杀。在这一系列事件中,他期望越高,造成的恶果越深。当他从开始的阻止白灵上学到后来的逼婚使白灵离家出走时,他内心依然丝毫不觉有错,依然认为自己人生信条是绝对正确的。实现目标的残忍和绝情,使白嘉轩的梦想趋于破产,他的内心就像一个黑洞,充满了寂寞和孤独。此外,本分长工鹿三的儿子黑娃,从小就对白嘉轩"又直又硬"的腰杆感到反感。当他与小娥坚定地生活在一起时,就意味着对传统文化不自觉的蔑视与反叛。闹农协、当红军、做土匪,这一切均为传统文化所不容。强大的文化力量感召了他,注定了他受奴役的地位,他要"学为好人"。但是当他反传统时,他有生的权利;当他成为朱先生的得意弟子,回归传统时,他只有死路一条。僵死的文化恪守使他被白孝文推上了审判台,文化杀人是不见血的。

由此可见,不论是受文化所化之深的白嘉轩,还是最后回归传统的黑娃,他们身上都有着中国传统文化"仁""义"的优秀道德品质,但他们生不逢时,当其认同的文化已走向衰亡与没落时,他们仍固执地认为此文化仍为他们安身立命的所在。因此,白嘉轩推行倡导的一切在新的社会革命力量的冲击下,已失去存在的合理性,难免灭亡。他受文化奴役的悲剧性也在于"作为一个封建性的人物,虽然到了反封建的历史年代,他身上许多东西呈现出来充分的精神价值,而这些有价值的东西又要为时代所割除,这些有价值的东西就呈现了它的悲剧性。"[1]黑娃与白嘉轩不同,可以说走的是相反的道路,但灵魂深处对文化的最终认同也使他以非自然的方式走向了个体生命的终点。

人受文化的诱惑与奴役的悲剧性在于:一方面,人们从对文化的认同中获得了一种精神上的归属感,体认到人存在的伟大和个体自身存在的价值;另一

---

[1] 费秉勋.评白嘉轩[J].小说评论,1993(4).

方面,作为社会性存在的人又要受自身创造的文化的制约,在没有个体人格成长的环境中,就是对一部分人创造性、自由性和爱的追求的扼杀,并且这种扼杀所伴随的人的生命的消亡被社会大多数人所认可,因为这是一个麻木、愚昧、自甘堕落的群体。别尔嘉耶夫说:"文化自身的价值也在于它是精神生命和人的精神超越的手段,一旦文化被人奉为目的去追寻。那么,文化就反过来奴役人和摧毁人的创造自由。"①陈忠实面对历史文化的失落,也在不乏理性的批判中无奈地唱了一支无限凄凉的挽歌,不自觉地流露出对传统文化难以割舍的恋情和回天无力的失望与悲哀。文化与人不可分割,文化是人类心血的凝结,同时文化中的优秀部分又曾滋养了多少智慧的头颅,使人类不断获得灵魂的净化和心灵的安宁,更加自由的存在。因此,我们应辩证地看待文化,取其精华,去其糟粕,批判地继承,使文化与人和谐共生。

二、集团归属的诱惑与奴役

人是一种文化的存在,同时也是社会的存在,作为群居性动物,人又必然受由自身组成的集团的诱惑与奴役。在诱惑与奴役交织的过程中,人获得了一种身心的归属感,同时人又变得迷茫、失落,有时会付出生命的代价。这,就是《白鹿原》上革命者的悲剧。

(一)集团使人获得归属感

别尔嘉耶夫曾说:"人由于无助感和被弃感,会很自然地找寻集体的庇荫。即使放弃自己的个体人格,为了安全的生活和更少的恐惧,人也愿意在人群中找寻伙伴,这或许是人的天性。"②正是人的这种天性,使人迫不及待地需要加入一个集团,以使其渺小的个体获得一种精神上的支撑,寻求一种归属感,减少恐惧,这成为人受诱惑的深层原因。《白鹿原》所述说的就正是社会处于兵荒马乱之时,各种社会力量交相出现之际,人们的生活状态。在这一社会大动荡之时,人的生命尤其难以保障。鹿兆海、鹿兆鹏两兄弟以及白灵在这个动荡时期接受教育,接受新思想,使他们有了反封建的强大思想动力。乖巧有才气的白灵是白嘉轩的掌上明珠,备受白嘉轩关爱,甚至"溺爱"。然而,当白灵接受

---

① [俄]尼古拉·别尔嘉耶夫. 人的奴役与自由[M]. 贵阳:贵州人民出版社,1994:109.
② [俄]尼古拉·别尔嘉耶夫. 人的奴役与自由[M]. 贵阳:贵州人民出版社,1994:176.

新思想后公然反抗白嘉轩、反抗强大的封建伦理观念时,她的下场是可预见的——断绝亲情,被迫离家出走。中国人传统的家国一体观念活生生被剥离,她与家已经诀别,剩下的国也是四分五裂、战乱迭起,此时她的内心是孤独和渴望理解的,从而确证自己对传统反叛的正确性。鹿兆海也是在接受新思想后面对社会大动荡,急切寻求集团的庇护,以求得个体生存的典型。作为一对彼此心仪的青年,鹿兆海与白灵的选择是绝大多数受新文化影响的青年的选择,他们渴望在集团的力量下实现自己美好的理想,然而崇高的理想却无法遮盖选择过程的盲目与非理性。在人生信仰问题上,一个铜圆就决定了他们彼此今后的人生走向,岂不儿戏! 在人类特定的发展历程中,集团的形成壮大往往需要美好的政治口号来宣传诱导个体的加入,以集团利益鼓舞人,但其本质上都是集团利益的争夺,染满了集团成员的鲜血。别尔嘉耶夫曾一针见血地指出:"纵观人类社会历史,每个社会的产生都远不是田园诗般的优雅,远不像人们所构想的那样。社会在极化了的力量的血淋淋的争战中临盆,充斥着母权制与父权制的争战……凡人们所认为神圣的东西仅仅是有限的象征罢了。"①然而,在个体的社会化过程中,被社会裹挟的"战斗的过程同时又是人生命力喷洒的过程,也是人的自我实现过程,更是对自身进行生存定位与社会定位的过程……战斗使人的地位与品级现身出场,使人把发挥自身生命能量当作一种神圣的事业来进行,当作一种幸福来享受。一切艰难困苦的战斗生活,只能使人的生命之弓绷得更紧,使人生存得更加雄强有力。"②以此来说,集团战争也是双向的,对个体与集团来说都是一种历练。然而,这种历练却为白灵、鹿兆海今后的命运埋下了悲剧的因子,他们在崇高理想的牵引下,在集团意志的引诱下,一步步走向了各自的悲剧。个体渴望在集团中得到庇护,获得归属感,实现其价值,然而,在客体化的世界中,人永远不可能逃脱被异化与外化,非理性的选择只是人们缓解恐惧的一种方式,人永远处于危险的夹缝中不得自救。

(二)集团遮蔽了个体自我

集团在诱惑人使人自认为获得归属感的同时,一刻也没有放松对人的奴役,因而,人对集团意志的深入服从也使人的奴役更深。当个体人格不觉醒,集

---

① [俄]尼古拉·别尔嘉耶夫.人的奴役与自由[M].贵阳:贵州人民出版社,1994:90.
② 段建军.白鹿原的文化阐释[M].西安:西北大学出版社,2001:176-177.

团意志控制人们的时候,不可避免地就出现集团意志代表一切,即个别人意志代表所有集团成员意志拥有至高无上的权利。鹿兆鹏、鹿兆海、白灵等都是有理想的青年,也有不同的人生走向,也都加入了自己的集团。鹿兆鹏加入共产党倡导救民于水火,给人民以和平,但任何革命都伴随着流血牺牲,本质上都是一个集团对另一个集团的压迫与铲除,在这个过程中,因共产党更能代表广大民众的意志,体现广大穷苦人民的利益,因而,在国共角逐中,以共产党的胜利告终。在这一过程当中,集团意志控制个人意志,个人行为只是集团意志的体现。白灵,一个清纯有才气的姑娘,本可安安稳稳过日子,然而,自从加入共产党到她死亡,一直面临着腥风血雨,提心吊胆,担心被活埋、填井,在所谓的解救民众的口号下,她承担着一个个体人不该承担的恐惧、压力与意念。在历史的风云变幻血雨腥风面前,白灵、鹿兆海式的悲剧结局都颇有几分黑色幽默的意味。白灵被活埋事件的本质正是某一个体打着抽象的集团利益旗号残害其他个体的悲剧。鹿兆海在选择之初就注定了与白灵的爱情悲剧,然而,他固执地认为他们会和好如初,当个人意志受到集团控制与奴役的时候,个人是没有自由的。两个水火不容的集团又怎能容下各自的背叛者,他们只有屈从。如果说爱情仅是鹿兆海人生中的一小部分的话,那么亲骨肉的反目以及他最后的死亡又该由谁承担责任?鹿兆海上中条山打鬼子如果说是民族大义的体现,那么被撤回打红军应非其所愿,当集团意志上升为个体意志时,他没有选择,只有服从,兄弟俩从此反目,他也成了红军的枪下鬼。别尔嘉耶夫批评虚伪集体主义对个体人格奴役时曾一针见血地指出,"人常常盗用集体的名义去犯罪,并混淆个体人犯罪与集体犯罪的本质"①,集体"抽象的非个体的正义导向'普遍的'统治个体的,会铸成非正义"②。由此可见,集团相对个体是一个悖论,它在某种情况下也会成为遮蔽人性的力量。

三、肉身敞开的诱惑与奴役

肉身是生命的源头,性爱是肉身的敞显。由于文化的规训,性爱又是令人羞耻和尴尬的禁忌。这样就造成人一方面对性怀有美好而强烈的渴求,另一方面在人意识中又排斥性、拒绝性,将性与羞耻、堕落联系,从而导致人对性的恐

---

① [俄]尼古拉·别尔嘉耶夫.人的奴役与自由[M].贵阳:贵州人民出版社,1994:179.
② [俄]尼古拉·别尔嘉耶夫.人的奴役与自由[M].贵阳:贵州人民出版社,1994:180.

惧。作家陈忠实就是将这一深刻的矛盾在作品人物身上给予表现,无论是正面人物白嘉轩,或反面人物鹿子霖;无论是族长长子白孝文,还是长工鹿三之子黑娃;无论是田小娥还是鹿冷氏等,都在对由性引起的诱惑与奴役中消耗着自身的生命,在无法拒绝与超越动物性本能的前提下,在尝到短暂的欢愉后,留给他们的是无尽的悲哀。

(一)爱欲是肉身生命完形的仪式

爱欲对人的诱惑其一来自人在文化观念下长期压抑的动物性本能的需要,长期的压抑使得他们麻木、愚钝,同时又极为渴望得到性的抚慰。当条件成熟,性的诱惑如洪水猛兽,使得原本压抑的人以变态的方式对传统发起挑战——在性的诱惑下疯狂纵欲。白孝文本是白嘉轩极力培养的族长继承人。他神态端庄,对人彬彬有礼,不苟言笑,绝无放荡不羁的举止言谈。"外表持重,处事练达",完全合乎族长的规范,然而这样一个有出息的人对男女之事茫然无知,当结婚三天后媳妇委屈得啼哭时,他也不知何故。但当在媳妇引导下尝到性交快感后,他就变得再也不能控制,他的全身心被性的快感所引诱,以致面色灰暗而不察,当白赵氏用种种手段阻止其放纵时,他依然我行我素,赌气似的依然沉浸在性的愉悦中。这样一个遵上、唯命、安分的族长继承者同时也在小娥的诱惑下走向堕落,一切文化力量都没能战胜其自然性动物本能的欲求。另有田小娥这一人物,年纪轻轻就被七八十岁的郭举人收为小妾,作为自己"泡枣"的工具,人性被无情地扼杀,难怪小娥要不顾一切与黑娃结合,她在充分享受性欲的快感后曾说:"兄弟,我明日或是后日死了,也不记惦啥啥了。"她是用自己的生命做赌注换取自己性欲的自由,换取个体人存活的尊严。至此,我们说人的本性上的需求是人受性诱惑最根本的原因。人们彼此因于互爱,为着圆满实现个体人格,这是性诱惑人的又一原因。这里,人们把自己的精神、道德、追求注入了性,使性存在的前提是精神的创造。具有反叛精神和独立追求的鹿兆鹏明白由外在强制决定的爱,仅是虚饰的辞藻游戏,在强逼进祠堂拜祖宗、成婚等一系列活动中,他表现出了斗争到底的决心,哪怕是亲生父亲、爷爷的劝说与下跪都不能动摇其决心,形式上结合并不代表其内在的肯定。他对爱的追求不是简单的肉欲,准确地说应是灵与肉的结合,只有条件成熟,性的引诱方能成功。白灵是一位与鹿兆鹏有共同追求与信仰的革命青年,在长期的工作与交往的需要中坚定了她对鹿兆鹏的感情,这是随着时间而日益弥深的情感,它不同于前期与兆海感情的单纯,它具有复杂的人生寄托的意蕴,具有共同精神追求的炽热与沉重,并不时回报白灵以深情的关怀。这种精神上的互助友爱注定以双方肉体的完全结合而走向高潮,这是完全的灵与肉的结合,性在精神的牵引下,具有可创造的价值与内涵。这里,爱欲的诱惑是促成白灵与鹿兆鹏完全结合的一种手段,个体人格在这种引诱中结合,各自拓展着自身的存在。

(二)爱欲对人的奴役是生命悲剧的导火索

爱欲对人的诱惑在人的本能需求下,在人共同的精神互助下得以实现。同时,性又是奴役人的最重要的孽根之一,性意味着人的消耗和不圆满,它烙上人堕落的印记,羞辱人、困扰人,深深地奴役人。为了生殖,绵延种族,性深深地奴役着人,使个体人格泯灭且受到深深的伤害,人成为种族生命延续的工具,永远进化不到与智慧相等的水平。白嘉轩一生最引以为豪壮的就是娶了七房女人,此时,我们有理由相信他的行为非追求肉欲使然,而是追求家族香火延续所致。在一次次的娶妻与葬妻的活动中,他经受着精神与肉体的双重折磨,性欲上升为一种信念——人活着就要有后代。而被早已埋葬的那些过门媳妇就仅是性奴役下种族延续的牺牲品。另外,当得知孝义不能生育时,他背叛一切道义与良知,力促孝义媳妇与兔娃媾和。此时,人完全听凭性的摆布,在种族绵延的目标中,人丧失了自我控制的力量,个体人格也随之泯灭。鹿冷氏同样也是性奴役下典型的牺牲品,当鹿兆鹏被冷先生所救在朱先生书院休养时,朱先生带来的冷先生的问话颇让我们回味:"你能不能给女人留个娃,往后他好在家里活下去。"鹿冷氏只有在对香火的延续中才能确立自身的价值,延续子嗣是她生命的全部,况且性于男女所占比例本不同,于男人是一部分,于女子则囊括了她们生命的全部,女人天性中受性奴役居多。在个体人格难以实现,性欲难以升华,一切愿望落空后,性本能的驱使以及精神上的折磨使得她不堪负重,最终走向死亡。在世俗的性观念中,诚如别尔嘉耶夫所言:"性成了人堕落的指示器,意味着人之本性的整体性的破裂。"[①]白孝文因性的放纵与出格被逐出家门,家破人亡;黑娃与田小娥因性的不合规则的结合惨遭惩罚几至于死;为了田小娥,黑娃与父反目,被家族抛弃。田小娥则永远生活在世俗的眼光中,被视为婊子、烂货,抬不起头,无任何做人的尊严。性借助世俗规则惩罚并奴役人,许多让人不

---

① [俄]尼古拉·别尔嘉耶夫.人的奴役与自由[M].贵阳:贵州人民出版社,1994:196.

可言状的折磨均与性有关,人被置于无意识的性生命与社会习俗的监视的矛盾冲突中,田小娥终于在这一矛盾中结束了自己的生命,白孝文的存活则源于其对性奴役的屈从与归依,无论人物结果如何,他们都是悲哀的。

爱欲是生命张力的集中表现,其动力即生命的动力。然而人与动物的不同在于,动物界每年发情是在特定的季节,性欲对动物的影响只在特定的时段;而人的性欲却会随对象、情景而随时随地发生,没有固定的时间。所以一方面,人受性欲的诱惑,在性的追求过程中不断拓展着自身的价值;但与此同时,人的悲剧有一部分是由于性满足的不平衡而起,它酿造了生活中太多的不幸。然而,面对这一问题,人类是无奈的,现代科技的发展仅仅是技术层面的进步,在人类灵魂深处的探究上,在人情感价值的终极关怀上,我们还有很艰难的路要走。

人是一种社会的存在物,陈忠实以深刻的思想将这种存在表现出来,在这一存在中,人无时无刻不受文化、社会集团、肉身生存(性爱)的影响与控制,人实质上是没有自我的,有的仅是客体化世界中人的孤单与无助。这就注定人的存在是一个大悲剧,只是世人不察或不愿接受而已。"所有悲剧的发生都不是偶然的,都是这个民族从衰败走向复兴复壮过程中的必然,这是一个生活演变的过程,也是一个人类历史演进的过程。"[①]陈忠实正是在文化、集团和肉身存在(性爱)的三维立体空间思考个体人格客体化的悲剧历程,直面人类生存的困惑和焦虑,反思人性的悖论。而这一点,恰恰也是《白鹿原》作为文学经典的不朽生命力所在。

(作者单位　王渭清　宝鸡文理学院文学与新闻传播学院
　　　　　　柴海豹　陕西省商洛市委组织部)

---

① 陈忠实.关于《白鹿原》的答问[J].小说评论,1993(2).

试论《白鹿原》中的灾难书写

王效峰

关中平原在历史上曾一度被称为"金城千里,天府之国",相对繁荣的农业生产以及优越的地理位置,是杜甫眼里的"秦中自古帝王州"。关中人民也对此颇为自豪,民间素有"江南才子江北将,陕西黄土埋皇上"之说。但是以农业生产为主要模式的陕西关中地区因为各种原因在唐宋以后不可避免地走向衰落,在中国近现代史上甚至一度沦为被历史遗忘的角落。

继柳青《创业史》之后,陈忠实小说《白鹿原》将关中平原在中国当代文学史中留下浓墨重彩的一笔。《创业史》是"当代人写当代事",《白鹿原》将目光投向了此前数十年的清末与"民国"。将二者进行对比,我们发现,《创业史》因为描写的是新中国成立以后关中地区的土改,充盈的是对于美好生活的憧憬与歌颂,而《白鹿原》则从家族史的角度,对于新中国成立前关中地区民众多灾多难的生活进行了充分展示。

"在人类的历史进程中所发生的一切重大灾难并由此逐步积淀成型的灾难记忆,从来都是文学无法绕过和不能不关注的重要题材之一。"[①]尽管《白鹿原》对于原上民众生活的书写,并不着意于对于灾难的特别关注,但是天灾人祸在小说中频繁上演,既是对民国关中历史民族文化记忆的文学呈现,同时也是黑娃白孝文们风云激荡、曲折离奇的人生得以展开的重要背景与社会舞台。

一、历史与文本之间:哀民生之多艰

陈忠实在回忆自己起初萌发写作《白鹿原》的欲念的时候说:

> 我临窗而坐,第一次以一种连自己也说不准要干什么的眼光瞅住

---

① 冯源.灾难记忆的重现意识[J].当代文坛,2011(2).

了白鹿原的北坡。坡地上的杂树已披上绿叶。麦苗正呈现出抽穗前的旺势。间杂着一坨一坨一溜一溜金黄的油菜花。荒坡上的野草正从陈年的枯干淡黑的蒙盖里呈现出勃勃的绿色。历经风雨剥蚀，这座古原的北坡被冲刷成大沟小沟。大沟和大沟之间的台地和沟梁，毫无遮蔽地展示在我的眼前，任我观瞻任我阅览。我在沉迷里竟看出天然雕像，有的像奔突的雄狮，有的像平滑的鸽子，有的像凶残暴戾的鳄鱼，有的像醉卧的老牛……我此前不知多少回看见过这些景象，而且行走其中，推车挑担或骑自行车不知有几十几回了，春草夏风秋雨冬雪里的原坡和河川，在我早已司空见惯到毫不在意，现在在我眼里顿然鲜活起来生动起来，乃至陌生起来神秘起来。

一个最直截的问题旋在我的心里，且不说太远，在我之前的两代或三代人，在这个原上以怎样的社会秩序生活着？他们和他们的子孙经历过怎样的生活变化中的喜悦和灾难……以这样的心理和眼光重新阅读这座古原的时候，我发现这沉寂的原坡不单在我心里发生响动，而且弥漫着神秘的诗意。①

按照陈忠实的解释，写作《白鹿原》的一个重要方面就是要展示生存在此的先民乡民们所经历过的"生活变化中的喜悦和灾难"，为此他曾经遍翻了周边蓝田、咸宁等三个县区的县志，力求走进祖辈父辈们的生活。联系其他陈述和回忆，展示这方土地上曾经有过的灾难，无疑是小说《白鹿原》创作过程中的一个重要方面。

自然，《白鹿原》并不是一部灾难小说，但却有着大量的对于灾难的文学书写。小说中对于原上百姓多灾多难生活的展示是多方面的。在一个政治混乱、社会与乡村治理失序的年代里，地处于秦岭山区、平原城市之间的众多白鹿原们无疑遭受了来自多方的侵袭。在原上百姓们眼里，政权机构与各级官员们的横征暴敛、来自山区土匪们的寇盗相侵，对于他们来说已经司空见惯、习以为常，成为日常生活的一部分，甚至不值当进入到史书中。构成民国年间关中民众普遍灾难并造成巨大创伤的，才有资格成为百年来老百姓口耳相传的普遍的

---

① 陈忠实.寻找属于自己的句子[J].小说评论.2007：46.

历史与文化记忆。

《白鹿原》中对于灾难的书写,分别是对民国年间关中三次大灾难的描绘。一是兵灾:民国十五年(1926)4月到11月北洋军阀刘镇华率领十万镇嵩军对于西安城长达八个月的进攻与围困;二是旱灾与饥荒:老关中人所谓的"民国十八年年馑";三是瘟疫:民国二十一年(1932)的霍乱("虎列拉")瘟疫大流行。这三次大灾难,一为人祸,二为天灾,均为民国陕西关中曾经发生过的重要历史事件,对于彼时关中人民的生活产生了巨大影响。《白鹿原》对于这三次关中大灾难有着生动丰富而充满细节描绘的文学书写。

民国十五年(1926)刘镇华镇嵩军八月围城事件,如今已经被陕西老关中人演绎为"二虎守长安"的民间口头传奇。至今位于西安市西五路北的革命公园中的革命亭旁的书状碑石上依然记录着这段对于这座城市乃至于关中地区很重要的历史。1926年4月间,北洋军阀刘镇华率镇嵩军近十万人由豫西进入关中,向驻守于西安的国民革命军发起进攻。时任西安守将的杨虎城、李虎臣二位将军率部誓死抵抗。刘军进攻失败,转而行使长期围困之策,西安城因被十万大军围困长达八个月,期间战斗不断、断粮缺食。西安军民战死、饿死者达数万之众。至11月28日,因冯玉祥部率军救援,围始解。

《白鹿原》第十一章、第十二章部分对这一历史事件的书写,主要是围绕镇嵩军对于原上百姓生活的攘扰危害来展开,核心矛盾是征军粮,并依此进而说明了刘军是如何的不得民心。这其中主要是三件事情:一是《白鹿原》浓墨重彩地描绘了刘军"征粮"与鹿兆鹏黑娃"烧粮"的过程;二是夏末秋初镇嵩军"刘军长"(大约是刘镇华本人)拜访朱先生而被看门狗咬之事;三是战后白灵与鹿兆海在城内抬埋尸体并私订终身的过程。小说中称刘部士兵为"白腿乌鸦",并借鹿兆鹏之口描述"镇嵩军刘军长是个地痞流氓",而他的士兵们则是"一帮兵匪不分的乌合之众"。

《白鹿原》对这一"人祸"的书写,可以视为对于史书记载的补充。镇嵩军在围城期间对于西安周边地区的烧杀掳掠,原上百姓对于军阀鱼肉的恐惧,一直属于历史记录的空白。从这里我们大约可以窥见一斑。而战后西安革命公园的修建,也在白灵与鹿兆海懵懂恋情的发生中得到了文学的呼应。

关中老人所谓的"民国十八年年馑",其实并不仅仅指的是民国十八年(1929),而是从民国十七年(1928)到民国十九年(1930)持续三年的北方八省大饥荒。这场饥荒共造成约 1300 万人死亡,而又以关中地区旱灾最为严重。据民国十九年(1930)陕西民政厅报告,本次旱灾饥荒致使 200 万人饿死,200 多万人流离失所,800 多万人以树皮草根观音土艰难维持。号称沃野天府的八百里秦川满目苍凉,至人相食。

《白鹿原》第十八章、第十九章是对这一长达三年的天灾的集中书写。陈忠实以生动而不无感情的笔触对旱灾饥荒有着触目惊心的展示:

> 田野里满眼都是被晒得闪闪发亮的麦茬子,犁铧插不进铁板似的地皮,钢刃铁锨也踏扎不下去,强性人狠着心聚着劲扎翻土地,却撬断了锨把儿。旱象一直延续下去,持续不降的高温热得人日夜汗流不止喘息难定。①

> 旷年持久空前未遇的大旱造成了闻所未闻旷日持久的年馑,野菜野草刚挣出地皮就被人们连根挖去煮食了,树叶刚绽开来也被捋去下锅了。先是柳树杨树,接着是榆树构树椿树,随后就把一切树叶都煮食净光了,出一茬捋一茬。……饿死人已不会引起惊慌诧异,先是老人后是孩子,老人和孩子似乎更经不住饥饿。饿死老人不仅不会悲哀倒会庆幸,可以节约一份吃食延续更有用的人的生命。②

除了对惨状种种的展示之外,小说还描绘了人们在面对旱灾与饥荒时无奈而又悲壮的求雨以及因为饥荒带来的人物命运(主要是白孝文和田小娥)的转折性变化。

根据郑磊的研究,造成民国关中地区持续三年饥馑的原因是多方面的。除了北方地区常见的"十年九旱"之外,关中地区在抗战爆发之前广泛种植鸦片是重要原因。作为能够带来暴利的经济作物,由于军阀的放纵诱导,鸦片种植占据了关中地区大量的高产耕地,造成了粮食供应的紧张。③ 从这个意义上来

---

① 陈忠实.白鹿原[M].北京:人民文学出版社,1997:282.
② 陈忠实.白鹿原[M].北京:人民文学出版社,1997:287.
③ 郑磊.鸦片种植与饥荒问题——以民国时期关中地区为个案研究[J].中国社会经济史研究,2002(2).

讲,所谓天灾,更是由"人祸"造成的。联系《白鹿原》中白嘉轩以种植鸦片而发家致富,即使有朱先生曾力推禁烟,但"罂粟的红的白的粉红的黄的紫的美丽的花儿又在白鹿原开放了,而且再没有被禁绝"。"白鹿镇每逢集日,一街两行拥挤不堪的烟土市场代替了昔日的粮食市场成为全镇交易的中心。"小说以对罂粟花美丽盛开的描述,印证了关中地区是鸦片主要产区的史实。

祸不单行,人们关于饥荒的苦涩记忆还未完全消退,民国二十一年(1932)则有霍乱("虎列拉")瘟疫的大规模流行。关于此次关中霍乱瘟疫的状况已有专门的研究。此次瘟疫从陕东潼关开始,几个月之内遍及关中及陕北大部分地区。"疫情一直持续到11月份,陕北仍有部分地区尚有流行。后因气候逐渐变冷,霍乱传播才被制止。此次霍乱传染之烈,受灾地区之大,死亡人口之多,是民国时期陕西遭受传染病侵袭最为严重的一次,给陕西的人口和经济都带来了巨大灾难。"[①]瘟疫流行给人民群众生命安全带来巨大威胁,全省损失人口大约14万人。此次瘟疫过后多年,仍令人心有余悸。陈忠实老家附近的蓝田县流传有民谣:"虎疫拉,真怕怕,没爪没牙把人抓;拉大人,拉娃娃,有多没少一齐拉。"瘟疫爆发之后,人口死亡之快之众到了"死亡之区,棺木买空,乡人与该镇断绝交通,间有非去秦渡不可者,一去便染,染则必死,秦渡停业,变为死市。附镇如北张村与南张村、贺家村,死有绝户,病死埋葬抬灵者,每人索洋一元,作抬埋费,嗣因传染厉害,无论给钱多(寡),鲜有专应此役者"[②]的地步。

《白鹿原》对这一惨状的描述是:"一场空前的大瘟疫在原上所有或大或小的村庄里蔓延,像洪水漫过青葱葱的河川的田亩,像乌云弥漫湛蓝如洗的天空,没有任何遮挡没有任何防卫,一切村庄里的一切人,男人和女人,老人和孩子,穷人和富人,都在这场无法抵御的大灾难里颤抖。"[③]当冷先生的药方失去效力,连他自身也不得不乞灵于求神辟邪的时候,原上也很快出现了"死得绝门倒户的家庭,使恐怖的气氛愈加浓重"。瘟疫发展到小说人物家庭的时候,首先带来的是鹿三女人鹿惠氏的死亡,然后是白嘉轩女人仙草的死去,并随后带来的是鹿三被死去的田小娥的鬼魂附体,并以此揭开了鹿三杀人的谜底。事件的最终结果是白嘉轩的"三哥老了",村里建起了一座镇压田小娥的六棱砖塔。

---

① 石雪婷.民国21年(1932)陕西霍乱研究[D].陕西师范大学硕士论文,2013:21.
② 长安南乡虎势燎原[N].西北文化日报 1932 年 8 月 10 日.
③ 陈忠实.白鹿原[M].北京:人民文学出版社,1997:417.

在《白鹿原》的扉页上题写着巴尔扎克的名言"小说被认为是一个民族的秘史",尽管陈忠实主要是想从文化心理结构的角度来探析、描绘生活在这片原上的人们在时代与社会巨大的历史变迁中所受到的思想冲击、所做出的人生选择,但不容置疑的是,与这些人物命运相伴随的种种灾难也构成这"秘史"的一块重要基石。千百年来生于斯长于斯的原上民众,他们所经历、所面对的人生苦难接踵而至,一刻也不曾停息。抛开清末以来现代性对于传统生活的介入造成对民众的巨大文化冲击不谈,抛开国共两党之间先携手革命再拼死相争的"风搅雪"似的纷争造成原上的风云激荡不谈,单从社会史、灾难史的角度来讲,白鹿原上也已然是一个不断熬煎普通百姓的"鏊子"。也正因此,他们在生活中的短暂喜悦显得是那样的弥足珍贵,他们在原上的生存繁衍才更呈现出生命深处既"艰"又"韧"的悲壮色彩。

二、传统与家族:以人物为中心

如前所述,《白鹿原》并非是一部以书写灾难为目的的小说,其使命是以家族史为中心,去描绘原上数十年中发生在两三代人之间的"秘史"。因此,对灾难的书写在其中并不居于中心地位,它的任务虽然有对民国关中接二连三的灾难的文学记述,并以之与历史互相印证,但更重要的是,灾难的相继来临,打断了原上百姓固有的生活节奏,更是在很大程度上改变了包括小说主人公在内的众多人物的命运轨迹。简而言之,灾难的出现,在内容上改变了白孝文们的人生发展逻辑,在形式上也调整了小说的叙事节奏。

《白鹿原》中描写了不同类型的灾难,以兵灾、饥馑和瘟疫最为集中,日常的匪祸联结、横征暴敛则贯穿始终,化为日常。但是值得注意的,在陈忠实的笔下,对于民国关中史上这几场大的灾难的文学书写,表现出富有自身特点的一面。

一是在灾难应对和治理过程中白鹿原作为乡土社会的"自给自足"以及政府权力机关的相对缺位。这样的处理,带来的阅读效果就是,面对各种各样的灾难,白鹿原似乎成了一个被外部世界遗忘的角落,或者说成为一个被反复颠来颠去的鏊子。在生死考验面前,原上人们的命运如何,只能更多有赖于他们自身的选择。白鹿原,成为一个相对封闭的上帝的试验场。面对灾难,他们只能默默承受,偶尔的勇敢反抗,也只能是按照自身的思维逻辑做出本能的选择。

说其体现出作为乡土社会的"自给自足",是因为,在小说中,原上的人们在面对不同灾难的时候,尽管表现出不同的或忍受或反抗的应对方式,但从根本上来讲,他们沿袭的还是来自千百年来一贯如此的乡土人生经验,并没有体现出太多的具有现代社会文明所带来的思维和举措。

当镇嵩军围困西安城并到原上征粮,鹿子霖请求白嘉轩敲锣的时候,白嘉轩的反抗是消极的,也几乎是出自本能的,"……可百姓只纳皇粮,自古这样。旁的粮不纳。这个锣我不敲。"在士兵们进行了"别开生面"的征粮仪式和射击表演之后,他们迅速选择了忍受或者说屈服。从外面归来的鹿兆鹏试图鼓动黑娃参加革命,讲了一大堆"婚姻自由"以及"国民革命"的大道理之后,黑娃的反应是"我一满弄不清,庄稼汉谁也弄不清"。或者就是"黑娃听不懂只是'噢噢'地应着"。但当鹿兆鹏将镇嵩军定义为"一帮兵匪不分的乌合之众"并鼓动黑娃"把粮台给狗日烧了"时,黑娃立刻有了兴趣。黑娃对放火的兴趣,并非对于革命的向往,而是生命深处的本能叛逆与盲动,并且遵循了传统社会中"官逼民反"的固有逻辑。

同样地,当异常的年馑降临到原上时,陷入恐慌的原上居民的反应首先是如同他们的先祖曾经做过的那样,去拜神求雨。"白鹿原的官路上,频频轰响着伐神取水的火铳,涌过披着蓑衣戴着柳条雨帽的人流。"作为族长的白嘉轩也领着他的族人村民悲壮地先去拜祭关公神庙并随着前往黑龙潭跪拜求水。而在瘟疫来袭的时候,居民的反应首先是"不太在意",包括行医多年不苟言笑的冷先生甚至还说了轻俏的笑话,"两头放花"。但当灾情失控之后,原上各个村庄的香火开始兴盛起来,"所有村庄的所有庙宇都跳跃着香蜡纸裱的火焰和遍地飘动的纸灰。香火最盛的三官庙内,观音关公和药王的泥塑神像上披挂满了求祈者奉献的红绸和黄绸,和尚每天揭掉一层接着又披上一层。"①

着眼于对传统农村社会生活及其民俗文化的展示,相应地,在灾难来临时对彼时国民政府权力机关抗灾救灾的努力也就疏于描绘。公允地讲,民国时期政令不一,内忧外患,政府社会治理尤其是乡村治理能力低下的确是事实,但是在某些方面政府各部门也做出了力所能及的工作。例如,在瘟疫期间,政府也曾设立防疫机构,培训防疫人员,推广防疫知识②,但是这些工作在《白鹿原》中

---

① 陈忠实. 白鹿原[M]. 北京:人民文学出版社,1997:421.
② 石雪婷. 民国21年(1932)陕西霍乱研究[D]. 陕西师范大学硕士论文,2013:23-27.

并未有充分展示。脑瓜灵活的鹿子霖推广石灰杀菌,白嘉轩与冷先生对此持不以为然甚至有几分揶揄的态度。饥荒年份中白鹿仓组织的救灾"舍饭",也更多是传统乡绅们民间自发行为,缺少了政府机关的有组织介入。

小说对于几场大灾如此这般的书写,在一定程度上也确是对历史真实的再现。灾难带给人们的首先是恐惧,当面对残酷、对抗失灵时,这种恐惧随之转化为对于神灵的未知乞求。尤其是在尚未充分感知现代气息的乡村,这种表现就更为明显。将灾难压缩在一个相对封闭的时空里,更体现出命运的残酷与生存的艰难。白嘉轩们烦琐神秘的祈雨仪式以及浩浩荡荡的求水大军,展示了传统社会关中民俗中具有"反常"性质的非理性反科学的幽暗面,主宰其中的固然是无奈、迷信和愚昧,但同时也体现出生命的顽强、坚韧与悲壮。

二是在书写灾难的时候,《白鹿原》中虽然有对民众受难、转徙沟壑颠沛流离的描写,也有对作者翻阅县志所得资料的再次呈现,但从大的层面上来讲,陈忠实在处理这些史料时,并没有沉迷在对于先人们艰难求生的窘迫的细节陈列。灾难是对生活的忠实记录,但更是作者笔下的人物们命运变化、转折的契机和催化剂。灾难在这里深深地介入了小说情节的进一步发展,并对人物性格深处另类层面的呈现提供了足够的外部条件和动力。于是,陈忠实依然能够以他的家族史书写中心,围绕他的人物或者白、鹿两个家族的命运变迁以及故事展开的逻辑自然而然地向前继续书写他的"秘史"。灾难成为塑造人物性格、推动情节发展的背景和舞台。

小说中几场大灾难的出现对于推动故事情节发展的作用是显而易见的。伴随着"白腿乌鸦"兵在原上四处征粮并祸害乡民的,是秘密入党以小学教员身份回到原上鼓动国民革命的鹿兆鹏四下串联的身影。鹿兆鹏的鼓动,改变了充满生命盲动能量的鹿黑娃的命运,并在随后而来的国共合作时代中大出风头。鹿黑娃,从此走上了一条四处流亡的叛逆与回归之路,田小娥的命运也自此不可避免地走向堕落与毁灭。与之类似的,还包括鹿兆海和白灵抛掷铜圆的懵懂恋情,"揭开了她和他走向各自人生历程中精神和心灵连续裂变的一个序幕"。

《白鹿原》中对于旱灾饥馑的书写,与白孝文的堕落与"重生"伴随始终,同时也带来了田小娥的死亡。此前,因为鹿子霖的教唆,田小娥勾引了白孝文,使得后者被捆到祠堂槐树上示众。白孝文曾经的道德与文化优越感轰然坍塌。

在饥馑带来的恐慌中,白孝文彻底变得"不要脸了",他"早晚都泡在小娥的窑洞里","使这孔孤窑成为饥馑压迫着的白鹿原上的一方乐土"。在目睹了白孝文的彻底"死去"后,鹿三杀害了田小娥。

如果说饥馑带来了田小娥肉体上的死亡,那么当瘟疫来袭的时候,同时带来的是田小娥的"重生"。鹿惠氏和仙草在临死以前对于小娥死亡真相的质问、鹿三被小娥的鬼魂附体颇具神秘色彩,并给瘟疫横行的白鹿村带来了更大的恐慌。田小娥就是以这种方式宣告自己的"归来",六棱砖塔的建造更是成为白鹿村民心头永远的魅影。

三次大灾难间接推动了白嘉轩、朱先生努力重建并维系的"仁义白鹿村"乡村秩序的步步崩解,面对现代性冲击已经左支右绌的以儒家文化为主导的"乡土中国"进一步走向瓦解。在大灾带来的恐慌里,白、鹿两家的年轻一代不再安于依照生活"从来如此"的逻辑继续走下去,他们或者苏醒,或者堕落,用自己的身体本能地开始了同父辈们的协商与抗争,潜伏的矛盾由此浮出水面并不断被激化,本已如同鏊子熬煎的白鹿原更进一步陷入"风搅雪"般的动荡不安中。

同时,在不同的灾难书写中,小说不同的人物形象也得到多层次、多角度的呈现。可以想象,如果没有镇嵩军征粮以及鹿兆鹏的煽惑鼓动,黑娃和小娥男耕女织、"争强好胜的居家过日月的气象"仍将持续,那个性格深处充满盲动与叛逆的黑娃将无处释放他的生命的力比多。同样,没有持续的年馑,白孝文或许仍在当他的白门"长子",性格中幽暗狠戾的一面也将无从展示;没有瘟疫来袭,田小娥的死亡也将同陈忠实在县志上翻阅到的那些"贞洁烈女"一样毫无意义。正是在三次灾难中,田小娥走完了从堕落到死亡再到"重生"的凄苦人生,并因此成为中国当代文学史上的一个经典形象。

田小娥的壮怀激烈让我们震撼,白嘉轩与仙草的"父母爱情"则带给我们持续的感动。陈忠实对于仙草的死亡不吝笔墨,这个年轻时性格直爽泼辣的山里女人在离去前的沉静呈现出慈母的光辉,这种反常倒使白嘉轩感到不安。多年以来,仙草对白嘉轩的感情从未有过减退:"白嘉轩只哭了一声就戛然而止,仰起脸像个孩子一样可怜地问:'啊呀天呀,你走了丢下我咋活呀……'仙草反倒温柔地笑笑说:'我说了我先走好。我走了就替下你了,这样子好。'"

在仙草离去以后,小说让我们得以窥视性格刚硬、充满大男子主义的白嘉轩内心柔软的一面：

> 屋里是从未有过的静宁,白嘉轩却感觉不到孤寂。他走进院子以前,似乎耳朵里还响着上房明间里仙草搬动织布机的呱嗒声;他走进院子,看见织布机上白色和蓝色相间的经线上夹着梭子,坐板下叠摞着尚未剪下的格子布,他仿佛感觉仙草是取纬线或是到后院茅房去了;他走进里屋,缠绕线筒子的小轮车停放在脚地上,后门的木闩插死着;他现在才感到一种可怕的寂寞和孤清。他挂着拐杖奔进厨房,往锅里添水,往灶下塞柴,想喝茶得自己动手拉风箱了。①

陈忠实用这样充满生活气息同时富有诗意的语言呈现出了白嘉轩与仙草在"霍乱时期的爱情"。

灾难将人物置于特殊的情境之下,"反常"的环境氛围给人物施加了巨大的压力,促使人物性格深处发生新的裂变,人性的极端面得以呈现出来。典型如白孝文,从之前被小娥诱惑之后的"不要脸"到年馑中的卖房卖地、冷面冷血、纵欲狂欢再到穷途末路之时的充当反面教材,厚颜腆脸、自暴自弃地去吃舍饭,曾经的圣人道德教诲在一次次的羞辱和不断堕落中荡然无存,一个投机无耻、出卖兄弟的白孝文自此"向死而生",并成为新政权下"革命"的县长。鹿三被小娥鬼魂附体也足以说明这一点。有论者从医学和心理学的角度对鹿三的癫狂症状进行过探讨,认为鹿三在精神重压分裂之下表现出癔症型多重人格。② 陈忠实本人认为这是"出于人物自身的特殊境遇下的心理异常"③。

需要指出的是,《白鹿原》对于灾难出场方式及过程描绘的书写几乎是如出一辙。第十一章、第十八章以及第二十五章的开头起句分别是"一队士兵开进白鹿原,驻进田福贤总乡约的白鹿仓里","一场异常的年馑降临到白鹿原上","白鹿原又一次陷入毁灭性的灾难之中"。如此表述,分别交代了兵灾、饥荒以及瘟疫的来临。在随后的描述中,首先是对灾难在原上流播情况的鸟瞰,

---

① 陈忠实.白鹿原[M].北京:人民文学出版社,1997:428.
② 陈正奇,肖易寒.鹿三之死——《白鹿原》生态环境下的医学、心理学文化元素探讨[J].唐都学刊,2012(11).
③ 陈忠实.寻找属于自己的句子:三[J].小说评论,2007:48.

接着导入到白鹿族人的登场以及后续发展。这样的表述方式，同其他章节之间在情节上的相对连贯相较之下显得有些突兀，仿佛是贸然插入的。从阅读效果上来讲，这样的起句方式足以表明灾难自外（天）降临的突然性以及不可预期，更凸显出白鹿原作为"承受者"的被动、慌乱和一时的不知所措。这种表述方式的一再反复，也足以昭示出在原上生存的艰难坎坷。

灾难文学书写来源于灾难历史和灾难意识。中国古代文学对于灾难的书写更多充满人文色彩意识，而较少对灾难的科学理解。明清以后，对于灾难的文学书写更趋向于对事件的完整描述。这一点在明清文人笔记对于战乱、饥馑的描绘中体现尤为明显。根据王嘉悦的研究，近现代以来中国文学对于灾难的书写，其叙事中心一直是游移的。现代文学的灾难叙事主要"以对劳苦大众的同情和残酷社会的控诉为叙事中心"，"以对执政当局的批判为叙事中心"，以及"以对解放区政府的歌颂为叙事中心"，而当代文学的灾难叙事则以"文革"为界限，之前"以拥护党的政策为主要叙事中心"，之后则"以唤醒民族记忆为叙事立场"。①

《白鹿原》中的对于灾难的文学书写无疑属于后者，它对于民国关中接踵相继的灾难描绘揭示出这片土地历史记忆中的创伤。"创伤记忆是一种价值记忆，是存在论意义上的伦理反思，它意味着事实书写具有价值转换的可能，写作一旦有了这种创伤感，物就不再是物，而是人事，自然也不仅是自然，而是伦常。"②对于创伤记忆的重新唤起，使《白鹿原》的灾难书写在再现历史的同时，也呈现出生命在愚昧中的悲壮与坚韧，表现出浓厚的文化反思和批判色彩。实际上，小说出版之后，也确实引起了许多读者的共鸣。③

但尽管如此，《白鹿原》中的灾难书写依然行走在传统的轨道上。这表现在其一，大量利用来自三县县志中记载的历史资料，并结合关中老辈人的口头描述，对于灾难图景的全幅式展示；其二，灾难在小说中并未走上前台，或者被

---

① 王嘉悦. 中国灾难文学及其流变[D]. 吉林大学硕士论文, 2016.

② 谢有顺. 苦难的书写如何才能不失重？——我看汶川大地震后的诗歌写作热潮[J]. 南方文坛, 2008(5).

③ 实际上，白鹿原出版后，其中对于包括灾难在内的许多事件的描述，都引起了许多关中地区老读者历史深处的记忆。许多人专门撰文对其中一些事情加以印证。比如路迪民对于咸阳地区类似事件的描述。详见路迪民：《毕郢原上的白鹿影——〈白鹿原〉现实性注评》，《小说评论》2009 年第 10 期。

赋予更多形而上的意味,它只是作为情节发展的背景或人物活动的环境而存在,着眼点始终在日常的现实生活。之所以如此,或许与作者的创作动机和小说题材的现实情怀密切相关吧。

(作者单位　咸阳师范学院文学与传播学院)

世纪之变的文化探询

——从陈忠实的《〈白鹿原〉创作手记》重解《白鹿原》

仵 埂

我把《白鹿原》①的问世,看作一件大事!这是因为,在半个世纪以来的中国文学发展格局里,它所拥有的、无法替代的里程碑式的价值和意义,它所揭示与所开创的道路,它追寻的对时代命题的回答以及对未来的指向,它所关涉的我们所无法回避的文化存在。

1

初读《白鹿原》时,我一度惊讶于这部大著所达到的辉煌高度,仿佛是一座飞来的奇峰,奇迹一般地铺展在陈忠实笔下。《白鹿原》所展现的广阔而厚重的社会历史,它重构20世纪上半叶中国社会组织的再现能力,它审视人的文化存在的巨大穿透力量,此外,还有它作品中主人公白嘉轩身上承载的浸透着儒教文化血脉的人格风貌,以及鹿子霖、田小娥和黑娃所代表的另一原欲所构成的叛逆性力量,所有这些,昭示着这部大作的杰出属性。因它的杰出,使我们忍不住回过头来,对这部杰作的创造者生出由衷的敬意,并且对作家的创作经历及《白鹿原》的孕育过程充满神秘色彩的好奇,不由得对作家生活、创作心理及写作理念再次凝视,重新打量。《白鹿原》的诞生,其中必有一些发人深省、耐人寻思的缘由,探索这些缘由的想法,一直隐伏于心。《〈白鹿原〉创作手记》②的出版,为人们解读研究《白鹿原》创作的背景及各种因缘,探索研究陈忠实的创作思想,打开了一扇窗户。

1993年,《白鹿原》问世的时候,中国社会刚刚确定了市场经济的位置,大转型轰轰烈烈开始,商潮汹涌澎湃。在知识分子群体中,也在发生剧烈的观念

---

① 陈忠实. 白鹿原[M]. 北京:人民文学出版社,1993.
② 陈忠实.《白鹿原》创作手记[M]. 上海:上海文艺出版社,2009.

裂变,人心骚动,在个体的思想意识中,普遍生发着强烈的内在冲突。许多大学教师,竟也因其收入低微而主动放弃教职,下海搏击商潮去了。"造导弹的不如卖茶叶蛋的",这就是对那个时期一个生动的注释。既有的生存秩序被打破了,一些生存在原有框架里所长期构成的既成观念,顿时遭到颠覆。困惑——成为那个时期普遍性的情绪表达。

再往前追溯,20世纪80年代,是一个大变动的时代。陈忠实在《寻找属于自己的句子——〈白鹿原〉创作手记》里谈到自己精神世界的变化时,表达了自我困惑性的心理冲突,他说,在荧屏上看到了胡耀邦穿上了西装,脑海里却出现了毛泽东一代领导人一律中山装的画面;看到了灞桥古镇上逢着集日,"牵牛拉羊挑担推车卖货的男女农民之中,突然有三四个穿喇叭裤披长发的男孩女孩,旁若无人地晃悠,竟然引得整条街上的行人驻足观赏";被朋友带去看摇摆舞,那些"绷紧屁股更绷紧胸部的妙龄女子疯狂扭摆肢体时",作者脑子里浮现出"忠字舞"的场面;看到"县长给全县第一个万元户披红戴花的电视画面",但叠加而来的是柳青笔下"为农业社换稻种的梁生宝和真人王家斌"。[①] 所有这些现实的对抗和冲突,在作者心里引发了一系列的强烈冲撞,这种冲撞,带来的心理变化,作者将此称之为自我剥离,也就是将自己原有的早已形成的固化的观念意识不断颠覆,实质是不断深化的思想解放。在我看来,这些现实剧烈冲突的生活视像,推动并驱使作者强有力地去追寻在表层之下的那些不动的东西,陈忠实在不断面向自己追问:在这种剧烈动荡的大时代之下,哪些东西漂浮在事物的表层,哪些东西沉潜在水面之下,如同冰山?

2

引起作家这样强烈的追寻愿望的恰恰是现实关怀,现实的精神困顿。陈忠实在叙述自己参与的1982年的分田到户工作时,这样描述:有一天晚上,忽然想起在30年前,柳青一家人从北京迁到陕西,他直接参与农业合作化运动,正是动员农民,放弃单家独户的生产方式,让大家走共同富裕的集体化道路。而今天自己所干的恰是自己所敬重的柳青所干的事情的反动,又要将土地重新分回各家各户去,两相碰撞,自己忽然"惊诧得差点从自行车上翻跌下来","一个

---

① 陈忠实. 寻找属于自己的句子——《白鹿原》创作手记[M]. 上海:上海文艺出版社,2009:102,91.

太大的惊叹号横在我的心里"。① 惊的不是作家对分田到户的疑虑,惊的是历史吊诡式的颠倒横变,这种历史沧桑导引着作者去追寻。这道原上的先民们,也在伴随着历史沧桑的变化,伴随着王朝兴衰的动荡,一代又一代繁衍生息。王朝兴衰更替的动荡变化,在原上的子民们看来,似乎是一个遥远的传说,他们还得过自己的日子,他们的耕作方式没有变化,他们的组织方式也没有变化,他们的文化心理结构也没有变化,浸润着他们日常生活的法典——宗族祠堂里的《乡约》更没有变化,上层皇位的更替,并不影响下层的稳态结构。这是陈忠实在沉思白鹿原先民们的观念意识时,所感知寻找到的东西。正是20世纪50年代的"拉牛入社"和80年代的"分田到户",刺激着作者追寻,追寻这道原上曾有的恒久不变的社会生活事象,这是"白鹿原"这个意象产生的大背景。在作家开始创作《白鹿原》时,"整个世界已经删减到只剩下一个白鹿原,横在我眼前,也横在我心中;这个地理概念上的古老的原,又具象为一个名叫白嘉轩的人。这个人就是这个原,这个原就是这个人"。② 这道原承载的是千年儒家文化的历史沉积,即使从宋代大儒吕大临创造中国第一部教化民众的乡约开始,也具有千年历史了。正因为如此,才有白鹿原上的动荡变化和不变的白嘉轩,还有那股弥散在白鹿原角角落落的《乡约》的魂魄气息。

在这种结构里,深邃敏锐的陈忠实,在个人的体验感知中透出意识深处的不安,或者是犹疑,白嘉轩代表的儒家传统,在社会的现实层面,遭遇着前所未有的挑战,国民党大旗上映现着三民主义,共产党大旗上书写着共产主义,无论这两个主义的论争如何,显在的事实是这两个主义,同时在挑战着儒家传统,以此构成了白鹿原人在价值选择上的断裂;白鹿原新式学校里走出的学子们,也在否弃着原有的价值观念和思想意识。宗庙祠堂构成的权威,被瓦解的命运阴云已经笼罩在头顶,白嘉轩对于走出白鹿原的人,已经失去了威慑的能力。这个时代,在城市正在生成着另一个中国传统里从没有过的群体,我们把它称作工人阶级,也同时在生成着商业文明,商业文明构成的市民文化正在崛起,一个新的结构方式正在呈现。农村的大变动还没有开始,但已是山雨欲来。

---

① 陈忠实.寻找属于自己的句子——《白鹿原》创作手记[M].上海:上海文艺出版社,2009:102,91.

② 陈忠实.寻找属于自己的句子——《白鹿原》创作手记[M].上海:上海文艺出版社,2009:102,80.

3

　　这个在传统里成长起来的腰杆挺得又硬又直的白嘉轩,已经成为被攻击的对象,既被前期黑娃所代表的农协所揪斗,又被变身为土匪的黑娃兄弟们抢劫并被打断了腰。但是,动荡下的乡村社会结构和意识形态,此刻都还没有从根子上发生颠覆性毁坏,不管是作为农协领导者的黑娃还是作为土匪的黑娃,他动摇的都是现存秩序和权威,是扎根在白鹿原上且长得"又直又硬"的乡绅典范白嘉轩。黑娃与白嘉轩的对抗蓄满了历史的玄机,假若你细细地屏气凝望,其黑魆魆的望不到底的历史纵深感让人眩晕。在20世纪的中国,不管是政治经济问题还是历史文化传统,二人所代表的诉求在历史天幕上都会映现。所以说黑娃是一个很有深度的人物形象,不是指他自己的思想深度,而是他自身所呈现的压抑不住的原欲,在现实的文化形塑之下,构成抗争,一种从人性深处的缝隙里流淌出来的对既有秩序的破坏愿望。面对白嘉轩,他本然地感到压抑,这个在白鹿原上让村民们敬重仰视的乡绅,在黑娃的感觉里是浑身不舒服,作家精彩地写到了黑娃打断白嘉轩腰杆的因由。白嘉轩给他买来笔墨纸砚让他上学,他逃学,给父亲鹿三说,"我嫌嘉轩叔的腰挺得太硬太直"。父亲让他顶工,他非要跟人去渭北熬活而不愿走进白家,还是那句话:"我嫌……嘉轩叔的腰……挺的太硬太直……"。① 在黑娃的精神生活世界里,白嘉轩构成了他梦魇一般的无形压抑,这是一种无上威权的精神统治力,所以,打破这种权威,能够舒缓他的心理,能够获得颠覆性的快慰。

　　黑娃这个人物的深度,还在于他个体生命的大起大落中展现出的深刻意味。开始他组织农民协会,批斗白嘉轩、鹿子霖,后来又当了土匪,向白嘉轩、鹿子霖复仇;再后来,又拜朱先生为师"学做好人",还要带着媳妇玉凤回白鹿村祭拜祖宗祠堂。黑娃的归根寻祖,表达着白鹿原上流淌在村社乡民之中的儒家文化之深沉力量,国共两党虽有着数十年的征战争斗,但是在扬弃旧传统走向现代性这一路途上,则是一致的。传统被反复荡涤,儒家香火,如沉潜在海面下的洋流,唯余白嘉轩、朱先生苦苦支撑。

---

① 陈忠实.白鹿原[M].北京:人民文学出版社,1993:124.

4

在大革命的浴火中,《乡约》碑文被打碎,白嘉轩诚笃地守护着《乡约》所具有的价值范式,坚持将其修复,坚持召集村民按老规矩到祠堂诵读《乡约》。这座祠堂,上演过因违反族规而遭受刺刷惩罚的田小娥、白孝文事件,也在上演过鹿黑娃们揪斗白嘉轩、鹿子霖的大戏,还上演了田福贤惩罚农协会员蹾死贺老大的惨剧。祠堂这个舞台承载什么?黑娃的最终回归,祭拜祠堂,令白嘉轩对它的意义充满自信,他在黑娃离开白鹿村的当天晚上,在上房里对孝武说:"凡是生在白鹿村炕脚地上的任何人,只要是人,迟早都要跪倒在祠堂里头的。"①白嘉轩对"人"的理解多么合乎孔子对"人"的定义,孔子说,"人而不仁,如礼何?人而不仁,如乐何?"②孔子的意思是说,只要是人,总是要为仁的。仁是做人的根本。那什么是孔子眼里的仁呢?"克己复礼为仁。一日克己复礼,天下归仁焉。"克己也即是控制自我的原欲,所以他又接着说:"为仁由己,而由人乎哉?"③能否做到对自我原欲的控制,全在自身,岂能是在他人?这是孔子所讲的内在修养与内在自觉。黑娃在县保安大队期间,有一个大的转变和回归,作家细腻地写到黑娃与玉凤的结合带给他的影响,即使在洞房花烛夜,却也"完全是和平恬静的温馨,令人摇魂动魄,却不致于疯狂。黑娃不知不觉地变得温柔斯文谨慎起来,像一个粗莽大汉掬着一只丝线荷包,爱不释手又怕揉皱了。"④完全没有了与田小娥初次相拥时的癫狂和烈火熊熊。这是一种回归,还有另一个回归者,这就是白孝文,他成为营长之后,仿佛是洗刷往日的耻辱,带着太太一起回到白鹿原上来,可算是衣锦还乡,荣归故里。但是在傍晚时分返回县城的路上,踏出村庄后凝望故乡,五味杂陈,说:"谁走不出这原,谁一辈子都没出息。"在《创作手记》里,陈忠实也忍不住为自己所写出的白嘉轩和白孝文的这两句话颇为自得,这的确是极为精彩的人物心声,白嘉轩因为了自己的坚守,而看到了曾为土匪的黑娃终于拜倒在祠堂里;白孝文因为自己的苦厄而走出,也因为走出而获得新的人生感觉。这两句经典的话语里,埋藏着现代性与古老传

---

① 陈忠实.白鹿原[M].北京:人民文学出版社,1993:590.
② [宋]朱熹.四书集注[M]//孔子.论语·卷之二:八佾.成都:巴蜀书社,1986.
③ [宋]朱熹.四书集注[M]//孔子.论语·卷之六:颜渊.成都:巴蜀书社,1986.
④ 陈忠实.白鹿原[M].北京:人民文学出版社,1993:583.

统的尖锐冲突,这种冲突,其实正是现实冲突在艺术里的回响。

在《寻找属于自己的句子——〈白鹿原〉创作手记》里,作家陈述了在创作《白鹿原》之前的准备工作,他在长安、蓝田等地,下大功夫翻阅县志、收集资料,也在白鹿原上访问老者,寻找历史踪迹。在翻阅县志时,"贞妇烈女卷"留给他强烈的冲击,他看到大量的整整齐齐排列的密密麻麻的女人名字,这些人以她们的寡居岁月和失去的青春换来了书卷上的这一行字。字里行间,作家仿佛听到了她们痛苦的呻吟和惨烈的呼叫,在写完"田小娥被公公鹿三用梭镖钢刀从后心捅杀的一瞬,我突然眼前一黑搁下钢笔"。仿佛是对田小娥的纪念,作者"顺手在一绺纸条上写下'生的痛苦,活的痛苦,死的痛苦'"。① 在田小娥身上,作者竟然倾注了那么多的哀痛! 正是在这些贞妇烈女的尸骨里,站出一个以荡妇形象出现的反叛者,其实,如同作者所感到的一样,在民间广为流传的各种各样的荤段子酸故事里,这种东西也在以变形的方式呈现,构成了文化压抑下的精神宣泄和无意识对抗。这是田小娥这个人物形象产生的深厚基础。这些民间故事里无疑隐含着挑战和嘲弄,尽管个人的抗争,从来没有停止,但其结局,大都是以失败告终,更有因超出规矩而招致的惨烈惩罚。"作为个人,都无力对抗以《乡约》为道德审判的铁律。"②田小娥身上,有着作家巨大的情感投入,亦饱含着他的深长思考。

5

这也算是在正史里逸出的另一气息,是被压抑的生命力的宣泄。所以,白嘉轩有两种不同的力量博弈:一个是在同一范畴内的对手鹿子霖,另一个则是化外之徒黑娃。化外之徒终归教化,这是儒家传统的一大胜利。而鹿兆鹏、鹿兆海,则完全不在这个系统内,白孝文从理想的承继者到偏离大道走出白鹿原。这些,是白嘉轩无法掌控统摄的异己力量。面对这种从观念意识到结构形态的颠覆,白鹿原人在心理鏊子上被煎熬,有着扭曲挣扎,亦有惶恐欣喜。作品深刻地透露出人性在其中的扭曲挣扎。这毕竟是一场千年之变。在时代的动荡不

---

① 陈忠实.寻找属于自己的句子——《白鹿原》创作手记[M].上海:上海文艺出版社,2009:79.
② 陈忠实.寻找属于自己的句子——《白鹿原》创作手记[M].上海:上海文艺出版社,2009:112.

安和社会大变局中,面临精神困惑和心理震荡,朱先生、白嘉轩们坚定地守护着传统要义,坚定地信奉人心的回归。这种坚守仿佛使命,又宛若绝望中的希望。

现实层面里,新的主义和价值尺度,打破了白嘉轩为代表的、生活在乡约里的白鹿原上的村民们,宗法制构成的传统被新观念所动摇。新观念以阶级划分人的远近亲疏,认为男女是平等的,它要将高贵者打倒,使卑贱者翻身,它要建立一个全新的共和国,这种"风搅雪"式的大革命,虽然还没能一下子摧毁原有的生活秩序,但是,他的力量已经从根子上动摇了原有的社会基石,沐浴在白嘉轩这样的乡绅精神照耀下的村民们,隐约感到了他的权威在悄悄衰颓,白鹿原在书写这种文化碰撞时,尽情地写出了传统文化的傲然正气,写出了这种文化雕塑出的人格典范白嘉轩,写出了它构成的严整的社会生活秩序,更写出了这种文化在现代的飘摇命运,写出了命运中鹿子霖的悲惨和白嘉轩的无奈,在人物活动背后,我们似乎听到了作者一声深长的叹息。

大凡一部伟大杰出的作品,总是对于作者心灵深处所面临困境的回答,他绝不是简单的文字阐释,那样只会产生《金光大道》式的作品,"艺术的主要目的就在于表现和揭示人的灵魂的真实,揭露用平凡的语言所不能说出的人心的秘密"。① 不管是托尔斯泰还是卡夫卡,不管是批判现实主义作品,还是现代派艺术,在这一点上是共同的。托尔斯泰将自己的人生探寻和自己的艺术活动结合起来,问自己:当代艺术能不能促进耕种土地的劳动人民的幸福? 这便是托尔斯泰晚年给自己提出的根本问题,他带着这个问题去观察一切文艺现象。② 他把艺术作为促进社会进步和底层民众生活改善的手段,作为探索俄国农奴制下的农奴是否能获得新生活的途径,他用自己的作品探索这一问题,挖掘这一问题,寻找这一问题的答案。伟大作家所面临的问题,恰恰是时代所面临的问题,就是说,他的个人化的困惑和命题里,刚巧包含着时代向善于思索者提出的命题。他在解答自己的探索、解答自我的困惑时,却回答了大时代的大命题。这是因为,他恰恰就置身于这样的现实生活中,参与着时代的变革,感受着其中的痛苦和裂变。我们从《寻找属于自己的句子——〈白鹿原〉创作手记》里,追踪陈忠实写作《白鹿原》的心路历程,恰恰能发现的是作者所写的尽管是自己未曾经历的20世纪前半叶的人生社会故事,但是,他的写作动力,他想探寻的

---

① [俄]列夫·托尔斯泰.论创作[M].桂林:漓江出版社,1982:6.
② [俄]列夫·托尔斯泰.论创作[M].桂林:漓江出版社,1982:2.

白鹿原上的前尘往事,恰是被现实的生活事项所点燃、所激发,"我由自己1982年早春在渭河边开始的精神和心理剥离,类推到20世纪初'辛亥革命'之后的白鹿原上的人,以我的体验来理解他们的精神和心灵历程,似乎也是很自然的事"。① 生活现实驱使他回望历史,这是现实在他的虚构世界里的遥远回响,也是深沉回答。

6

在现实促使他的探寻中,作者说自己某一日突然意识到了一个简单的问题,"这座古原的历史和中国历史一样久远,然而,无论王朝更迭过程中的战乱和灾难怎样残酷,还有频繁的自然灾害……这座原上依然延续繁衍着生命,灾难和灾害过去之后,重新繁衍起来聚而成群的生命又聚集在氏族的祠堂里背诵《乡约》"。② 祠堂与《乡约》,构成了一种不变的恒在的精神文化载体,这一大发现,构成了作者笔下的白鹿原上空笼罩的魅惑人的文化氤氲。可以说,自1917年文学革命以来,我们观察现代小说的发展演变,我们还没有发现哪一部长篇小说对儒家文化浸淫下的社会生活具有这样精彩的正面再现。在中国现代文学的画廊里,还没有出现一个如白嘉轩这样被儒家文化形塑得如此让人心动且由不得肃然致意的人物形象。

乡约是白鹿原上一个具有象征意味的精神统治的符号。其实,在作家的创作动机里,重心要写"作为原上人文化心理结构柱梁框架的这部《乡约》",这部20世纪原上人精神和心理上尊奉的"本本",以及"本本"与新精神观念的冲突。

前面我已提到,作者在查阅历史时,赫然发现原上在20世纪20年代后期,已经办起了两三所新式小学,新式小学里所传播的思想价值和道德伦理,已经和《乡约》大相径庭了。还是在20年代中期,竟然有一位从北京读书归来的学生在原上建立了一个中共支部,发展了两名党员。中共所确立的党的目标以及对一个党员的要求,更是与《乡约》南辕北辙,风马牛难相及。这是陈忠实所采访到的白鹿原上的真实社会历史,这种冲突是作者浓墨重写的东西。

---

① 陈忠实.寻找属于自己的句子——《白鹿原》创作手记[M].上海:上海文艺出版社,2009:107.

② 陈忠实.寻找属于自己的句子——《白鹿原》创作手记[M].上海:上海文艺出版社,2009:107.

7

在动荡的历史格局下,陈忠实写的是沉厚不动的传统。辛亥革命尽管在历史教科书上,是一个标志着帝制结束的里程碑,但是其余波波及这座原上时,浮皮潦草,影响十分有限,"也许因为无论旧'三民主义'或新'三民主义'在原上几乎没有任何响动,才给《乡约》留下继续传承的空间"。小说前半部分,重心展示白嘉轩为代表的儒家文化构成的严整秩序,作家对乡约规范下的乡民们的精神世界,做了精彩书写。写作中,这种恒久而绵长的历史感攫住了作家的手,使他对几千年原上人的生活常态,有一种情不自禁地倾情挥洒和情感投入。陈忠实在他对历史的探索思考中,对这座他几十年生活其中的古原,重新打量,重新认识,并注入了深沉的情感,从而使白嘉轩获得了活气和灵气,整个一道原,在陈忠实笔下苏醒起来,喧哗起来,徐徐生动起来。作者为白鹿原灌注了血脉,白鹿原也为陈忠实的叙写注入了灵动的气脉。

白嘉轩所代表的乡约式儒家文化,在20世纪上半叶,被一种新的文化意识所戛然摧毁,在摧毁的废墟上,我们能否重建新的文化价值和秩序?被摧毁的东西是否具有可以承继的有用部分?在《白鹿原》里,我们仿佛见到了这样的追问,作者将自己的问题与艺术关联,也在小说里求解。从"打倒孔家店"开始,这也是儒家文化在20世纪之初,受到知识界批判抨击以来,鲜见的用艺术形象来重新思考这个问题的大著。并且,在作者陈忠实身上,我们还发现了他对儒家精神的虔诚实践,不管就其人格还是就其价值观,关学不仅仅影响了关中地区的先民生活,也影响了作家本人的操守和人格风貌。在艺术中探寻的天理,也实践在自己的足下。这一点,也显现出儒家文化在日用上持久巨大的魅力。

在文学业已边缘化的今天,认为"文学依然神圣"的陈忠实,其所具有的使命感,使他不仅仅让自己的作品停留在文字的探索中,也使自己成为躬行实践者。通过《寻找属于自己的句子——〈白鹿原〉创作手记》可以得出判断,作者绝不认为,文学仅仅是一种游戏,仅仅是一种娱乐,当不得真。他是将文学同历史与生命相关联,为建立新的精神生活而殚精竭虑,所以,白嘉轩不仅活在小说里的白鹿原上,也还继续活在作者的探寻中,对人生真义的探寻、对人格风范的修炼中。《白鹿原》是一个对当下问题的伟大实践,是追问,是向自己解惑,同时也向我们发出吁请,在白鹿原上被革命中断的儒家文化,在现代化语境里,还能不能还魂?白嘉轩是不是就这样永远地消失于我们的视野里?抑或我们可以重续儒家文化传统,重新确立我们的文化身份,鲜亮地自立于世界民族之林。

(作者单位　西安培华学院人文学院)

《白鹿原》的创作过程

邢小利

1985年秋天,陈忠实写中篇小说《蓝袍先生》时,受这个多少有点"历史性"的题材的启示,萌生了写长篇小说的念头。他酝酿中的长篇小说,不是他多年来习惯所写的现实题材,而是现代历史题材。创作题材上的巨大转变,与陈忠实思考创作突破问题时获得的启示有关。这一时期,我国文坛兴起一股"文化寻根"的热潮,不少作家致力于对传统意识、民族文化心理进行挖掘,他们的创作被称为"寻根文学"。经过现代新文化革命的洗礼和冲击,传统文化特别是某些"文化的根"确实有所断裂。陈忠实当时没有写过"寻根"作品,但他对"寻根文学"的理论和创作极有兴趣也极为关注。"礼失求诸野",方法不错,但是陈忠实很快发现,"寻根文学"发展的方向有了问题,一些人后来越"寻"越远,离开了现实生活。陈忠实认为,民族文化之根应该寻找,但这个根不应该在深山老林和荒蛮野人那里,而应该在现实生活中人群最稠密的地方。此时,他在《世界文学》1985年第4期上读到魔幻现实主义的开山大师、古巴作家阿莱霍·卡彭铁尔的中篇小说《人间王国》,还读到同期杂志配发的林一安写的评论《拉丁美洲"神奇的现实"的寻踪者》,这是一篇介绍拉美作家的创作特点特别是卡彭铁尔创作道路的文章。陈忠实读后不仅对魔幻现实主义的创立和发展有了一个较为清晰的了解,而且对他最富有启示意义的,是卡彭铁尔艺术探索的传奇性历程。卡朋铁尔创作之初,受到欧洲文坛各种流派尤其是超现实主义的极大影响。1928年,他远涉重洋来到超现实主义"革命中心"的法国,"但是八年漫长的岁月却仅仅吝啬地给予卡彭铁尔写出几篇不知所云的超现实主义短篇小说的'灵感'"。卡朋铁尔在失望之余,意识到自己以及其他拉美青年作家若要有所作为,必须彻底改变创作方向,"拉丁美洲本土以及她那古朴敦厚而带有神秘色彩的民族文化才具有巨大的迷人魅力,才是创作的源泉"。卡彭铁尔回到古巴之后,立即遍访拉美各国。1943年,又深入海地这个拉美唯一的黑人国家,深为所迷,经过五年多的呕心沥血,写出了别开生面的《人间王国》。作品于1949年发表后,在拉美引起巨大反响,并在欧美文学界受到热烈欢迎,被小说史家称为"标志着拉丁美洲作家从此跨入了一个新的时期"。卡朋铁尔对陈忠实启示最深的一点,是陈忠实对自己乡村生活的自信被击碎了。陈忠实有相当深厚的农村生活经验,他曾经说他对农村生活的熟悉程度,不下于柳青;但他所熟悉的农村生活,主要是当代的农村生活。他感觉自己对于乡村的生活知道得太狭窄了,只知当下,不知以往,遑论未来。他意识到,对于一个试图从农村生活方面描写中国人生活历程的作家来说,自己对这块土地的了解还是太浮浅了。

从卡朋铁尔进入海地这一文学事件中,陈忠实体悟到必须把目光再从外国大师那里切换到自己民族的生存现实和文化土壤上,回归本源,才能"寻找"到"属于自己的句子",关注本土,也能产生好作品和大作品,也能创作出令世人瞩目的不朽之作。而此时文艺思潮中盛行的"文化心理结构"理论,也对陈忠实产生了重大的思想影响。他把卡朋铁尔进入海地、"寻根文学"和"文化心理结构"理论三者融会贯通,发现它们有共通的文学和文化指向。1986—1987年,他去西安周边的蓝田、长安两个县查阅县志,还查阅了咸宁(明清与长安县并为陕西西安府治,民国并入长安县)县志,查阅地方党史及有关文史资料。选择长安、咸宁和蓝田这三个县了解其历史,陈忠实有一个基本考虑,那就是这三个县紧紧包围着西安。西安是古都,曾是中国政治、经济和文化的中心,他认为,不同时代的文化首先辐射到的,必然是距离它最近的土地,那么这块土地上必然积淀着异常深厚的传统文化。查访过程中,不经意间还获得了大量的民间轶事和传闻。就是在这种踏勘、访谈和读史的过程中,陈忠实新的长篇小说逐渐形成胚胎,并渐渐发育丰满起来,而地理上的白鹿原也进入他的艺术构思之中,并成为未来作品中人物活动中心。

《白鹿原》中的朱先生就是以蓝田县清末举人牛兆濂为原型而塑造出来的;白灵的原型则是白鹿原上的人,是从党史回忆录里找出来的;田小娥则是在阅读《蓝田县志》的"节妇烈女卷"时,萌发历史思考而创造出来的。

史志里的一些材料让陈忠实震撼。1927年农民运动席卷中国一些省份,毛泽东的《湖南农民运动考察报告》写湖南农民运动闹得很凶,陕西关中的农民运动其实也很厉害,仅蓝田一个县就有800多个村子建立了农会组织。陈忠实看到这个历史资料后很感慨:"陕西要是有个毛泽东写个《陕西农民运动调查报告》,那么造成整个农民运动影响的可能就不是湖南而是关中了。"由此引发的一个问题令陈忠实思考,陕西关中是我们这个民族和国家封建文明发展最早的地区,也是经济形态相对落后、历史文化沉积最深最重的地方,人很守旧,新思想很难传播,怎么会爆发如此普遍的以革命为名义的农民运动呢?他读牛兆濂主编的《蓝田县志》,发现20多卷县志中,有四五卷记载的是蓝田县有文字记载以来的贞妇烈女事迹和名字。这些事迹没有女人的真实名字,只是以夫姓和自家的姓合起来称呼,如刘王氏;事迹也无非就是这样一类:刘王氏十五岁出嫁、十六岁生孩子、十七岁丧夫,然后抚养孩子,伺候公婆,终老没有改嫁,死时乡人给挂了个贞节牌匾。有几卷没有记载任何事迹,只是把贞妇烈女们的名字一个个编了进去。陈忠实心中既悲哀也震撼:这些鲜活的生命活得是多么委屈啊!他萌生了要写田小娥这么一个人物的创作冲动,这个人物不是接受了现代思潮的影响,也不是受到了某种主义的启迪,只是作为一个人,尤其是一个女人,她要按人的生存需要、人的生命本质去追求她所应该获得的。这个人物应该具有典型意义。

在陈忠实构想的未来的长篇小说中,最早冒出来的一个人物,就是后来小说中的朱先生,一个儒者甚至是大儒,这样的人物是"耕读传家"的乡土社会不可或缺的精神导师,但是限于生活经验,他对写这个人物只有一些抽象的概念化的想象,缺乏活生生的性格和生活把握。正是在史志的翻阅中,他心中的朱先生渐渐地立了起来,活了起来。朱先生的原型是主编《蓝田县志》的牛兆濂,清末举人,人称牛才子。现实中的牛家与陈家一北一南隔灞河相望,距离很近,陈忠实还没有上学的时候,晚上父亲与他一起剥玉米,就给他讲过很多牛先生的故事。牛才子是当时乡里出名的"神童",传说很多。关于这个人物,陈忠实回忆说,在一个文盲充斥的乡村社会,对一个富有文化知识的人的理解,全部归为神秘的卜筮问卦方面的传说。他听父亲讲,谁家丢了牛,找牛才子一问,牛才子一掐算,然后按其所说去找,牛就找着了。陈忠实很想把牛才子这样的儒者写到作品中去,但感觉最没有把握。牛兆濂主编的县志客观纪事,不加评价,只有几处写了类似编者按的批注表达了观点。陈忠实就是从那几处批注中,感觉和把握到了老先生的某些心脉和气质,感觉写这个老先生有把握了。这是他查阅县志另外的一大收获。

白鹿原实有其地。它位于西安市东南。原之东南依终南山余脉篑山,原与山隔沟相望;西和南临浐河;东和北依灞河;三面环水,居高临下,西望长安。地质学家认为,此原为亿万年形成的风成黄土台原。远古时期,这里就是人类居住繁衍生息之地。白鹿原因有白鹿出现而名。《关中胜迹图志》上关于白鹿原有这样一段记述:"在咸宁县东,接蓝田县界。《长安志》:'自蓝田县界至浐水川尽,东西一十五里。南接终南,北至霸川尽,南北四十里。'《三秦记》:'周平王东迁,有白鹿游于此原,以是得名。'《雍录》:'南山之麓,霸水行于原上,至于霸陵,皆此原也,亦谓之霸上。''霸'一作'灞'。"①北宋年间,大将狄青曾在原上驻军,后世亦称之为"狄寨原"。陈忠实老家祖居就依白鹿原北坡而建,自小就在原上割草拾柴,一草一木都非常熟悉。

1987年,陈忠实完成了长篇小说的构思和结构,计划三年完成。他考虑写两稿,第一稿草稿,拉出一个大架子,写出主要情节走向和人物设置;第二稿正式稿,细致写,精心塑造人物和结构情节,语言上仔细推敲,争取一次完成,几十万字不想写了再修改再抄第二遍。

1988年4月1日,农历戊辰年二月十五日,陈忠实在草稿本上写下了《白鹿原》的第一行字。漫长的《白鹿原》创作开始了。当他在《白鹿原》的草稿本上写下第一行字时,"整个心里感觉已经进入我的父辈爷爷辈老爷爷辈生活过的这座古原的沉重的历史烟云之中了"。

草稿陈忠实写得很从容,坐在沙发上,把一个大笔记本放在膝盖上,很舒服地写,一点儿也不急。7月和8月,因故中断写作两个月。9月再动笔,到次年即1989年的1月,草稿完成,约40万字,实际用了8个月时间。

1989年4月开始写第二稿即正式稿,这一稿打算用两年完成。他写得很认真,心里也很踏实,因为有草稿在。开始写得还算顺利,写完第十一章,陈忠实遇到了一个坎,不知为什么,第十二章写不下去了。陈忠实说,是"遇到了结构安排上的一个障碍"。此时,已经到了1989年的夏天,天气热了。

陈忠实蛰伏在西蒋村乡下写他的《白鹿原》的时候,中国大地上发生了一些大事。春天,4月15日,胡耀邦在北京逝世,终年73岁。此后,由持续的悼念胡耀邦活动引发了当时的重大事件。

---

① 毕沅.关中胜迹图志[M].张沛,校点.西安:三秦出版社,2004:36.

在4月中下旬至6月上旬这一段所谓春夏之交的时间,社会上主要是全国一些大城市里轰轰烈烈,而僻处白鹿原北坡下的西蒋村则一如既往,宁静如常。

不能说陈忠实对时事和政治不敏感、不关心,他是敏感的,也是关心的。但是这个时候的陈忠实,一心扑在他的"枕头工程"《白鹿原》上,心思不敢旁骛,加之他性格比较谨慎,所以,他对政治风波也是关注的,但未见参与什么活动。政治风波期间,笔者晚上睡不着,有时骑着自行车到西安的新城广场等地看热闹,曾经在半夜碰见路遥和单位里的几个年轻人,他们也在街上看情况,但从未见过陈忠实或听说陈忠实出来过。

政治风波过后,在"清查工作"中,陈忠实所在单位陕西省作家协会曾有人向党组织告陈忠实参加过游行活动,按陈忠实后来的说法,这个居心叵测的人居然把事情说得"有鼻子有眼"。由于有人告,组织上就要调查落实,这也给陈忠实增添了不少的烦恼。不过,有关方面经过调查,得出的结论是陈忠实没有参与过游行等活动。

1989年12月,在"清查工作"中,由四人具名写的关于陈忠实的考察材料中说:"当前正在日夜笔耕,赶写一部长篇小说;风波中该同志住在农村,集中突击完成长篇小说,很少到作协机关来,因此没有什么问题。政治风波初期,思想上曾一度对学生提出的'惩治腐败、打倒官倒'等口号有同情,但在言论和行动上,能和党中央保持一致。'双清'以来,认识明确,态度积极,能按时赶来机关参加会议和学习,自觉清理自己思想。作为'双清'小组成员,能积极参与清查工作。"考察材料最后,说陈忠实的"主要问题是:作为作协一个领导成员,长期住在农村,埋头创作,对机关工作主动关心不够,过问少"。由这里所说的"主要问题"也可以看出陈忠实当时的处世态度乃至某些性格特点。

中共陕西省委组织部在1992年1月对陈忠实的考察材料中也说:"在1989年的'两乱'斗争中他住在农村,正赶写一部长篇小说,没有参加游行等各种声援活动,在言论和行动上能同党中央保持一致。对'双清'工作认识明确,态度端正,能按时赶来机关参加学习和会议,自觉清理思想,积极参与清查工作。"

1989年8月,酷热难耐。陈忠实在夏天常用的凉水泡脚降温法似乎也不起作用了,他的心烦躁不安,《白鹿原》第十二章怎么写都感觉不对,笔下滞涩。灞桥区文化馆馆长、作家李君利(笔名峻里)与陈忠实是乡党兼文友,关系比较密切,闻知陈忠实这种情况,他邀请陈忠实到自己位于洪庆镇郭李村的老家窑洞中去写作，窑洞冬暖夏凉，而且那里地处偏僻，更为清静。陈忠实一听，欣然前往。李君利与夫人周改群把陈忠实的吃住等生活安排好，摒绝一切干扰，留下陈忠实在那里写作。与世隔绝的环境，凉爽的土窑洞，使陈忠实渐渐进入无他也忘我的创作心境。在这里近一月，他完成了《白鹿原》第十二章的创作。

还在李君利老家窑洞写作的时候，这一年"政治风波"的后续——"清查工作"开始了。无人知道陈忠实躲在这里创作，那时通信也不方便，家里人只知道陈忠实在乡下写作，具体在哪里，也不清楚，单位急得到处乱问乱找，过了多时才联系到陈忠实。

陈忠实必须投入眼前更急迫当然也更重要的"清查工作"之中。他是陕西作协党组成员、副主席，自然进入单位的"双清"（清理和清查在"政治风波"中有错误言行的党员）小组，既要参加单位的"双清"工作，他自己也必须就一些问题向组织"说清楚"。显然，《白鹿原》的创作是不能按原计划进行了。

关于《白鹿原》最初的创作计划，陈忠实在1990年10月24日致人民文学出版社《当代》杂志副主编何启治的信中，是这样说的："此书稿87年酝酿，88年拉出初稿，89年计划修改完成"，"全书约四十五、六万字"。看来原计划是，一年初稿，一年修改完成，明确是1989年就"修改完成"。实际写作情况是，初稿或按陈忠实的说法叫"草稿"，是1988年4月初动笔，同年的7月和8月因故中断了两个月，9月再动笔，到次年即1989年的1月写完，实际用了8个月时间。这个初稿陈忠实称之为"一个草拟的框架式的草稿，约40万字"。二稿（陈忠实称为"复稿"或"修改完成"稿）于1989年4月开始，到了8月，第十二章写完。可是，在当时严峻的形势下，创作是必须搁下了。

陈忠实后来回忆说："到了1989年下半年整个半年就拿不起笔来了，因为发生了'风波'，几乎天天开会，我记得到离过年剩下一月多的时间这场'风波'才结束。而这时我基本把前面写的都忘了，还得再看一遍，重新熟悉，让白嘉轩们再回来，我就把之前写成的十二章又温习了一遍。"1990年，春节前后，他抓紧时间写了几章。"夏天的时候，整党开始了，后半年写作又中断了，到春节前结束。"1991年，又重新温习前面写的内容，然后重新接上写。"1991年从年头到年尾除了高考期间为孩子上学耽误了一两个月，这一年干了一年实活，到春节前四五天画上最后一个标点符号。"①陈忠实在与李星后来的对话中说:复稿"到1992年元月29日(农历腊月二十五)写完,后来又查阅了一遍,到3月下旬彻底结束"。《白鹿原》复稿"历时三个年头,期间因故中断过几次,最长的一次是1989年秋冬,长达四个月"。② 在上述致何启治的信中也说,"不料学潮之后清查搞了四个月,搁置到今春,修改了一部分,又因登记党员搁置"。

如果把《白鹿原》归入特定的年代,那它无论怎么看,都是20世纪80年代的作品。虽然此作复稿是于1992年1月写完,但这部作品的起根发苗或称孕育是80年代,开始写作的时间也是80年代,《白鹿原》的思想、人物、故事以及艺术上的种种追求都在80年代已然形成,陈忠实本来有在1989年就完成全书创作的计划,只是因为80年代的最后时段中国社会发生了重大的事件,历史在这里拐了一个弯,耽搁了写作的进度。

20世纪80年代与90年代之交,社会思潮是理想主义激情渐渐冷却,实用主义态度兴起并转而代之,这是一个剧烈而复杂的动荡期。陈忠实此刻正在完成他一生中最重要的"枕头工程",他的心态是复杂的,却也是坚定的。

在这个时段,他给一些信得过的好友写过很少的几封信,在谈其他事情的同时,偶尔也透露出他当时对一些问题特别是他写作《白鹿原》的一些想法和所持的态度。

1989年10月2日,陈忠实写信给李君利和周改群。李、周二人是夫妻,与陈忠实是忘年交。写此信时,正是陕西作协"双清"工作的严峻阶段。陈忠实在这封信中本来主要是谈他给李家办的一件私事的,由于是至交,由于李君利夫妻二人一直真诚地关心着他的创作,他就在信中谈及正在写作的《白鹿原》。陈忠实说,他现在无法进入写作的"心境"。又说,"我已经感觉到了许多东西,但仍想按原先的构想继续长篇的宗旨,不做任何改易,弄出来再说,我已活到这年龄了,翻来覆去经历了许多过程,现在就有保全自己一点真实感受的固执了。我现在又记起了前几年在文艺生活出现纷繁现象时说的话:生活不仅可以提供作家创作的素材,生活也纠正作家的某些偏见。那时是有感而发,今天回味更

---

① 陈忠实.《白鹿原》的创作过程[M]//陈忠实自述人生路.武汉:华中科技大学出版社,2014:68.
② 陈忠实与李星对话.关于《白鹿原》的答问[M]//陈忠实访谈录.西安:陕西新华出版传媒集团,陕西人民出版社,2016:9.

觉是另一种感觉"。仔细体味这段话，内涵丰富。其中"我已经感觉到了许多东西，但仍想按原先的构想继续长篇的宗旨，不做任何改易"和"现在就有保全自己一点真实感受的固执了"非常明确地表明他将坚持他的创作初衷，完全是一种孤注一掷、背水一战的决绝态度。陈忠实早年创作的一个重要特点，就是追随时代风潮特别是时代的政治风潮，现在，"我已活到这年龄了，翻来覆去经历了许多过程，现在就有保全自己一点真实感受的固执了"；"生活不仅可以提供作家创作的素材，生活也纠正作家的某些偏见"，这些话，都是来自生命体验的肺腑之言。另外，他本来是谈私事，却谈了许多他关于《白鹿原》创作的心理活动，看来此时很有些"块垒"，不吐不快。信末，他嘱收信人"读罢烧掉"！

这些话，也足以证明《白鹿原》是20世纪80年代的作品。不仅是思想、人物和故事，而且全部的精神与气质，都是80年代的。《白鹿原》是中国20世纪80年代文学精神和气质最后的闪耀和谢幕。

1990年10月24日，陈忠实在致何启治的信中谈到《白鹿原》的创作，说"这个作品我是倾其生活储备的全部以及艺术的全部能力而为之的"。这里谈到两个"全部"，一是"全部"的"生活储备"，二是"全部"的"艺术""能力"。其实，还应该再加一个，那就是"全部的艺术勇气"。没有"全部的艺术勇气"，是不能把《白鹿原》最初的艺术理想坚持到底的。

在这封致何启治的信中，陈忠实透露了《白鹿原》的创作进度及遇到的问题："原计划国庆完稿，未想到党员登记的事，整整开了两个多月的会，加之女儿大学毕业，分配工作干扰，弄得我心神不宁"，"我了过此番心事，坐下来就接着修改工作，争取农历春节前修改完毕最后一部分"，"全书约四十五、六万字，现剩下不到三分之一，我争取今冬拼一下"。他特别强调，他需要宁静的心态，"也不要催，我承受不了催迫，需要平和的心绪做此事。盼常通信息，并予以指导，我毕竟是第一次搞长篇"。

陈忠实在这里给何启治说，"全书""现剩下不到三分之一"，他争取在这一年即1990年年底前后（农历春节前）完成第二稿即修改完成稿，实际上因诸事耽搁，这一年并没有完成计划。全书完成，已经到了1992年的年初，临近农历辛未年的春节了。

《白鹿原》"剩下不到三分之一"的内容是在1991年完成的。这一年，显然也是不平静的一年，陈忠实需要在种种烦扰中寻求安心和写作的宁静。何启治先生在陈忠实去世后的 2016 年 5 月初把陈忠实给他的这封信复印给笔者的时候，感慨再三，以问话对笔者说："看看忠实这封信，假如忠实当年没有学潮之后那么多事的干扰，没有当时的政治环境给他的影响，他的《白鹿原》会怎么写？会写成什么样？可能不像现在这个样子吧？"笔者无法回答。笔者只是想，干扰肯定是有干扰，影响肯定是有影响，但从前引陈忠实致李君利夫妇信中所言的"我已经感觉到了许多东西，但仍想按原先的构想继续长篇的宗旨，不做任何改易"和"现在就有保全自己一点真实感受的固执了"来看，陈忠实接下来所写的《白鹿原》应该如他所说，仍然是"按原先的构想继续长篇的宗旨，不做任何改易"。也许，由于现实生活的风云激荡，他更强化了对历史和生活的一些认识。正如前引他所言："生活不仅可以提供作家创作的素材，生活也纠正作家的某些偏见。"

《白鹿原》的写作进度后来有些慢，也是陈忠实有意为之。2012 年 3 月 28 日晚上，陕西师范大学出版社与一些陈忠实研究作者签订图书出版合同，陈忠实在座，他讲，《白鹿原》在写作过程中，他已经感觉到"自己写的这个东西是个啥东西"，在当时政治氛围里，他认为根本不可能出版，所以改写第二稿时，就是慢悠悠的。

1991 年，陕西省文联和陕西省作协换届的消息不断传来，作为陕西省作协现任的党组成员和副主席，陈忠实何去何从并不由他自己，但他不得不面对并处置相关问题。1991 年 8 月 30 日，陈忠实在致信至交好友、陕西乡党、评论家白烨的信中说道，"陕西文联和作协的换届又推至十月末十一月初，人选在不断捋码中，一阵一种方案的传闻，变化甚大。无论如何，我还是以不变应多变，不求官位，相对地就显得心安了"。"不求官位"，而且他后来还拒绝了到省文联当正厅级书记的上级安排，一心当一个作家，一心写作，"心安"一语正是他当时写作的心态和要追求的心境。提到正在写作中的《白鹿原》，陈忠实说："长篇这段时间又搁下了，因孩子上学诸事，九月即可投入工作，只剩下不足十万字了，能出不能出暂且不管，按原构思弄完，了结一件心事，也可以干些别的"。这里所说的"能出不能出暂且不管，按原构思弄完，了结一件心事，也可以干些别的"这话，再一次证明陈忠实不仅仍然是"按原先的构想继续长篇的宗旨，不做任何改易"，而且此时完全是一条道走到黑的心态，纯粹是沉入到自己的艺术世界中了，不了结这一件"心事"，心何以安？怎么可以再干别的？

1991年9月19日,陈忠实致信白烨,对白烨为他中篇小说集《夭折》写的序表示满意和感谢。信中说道,"您对我的创作的总体把握和感觉也切中实际,尤其是您所感到的新变"。"鉴于此,我更坚定信心写长篇了,且不管结局如何;依您对《蓝袍先生》以及《地窖》的评说,我有一种预感,我正在吭哧的长篇可能会使您有话说的,因为在我看来,正在吭哧的长篇对生活的揭示、对人的关注以及对生活历史的体察,远非《蓝袍先生》等作品所能比拟;可以说是我对历史、现实、人的一个总的理解,自以为比《蓝袍先生》要深刻,也要冷峻一步……"关于创作,不同的作家有不同的经验。陈忠实关于创作特别是关于长篇小说的创作,有一个著名的理论叫"蒸馍理论",意思是说:创作像蒸馍一样,蒸馍是揉好面,做成蒸馍,放到锅里蒸,未蒸熟前不能揭锅盖,一揭锅盖就跑了气,馍就蒸不好或成夹生的了;创作也是这样,心中构思酝酿了一部作品,不要给人说,要憋住气写,这样写出的作品情绪饱满,中途一给人说就跑了气,三说两不说,气泄完,写起来不仅没劲,可能最后也不想再写了。1990年10月24日,陈忠实在致何启治的信中谈的一些话,可以作为"蒸馍理论"的注解:"朱盛昌(邢注:时任人民文学出版社《当代》杂志主编)同志曾两次来信约稿,我都回复了。他第二次信主要约长篇,大约是从陕西去北京的作家口中得知的消息,我已应诺,希望能在贵刊先与读者见面,然后再作修改,最后出书。关于长篇的内容,我只是说了几句概要的话。作品未成之前,我不想泄露太多,以免松劲。"创作与作者的感情、情绪大有关系,创作过程中需要饱满的感情和情绪,感情、情绪不断释放,写出来的作品气韵肯定不足,往往面目苍白。陈忠实写《白鹿原》,显然是鼓足劲憋足气要蒸一锅好馍,他总体上是把锅盖捂得严严的,但是锅盖总有那么一两点漏气的地方,锅里的气压太大,这个锅也不妨漏出一点气。他在这里给白烨说的这个"长篇对生活的揭示、对人的关注以及对生活历史的体察","可以说是我对历史、现实、人的一个总的理解,自以为比《蓝袍先生》要深刻,也要冷峻一步",算是漏出的一点点气,从中也可以见到他在创作这部小说时思想上是如何把握的。

历时四年,1991年深冬,在陈忠实即将跨入50岁这一年的冬天,小说中白鹿原上三代人的生的欢乐和死的悲凉都进入了最后的归宿。陈忠实在这四年里穿行过古原半个多世纪的历史烟云,终于迎来了1949年。白鹿原解放了,书写《白鹿原》故事的陈忠实也终于解放了。这一天是农历辛未年十二月二十五日，公元1992年1月29日。写完以鹿子霖的死亡做最后结局的一段，画上表明意味深长的省略号，陈忠实把笔顺手放到书桌和茶几兼用的小圆桌上，顿时陷入一种无知觉状态。良久，他从小竹凳上欠起身，移坐到沙发上，似乎有热泪涌出。仿佛从一个漫长而又黑暗的隧道摸着爬着走出来，刚走到洞口看见光亮时，竟然有一种忍受不住光明刺激的晕眩。

《白鹿原》写成后，他把稿子拿给同事、评论家李星，让李星把握一下"成色"。李星没有表态前他的心一直悬着，李星看完后说了一句"咋叫咱把事弄成了"，他又惊又喜，一时身僵意迷，李星后来再说什么他居然一句也没有听进去。

1992年3月25日，人民文学出版社一编室副主任高贤均和《当代》杂志编辑洪清波到西安拿走《白鹿原》手稿。4月16日，人民文学出版社一编室副主任高贤均致信陈忠实："我们在成都待了十来天，昨天晚上刚回到北京。在成都开始拜读大作，只是由于活动太多，直到昨天在火车上才读完。感觉非常好，这是我几年来读过的最好的一部长篇。犹如《太阳照在桑干河上》一样，它完全是从生活出发，但比《桑干河》更丰富更博大，更生动，其总体思想艺术价值不弱于《古船》，某些方面甚至比《古船》更高。《白鹿原》将给那些相信只要有思想和想象力便能创作的作家们上一堂很好的写作课。衷心祝贺您成功！"读了高贤均的信，陈忠实欣喜若狂，在自家的沙发上大叫几声，跃起又伏下，心潮难平。

4月27日，陈忠实致信白烨。信中说，《白鹿原》"长篇终于弄完，于三月底交给来拿稿的两位编辑高贤均和洪清波，他们在四川活动半月后回到北京，即告知读罢《白鹿原》书稿的印象，悬空的心才落到实处，确真是大喜过望。当然，编辑初读后说点赞誉的话是情之所至，不可依此自恃，但仅出书能落实这一点，夙愿已经足矣"。又说，"稿子受审的半月里，我惶惶不可终日，先让李星读了，给我把握一下，李星在这儿是公认的艺术感觉最敏智最好的评论家，给我吃了定心丸"，不久接到高贤均的信，由于高信验证了李星此前对《白鹿原》把握和判断的准确，他对李星佩服得简直有些五体投地了。

6月6日，陈忠实致信白烨。信中谈到即将出版的《白鹿原》时说，"您喜欢《蓝袍先生》。这部书稿仍是循着《蓝》的思路下延的，不过社会背景和人物都拓宽了，放开手写了。另外，您是关中人，我是下劲力图写出这块地域的人的各各风貌的,您肯定不会陌生,当会有同感。"

7月10日,陈忠实致信白烨。信中谈到即将出版的《白鹿原》,"前几天与《当代》和出书部通过话,《当代》已定为本年六期和明年一期连载,大约得删掉10万字,主要是怕有失大雅的'性'影响观瞻,每期约发20万字,两期发完","因为主要是删节,所以我决定不去北京,由他们捉刀下手,肯定比我更利索些。出书也有定着,高贤均已让责编开始发稿前的技术处理工作,计划到八月中旬发稿,明年三、四月出书,一本,不分上下,这样大约就有600多页。我提出出点精装本,作为赠好友和自己保留,他说得与社里商议后再定"。"原以为我还得再修饰一次,一直有这个精神准备,不料已不需要了,反倒觉得自己太轻松了。我想在家重顺一遍,防止可能的重要疏漏,然后信告他们。我免了旅途之苦,两全其美"。谈到工作安排,信中说,"我已与陕西宣传部部长谈通,不再去文联,也不在作协任实职,算是了却了这件事"。谈及下来的写作计划,信中说,"可以谋划下一个脚窝了,该跷向何处?也希望听到您的灼见。有个想法是,不干这么大规模的长篇了,十几万字,写精粹点耐嚼点,另辟一条路子,艺术上也不能重复自己,重复写起来没劲"!

(作者单位 陕西省作家协会)

西蒋村赶考的少年

张艳茜

2016年5月5日早上,在西安市殡仪馆咸宁厅,我被人流拥推着与陈忠实老师告别。看惯了陈忠实老师那张像黄土高原一样沟壑纵横、布满深深褶皱的脸庞,那是他形象的标志,也是沧桑,是阅历,是智慧,是灵魂搏斗的写照。但是,躺在那里长睡不醒的人完全不像他。于是,我对自己说,这里躺下的人不是陈忠实老师,他又回灞桥西蒋村的原下老屋了,或是,正走在某个地方,向自己锁定的目标前行,就像60年前,在一声火车汽笛的鸣叫声中,赶考少年陈忠实咬紧牙关,艰难地向远方赶路一样……

60年前,陈忠实还是一个不曾走出灞桥西蒋村3公里外的少年,那年他13岁,高小毕业。6月份,班主任杜老师带领着少年陈忠实和20多个同学,徒步到距家约15公里的历史名镇灞桥,西安市第十四初中考区(今西安市三十四中学)参加升初中考试。少年陈忠实是这一批同学中年龄最小、个子最矮的一个,这是他第一次出门远行。因为激动又惶惧,前一晚,他几乎一夜没有成眠。第二天,少年陈忠实肩上挎着一只书包,书包里装着课本、毛笔、墨盒、几个混面馍馍,还有母亲用织布机织出的手工布巾,口袋里空空的没有一分钱。他起初兴高采烈地走着,然而,渐渐地却落在了赶考队伍的后面,长长的砂石路将脚上的那双旧布鞋磨烂了磨穿了,脚后跟磨出了红色的肉丝,流出了血,血渗湿了鞋底和鞋帮。老师和同学退回来,鼓励他跟上队伍,然而,这份关爱并没有减轻他脚下的疼痛。他不愿讲明布鞋鞋底磨穿的事,担心穿胶鞋的同学嘲笑自己的穷酸。一步一步钻心的疼痛中,他又与杜老师率领着的这支小小队伍拉开了距离。路上的杨树叶被少年陈忠实塞进鞋窝垫在脚下,母亲给他织的用来洗脸擦汗的布巾也被用来包了脚,接着是书包里的课本无奈之下被一页一页撕下来垫在脚下……然而一切的努力都只能维持几分钟,几乎是光脚踏在砂石路上,每一步的行走都让少年陈忠实疼痛得难以忍受。赶考的队伍渐行渐远,少年陈忠实几乎绝望了,走进考场的最后一丝勇气终于断灭了。就在这时,突然,一声火车汽笛的鸣叫响起,接着,少年陈忠实看到一列火车奔驰着呼啸而过:天哪!这世界上竟然有那么多人坐着火车跑,而根本不用双脚走路!那一声火车汽笛的鸣叫,似乎给少年陈忠实注入了一股神力,他愤怒了,他对自己说:人不能永远穿着没后底的破布鞋走路!于是,他将残留在鞋窝里的烂布条、烂树叶、烂纸屑统统倒净,咬着牙在砂石路快步行走,脚后跟还在流血,但是脚上有了力量。他终于在快到考场还有约1公里的地方追赶上了老师和同学。

小小少年的赶考经历,让后来的陈忠实终生难忘,也仿佛预示了,陈忠实今后的人生之路终究不会是坦途,终究要经历一次次砂石路的磨砺,而每一次,都必将艰辛、流血或是流汗。小小少年的赶考经历,也给了成长中的陈忠实深刻的生命启示,每当他遭遇人生重大挫折,或是面对人生重大抉择的关键时刻,他的生命深处总能响起那一声火车汽笛的鸣叫,当想到那个穿着磨透布鞋底还依然拔地而起去赶考的少年,无论"生命历程中遇到怎样的挫折怎样的委屈,怎样的龌龊,不要动摇也不必辩解,走你认定的路吧!因为任何动摇包括辩解,都会耗费心力耗费时间耗费生命,不要耽误了自己的行程"。①

脚下流着血参加升初中考试的少年陈忠实,是这次赶考的同村同学中唯一一个考上西安市第三十四中学的学生。13岁的少年陈忠实要到距家25公里的学校寄宿,每天的伙食是开水泡馍馍,到了周六下午,步行回家背上母亲给他准备的一星期的干馍馍返回学校。即使这样,仅仅只上了一个学期的少年陈忠实,寒假回家时也被父亲无奈地告知:"你得休学一年。"

西蒋村地处灞河南岸,土地丰饶,吃苦耐劳的父亲陈广禄,是种庄稼的一把好手,却没有其他挣钱的门路,为了供两个儿子——陈忠德和陈忠实上学,只有勒紧腰带,靠卖粮和卖树供儿子读书。1955年底,农村实行合作化,土地归集体,父亲无地可种,也没有树可卖了,父亲说:"钱的来路断了,树卖完了。"父亲想让哥哥陈忠德先上完初中,如果能考上师范学校或是技校,学费由国家负担,压力缓解之后再供陈忠实上学。"你得休学一年",这是少年陈忠实无法逃开的"砂石路",虽然委屈,但他理解父亲。幸运的是,"那一声汽笛的鸣叫"响起了,一位乡政府的书记,帮助少年陈忠实联系学校,免除杂费,保证这个少年复

---

① 陈忠实:汽笛·布鞋·红腰带——陈忠实文集·伍[M].广州:广州出版社,2004:178.

学。结果,学校不仅让少年陈忠实复学,还给他每个月6元钱助学金。

然而,正是休学的这一年,从此改变了陈忠实的命运。

1958年"大跃进"造成的恶果很快显现出来。接下来全国性的大饥饿和经济严重困难,迫使高等学校大大减少了招生名额,致使1962年高中毕业参加高考的陈忠实命运改写——1961年西安市第三十四中有一班学生考取了大学,只隔一年,1962年这个学校四个毕业班考上大学的人加起来只是个位数,学习成绩在班上称得上优秀的陈忠实名落孙山,而且全班无一人考上。上不了大学,陈忠实只能回到乡村,村子里第一个高中毕业生回乡当了农民。这一次,脚下的砂石路变成了一个个锐器,脚跟的流血他忍受了,但是现在心在流血。痛苦不堪中,父亲的一句话再次成为激励他的那一声火车汽笛鸣叫:"当个农民又如何啊,天底下多少农民不都活着嘛。"

进不了大学,陈忠实就通过自学来完成当作家的理想。在村小学当民请教师的陈忠实,一边努力教课,一边大量地阅读和练习造句,为他的写作打下了扎实的根基。他在心中给自己鼓舞,也在心中设定目标,没有上大学,在报刊上发表第一篇作品之日,就是自己的自学之路毕业之时。在老屋颜色晦暗的墙上,陈忠实写下了他的座右铭——不问收获,但问耕耘。

后来,已经于1982年进入中国作家协会西安分会(即后来的陕西省作家协会)成为专业作家的陈忠实,被人半开玩笑半认真地鼓励进入西北大学作家班上学,陈忠实笑着说,我的履历上就填写"高中毕业"挺好。

回首这段于陈忠实不寻常的赶考经历和休学一年带来的没能上大学的遗憾时,是在1993年6月,陈忠实50岁,正值壮年。在这篇《汽笛·布鞋·红腰带》散文中,陈忠实用的是第三人称"他"来叙述,陈忠实仿佛是站在人生的另一个出发地,目送着少年陈忠实一步步走在砂石路上的背影,有爱怜,有欣慰,更有一份知天命的坦然。就在几个月前,1992年第6期和1993年第1期《当代》杂志分两期刊出了陈忠实的长篇小说《白鹿原》,陈忠实到家附近的邮局去买《当代》1992年第6期杂志,被告知已经售完。这家邮局每期拿10本《当代》。陈忠实又赶到钟楼邮电大楼,那里每期的40本也已告罄。售货员说因为刊发了《白鹿原》卖得很快,许多人已经预订了下一期。售货员询问陈忠实是否登记预订。陈忠实留意看了预订者的名字和单位,没有文学圈的熟人,也几乎没有文学单位的人,感到大为宽慰,知道《白鹿原》进入真正的普通读者之中了。1993年的6月,长篇小说《白鹿原》正式出版,《白鹿原》一问世,评论界欢呼,新闻界惊叹,读者争相购阅,一时"洛阳纸贵"。畅销异常的火爆和广受海内外读者赞赏欢迎的程度,可谓中国当代文学作品中罕见。陈忠实后来回忆说:"回首往事我唯一值得告慰的就是:在我人生精力最好,思维最敏捷、最活跃的阶段,完成了一部思考我们民族近代以来历史和命运的作品。"①

当年,认定将文学创作当作终生事业来做的陈忠实,在1982年的早春,又经历了一次赶考,这一次是在渭河边一个深夜的乡村土路上。陈忠实到渭河边的一个人民公社协助并督促落实中共中央《全国农村工作会议纪要》(简称1982年"中央一号文件"),这个文件的精神用一句话概括就是"分田到户",一天深夜,他一个人骑着自行车从一个村子往驻地赶,突然想起他崇拜的作家柳青,想起了他阅读了多遍的《创业史》,一想之下,险些从自行车上跌落下来,索性推着自行车在田间土路上行走,一个太大的惊叹号横在他心里:"我现在在渭河边的乡村里早出晚归所做的事,正好和30年前柳青在终南山下的长安乡村所做的事构成一个反动。"②

这种巨大的疑问,无疑是陈忠实作为作家身份的一次人生大考,这次需要他深刻思考,追问个水落石出。这次的"赶考",对他是否成为一个真正的作家和成功的作家关系巨大并且影响深远。

作家曾经是一个很诱惑人的职业。我们这个民族,有一个很好的习惯,非常迷信书,常说书上怎么说的。这种迷信往往转化到写书人、教书人。我们把孔子、孟子尊为圣人,放在帝王将相之前。很多人只看到作家一旦成名,就名利双收,很风光,其实作家同时又是一个非常辛苦的职业。在外界诱惑力很强、成才机会很多的情况下,选择文学就注定要忍受更多的清苦,要甘于寂寞。陈忠实对自己的要求要比一般作家更高一个层级,除了忍受清苦和寂寞,陈忠实有很清醒的意识,就是要在不断的"剥离"中"寻找属于自己的句子"。陈忠实对"剥离"有自己独特的理解:"剥离的实质性意义,在于更新思想,思想决定着对生活的独特理解,思想力度制约着开掘生活素材的深度,也决定着感受生活的

---

① 陈忠实:文学是我人生最重要的主题词//原下的日子.西安:太白文艺出版社,2004:323.

② 陈忠实:寻找属于自己的句子——《白鹿原》创作手记[M].上海:上海文艺出版社,2009:91.

敏感度和体验的层次","是20世纪80年代不断发生的精神和心理的剥离,使我创作发展到《白鹿原》的萌发和完成。"①

这次,陈忠实成功地在"剥离"与"寻找"中,完成了创作《白鹿原》必要的艺术创造心理路程,应该说,没有这次主动的清醒的"赶考",就没有后来的作家陈忠实,也就没有进入文学史的作品《白鹿原》。

陈忠实说,他的这种"剥离"意识从1982年春天开始,尔后贯穿整个20世纪80年代,其实,陈忠实之后的每一阶段,"这种精神和心理的剥离几乎没有间歇过"。

20世纪80年代末,贾平凹和路遥都有长篇出版了,许多人认为,陈忠实会急不可耐地把一个长篇拿出来,但是,陈忠实很是沉得住气,写作《白鹿原》的那五年时间里,他的妻子和孩子在省作协院子里,而他则躲到乡下去写作。五年磨一剑,陈忠实写得非常非常辛苦,那个过程是一种非人的自我折磨,如同他光脚走在又一条赶考的砂石路上,流血又流汗,但是他又一次坚持了下来。他说过一定要在50岁以前写出一部可以到棺材里当枕头的东西,他做到了。

就在《白鹿原》出版的1993年,陕西省作家协会第四次代表大会上,陈忠实当选为省作协主席,他深知作家生活的不易、创作的不易,身在其位,得谋其政。这时候的陈忠实,放下身段,他全身心地投入,要为陕西文学的发展和繁荣做一些实事。这于他是不小的牺牲,牺牲作为作家身份的时间和精力,为作家们的生活和写作创造一定的条件。

2000年,省作协发生了很大的人事变化,作为"精神领袖"的陈忠实,再一次转变角色,这一次应该说是一次无奈中的"剥离",2001年到2002年陈忠实回到乡间,回到他写作《白鹿原》的祖居老屋,他住了两年,似乎也是隐居了两年。当他告别妻女,进入刚刚清扫过隔年落叶的小院,心里竟然有点酸酸的感觉。这一年他59岁,已经是摸到60岁的人了,他问自己,何苦又回到这个空寂了近十年的老窝里来?

这两年的"隐居",在重新打量世事人事的同时,陈忠实也在重新打量自己,调整自己的心理,归于宁静,再次获得宁静,既是这两年的最大收获,应该说也是他又一次的"精神剥离"。

---

① 陈忠实:寻找属于自己的句子——《白鹿原》创作手记[M].上海:上海文艺出版社,2009:103.

这个西蒋村赶考的少年,60年前穿着鞋底磨穿的旧布鞋,脚后跟流着血,从一个不足百户的小村子——西蒋村,走向灞桥,走向西安,已然堂堂正正地走向全国,走向世界,攀登上了中国当代文学殿堂的高峰。

现在,陈忠实又站在了一个出发地,那一声火车的汽笛声再次鸣叫,那是远方的呼唤,他将再次拔地而起,无论道路有多艰险,他都将一往无前。

(作者单位　陕西省社会科学院文学所)

人格魅力、生命体验与文学创造
——在"陈忠实与当代文学研讨会"上的发言

赵德利

召开"陈忠实与当代文学研讨会"非常有意义。陈忠实先生一年前离开我们去冥界休养,他24年前的长篇小说《白鹿原》却永远陪伴着世人光照文坛。一部《白鹿原》,不朽陈忠实。陈忠实何以登顶当代文坛?人格魅力、生命体验与文学创造,这是陈忠实先生人生的写照和成就文学的路径,也是他留给当代文学的最宝贵的文学经验。

一、人格魅力与社会影响

人生在世,爱恨离合,生老病死,无论平民百姓,还是官僚大咖概莫能外。人与人在世上的重要区别或者说受人爱戴不忘的,不是物质财富,也不是曾经显赫一时的社会地位和权力,而是通过他的工作、作品所表现出来被人接受的人格魅力。人格魅力是指一个人在性格、气质、能力和道德品质等方面具有的超众吸引力和感染力。人是社会关系中的文化人,从小到大形成的性格、气质、道德品质在与他人相处的关系中逐渐定型为人格魅力。与人友好相处是获得和谐融洽关系的基础,也是获得他人信任、理解和友谊的前提。

中国自古重视人品与文德的修养。正如宋人张戒所说:"诗文字画,大抵从胸臆中流出。"[①]中国的诗文与书法一理,俱得胸襟,是个人的气质、禀赋和教养形成人品,融入文章,浸润气脉,成为文章的品格。作家的人格魅力融入他的创作,形成作品的肌理,成为作品的意蕴和价值。纵观古今中外的文艺创作,杰出的作家艺术家,都有高尚的人格,往往是伟大的思想家。他们的作品,总是代表着人民的心声和历史发展的趋向,倾诉着生命存在的痛苦与欢乐,探寻着民族

---

① 张戒.岁寒堂诗话[M]//陈应鸾.岁寒堂诗话校笺.成都:巴蜀书社,2000:55.

解放和人类自由的途径,成为历史的形象阐释和未来生命走向的预言。

陈忠实的人品让文坛与社会称道。谦逊而不自傲,坦诚而不虚假。陈忠实作品中的人物形象浸润着作家的人格魅力,体现着作家的经世济国的理想信念。这与他待人处事的一贯风格和品行相应一致。2004年5月的一天,我接到一个陌生的电话。"你好,我是陈忠实。看到你写的《生殖崇拜:生与死的文化心理纽结——论〈白鹿原〉的审美主线》①的论文,很受启发。谢谢你!"听筒中那浓重磁性的关中方言,给我留下深刻印象。老实说,我写了不少文学评论文章,从未冀望换得一声感谢。许多作家自以为评论家就是为作家写评论的,写的不满意时还会发声谴责。我真的没有想到陈忠实会打电话给我,虽然之前我们在一起开过会,有过短暂的交往。但这样一位有全国影响力的作家关注我的评论,并亲自打电话询问致谢,这是其个人品行的最好例证。

二、生命体验与文学精神

文学之神圣在于生命淬火后的深刻体验和书写!上天眷顾陈忠实,他所经历的生活和民族苦难,他所倾心的文学摹写,都为他铺就了走向永恒的文学精神的通达道路。从小学教师、文化馆馆长、公社主任,陈忠实一路走来的人生每一阶段都和同年龄段的作家并无二致,然而成就他永恒的文学精神的正是他那艰苦卓绝的生命体验。2008年,我从西安接陈忠实先生来宝文理讲座,两个半小时的车程,他大都围绕体验谈作家的创作。许多不乏艰苦生活经历的作家之所以不能突破创作的瓶颈和拐点,就在于缺乏深刻独特的生命体验。

在谈及作家的差异和时下浮躁的创作时,陈忠实认为"浮躁"的确影响了作品质量,但就个人而言,制约作家创作的关键却在于"体验",是体验的深浅和独特性使作家在同一个对象面前显出差别。假如没有自己独特的深刻的体验,即使你反复打磨,时间再长也不会有太高的价值和鲜明的个性。只有在你拥有了自己的独特体验,再加上长时间的打磨,才会写出精品佳作。陈忠实的体验说是他文学创作的精髓和魂灵,此体验中包含着生活积累、生命体验、思想认识能力等几个方面。而从具象到抽象、从生活体验抵达生命体验、从社会现实认识到思想哲理认识,又需要作家们加强修养,在社会转型中寻觅人生新意,

---

① 赵德利.生殖崇拜:生与死的文化心理纽结——论《白鹿原》的审美主线[J].新疆大学学报,2004(2).

去构建从形而下到形而上的"桥梁"。陈忠实创作的《白鹿原》正是由生活到思想、由现实到经验、由当下到传统全面构建形而下到形而上"桥梁"的佳作。

陈忠实在不同场合中多次讲过柳青的创作对他的启示以及《创业史》对他的影响,"我信服柳青三个学校的主张,而且越来越觉得柳青把生活作为作家的第一所学校是有深刻道理的。""《创业史》这部史诗所显示出的雄厚的真实的力量,是这样强烈而有力地征服了读者的心,使我每读一次,便加深了对'三个学校'的主张的深刻理解。"①可以说,陕西作家正是承继了柳青脚踏实地、尊重生活的态度,在新形势下,亲身经历和感受了国家和个人命运的多舛与变化,体验了平民所遭受的生活苦难、情感屈辱和对现代文明生活的渴望,体验到了与柳青那个时代有所不同的农民生活和人生苦难以后,才创作出了反思民族历史文化,感怀爱家恋土的黄土地人的生活苦难、情感屈辱和心理欢歌的文学作品。说柳青是陕西文学精神的开创者(之一)、柳青的生活态度与文学精神在陕西新时期作家的创作中都有鲜明的体现和承扬绝不为过。正是这种源自柳青的直面苦难的审美意识,铸就了陕西作家的悲悯情怀,促使他们在新时期通过文学形象表达对社会弱势群体和卑微人群的格外关注与深切同情,张扬已被社会淡漠的人的良心、良知和人文关怀,从而形成了独具陕西作家特色的文学精神。

陈忠实对社会人生的阅读,穿透生活层面的个体苦难,抵达人类的、民族的、生命的意义层面。正是在这种生命体验基础上形成的文学精神,促使作家以其个性的文笔承载痛苦,深化孤独,超越死亡。陈忠实通过白嘉轩的个人和家族生活历程,写出了作家个人所深刻体验到的国家转型中民族所需要拯救的人格和气节。也正因为此,成就了他在当代文学不朽的影响力。

三、文学创造与民族秘史

《白鹿原》是中华民族的生存秘史。《白鹿原》之厚重蕴藉,在当今文坛难有企及。《白鹿原》不仅承继了"五四运动"开启的新文学传统,深化了柳青新乡土文学的经验,而且借鉴交融现实主义和现代主义等多种创作方法,开创了家国同构、虚实共济、阴阳转换的审美范式,为当代文学史提供了多项可供阐释的现代性文本。通过白嘉轩一生坎坷拼搏所凝构的白鹿意象,传神地象征和表

---

① 陈忠实.我信服柳青三个学校的主张[M]//陈忠实文集.西安:太白文艺出版社,1996:581.

达出陈忠实的文学精神。

《白鹿原》是一部着力描绘人生礼俗并在此基础上全面构建民族文化心理秘史的优秀作品。这种既实写又虚写的审美意蕴得力于作家写今贯古的双层意蕴结构的审美方式,史今同构的叙述形态的创新运用。所谓写今贯古的双层意蕴结构审美方式,是指那种通过表层现实生活的审美描写,既反映了特定时代的民众生活相,又在文本深层意蕴结构中寄寓了丰富的历史文化内涵,使作品具有"史今同构"的双层效应的审美建构方式。

陈忠实采用了现实反映与心意表现相结合,阳世的人生礼俗与阴间的信仰心理相结合,政治斗争与宗族斗争相交融,善良与丑恶相对比,远古与现代相贯通,形而下的描写与形而上的寓意相结合的多重手法,以社会矛盾为"实"线,以心意信仰为"虚"线,虚实两线围绕着生殖崇拜相互连接,环环相扣。作者在表层结构中勾连起了国民党、共产党和"民族主义"三个派系的矛盾纠葛,深刻而广泛地反映了处在民族历史转型期,政治、经济、文化等各种地方势力的斗争情态。为了全面深刻地透视民族文化的心理秘史,他大量描绘了民族特有的乡里社会民俗(家族、亲族、村落)、人生四大礼俗(诞生、成年、婚礼和丧礼)、心意信仰民俗(祈水、阴阳风水、灵魂转世)和经济物质民俗(饮食、居住、耕作)等事象。这些民俗事象是与民族文化同步发生的,本身就是民族文化的一部分。题材的熔炼与择取,使作品的双层意蕴建构有了准确的"对应"关系保证。

白嘉轩在当代文学人物画廊上具有形象的独一性。作家在叙述语言上选用了含蓄密集的描述性长句式来缝连各个事件场景,通过白嘉轩的一生,把50万字的长篇巨著交织成一幅多层面、多角度、多意蕴的结构网络,很好地突显了民族生存秘史的审美意图。白嘉轩身为族长和地主,严于律己和治家,是白鹿村"君子"的典范。伴随着白嘉轩修身、齐家、办学堂、兴乡约、"惩恶扬善"的一系列行动,作家雕塑完成了典范的中国传统家族形象。在白嘉轩身上所反映出来的人性的美丑善恶,标志着人类亲情之爱的施奉、承扬、缺失和沦丧,它深刻地揭示了中国封建传统文化善恶杂糅、美丑共济的复杂内涵,暗示出这种稳固的社会文化结构对社会发展的影响与制约。迄今为止,没有哪一部以《白鹿原》文本改编的影视戏剧能完整再现陈忠实审美文化思想,也没有哪个人物形象包孕了白嘉轩丰富复杂的性格内涵。

总结一句话,陈忠实先生是一个为人忠厚坦诚,灵魂滤假存真、追求文学圣洁的人,这些品质构成了陈忠实的文化人格。深刻独异的生命体验和追求卓越的文学创造精神,令《白鹿原》的文学符码编排了足以供后人不断解读建构的审美文化意蕴,铸就了它在当代文学史上的崇高地位。

(作者单位　宝鸡文理学院文学与新闻传播学院)

《白鹿原》:文学经典及其"未完成性"

周燕芬

陈忠实先生在他的长篇小说《白鹿原》问世23年之后辞世,这样一位文学成就卓越、人格精神高洁的作家却未能寿享遐龄。陈忠实的离去震动了中国文坛,让热爱他的读者备感伤痛,鲁迅当年所言高尔基的"生受崇敬、死备哀荣",用来形容陈忠实的生前身后可谓名副其实。更重要的是,因为有了《白鹿原》这样的作品存立于世,陈忠实物质生命的终结,却极可能意味着《白鹿原》艺术生命的又一次隆重开启。从这个意义上说,真正伟大的作家,他的精神生命是永远不会向人类谢幕的。

《白鹿原》的创作起笔于1988年,完成于1992年。1997年有过一次修订,之后获得"茅盾文学奖"。作家之死是一种标志,《白鹿原》已经从陈忠实的怀抱中飞离而去,汇入了中国乃至世界文学的浩瀚星空之中。大凡清醒的作家都知道,每一部作品都有作品自己的命运,而时间"老人"和作为"上帝"的读者,将是其最终的价值裁判。法国文学评论家罗兰·巴特认为,创作有"可读的文本"和"可写的文本"两种,"可读的"指封闭自足的文本,满足短期的阅读性消费,而"可写的"则指那些具有动态性和开放性的艺术架构,它召唤着读者和研究者不断进入"重读",并完成思想艺术的再生产、再创造[①]。如果我们以"可写性"亦即"可重读性"来衡量一部作品是否有经典价值,那么《白鹿原》迄今为止的阅读史,或许只是一个开端,换句话说,由读者参与创造的《白鹿原》,还远远没有完成。

《白鹿原》产生于20个世纪八九十年代之交的中国,这是百年历史文化转型历程中的又一个节点,远传统的几经塌陷和近传统的价值失效,使得世纪末的知识分子再次站在中国现代文化建构的起点上。在价值多元与个人出位的文化语境下,90年代的文学创作呈现出前所未有的丰富驳杂,曾经最惹人眼球

---

① [法]罗兰·巴特.S/Z[M].屠友祥,译.上海:上海人民出版社,2012.

的是私人化、欲望化写作的热闹景观,这股娱乐大众的商业化潮流绵延至今,成为文学自由的时代表征。而在纯文学领域,从80年代一路走来,创造了新时期文学首轮辉煌的一批实力派作家,在走进第二个文学十年的时候,普遍遭遇了思想价值系统的崩裂与重构,除了有些人选择职业转向,坚守文学园地的作家大都迎来他们文学历程中最深刻的一次创作变化,陈忠实也应该算作其中之一。

言说陈忠实与《白鹿原》,离不开八九十年代这一变革中的中国社会及其文化环境,但与同时代的作家相比,他的文学命运又显得如此不同。陈忠实出生于20个世纪40年代,文学创作起步于60年代,十年"文革",正是陈忠实迷醉于文学、在文学殿堂门前狂热摸索的时期,这就决定了陈忠实比之稍后成长起来的知青代作家,更直接地受到"左"倾时代风气的影响。或许,卸除历史重负和挣脱旧的思想牢笼,对他来说显得过于艰难和漫长,几乎整整一个80年代,尽管陈忠实已经有了丰富的艺术积累,有了相当出色的创作表现,但依然没达到让他自己满意的文学高度,直至长篇小说《白鹿原》问世,陈忠实才真正迎来属于自己的黄金时代。

陈忠实留下了《白鹿原》,也留下了一部宝贵的创作手记《寻找属于自己的句子》,为我们走进作家隐秘的内心世界提供了尽可能准确的途径。陈忠实在书中细致描述了由创作欲念的萌发,到开始酝酿写作,直至《白鹿原》完成的全过程,贯穿其中的一个最重要的主题词,就是"剥离"。这个在其他作家那里多被称之为"自我斗争"或"自我否定"的心路历程,陈忠实为自己找到了一个更恰当的表述,叫作"剥离",这样的表述凸显了思想裂变中血肉疼痛的感觉,因为在陈忠实行将背离的文学传统中,有他一直视为文学教父的柳青。他说:"除了《创业史》的无与伦比的艺术魅力,还有柳青独具个性的人格魅力之外,后来意识到这本书和这个作家对我的生活判断都发生过最生动的影响,甚至毫不夸张地说是至关重要的影响。"[①]通过与柳青的影响关系,陈忠实也表达了自己对那个时代的政治理念和政策路线的无条件信奉和遵从。"剥离"发生的背景是上世纪80年代的思想解放运动,陈忠实所表述的"精神和心理剥离",也夹杂着矛盾和惶惑的情绪,类似孩子甩开大人的手独自走路时无法避免的摇晃及惊恐。当时的陈忠实被分派到农村督促和落实分田到户责任承包工作,他不无震

---

① 陈忠实.寻找属于自己的句子——《白鹿原》创作手记[M].上海:上海文艺出版社,2009:92.

惊地想到了柳青,想到读过无数遍的《创业史》,他说:"一个太大的惊叹号横在我的心里,我现在在渭河边的乡村里早出晚归所做的事,正好和30年前柳青在终南山下的长安乡村所做的事构成一个反动。"①经历过阶级斗争年代的人大约都能体味"反动"一词的丰富含义,在农村集体所有制和集体化道路终被颠覆时,陈忠实意识到自己正遭遇到"必须回答却回答不了的一个重大现实生活命题"。

《创业史》曾经筑起少年陈忠实美丽的文学梦想,走上创作道路后,因小说被认为有"柳青味儿"而感到无比荣耀。而这时,《创业史》表现的合作化题材和当下现实发生了粉碎性碰撞,刺激陈忠实的同时也把他推到了新的转机面前。陈忠实写《白鹿原》,动用的是1949年以前已经成为历史的关中乡村生活,但恰恰是对新中国成立后发生的合作化运动以及柳青创作《创业史》的再思考,让他开始重新面对中国近现代半个世纪的历史生活内容,对即将进入自己小说的中国农民的历史命运进行前所未有的深刻反思。今天我们阅读《白鹿原》,为什么强烈地感受到陈忠实笔下的所有历史叙述与家国忧思,都指向现实生活,指向中国的当下和未来?因为作家是以他亲身经历的"1949年后"为出发点提出问题、再回溯历史的。酝酿《白鹿原》的过程,也是陈忠实迫切地"打开自己"的过程,他曾以自己小说中的人物"蓝袍先生"为参照,来"透视自己的精神禁锢和心灵感受的盲点和误区",表现在他自觉地将西方现代文化纳入自己的思考系统,同时要在一个多世纪风云际会的开阔视野中,去探寻那些根本性和超越性的启示。陈忠实最终用《白鹿原》回答了那个萦绕于心的重大命题,完成了自己历史反思。如果没有经历那种艰难的自我否定、自我斗争过程,如果没有足够强大的精神力量迎接痛苦的思想蜕变,进而激发出能动地反思中国社会历史的思想力量,陈忠实期待已久的艺术创新和自我超越很难如期来临。

之所以反复强调"剥离"对于陈忠实不寻常的意义,是因为其决定着作家完成艺术突破的可能性,决定着《白鹿原》成为艺术经典的可能性。有意思的是,陈忠实写作《白鹿原》时已年近半百,而且算是一个相当成熟的小说家了,但他面对《白鹿原》这一巨大的艺术工程时,那种创作的冲动和情感的燃烧状态,那种重新打开与探问半个多世纪隐秘历史生活的急切愿望,令人想到文学历史中那些勇敢开掘未知世界而一举成名的青年作家,《白鹿原》对于陈忠实,

---

① 陈忠实.寻找属于自己的句子——《白鹿原》创作手记[M].上海:上海文艺出版社,2009:91.

确实是一次艺术生命的神奇再生,不同的是,作家既遭遇新的变革时代,而自己正如期走进了人生的思考季节,之前所有的思想积累和艺术经验,都将成为这座雄宏的艺术大厦的坚实基座,对于一个作家,对于新开张的一部小说,我以为,所谓"天时地利人和"大概莫过于此了。

陈忠实想要重新书写历史,重新表达自己的历史观,也想重新寻找可以依靠的文化价值系统,重新来过意味着不能固守任何既成的思维定式,也意味着要将历史生活的全部丰富性、复杂性和矛盾性都纳入到小说中来,这就使得《白鹿原》整体上处于一种思想艺术的开放状态,成为各种文化价值和思想观念冲突对决的战场。作家在小说卷首引用了巴尔扎克那句话:"小说被认为是一个民族的秘史",以此为基调,《白鹿原》在中国社会政治演变、道德文化传承和个体生命进程三个纬度复原小说中的历史,对人性及其演变的深层揭示则贯穿始终,这样的艺术构想已然突破了简单明确的传统窠臼,作家对历史的理解与把握已胜人一筹。他笔下的历史是一种复合体,是偶然与必然、理性与非理性、有序与无序的交织物,如果读懂了《白鹿原》,读懂了陈忠实的文学世界,一定会惊异地发现,原来一部好小说涵盖的是人生的全部,包括对人的存在本源的探究和对理想人性的终极追求。同时,陈忠实又为这个纷乱的《白鹿原》世界安放了三块思想基石,以统摄全局,维护这一艺术系统的稳定性。这三块基石就是人道主义、儒家文化和现实主义。

人道主义在新时期的回归,带有历史补课的性质,由此再出发的新时期文学确乎在人性的深刻挖掘和宽广表现中,攀上了中国当代文学一个全新的高度。诞生于20世纪90年代的《白鹿原》是一部赤诚的生命写真,作家对各色人物灵魂样态的逼真描画和蕴含其中的忧患意识、悲悯情怀,既构成这部小说的人性底色,也对新时期文学中的人性书写进行了有效的突破,毫无疑问,这是我们衡量一部作品经典价值的基本标准。对《白鹿原》一直以来最大的争议来自小说中的儒家文化内涵,这几乎成了研究《白鹿原》绕不过去的一座大山。陈忠实在他的长篇创作手记中并没有留下多少关于儒家文化的思考文字,或许笔者可以理解为,一部《白鹿原》中,陈忠实已经用小说的笔法把自己的儒家文化观写尽了,余下的是结论,这结论却是迄今为止我们依然没有结论。陈忠实对儒家文化的重新发现并将其奉为《白鹿原》的主要思想资源,从大的时代氛围来看,源自80年代中期以来文化寻根思潮引发的对传统文化的回视,而从作家自身分析,陈忠实生长的陕西关中平原,正是儒家文化的重要发祥地,作家浸淫其中,自身的文化性格也形成于此,以儒学为小说的思想之本,在陈忠实这里是一种必然的文化选择。

《白鹿原》中的儒家文化,是作为小说的血肉构成了陈忠实笔下的历史生活,但我们分明读出了作家以此对话当代中国社会的强烈冲动,作家急切地想通过儒家文化由古至今的历史变迁,思考当下文化危机的由来,探寻民族救赎、人性复归的途径。这使得小说中最重要的两个人物白嘉轩和朱先生,成为文化标本式的文学形象,因而多被称之为"文化典型",小说中的其他系列人物也程度不等地带着文化象征的意味。一部《白鹿原》,从始至终回响着一个沉重的叩问,儒家文化能否真的成为我们民族精神的定海神针?在恪守儒家文化传统的朱先生和白嘉轩身上,蕴含着陈忠实既有认同也不乏质疑的深刻思考,作家用文学的笔墨尽了修复的全力,然而并没有获取完全的文化自信,一部《白鹿原》,是一个巨大的矛盾体,留给读者的是新旧文化惨烈撞击后的一片狼藉。《白鹿原》创作的发生得益于时代变革的机缘,也必然难以逃避文化价值分裂的历史宿命。而值得我们深思的是,这种文化无解的背后,隐藏着中国当代文学迄今为止的思想高度,在通往未完成和未抵达的文学道路上,中国作家倘若不跨过这一"文化死穴",就无法建立起真正有理想价值和美学意义的文学家园。

在革命文化与传统文化的对决中,我们明显感觉到西方现代文化乃至"五四"新文化内涵的相对稀薄,这不是陈忠实个人的问题,而恐怕是这一代作家文化性格构成中的资源性缺失。在20个世纪80年代西方现代主义风行文坛的时候,陈忠实接触到了马尔克斯,开始广泛阅读西方文学作品和社会文化方面的著述,使陈忠实的"整个艺术世界发生震撼"[①]的这次影响直接作用在小说创作当中,可以将此理解为《白鹿原》世界性因素的重要由来。一份文化遗产对作家的艺术个性发生过养成性影响,还是功能性地拿来为我所用,体现在创作中终究有所不同。陈忠实走的依然是"西学为用"的路子,他对现实主义传统的坚持表现在他对民族命运的不远离,对宏大历史题材的不放弃,以及依然怀抱构筑艺术史诗的宏伟理想,依然秉持贴近历史真实、注重生命体验、传达人性关怀的现实主义精神,这些稳固的艺术基因证明了陈忠实依然是柳青的传人。

---

① 陈忠实.陈忠实创作申诉[M].广州:花城出版社,1996:15.

而另一方面,陈忠实自觉地用他的《白鹿原》进行了一次更新现实主义的艺术实验,实验的目的又恰恰是为了摆脱柳青,找到真正意义上的陈忠实自己。

陈忠实既反动了业已定型乃至僵化了的现实主义思想原则,而又对现实主义审美机制进行了有效的利用和调试。所谓利用,是指充分发挥现实主义小说的写实功能,大胆地呈现历史生活的真相,以小说家笔下的种种无序与非理性真实,颠覆秩序和理性的历史谎言;所谓调试,则是建立起感应古老的白鹿原的心灵通道,以作家的生命体验带动文学想象,激活白鹿原上的传奇故事和人物命运,使小说呈现"非现实的一面"①,突破了依赖现实经验的陈规写作。小说家并非绝对意义上的哲学家或思想家,小说不提供现成的思想结论,小说只提供可能性,提供一种富有再生性的思想场域。现实主义的艺术力量及其审美机制的开放性,使陈忠实得以用小说的形式进行一次对民族秘史的勘探,和关于民族命运的另类思考。正如理论家所言:"现实主义的胜利意味着,作家直面的尖锐现实无情地戳破了庞大的意识形态体系。生动的感性经验赋予文学反抗意识形态的能量。"②我们这里讨论《白鹿原》的现实主义,无涉小说创作的流派归属问题,那不是小说意义的根本所在。在陈忠实看来,"放开艺术视野,博采各种流派之长"的现实主义,其强大的艺术表现力在于它仍然能够胜任个人化的叙事,仍然能够承载作家的异质性思考。事实上,《白鹿原》最大的思想价值,正潜藏在错综复杂的文化冲突和人性剖示中,潜藏在《白鹿原》这个极端不和谐的小说世界中,小说折射着历史的荒谬和现实的虚妄,也彰显着作家反抗意识形态壁垒的"天问式"姿态,正如日本作家村上春树形容的:"假如这里有坚固的高墙,而那里有一撞就碎的蛋,我将永远站在蛋一边。"③这是小说存在的理由,也是我们评判小说艺术质量的重要指标。倘若以此为衡量标准,那些背靠"高墙"、貌似和谐整一的创作,或者只满足于艺术形式上标新立异的作家,其实是更加远离了我们对文学艺术的经典诉求。远的不说,单就脱胎于小说的电影《白鹿原》与原著相比,其思想艺术分量已然轩轾有别。从电影改编与意识形态达成的妥协,与市场和大众娱乐之间的共谋来看,电影几乎失掉了

---

① 胡风.一个要点备忘录[M]//胡风全集:第2卷.武汉:湖北人民出版社,1999:633.
② 南帆.后革命的转移[M].北京:北京大学出版社,2005:4.
③ [日]村上春树.高墙与鸡蛋[M]//无比芜杂的心绪——村上春树杂文集.施小炜,译.海口:南海出版公司,2013:56.

小说的思想精髓,成为徒有其表的空心艺术,造成接受效应的一落千丈也在意料之中,这也从另一方面证明了文学经典的无可替代。

陈忠实创作《白鹿原》的过程,是他不断努力地寻找自己的过程,用作家很钟情的海明威的那句话表述为:"寻找属于自己的句子。"陈忠实理解的文学个性,不单指向叙述语言系统的重新建立,根本上说,"寻找属于自己的句子"背后潜藏着作家小说思想的一场深刻革命。无论人性书写、文化选择还是对现实主义方法的再考量,都在陈忠实的小说革命中发挥了至关重要的作用,也留下了未能解决的思想矛盾和未能跨越的艺术障碍,留下了一个伟大作家挣脱传统负累飞向艺术自由王国的艰难轨迹。昆德拉有一句名言:"所有伟大的作品都包含一个未完成的部分",他强调,"惟其伟大"正与"未完成性"相关[1]。文学史已经证明,伟大作品的"未完成"为我们持续不断的再阅读创造了可能,无论是历史意义上的、思想意义上的,还是审美意义上的,再阅读同时也是文学再生产和再创造的过程,是面对"未完成"而努力走向完成的过程。文学经典属于过去和当下,也属于无限伸展的未来,文学经典的终极价值取决于一部作品到底能走多远,这使得经典的评判永远关系着我们对文学的理想期待,所以,"未完成"或是经典的存在方式,也是经典的魅力之源。

陈忠实的人生脚步停驻在了2016年的春天,仰望人类浩瀚的文学星空,他的《白鹿原》能飞多高飞多远?昆德拉对"未完成"进一步的表述是:作家"所出色完成的而且也通过他希望达到而未曾达到的一切给我们的启示"[2]。如是而言,《白鹿原》深厚的历史生活描写、深刻的文化思考和人性揭示,使之经受住了20多年的阅读考验。更重要的是,当我们把《白鹿原》视为一部动态、开放和富有未来性的小说文本时,小说承载的中国故事,就成为读者不断进入历史想象的生发点,而在作家"希望达到而未曾达到"的文本之间,又潜藏着批评家和研究者多向度阐释的种种可能。这既给了我们有关中国问题的诸多启示,也给了我们有关中国文学未来命运的深远思考。

(作者单位 西北大学文学院)

---

[1] [捷]米兰·昆德拉. 小说的艺术[M]. 孟湄,译. 北京:生活·读书·新知三联书店, 1992:63.

[2] [捷]米兰·昆德拉. 小说的艺术[M]. 孟湄,译. 北京:生活·读书·新知三联书店, 1992:63.

《白鹿原》现实主义美学品格探索

周燕芬

一

《白鹿原》的问世,着实让人感到新鲜和惊喜,作品恰如那只精灵般的神鹿,"柔弱无骨,欢欢蹦蹦,舞之蹈之,飘飘荡荡,从南山飘逸而出,在开阔的原野上恣意嬉戏"。它飘然而至,以其神奇而生动的姿态引导我们走入一方美不胜收的艺术境地。

陈忠实笔下的《白鹿原》,既阔大、丰厚、深邃,又精美、清疏、空灵。这看似相互矛盾的风格形态在作家那里达到了水乳交融和浑然一体,这种复合的浑融的艺术境界的形成,缘于作品所表现的生活内容的丰厚复杂,也缘于作家圆熟而不拘一格的艺术表现手法。

显然,按照一种时兴的说法,作者为我们提供了一个很不简单的或者说有巨大潜力的独特文本。评论者把握一方一角便有说不尽的话题。我读《白鹿原》,试图从作者的创作方法和美学追求出发,把握《白鹿原》的现实主义美学品格。这种审美评判的前提自然是:总体估价《白鹿原》,它属于当代现实主义文学范畴,或者它是当代现实主义长篇小说的新收获。

现实主义是一个传统的甚至接近于古老的话题,然而纵观中国文学发展史和当今文坛现状,又不得不承认它仍然是一个富有生命力和创造性并且具有现代感的话题。1985年后,文学新潮迭起,形成当代文学史上空前繁盛和复杂的创新态势。作为新潮首席代表的中国现代文学确实动摇了现实主义大一统的地位,由此形成互补共存、多元化的文学繁荣局面。但就中国现代主义文学本身来讲,它的力量和气势还比较薄弱,还不足以和现实主义相抗衡,加之现代主义对艺术陌生化的极端追求,造成大批读者的逃离。相反,现实主义在退出大一统的独尊地位后,却迎来了自身蓬勃的更新与发展,取得了前所未有的自主性、独立性。现实主义以其宽容的态度接纳了新观念和新方法的介入,在实行开放自身和兼收并蓄中,实现了审美意识与审美方法的自我更新;现实主义以其冷静、稳定和多元化的发展,显示出自身的独立与成熟,既保持面目常新,又不失本体的美学力度与审美优势。可以肯定地说,现实主义在中国正值盛年旺期,这是中国国情和民情的需要,也是现实主义不断深化、开放、自我更新的必然结果。说过分一点,人们依然把对鸿篇巨制的渴望,把对名师大家的期待,不轻亦不重地搁在现实主义的肩上,当然,这是全新意义上的现实主义。

《白鹿原》是不是应和了或者说开始应和接受者的这种审美期待?从当前的阅读效应来看,整体观照《白鹿原》的美学品格,并以此描绘和预测当代小说的发展前景,这是一种必要或者是一种必需。

二

在现实主义大旗下依然聚集着实力雄厚的作家群,陕西文学界的路遥、贾平凹等作家的创作显示出各自独特的风格形态,但总体而论都从不同角度展示了当代现实主义小说的风采,换言之,他们都是在现实主义文学道路上不断探索、创新、发展而来。规划小说的现实主义范畴,无疑取决于作家是否在他的艺术创造中坚持了现实主义文学的基本特征,即坚持了现实主义质的规定性。它具体为内容的真实性、形象的典型性和再现性文学规范语言的运用。

在这些优秀作家的眼中和笔下,现实主义无疑是一种能够不断实行自我调节、自我更新的审美形式的开放体系,作家在这一体系中不但没有受到丝毫的制约,而且显示出主体自由的创造意识。在《白鹿原》中,陈忠实灵活自如地操纵着现实主义手法,并最大限度地发挥了自己的艺术创造力,作品从整体到细节发散着写实文学独到的艺术魅力,探讨《白鹿原》对现实主义文学的继承、整合和超越,依然要从现实主义质的规定性入手。

写实或再现是陈忠实艺术创造的基地。《白鹿原》的题材内容对我们读者来讲既熟悉又新鲜。熟悉在于作家所展示的中国近现代半个世纪的历史生活内容以及中国农民的历史命运,都是新中国成立以来无以数计的小说特别是长篇小说反复描绘和吟诵过的。文学表现内容的翻新本身是一种浅层次的创新,而随着题材内容沉淀为历史,内容翻新已多有局限,于是读者渴望文学对历史做更为准确、更为深层的透析,更为宏阔、更有智悟的观照。《白鹿原》显然属于后者。驾驭老题材而要出新和超越,令人望而生畏,然而《白鹿原》通篇有新鲜陌生的气息透出笔端,这得力于作家对这一段历史、这一段农民人生命运的全新思考和把握,即具有新的历史观念;更重要的是,作家能够把此种对历史对人生的再思考与再把握化作陌生化的审美再创造,即寻找历史与艺术之间的契合。《白鹿原》的成功在于陈忠实精妙地处理了历史现实与艺术表现之间的关系,这是一种既胶着又疏离的良性对应关系。

显然,陈忠实注重小说的真实性,并力求全面而且深刻地再现历史真实。他对白鹿原这段烂熟于心的历史生活的观照,是超乎寻常的细致与精密,从表层到深层,既逼真又厚重。作者从现象入手,充分展开繁复的历史生活现象,历史作为已过去的人生现象既丰厚又生动,它既是一种社会现象,又是一种文化现象,进而也是一种生命现象。三个角度同时也是三个层面,真实性的包容与含量远远突破了传统小说简单明确的窠臼。作家对历史的理解与把握已胜人一筹,他笔下的历史是一种综合体,是偶然与必然、理性与非理性、有序与无序的交结物;历史承载着社会的人和自然的人,承载着生命的具象与抽象,历史日复一日永无休止地积淀着文化又创造着文化。《白鹿原》大有和盘推出历史的气势。艺术地推出历史,落到纸上却又不仅仅是历史。陈忠实陷入历史的庞杂而又走出历史的庞杂,当他用文学的媒介来观照历史的时候,历史真实在他的择取、修饰和虚拟下上升为美的真实。

《白鹿原》展开情节的时间线索仍然是中国近现代社会的动荡和演化,然而落笔之处却是白鹿原两家三代人人生命运的辗转变幻。陈忠实以写人为中心,写个体生存和个体生存的社会环境,写社会动荡中的人和人促成的社会动荡。于是,社会矛盾始终投影在白鹿村每个人身上和人与人的关系中。并且,社会冲突、阶级矛盾始终与深厚的文化矛盾扭结在一起,往往同时反映在人物外在与内在的矛盾冲突中。白嘉轩与鹿子霖也应该算作历史转折时期的农民典型,但他们身上却更多地带有封建文化传统的重负,无论白的仁义宽厚或鹿的狡黠精明,都源于封建传统与旧式家庭的熏陶,当然还有自身禀赋。总之在新旧交替中,他们更多地属于旧时代,他们的性格特征始终没有跳跃性变化,由此也可以说明封建文化的顽固性、持久性。然而他们的子女则完全背弃了他们的道路,父辈们人生命运的乖戾多变,往往由社会动荡而引发,而新一代却成为社会风云的掀起者和变革运动的参与者。白灵们和父辈们新与旧的矛盾冲突是无意识深层的文化矛盾与表层的社会矛盾的共同反映。白灵至死都没有得到父亲的容忍,这与鹿子霖父子的冲撞具有相同的意义。虽然白与鹿分别代表了传统文化的优长与败劣,但在对待新兴社会力量时,他们却不约而同地站在一起,扮演了封建卫道士的形象。作品不只一处写了白嘉轩与鹿子霖的携手合作,显示出他们某些共同的思想价值取向。旧的败落与新的崛起,是强大的社会力量使之然,于是,表现新旧层面的社会矛盾成为《白鹿原》众多矛盾线索中的统领,陈忠实通过社会矛盾意在写人与人的灵魂,同时也通过人物命运的变化展示社会发展的趋势,在这种双向促进的过程中,使《白鹿原》的内涵走向丰厚与深邃。

我们知道传统现实主义小说一贯侧重于历史社会内容的再现,特别关注阶级矛盾与阶级冲突。对此历史真实,作家并没有回避,而是站在历史的高度审视民族的昨天,对历史、对社会、对阶级斗争做自己的理解和自己的发言,并且带上创作主体不可移易的创造个性。阶级斗争不是历史的全部,但却是重要的一部分,它不是一种孤立的抽象的存在,它以操纵历史扭转乾坤的气概动摇着旧中国的经济基础与上层建筑,并在有意无意之中潜入国人的灵魂深处,从而引起人内外宇宙的全新变动。在《白鹿原》对几代人生死变迁的人生进程的描绘中,可以看到历史发展的必然指归,作家一扫狭隘与浅薄,使作品的题旨走向宏阔与深远。

作为文化现象的白鹿村人生景观在作品中显得更为真实和独特,作家对此也更多地赋予了自己的价值评判。传统文化的古远和新鲜时时告诫人们,历史还活着,活在白嘉轩身上,活在朱先生身上。当今人成为古人、现实成为历史,作为文化遗留则演化为人生的永久性精神存在。在《白鹿原》中,处处可以见到作者对民族文化的深沉思考和冷静批判,作家通过人物造型来实现对传统文化的价值取舍。白嘉轩和朱先生身上承载着厚重的哲学文化信息。白嘉轩作为一个族长,他实行的是中国农村典型的家长式统治。在白鹿村,集体的观念就是血亲宗族的观念,白嘉轩以此统管白鹿村,使之成为相对封闭和稳固的生存环境。如果说,表现农村社会结构的真实,在20世纪断然少不了阶级关系的话,那么,宗亲关系和家长式统治无疑也是农村社会结构的重要组成部分或者说是更为真实的一部分。所以,传统文化在白嘉轩那里具体为宗族文化,宗族文化中带有明显主观意志色彩的道德教化手段,则进一步体现了中国实用理性的传统。白亲宗族的联结力与传统道德的制约力是族长手里的两根如意金箍棒,白嘉轩身披传统文化的宗教式袈裟,治理白鹿原显得神圣庄严无往而不胜。治人必先自治,白嘉轩的人格力量是强大的,或者说他自身已经成为这种宗族文化的化身。在《白鹿原》中,白嘉轩是一个为读者所认可的人物,同时也说明了作家对传统伦理道德规范的某些认同。

白嘉轩作为宗族文化的载体,所谓"文化"更多地体现在白嘉轩的行动结构中。而朱先生作为"最后一个圣贤",他身上的文人色彩更为浓重,意蕴也更为深远。他是言传身教的先生,他有圣人般的智慧和胸怀,他身上折射出的民族文化之光是贯穿整个作品的一道理想之光。相比于白嘉轩静态的和封闭的伦理道德观念,朱先生的精神世界是动态的、开放的,他的先知先觉来自他穿透历史、越古向今的开放性眼光。对世道演变要义的深刻领悟,即是对历史发展规律的把握,一句"白鹿原成鏊子了",是作家通过朱先生之口对这段历史形象的准确概括,一句"折腾到何日为止",又是对这位哲人全部智慧的总结。

在白嘉轩和朱先生身上,可以看到作家对中国传统文化不乏中庸的描绘与认同,这两位人物身上灌注了作家最多的笔墨,倾注了作家的一腔深情,这种精神上的驻足与流连,可以认作创作主体与对象之间的生命联系。但同时,在表现青年一代的叛逆性时,作家则彻底舍去中庸,饱含激情地去讴歌和赞美新生代的觉醒、反叛与进步,并以悲剧作为礼赞他们的最高仪式。无论黑娃、小娥原始的盲目的反抗,还是兆鹏、白灵由朦胧走向清醒自觉的叛逆,或者还有孝文的"变种",在作家笔下都进行得勇猛顽强、义无反顾。实质上,支撑白嘉轩人格力量和权势力量的,是融宽厚仁爱与集权统治为一体的封建文化意识,它有阴冷残酷的一面,他要求大一统,白嘉轩以此来竭力维护白鹿原的平静和安宁,而下一代的种种忤逆行为恰恰造成了白鹿原的骚动和喧嚣,所以,族长威严的实施便以牺牲年轻人自由个性与自由生命为代价,新旧冲突在这里表现得如此水火不相容,在表现这种时代文化冲突时,陈忠实作为一个现实主义作家的理性批判精神昭然毕现。

揭示特定时代人的生命演进过程,是《白鹿原》在现实主义真实性上的又一深层掘进。这使得作品呈现出生活的原初色彩,呈现出人生最底层的赤裸裸的生命真实。《白鹿原》很大篇幅在写人的性爱,写人由生到死的生命回环,其中,既有作家对生命意识的理性把握,也有对生命现象中不可知的、神秘因素的纯客观再现。生命永远属于生活的本色,生命是历史文化表层背后更为永恒的人性规律,它是人类平凡与伟大、痛苦与执着的迁延历程。《白鹿原》中众多的死亡造成了社会悲剧,同时也演出了一幕幕的生命悲剧,无论何种方式,生命形态的压抑与受阻,都是生命力量非自然的悲剧性的终止,其中包含着作家深广的人性忧患。《白鹿原》在宣泄人生的失落与悲愤的同时,处处可以听到凄清而又深情的人性的招魂声。

由此可知,陈忠实的现实主义笔触已由社会本质真实深入到文化本质真实,并进入自然本质真实的层面,此三者融汇于《白鹿原》,作品在真实性的深度、广度和高度上的超越显而易见。《白鹿原》提供给我们的,既是一幅混沌的原生态历史生活图景,又是经过典型化创造的高品位的艺术文本,作品的认识价值与审美价值的统一,是作家的自觉追求。超越传统的第一步将是摒弃"镜映式"反映,客观真实作为作品重要的一部分但绝不是作品的全部,作家将历史人生现象放于笔端,不是听任它的摆布,而是争取主动、激活素材,作家对素材的取舍、安排以及再创造莫不以主体对历史人生的总体领悟为统帅,于是洋洋50万字,既放得开,又收得拢,真实性不再是孤立的客观,它已经与作家主体创造性融为一体,并与创造性的语言表现模式融为一体,一旦作品落成,它们便成为须臾不可分的整体。这些,使得《白鹿原》广博深厚的真实感与玄妙空灵的艺术美感达到同步共生。

三

可以肯定,现实主义者永远高举着人道主义的旗帜,《白鹿原》所有范围和全部层面上的真实性都被作家宽广的人道主义胸怀所包容。艺术家对人类生存现象的永恒关注与对人类命运的深切关怀便注定了他只有艺术上的超越而无法超脱人生的苦难,艺术家即为受难者。阅读《白鹿原》,处处感受到作家在用生命投入作品,在作品的每一个人物身上都能够看到作家悲悯的投影,他在用心写着每一个人,同时也在每一个人物身上实现着自己。

遵循现实主义文学的艺术规律,人物始终处于创作的核心位置。《白鹿原》即以塑造人物形象为中心,在对历史文化进行深层反思的同时,作家关注的始终是人,诗是人的灵魂世界,这与传统小说与当代小说基本契合。不同的是,《白鹿原》中作家对"人"的态度与认识显然非常独特、与众不同;其次,作家在传统典型的基础上赋予"形象"新的认识价值,于是,典型的容量增大,内涵也更加丰厚。

塑造几个系列的人物群像,是《白鹿原》气势与规模形成中不可或缺的因素。大致说来小说塑造了三代农民形象,交叉划分则有地主群像、贫民(长工)群像、妇女群像、青年群像,还有土匪恶霸群像,等等。随着小说情节的展开,形象与形象之间不断地相互渗透、补充和转化,历史的动向在这里具象化为人物命运的变幻,人物性格与灵魂的变迁。

白嘉轩与鹿子霖是作家着力塑造的两个地主形象,这两个人物都具有相当高的典型性,特别是白嘉轩性格的成功塑造,在当代小说人物画廊里,无疑是又一开创。作家以冷静客观的笔触,描绘了白鹿村族长性格的各个层面,探索了性格生成和发展的内外机制。白嘉轩外表与行为构成相对稳固和封闭的静态特征,这与他的身份与地位有关,勤勉、刚毅、善良、仁爱是他的本性,也可认作性格的主要因素,然而再解析白嘉轩的内心世界,又是动态的、丰富复杂的,充满了动荡与矛盾。他与鹿子霖处于权势交战的对立中,但仍不忘与之携手合作并营救鹿子霖于危难中;他称鹿三为兄,待黑娃如子,但拒不容纳黑娃的媳妇小娥进祠堂;他爱女如掌上明珠,百般娇惯,但不惜了断父女关系以示对革命运动的对抗;等等。多层次、多侧面的性格展示使白嘉轩这一形象在主导性格的明确和统率中趋于复杂、饱满和鲜活。他的醇厚中的机巧,仁爱中的冷酷,强悍中的虚弱,无不是人性的复合体现。在白嘉轩的灵魂深处,不断进行着善与恶、美与丑的激烈搏斗,这种矛盾斗争状态即构成人物性格发展的运动美丑相加、善恶并举的复合美。但复合并不是杂乱无章,性格的矛盾运动最终要走向和谐与统一,即统一于主导性格,性格的复杂与鲜明同时形成。另一地主形象鹿子霖的性格则在另一端呈现出丰富动人的光彩。鹿子霖的主导性格是自私、狡诈、阴毒,但他的灵魂矛盾中,也有正压邪、善除恶的时候,但总体性格却统一于白嘉轩的反面,显示出独特的个性特征。白嘉轩与鹿子霖作为乡绅形象是陈忠实的独创,两人的性格时有交叉与互补,作家显然运用了对比互衬的表现手法,而各个人物性格又各成体系,自成方圆。作家在个体形象与群体形象之间既保持多种联系,又固守个性的独立品格。富于性格魅力的白嘉轩很容易让人联想到柳青笔下的梁三老汉,柳青的杰出创造应当是"十七年"小说中农民形象的一个标志性高度,陈忠实在传统现实主义道路上走来,他的白嘉轩是当代文学人物画廊中全新的农民典型,是有待于人们再去超越的新的形象标尺。

形象体系的对应罗列,使《白鹿原》的人物方阵宏大而整饬。黑娃、小娥、白灵、孝文等下一辈人与父辈形象体系形成对应,这是一种群体对比,黑娃们的性格特征显现出全方位的运动态势,他们追求外形与内在的双重自由,他们的存在使古老的白鹿原生机勃发,使白鹿原古老的历史生活出现新的律动。作家在展示历史、时代及社会的变动时,是通过人物,通过历史时代、社会的变动带给人物性格的戏剧性变化,由此来证实时代的大起大落,社会的大开大合。黑娃与白孝文正负两极的性格裂变过程写得令人惊叹,这同样是对比的笔法。黑娃与白孝文同生于"仁义白鹿村",且同受到朱先生、白嘉轩仁爱精神的熏陶,其性格走向却大相径庭,这种复杂性格中包容了人性本身的不纯净与不明确性。人性自身也在变迁,特别是处于时代转折中的人性,具有极强的可塑性。白孝文性格的被扭曲与黑娃性格的被校正,恰可作如是观。如果按照传统典型论模式,这两个人物或许会被认为缺少性格逻辑,然而这正是生活本身的无序性与非理性因素的客观反映。性格的无从把握与不可捉摸,是一种非自觉状态,或者说它表明对象主体独立性与自主性趋于丧失。人物自我的走失,往往发生于旧观念轰毁,新观念尚未建立起来的历史转型期,在作品中,白鹿原已开始与中国社会一道步入现代层次,虽然作家仅仅给了我们一种预示。实质而言,陈忠实在用现代观念来观照历史、观照人物形象,所以,人物走出固有模式,性格走向自在与超前,都是必然的。

"文学史,就其最深刻的意义来说,是一种心理学,研究人的灵魂,是灵魂的历史。"[①] 人物性格的描绘与探析,向来是文学的基本内容和重要目的,即从人出发最终回到人。《白鹿原》展示了特定历史时期农民的生存和命运以及他们灵魂演变的真实情况,一系列的人物形象完成对立统一的矛盾过程,带着复杂、丰满、立体、鲜活的性格姿态立于我们面前,成功的典型,无疑是现实主义美学力度与高度的标志。分析《白鹿原》中的人物形象,我们感到作家对人的认识更加全面、客观和公正了,而且人物自身也脱离典型理论的刻板规范,更为活跃自由,更有了生命的气息,这是超越之一;超越之二,即形象有了新的价值功能。前面所说的形象系列,他们在成为个性化典型的同时,也成为一种象征,这多少

---

① [丹麦]勃兰兑斯.十九世纪文学主流[M].张道真,译.北京:人民文学出版社,1982.

带有理念或思辨的味道,但与形象承载理念,理念大于形象的反现实主义作品不可同日而语。理性精神,是现实主义作家手中信马由缰的缰绳,陈忠实一面推出形象,一面进行历史、社会、文化、生命等问题的理性反思,这是一个圆满的双向式完成。

在《白鹿原》两组人物形象中,相对静止和封闭的白嘉轩涵括着更多的文化内容,而走向动态与开放的黑娃、白灵们则代表了历史流动的走向和社会发展的趋势。除之以外,每个形象几乎都成为象征,白嘉轩是农耕文化、宗族文化的化身;小娥死后化作火中的飞蛾,她象征生命之火的生生不息以及与非人道势力的殊死抗争;像白鹿一样纯净的白灵更是作品中美的寄托;白孝文象征着人性的堕落与自戕;黑娃则象征着人性向传统的复归。朱先生是《白鹿原》中最大的象征体,从人物的个性特征来讲,他远没有白嘉轩复杂和丰满,他作为一个文化性格,是作家陈忠实的又一独创。我们很难用规范的典型论去评判这一人物,他的个性单纯、静止和封闭,集真善美于一身,但其文化性格却包容量很大,新旧思想观念斑驳陆离然而又和谐统一地交织于朱先生身上,显现出文化性格封闭与开放的完善统一,这也是作家不乏理念化的人文理想。朱先生文化性格的封闭性,即我们这个民族应当保持的自主性和独立性;朱先生文化性格的开放性,亦即我们这个民族挣脱沉重而腐朽的封建文化的桎梏,走向自我更新、超越历史的基本前提。朱先生性格是个理想体,其性格内部并无大的矛盾冲突,但作为社会的良心,他自身却与身处的社会现实相碰撞。朱先生知识分子的社会良心与人性关怀并无回天之力,在历史发展的洪流巨澜中,有多少不尽如人意的回环往复与多少不为人知的荒诞不经,朱先生脱离人生的轨道去鸟瞰人生,这种智慧的力量与神性的目光,使他与白鹿原上的白鹿一样成为神话,成为经典。陈忠实对朱先生形象的塑造带动着《白鹿原》整体上的象征,使小说完成了对历史人生的哲学反思和诘问。

四

自从有了再现性文学样式,也伴随产生了再现性文学语言——那一套相对稳固的、自成体系的语言表现系统。如同艺术再现生活本身不可能是绝对的"镜映式"一样,再现性文学语言也无力达到与现实生活形态的同构。再现性语言是艺术创造的一种方式、一种途径,再缩小范畴,说它是艺术表现甚至文学表现之一种,而最终形成了文学艺术的再现性表现特征。文学,融内容与形式为一体的美学形态,必要以语言表述为实现,现实主义文学的美学特征首先和最终都体现为再现性语言结构的特征,即以语言操作赋予作品以真实性或典型性意义,我们说《白鹿原》是作者对现实主义小说新的突破和超越,那么,其真实性和典型性的突破与超越莫不是在语言创造的突破和超越中完成的。

传统的再现性文学具有一个相对完整、自足和封闭的语言系统,就语言形式来讲,它与现实主义所要求的真实性和典型性相类似,其全部构成应是一个"模糊集合体",但一定要以具备某种确定的主旨和内涵为前提。再现性文学语言的基本特征是尽量贴近生活本身的描绘生活的功能,具体为叙述语言的冷静客观和人物语言的充分个性化。陈忠实冲破了"十七年"长篇小说的表面诗化、浅层次主观化倾向,把冷静客观的语言态度当作构筑一部现实主义巨著的首要环节。作家不轻易流露感情倾向,而且整体上也不强制性规范作品的主旨和读者的接受意向,叙述语言温和中立,人物语言则交给人物自己,在语言表层,隐藏主观而高密集度地涌现客观,这里,着意于随意结合得恰到好处。明显地,作家很看重语言模式的再构造,但以达到随意与天然为目的。在继承传统现实主义语言系统的基础上,陈忠实营建出了属于自己或者说属于《白鹿原》的一套语言体系,在语言本体愈来愈显示其独立意识与显要功能价值的今天,这对于作家的独一无二与作品的独一无二都是至关重要的。

陈忠实不同于柳青,不时地出面参与故事,或进行激情议论,然而,陈忠实操纵语言时却进行了深层的、透彻的、精神统领般的参与。传统小说中的情感往往带有普泛性,是时代情感在作家身上的投影,是有别于客观的另一种存在或实体。但《白鹿原》写实语言中的客观却很难成为实体,它往往是作家主观情志的外化。小说中许多虚玄情节,冷静道来,"和真的一样",语言表层为实,深层为虚,虚实相间,看似平淡,实则诡奇。小说开端第一章写白嘉轩六房女人之死,是纯客观的叙述语言,语言有别于传统小说,并没有意义的阐释,只叙述经过,六房女人死了,个个死有病因,谓为实。但房房必死谓为虚,之后关于主人公的命运与生理秘闻的探究更为玄。如此开头真是匠心独运,引导读者进入白鹿原世界的不是故事,而是作家。作家精心策划玄虚的故事以控制读者,于是,客观化的叙述语言带有作家浓厚的主体感受。"这个女人从下轿顶着红绸盖巾进入白家门楼到躺进一具薄板棺材抬出这个门楼,时间尚不足一年,是害痨病死的。"前一长句详叙过程,不厌其烦,而且是带有作家感受过程的现象交代,后一句因果交代则异常简明,给读者留下空白,留下期待。类似这样的语句结构在作品中比比皆是,某些大的故事情节在详尽叙述之后戛然中断,原委待后来回溯。作家有自觉且自信的语言意识,除了以充分感觉化、情绪化的叙述语言去感染读者以外,还把握着读者的阅读节奏与阅读速度,个体的介入真是无时有,时时有;无处在,处处在。

但读者并不被动,一旦读者被作家导入小说的情境中,读者很快便能获得极大的审美自由,因为作家虽然不时有情感与价值取向的流露,但绝不会也不能强加于读者,而且在陈忠实笔下,再现性语言形式不再是公众的和浅表的,而是个体的和深层的,它重视体验,充满了弹性与张力,在语言的原生态气氛中,读者完全进入再度体验之中,并进行合于读者个体再创造的阐释。一种叙述语言的成熟确能够促进接受者阅读行为的成熟。

小说广义的叙述语言已经包容了人物语言。基于此种关系,人物语言也完全应和着以上所述的本体语言追求。不同的是,人物语言一定要在充分个性化的基础上显示作家的主体意识,即语言带有双重个性。《白鹿原》人物语言的精妙之处在于以活灵活现的动作感觉切入对话,并赋予人物语言以丰富的潜台词。从人物对话中不仅仅见到性格,而且见到关系与整体,使语言更具穿透力。朱先生、白嘉轩等成为象征性人物形象,得力于他们的语言表达,作家在此把汉语言的象征性优长发挥得淋漓尽致,简洁、含蓄,积淀着深厚的哲学、文化社会内涵,真正的"意"大于"言"。此外,人物语言双重个性的实现又来自于作家对语言时代色彩和地域色彩的运用。古语古韵和方言土语,既属于人物个体,又属于作家个体,陈忠实终于用独特的语言模式收拢了他方方面面的艺术创造,形成了自己开放而富有独创性的现实主义风格。

《白鹿原》的问世,在现实主义文学演变过程中或者说在当代文学的发展中,具有里程碑的意义。现实主义特别是中国当代现实主义在经过多次的反拨与整合之后,面临着再度成熟状态的出现,即史诗的诞生,这是读者的期待,也是文学发展的规律或必然。文学思潮嬗变的规律即再现与表现、写实与写意交替递进的过程,它们相互对立,又相互补充,相互交织,又相互取代,而最终的融合与统一必定是历史阶段上文学成果的出现,新的转折由此开始。《白鹿原》在当代文学史上的地位恰可作如是观。它以一种融合的气度立于文学史新的生长点上,既全方位吸收传统文学精华与当代文学各阶段的经验,又在此基础上实现新的超越,既超越了作家自身,又超越了时代的现实主义文学创作。

"现实主义的每一发展阶段都是对美的新领域的征服。"①《白鹿原》在突破与超越传统中创造出传统理论范畴所不能概括的陌生新鲜的艺术新质,它是一个可供我们进行更深入研究的复杂文本。在本体意义上研究文学,即意味着在审美的层面上研究文学与社会生活的关系,但绝不是逃避社会矛盾,追求绝对的空灵与超然。《白鹿原》深情地呼唤着纯文学理性精神的回归,它摒弃形式主义,以神圣、崇高、庄严的理性精神来支撑自身的美学品格;同时,《白鹿原》以文学性与可读性的成功结合为我们展现出纯文学发展的美好前景,《白鹿原》美学上的高品位与接受上的轰动效应足以说明,纯文学做到雅俗共赏、曲高和众不再仅仅是诱人的理想。

(作者单位　西北大学文学院)

---

① [美]芬克斯坦.艺术中的现实主义[M].赵澧,译.上海:上海文艺出版社,1985.

图书在版编目(CIP)数据

陈忠实研究论集／段建军主编. —西安:西北大学出版社,2018.3

ISBN 978-7-5604-4157-3

Ⅰ.①陈… Ⅱ.①段… Ⅲ.①陈忠实(1942—2016)—文学研究—文集 Ⅳ.①I206.7-53

中国版本图书馆 CIP 数据核字(2018)第 046606 号

陈忠实研究论集

主　　编	段建军
出版发行	西北大学出版社有限责任公司
地　　址	西安市太白北路 229 号
邮　　编	710069
电　　话	029-88303042
经　　销	全国新华书店
印　　刷	陕西博文印务有限责任公司
开　　本	787 毫米×1092 毫米　1／16
印　　张	16.75
字　　数	266 千字
版　　次	2018 年 5 月第 1 版　2018 年 5 月第 1 次印刷
书　　号	ISBN 978-7-5604-4157-3
定　　价	65.00 元

如有印装质量问题,请与本社联系调换,电话 029-88302966。